DE VROUW IN HET RAAM

A.J. FINN

De vrouw in het raam

Vertaald door Hien Montijn

CARGO

2018

AMSTERDAM

Cargo is een imprint van Uitgeverij De Bezige Bij, Amsterdam

Eerste druk februari 2018
Tweede druk februari 2018
Oorspronkelijke titel *The Woman in the Window*
Oorspronkelijke uitgever William Morrow/HarperCollins, New York
Omslagontwerp Elsie Lyons
Omslagbelettering Wil Immink Design
Omslagillustratie © Shutterstock
Vormgeving binnenwerk Peter Verwey, Heemstede
Druk Bariet Ten Brink, Meppel
ISBN 978 94 031 0350 1
NUR 305

uitgeverijcargo.nl

Voor George

Ik heb het gevoel dat ergens in jou
iets is waar niemand vanaf weet

Shadow of a Doubt (1943)

ZONDAG,
24 oktober

EEN

Haar man is bijna thuis. Ditmaal zal hij haar betrappen.

Geen flard van een gordijn, geen lamel van een jaloezie, op nummer 212 – het roestrode herenhuis, dat eens, tot voor kort, de net in de echt verbonden Motts huisvestte, tot ze uit de echt ontbonden. Geen van beide Motts heb ik ooit ontmoet, maar af en toe ga ik online: zijn LinkedIn-profiel, haar Facebook-pagina. Intussen houdt hun huwelijkslijst bij Macy's wel stand. Ik zou nog steeds tafelgerei voor hen kunnen kopen.

Zoals ik al zei: zelfs geen vitrage. En dus staart nummer 212, blozend en bloot, nietszeggend naar de overkant, en ik staar terug en zie hoe de vrouw des huizes haar aannemer meeneemt naar de logeerkamer. Wat ís er toch met dat huis? Het is een huis waar liefde doodbloedt.

Zij is aantrekkelijk, met haar natuurlijk rode haardos, haar grasgroene ogen en een archipel van over haar rug verspreide moedervlekjes. Veel knapper dan haar echtgenoot, een zekere dokter John Miller, psychotherapeut – ja, hij biedt echtparen counseling – en een van de 436.000 online John Millers. Dit speciale exemplaar werkt in de buurt van Gramercy Park en heeft geen contract met de zorgverzekering. Volgens de koopakte betaalde hij $3.6 miljoen voor zijn huis. Kennelijk gaan de zaken goed.

Van de vrouw weet ik zowel meer als minder. Duidelijk niet het type huisvrouw. De Millers zijn er acht weken geleden komen wonen en nog steeds zijn die ramen kaal, *nou nou.* Ze gaat driemaal per week naar yoga, dan trippelt ze met haar Magic Carpet-yogamat opgerold onder een arm de treden af, haar benen gehuld in een nauwsluitende Lululemon-legging. En kennelijk doet ze ergens vrijwilligerswerk – op maandag en vrijdag verlaat ze het huis even over elven, ongeveer op het tijdstip dat ik opsta, en komt terug tussen vijf en halfzes, wanneer ik me net installeer voor mijn avondfilm. (De keuze voor vanavond: *The Man Who Knew Too Much* voor de tigste keer. Een man die te veel wist. Een vrouw, ik, die te veel keek.)

Ik heb opgemerkt dat ze 's middags graag een borrel drinkt, net als ik. Drinkt ze ook 's ochtends graag een borrel? Net als ik?

Maar haar leeftijd is een mysterie, al is ze zeker jonger dan dokter Miller, en jonger dan ik (en ook kwieker); haar naam kan ik alleen maar raden. In gedachten noem ik haar Rita, omdat ze op Hayworth lijkt in *Gilda*. 'Dat interesseert me totaal niet' – verrukkelijke tekst.

Mij interesseert het een heleboel. Niet haar lichaam – de bleke richel van haar ruggengraat, haar schouderbladen als onvolgroeide vleugels, de babyblauwe beha die haar borsten omvat: zodra deze beelden in mijn lens verschijnen kijk ik de andere kant op – maar het leven dat ze leidt. De levens. Twee meer dan ik heb.

Haar echtgenoot kwam zojuist de hoek om, even na twaalf uur, niet lang nadat zijn vrouw, met de aannemer in haar kielzog, de voordeur had gesloten. Er is hier iets mis: op zondag komt dokter Miller steevast om kwart over drie thuis.

Maar nu beent de brave dokter over het trottoir; adem puft uit zijn mond, aktetas zwaait aan een hand, trouwring twinkelt. Ik zoom in op zijn voeten: ossenbloedrode, glanzend gepoetste oxfords vangen het herfstige zonlicht en kaatsen dat bij elke stap terug.

Ik richt de camera omhoog naar zijn hoofd. Niet veel ontsnapt aan mijn Nikon D5500, zeker niet met deze Opteka-lens: weerbarstig mergelkleurig haar, een dunne, goedkope bril, stoppelplekjes in de ondiepe inhammen van zijn wangen. Hij zorgt beter voor zijn schoenen dan voor zijn gezicht.

Terug naar nummer 212, waar Rita en haar aannemer zich haastig ontkleden. Ik zou inlichtingen kunnen bellen, haar kunnen opbellen om te waarschuwen. Dat doe ik niet. Observatie is als natuuropnames: je stoort de dieren in het wild niet.

Dokter Miller is misschien op een halve minuut afstand van zijn voordeur. De mond van zijn vrouw bevochtigt de hals van de aannemer. Uit is haar blouse.

Hij zet nog vier stappen. Drie, twee, een. Nu nog twintig seconden, hooguit.

Zij neemt zijn das tussen haar tanden en grijnst naar hem. Haar handen frunniken aan zijn overhemd. Hij knibbelt aan haar oor.

Haar echtgenoot hinkt over een losse steen in het trottoir. Vijftien seconden.

Ik kan bijna horen hoe de das uit het boord glijdt. Ze slingert hem de kamer in.

Tien seconden. Ik zoom weer in, de snuit van de camera trilt bijna. Zijn hand duikt in zijn zak en diept daar de sleutels uit op. Zeven seconden.

Zij maakt haar paardenstaart los; haar haren golven op haar schouders.

Drie seconden. Hij beklimt de stoep.

Zij legt haar armen om zijn rug en kust hem innig.

Hij steekt de sleutel in het slot. Draait.

Ik zoom in op haar gezicht, haar ogen sperren zich open. Ze heeft het gehoord.

Ik druk af.

En dan klapt zijn aktetas open.

Er vliegt een zwerm papieren uit die zich in de wind verspreidt. Met een ruk richt ik de camera weer op dokter Miller, op de duidelijke 'Ooh' die zijn mond vormt; hij zet zijn aktetas op de grond, vertrapt enkele bladen onder zijn glimmende schoenen, vangt andere met zijn armen op. Een eigenzinnig velletje blijft in de vingers van een boom hangen. Hij ziet het niet.

Nu weer Rita, die haar armen in haar mouwen steekt, haar haar achterover bindt. Ze haast zich de kamer uit. De aan zijn lot overgelaten aannemer springt van het bed, vist zijn das ergens vandaan en stopt die in zijn zak.

Ik blaas uit, sissende lucht uit een ballon. Ik was me er niet van bewust dat ik mijn adem inhield.

De voordeur gaat open: Rita stormt de treden af en roept naar haar man. Hij draait zich om; ik neem aan dat hij glimlacht – ik kan het niet zien. Ze bukt, plukt enkele papieren van het trottoir.

De aannemer verschijnt in de deuropening, een hand diep in zijn zak, de ander omhoog ter begroeting. Dokter Miller zwaait terug. Hij loopt de stoep op, houdt zijn aktetas omhoog en de twee mannen schudden handen. Ze lopen naar binnen, gevolgd door Rita.

Oké. Misschien de volgende keer.

MAANDAG,
25 oktober

TWEE

Zojuist ronkte de auto langs, stapvoets en somber als een lijkwagen; zijn achterlichten gloeiden op in het duister. 'Nieuwe buren,' zeg ik tegen mijn dochter.

'In welk huis?'

'Aan de overkant van het park. Tweehonderdzeven.' Ze staan nu buiten, vage schimmen in de schemering, en halen dozen uit de achterbak.

Ze slurpt.

'Wat eet je?' vraag ik. Maar natuurlijk, het is vanavond chinees. Ze eet bami.

'Bami.'

'Niet met volle mond tegen mammie praten, dat weet je.'

Ze maakt weer een slurpend geluid en kauwt. '*Mâm.*' Dit is onze krachtproef; tegen mijn zin in kort ze *mammie* af tot iets stomps en plomps. 'Laat haar toch,' is Eds advies – maar hij is nog steeds pappie.

'U moet ze gedag zeggen,' oppert Olivia.

'Dat zou ik best willen, pompoentje.' Ik loop rustig naar boven, naar de tweede etage, waar het uitzicht beter is. 'O, er liggen óveral pompoenen. Alle buren hebben er een. En de Grays hebben er vier.' Ik sta nu op de overloop, glas in mijn hand, de wijn likt aan mijn lip. Ik neem een slokje, slik. 'Kon ik maar een pompoen voor jou pakken. Zeg tegen pappie dat hij er een voor je koopt. Zeg hem dat hij er twee koopt, een voor jou en een voor mij.'

'Oké.'

Ik zie een glimp van mezelf in de donkere spiegel van het toilet. 'Heb je het naar je zin, liefje?'

'Ja.'

'Ben je niet eenzaam?' Ze had nooit echte vriendinnen in New York; ze was te verlegen, te klein.

'Nee, hoor.'

Ik tuur in het donker omhoog langs de trap, in de duisternis erboven. Overdag valt de zon door het koepelvormige daklicht; 's nachts is dat een wijd open oog dat in de afgrond van de trap staart. 'Mis je Punch?'

'Nee, hoor.' Ook met de poes kon ze niet goed opschieten. Op een kerstochtend krabde hij haar, haalde zijn nagels over haar pols, twee snelle halen noord-zuid oost-west; helder bloed tekende een boter-kaas-en-eierenraster op haar huid, en Ed had hem bijna uit het raam gesmeten. Ik zoek hem nu en vind hem gedrapeerd op de bank in de bibliotheek, waar hij naar me ligt te kijken.

'Pompoentje, geef me pappie even.' Ik beklim de volgende trap, de loper voelt ruw aan onder mijn zolen. Sisal. Wat bezielde ons? Het wordt zo makkelijk vies.

'Hallo, kampioen,' begroet hij me. 'Nieuwe buren?'

'Ja.'

'Maar je had toch pas nieuwe buren?'

'Dat was twee maanden geleden. Op twee-twaalf. De Millers.' Ik draai me om en loop de trap weer af.

'En waar zijn deze mensen?'

'Op twee-nul-zeven. Aan de overkant van het park.'

'De buurt is aan het veranderen.'

Ik ben nu beneden aan de trap. 'Ze hadden niet veel bij zich. Alleen maar een auto.'

'Dan zullen de verhuizers wel later komen.'

'Dat zal wel.'

Stilte. Ik neem een slokje.

Nu ben ik weer terug in de woonkamer, bij de haard, de hoeken zijn in duisternis gehuld. 'Luister eens...' begint Ed.

'Ze hebben een zoon.'

'Hè?'

'Er is een zoon,' herhaal ik, terwijl ik mijn voorhoofd tegen de koude ruit druk. Natriumlampen hebben dit gebied van Harlem nog niet bereikt en de straat wordt slechts verlicht door een citroenpartje maan, maar ik kan nog steeds hun silhouetten onderscheiden: een man, een vrouw en een lange jongen dragen dozen naar de voordeur. 'Een tiener,' voeg ik eraan toe.

'Rustig aan, poema.'

Voor ik het weet zeg ik: 'Ik wou dat je hier was.'

Het overrompelt mezelf, en zo te horen ook Ed. Stilte.

Dan: 'Je hebt meer tijd nodig,' zegt hij.

Ik zeg niets.

'Volgens de dokters is te veel contact niet gezond.'

'Ik ben de dokter die dat zei.'

'Jij bent een van hen.'

Achter me het geluid van krakende knokkels – een vonk in de haard. De vlammen luwen en pruttelen zachtjes verder.

'Waarom nodig je die nieuwe mensen niet uit?' vraagt hij.

Ik drink mijn glas leeg. 'Ik denk dat het voor vanavond genoeg is.'

'Anna.'

'Ed.'

Ik kan bijna zijn ademhaling horen. 'Het spijt me dat we niet bij je zijn.'

Ik hoor bijna mijn hart tikken. 'Ja, dat spijt mij ook.'

Punch is me naar beneden gevolgd. Ik til hem in één arm op en ga naar de keuken. Leg de telefoon op het aanrecht. Nog één glas voor ik naar bed ga.

Ik grijp de fles bij de hals, draai me naar het raam, naar de drie schimmen die rondlopen op het trottoir en hef hem proostend omhoog.

DINSDAG,
26 oktober

DRIE

Vorig jaar om deze tijd waren we van plan geweest om het huis te verkopen en hadden we zelfs een makelaar in de arm genomen. Olivia zou in september naar een school in de binnenstad gaan en Ed had voor ons een bouwval in Lenox Hill gevonden. 'Dat gaat leuk worden,' beloofde hij. 'Ik zal een bidet installeren, speciaal voor jou.' Ik gaf hem een klapje op zijn schouder.

'Wat is een bidet?' vroeg Olivia.

Maar toen vertrok hij en zij met hem. Dus bloedde mijn hart weer toen ik gisteravond terugdacht aan de eerste woorden van onze doodgeboren advertentie: PRACHTIG GERESTAUREERD MONUMENTAAL 19DE-EEUWS HARLEM-JUWEEL! SCHITTEREND GEZINSHUIS! *Monumentaal* en *juweel* staan ter discussie, denk ik; *Harlem* is buiten kijf net als *19de-eeuws* (1884). *Prachtig gerestaureerd*, kan ik bevestigen, en ook voor veel geld. *Schitterend gezinshuis*, waar.

Mijn domein en de bijgebouwen:

Souterrain: ofwel, volgens onze makelaar, studio. Ondergronds, geheel doorgebroken, met eigen opgang; keuken, badkamer, slaapkamer, kleine werkkamer. Acht jaar lang Eds werkruimte – hij bedolf de tafel onder blauwdrukken en prikte de offertes aan de muur. Momenteel verhuurd.

Tuin: feitelijk een patio, toegankelijk via de begane grond. Een onregelmatige kalkstenen bestrating; een paar niet meer gebruikte Adirondack-stoelen; in de verste hoek een jonge, kromme es, slungelig en eenzaam, als een tiener zonder vrienden. Om de zoveel tijd heb ik zin om hem te knuffelen.

Benedenverdieping: begane grond, als je Brits bent, of *rez-de-chaussée* als je Frans bent. (Ik ben geen van beide, maar ik heb voor mijn coschappen een tijdje in Oxford gewoond – toevallig in een studio – en afgelopen juli ben ik online *français* gaan studeren.) Keuken – open en 'elegant' (opnieuw makelaar), met achterdeur die op de tuin en een zijdeur die op het park uitkomt. Witte berkenhouten vloer, nu vol merlotvlekken. In de gang een toilet – door mij de rode ruimte genoemd. 'Tomaatrood' volgens de Benjamin Moore-catalogus. Woonkamer, uitgerust met bank en lage tafel en op de vloer een Perzisch tapijt, dat nog steeds zacht aanvoelt.

Eerste etage: de bibliotheek (van Ed; volle planken, geknakte ruggen en omslagen met vochtplekken, stijf tegen elkaar als dicht opeen staande tanden) en de werkkamer (van mij; bijna leeg, sober, een Mac-pc op een IKEA-tafel – mijn onlineschaakstrijdveld). Tweede toilet, deze in 'Hemelse Verrukking'-blauw, wat een ambitieuze benaming is voor een ruimte met een toilet. En een diepe kast waarvan ik op een dag misschien een donkere kamer maak, als ik ooit van digitaal overga op film. Ik voel er steeds minder voor, geloof ik.

Tweede etage: de (een?)ouderslaapkamer met badkamer. Ik heb dit jaar veel tijd in bed doorgebracht; het is er een met zo'n slaapsysteemmatras, tweevoudig in te stellen. Ed stelde zijn kant af op een welhaast donzige zachtheid; die van mij is op hard afgesteld. 'Jij slaapt op een steen,' zei hij eens, terwijl hij met zijn vingers over het bovenlaken streek.

'En jij slaapt op een wolk,' zei ik tegen hem. Toen kuste hij me, lang en langzaam.

In die sombere, lege maanden na hun vertrek, waarin ik mij ternauwernood tussen de lakens vandaan wist te worstelen, liet ik me langzaam, als een omslaande golf, van de ene kant naar de andere rollen, waarbij ik me in en weer uit het beddengoed wikkelde.

En verder nog de logeerkamer met badkamer en toilet.

Derde etage: ooit de bediendekamers, nu de kamer van Olivia en een tweede logeerkamer. Er zijn nachten dat ik als een geest haar kamer bezoek. Op sommige dagen blijf ik in de deuropening staan en kijk ik naar de trage beweging van stofjes in de zon. Er zijn weken waarin ik helemaal niet naar de derde etage ga en die tot een herinnering begint te vervagen, als het gevoel van regen op mijn huid.

Hoe dan ook. Morgen spreek ik ze weer. Intussen geen spoor van de mensen aan de overkant van het park.

WOENSDAG,
27 oktober

VIER

Uit de voordeur van nummer 207 stormt, als een paard uit zijn starthek, een magere tiener naar buiten en rent, langs mijn voorramen, in oostelijke richting de straat uit. Ik kan het niet goed zien – ik ben vroeg wakker geworden, na een late avond met *Out of the Past*, en ik probeer te bedenken of het verstandig is om een slok merlot te nemen; maar ik zie een flits blond, een rugtas over een schouder. Dan is hij verdwenen.

Ik sla een glas achterover, loop mijmerend de trap op, installeer me achter mijn bureau. Pak mijn Nikon.

In de keuken van 207 zie ik de vader, groot en breed, tegen het licht van een televisiescherm. Ik druk de camera tegen mijn oog en zoom in: de *Today*-uitzending. Ik kan, bedenk ik, naar beneden gaan, mijn eigen tv aanzetten en tegelijkertijd met de buurman kijken. Of ik kan haar hiervandaan via de lens bekijken, op zijn toestel.

Ik besluit dat te doen.

Het is een tijd geleden dat ik de voorgevel heb opgenomen, maar Google biedt een streetview: witgekalkte muren, vaag Beaux-Arts, gecompleteerd met een dakterrasje. Hiervandaan heb ik natuurlijk alleen zicht op de zijkant van het huis; door hun ramen op het oosten heb ik een duidelijke inkijk in de keuken, een salon op de tweede verdieping en een slaapkamer erboven.

Gisteren kwam er een peloton verhuizers, die met banken, televisietoestellen en een antieke kast sjouwden. De echtgenoot gaf aanwijzingen. Ik heb de vrouw niet meer gezien sinds de avond dat ze het huis betrokken. Ik vraag me af hoe ze eruitziet.

Ik sta op het punt Rook&Roll te verslaan, als ik de bel hoor. Ik slof de trap af, geef een klap op de opener, doe de deur naar de hal van het slot en sta tegenover mijn huurder, die er, zoals het heet, simpel maar smakelijk uitziet. Hij ís werkelijk knap, met zijn sterke kaaklijn en zijn donkere, diepe ogen waarin je verdrinkt. Henry Fonda na een late avond. (Ik ben niet de enige die er zo over denkt. David houdt er graag van tijd tot tijd een vriendin op na, heb ik opgemerkt. Gehoord, eigenlijk.)

'Ik ga vanavond naar Brooklyn,' meldt hij me.

Ik strijk een hand door mijn haar. 'Oké.'

'Kan ik nog iets voor u doen voor ik wegga?' Het klinkt als een voorstel, als een tekst uit een film noir. *Je perst gewoon je lippen op elkaar en zuigt.*

'Dank je wel. Ik heb alles.'

Hij tuurt langs me heen en knijpt zijn ogen half dicht. 'Moeten de lampen vernieuwd worden? Het is hier donker.'

'Ik hou van schemerig,' zeg ik. *Like my men*, wil ik eraan toevoegen. Is dat de grap uit *Airplane*? 'Ik wens je...' veel plezier? Een fijne avond? Goeie seks? '...een fijne avond.' Hij draait zich om om weg te gaan.

'Je weet toch dat je gewoon via de kelderdeur binnen kunt komen,' zeg ik tegen hem, en in een poging om grappig te zijn: 'Grote kans dat ik thuis ben.' Ik hoop dat hij moet glimlachen. Hij is hier nu twee maanden en ik heb hem niet één keer zien grijnzen.

Hij knikt en loopt weg.

Ik sluit de deur en draai het slot tweemaal om.

Ik bekijk mezelf in de spiegel. Straalsgewijze rimpels om mijn ogen. Een warrige bos donker haar, met hier en daar grijze strepen, los over mijn schouders; stoppels in mijn oksel. Mijn buik is slap. Putjes pointilleren mijn dijen. Mijn huid is bijna luguber bleek, op mijn armen en benen tekenen aderen zich violet af.

Putjes, stipjes, stoppels, rimpels: ik moet er wat aan doen. Ooit vonden sommigen, vond Ed, dat ik zo'n natuurlijke charme had. 'Voor mij was je het meisje van mijn dromen,' zei hij treurig, aan het einde.

Ik kijk omlaag naar mijn tenen die zich tegen de stenen krullen – lang en dun, een (of tien) van mijn betere punten, die nu iets van een klein roofdier hebben. Ik rommel in mijn medicijnkastje, tussen totempalen van op elkaar gestapelde potjes pillen, en haal een nagelknipper tevoorschijn. Tenminste één probleem dat ik kan oplossen.

DONDERDAG,
28 oktober

VIJF

Verkoopakte gisteren openbaar gemaakt. Mijn nieuwe buren zijn Alistair en Jane Russell; voor hun nederige onderkomen hebben ze $3.45 miljoen betaald. Via Google weet ik dat hij partner is van een middelgrote consultancy, en hiervoor in Boston gevestigd was. Zij is niet te vinden – tik maar eens *Jane Russell* in een zoekmachine.

Het is een levendige buurt die ze hebben gekozen.

Het huis van de Millers aan de overkant – laat varen alle hoop, gij die hier binnentreedt – is een van de vijf herenhuizen waarop ik uitkijk vanuit de op het zuiden liggende ramen van mijn eigen huis. In oostelijke richting staan de twee identieke Gray Sisters: dezelfde kroonlijsten boven de ramen, dezelfde flessengroene voordeuren. In het rechter – de iets Grayere Sister – wonen, van oudsher, Henry en Lisa Wasserman: 'Vier decennia en dat worden er nog meer,' pochte mevrouw Wasserman toen wij hier kwamen wonen. Ze kwam langs om ons ('recht in uw gezicht') te vertellen hoe zij ('en mijn Henry') de komst van 'alweer een yuppenkliek' betreurde waar ooit 'echte nabuurschap' heerste.

Ed kookte. Olivia noemde haar speelgoedkonijn Yup.

De Wasserlui, de bijnaam die we hun gaven, hebben me sindsdien niet meer aangesproken, ook al ben ik nu alleen, een eenpersoonskliek. Ze lijken niet veel vriendelijker tegen de bewoners van de andere Gray Sister, een gezin met de passende naam Gray. Twee tienermeisjes, vader partner van een klein M&A-kantoor, moeder een enthousiaste boekenclubgastvrouw. De keuze van deze maand, aangekondigd op hun Meetup-pagina en op dit moment door acht vrouwen van middelbare leeftijd besproken in de voorkamer van de familie Gray: *Jude the Obscure.*

Ik heb het ook gelezen, stelde me voor dat ik een van de club was, koffiecake kauwde (volstrekt onhandig) en wijn nipte (dat ging me wel goed af). 'Anna, wat vond jij van *Jude*?' zou Christine Gray me vragen en ik zou zeggen dat ik het nogal obscuur vond. We zouden lachen. Feitelijk lachen ze nu. Ik probeer met hen mee te lachen. Ik neem een slokje.

Ten westen van de Millers wonen de Takeda's. De echtgenoot is Japanner, de moeder is blank, hun zoon is bovenaards mooi. Hij speelt cello; in de warme maanden oefent hij met de salonramen open, zodat Ed vervolgens die van ons openschoof. Op een avond in een lang voorbije juni dansten Ed en ik op flarden van een Bach-suite: wiegend in de keuken, mijn hoofd op zijn schouder, zijn vingers op mijn rug verstrengeld, terwijl de jongen aan de overkant doorspeelde.

Afgelopen zomer slenterde zijn muziek naar mijn huis, naderde mijn woonkamer en klopte beleefd op de ruit: *Laat me binnen*. Ik liet hem niet binnen, kon hem niet binnenlaten – ik doe de ramen niet, nooit, open – maar ik kon hem horen mompelen, smeken: *Laat me binnen. Laat me binnen!*

Nummer 206-208, een leegstaand, bakstenen twee-onder-een-kap staat naast dat van de Takeda's. Twee novembers terug werd het gekocht door een bv, maar het is nog steeds niet bewoond. Een mysterie. Bijna een jaar lang klampten steigers zich aan de voorgevel, als hangende tuinen; plotseling waren ze verdwenen – dat gebeurde enkele maanden voordat Ed en Olivia vertrokken – en sindsdien: niets.

Ziedaar mijn zuidelijk rijk en zijn onderdanen. Ik was met geen van deze mensen bevriend; de meeste heb ik niet vaker dan een of twee keer gesproken. Stadsleven, denk ik. Misschien hadden de Wasserlui ergens gelijk. Ik vraag me af of ze weten hoe ik eraan toe ben.

Een vervallen katholieke school flankeert mijn huis aan de oostkant, leunt er praktisch tegenaan: St. Dymphna's, dicht sinds wij hier introkken. Als Olivia stout was, dreigden we altijd haar daarheen te sturen. Pokdalig baksteen, ramen zwart van vuil. Althans, wat ik me ervan herinner; het is al een tijd geleden dat ik er een blik op heb geworpen.

En gelijk op het westen ligt het park – klein, twee kavels lang en twee diep, met een smal stenen pad tussen onze straat en die aan de noordkant. Aan elk uiteinde houdt een plataan met vurige bladeren de wacht; een ijzeren hek, tot laag bij de grond, sluit beide zijden af. Het is, zoals die citaatwaardige makelaar zei, heel pittoresk.

En dan is er het huis aan de overkant van het park: nummer 207. De Lords verkochten het twee maanden geleden en smeerden hem onmiddellijk; ze vlogen naar het zuiden naar hun seniorenvilla in Vero Beach. Komen op Alistair en Jane Russell.

Jane Russell! Mijn fysiotherapeute had nooit van haar gehoord. '*Gentlemen Prefer Blondes*,' zei ik.

'Dat is niet mijn ervaring,' antwoordde ze. Bina is jonger; misschien komt het daardoor.

Dit was allemaal eerder vandaag; voordat ik met haar in discussie kon gaan, legde ze mijn ene been over het andere en kapseisde ze me op mijn linkerzijde. De pijn benam me de adem. 'Dit is nodig voor je hamstrings,' verzekerde ze me.

'Kreng,' hijgde ik.

Ze drukte mijn knie tegen de grond. 'Je betaalt me niet om je in de watten te leggen.'

Ik kromp ineen. 'Kan ik je betalen om te vertrekken?'

Bina komt eenmaal per week om, zoals ik het noem, me te helpen het leven te haten en me op de hoogte te houden van haar seksuele avonturen, die ongeveer even opwindend zijn als die van mij. In Bina's geval is dat echter omdat ze kieskeurig is. 'De ene helft van de kerels op die apps gebruikt vijf jaar oude foto's,' klaagt ze, terwijl haar haar zich als een waterval over een schouder stort, 'en de andere helft is getrouwd. En de *rest* is niet voor niets vrijgezel.'

Dat maakt twee helften plus een rest, maar je gaat geen wiskundig debat aan met iemand die jouw ruggengraat verdraait.

Een maand geleden meldde ik me aan bij Tinder, 'gewoon om te kijken', zei ik tegen mezelf. Tinder, had Bina uitgelegd, matcht jou aan mensen wier paden jij hebt gekruist. Maar als je niemands pad hebt gekruist? Wat als je aldoor dezelfde 370 verticaal gerangschikte vierkante meter doorkruist en verder niets?

Geen idee. Het eerste profiel dat me onder ogen kwam was dat van David. Ik heb onmiddellijk mijn account verwijderd.

Het is nu vier dagen sinds ik een glimp van Jane Russell opving. Ze had zeker niet dezelfde proporties als de oorspronkelijke, die met de torpedoborsten en de wespentaille, maar die heb ik evenmin. De jongen heb ik alleen maar die ene keer gezien, gisterochtend. Maar de echtgenoot – brede schouders, peper-en-zoutkleurige wenkbrauwen, spichtige neus

– is permanent in zijn huis te bekijken: eieren klutsend in de keuken, lezend in de salon, af en toe een blik werpend in de slaapkamer, alsof hij iemand zoekt.

VRIJDAG,
29 oktober

ZES

Vandaag mijn Franse *leçon* en vanavond *Les Diaboliques*. Een smerige ploert als echtgenoot, zijn vrouw die een 'wrak' is, een maîtresse, een moordenaar, een verdwenen lichaam. Kun je iets beters bedenken dan een verdwenen lichaam?

Maar eerst roept de plicht. Ik slik mijn pillen, parkeer me achter mijn pc, schuif de muis naar één kant, voer het wachtwoord in, en log in op Agora.

Ongeacht op welk tijdstip, op álle tijdstippen, hebben minstens enkele tientallen gebruikers zich aangemeld, een over de wereld verspreide verzameling. Sommigen van hen ken ik bij naam: Talia van de Bay Area; Phil in Boston; een advocaat uit Manchester met de onadvocatelijke naam Mitzi; Pedro, een Boliviaan wiens gebrekkige Engels waarschijnlijk niet erger is dan mijn steenkolenfrans. Anderen, onder wie ik, hebben pseudoniemen – ik koos voor Annagorafoob, maar vervolgens liet ik aan een medegebruiker doorschemeren dat ik psycholoog ben en dat werd snel bekend. Dus nu ben ik dedokterhoudtspreekuur. U bent aan de beurt.

Agorafobie: in vertaling angst voor de openbare ruimte, in de praktijk de term voor een serie angststoornissen. Voor het eerst vermeld aan het einde van de negentiende eeuw, vervolgens een eeuw later 'geclassificeerd als een onafhankelijke diagnostische entiteit', hoewel grotendeels comorbide met paniekstoornis. Als u wilt, kunt u er alles over lezen in de *Diagnostic and Statistical Manual of Mental Disorders, vijfde druk*. Kortom DSM-5. Ik vond die titel altijd al amusant; hij klinkt meer als een filmserie. *Hoe vond je* Mental Disorders-4? *Het vervolg zul je te gek vinden!*

Medische literatuur is ongemeen beeldend als het gaat om de symptomen. 'Onder agorafobische angsten... vallen alleen buitenshuis zijn; je in een menigte bevinden, of in een rij staan; of op een brug.' Wat zou ik er niet voor overhebben om op een brug te staan. God, wat zou ik er niet voor overhebben om in een rij te staan. Deze vind ik ook mooi: 'Op de middelste stoel zitten van een rij in een theater.' Middelste stoel. Toe maar.

Pagina 113 tot pagina 133, mocht u geïnteresseerd zijn.

Velen van ons – zij die het zwaarst getroffen zijn, degenen die worstelen met posttraumatische stressstoornis – zijn aan huis gekluisterd, verscholen voor de ongeregelde, overweldigende buitenwereld. Sommigen vrezen de deinende menigten; anderen het verkeersgeweld. Voor mij zijn het de enorme luchten, de eindeloze horizon, het onbeschut zijn op zich, de verpletterende druk van de buitenlucht. 'Open ruimten,' noemt de *DSM*-5 het vaag, trots op zijn 186 voetnoten.

Als arts zeg ik dat de patiënt een omgeving zoekt die ze kan beheersen. Dat is de klinische behandeling. Als patiënt (en dat ís het juiste woord) kan ik zeggen dat agorafobie niet zozeer mijn leven heeft verwoest, maar dat het mijn leven is geworden.

Ik word begroet door het Agora-welkomstscherm. Ik scan de berichtenboards, loop de threads door. 3 MAANDEN VAST IN MIJN HUIS. Ik hoor je, Kala88; hier bijna tien maanden en het gaat maar door. AGORA AFHANKELIJK VAN GEMOEDSGESTELDHEID? Klinkt meer als een sociale fobie, VroegeVogel. Of een slecht werkende schildklier. KAN NOG STEEDS GEEN WERK KRIJGEN. Ach, Megan – ik weet het, en het spijt me. Dankzij Ed hoef ik niet te werken, maar ik mis mijn patiënten. Ik maak me zorgen om mijn patiënten.

Ik heb mail van een nieuwkomer. Ik verwijs haar naar het overlevingshandboek dat ik in de lente in elkaar heb geflanst: 'Je hebt dus een paniekstoornis?' – hetgeen, vind ik, aangenaam opgewekt klinkt.

Vr: Hoe kom ik aan eten?
Antw: Blue Apron, Plated, HelloFresh... meer dan genoeg bezorgmogelijkheden in de VS! In het buitenland zijn waarschijnlijk dezelfde diensten verkrijgbaar.
Vr: Hoe krijg ik mijn medicijnen?
Antw: Alle grote apotheken in de VS bezorgen aan huis. Laat je dokter contact opnemen met je lokale apotheek als er een probleem is.
Vr: Hoe hou ik mijn huis schoon?
Antw: Maak het schoon! Huur een schoonmaakbedrijf of doe het zelf.

(Ik doe geen van beide. Mijn huis kan wel een goede schoonmaakbeurt gebruiken.)

Vr: Wat doe ik met afval?
Antw: Daar kan de schoonmaker voor zorgen of je kunt een vriend vragen om je te helpen.
Vr: Hoe zorg ik ervoor dat ik me niet ga vervelen?
Antw: Tja, dát is een moeilijke vraag...

Enzovoort. Alles bij elkaar ben ik tevreden met het document. Had het heel graag zelf gehad.

Nu verschijnt er een chatbox op mijn scherm.

Sally4de: dag dokter!

Ik voel hoe mijn lippen zich tot een glimlach plooien. Sally: zesentwintig, woont in Perth, werd eerder dit jaar, op paaszondag, aangevallen. Ze had een gebroken arm en ernstig letsel aan haar ogen en gezicht; haar aanrander werd nooit geïdentificeerd of gepakt. Sally bracht vier maanden binnenshuis door, geïsoleerd in de meest geïsoleerde stad ter wereld, maar komt nu al sinds tien weken weer buiten de deur – knappe meid, zou ze zeggen. Een psycholoog, aversietherapie en propranolol. Niets is zo goed als een bètablokker.

dedokterhoudtspreekuur: Jij ook hallo! Alles oké?
Sally4de: alles oké! vanochtend picknick!!

Ze is altijd dol geweest op uitroeptekens, zelfs op het dieptepunt van haar depressie.

dedokterhoudtspreekuur: Hoe ging dat?
Sally4de: ik heb het overleefd! ☺

En ze is ook dol op emoticons.

dedokterhoudtspreekuur: Je bent een overlever! Hoe staat het met de Inderal?
Sally4de: goed, ik zit nu nog maar op 80 mg

dedokterhoudtspreekuur: 2x per dag?
Sally4de: 1x!!
dedokterhoudtspreekuur: Minimumdosering! Fantastisch! Bijwerkingen?
Sally4de: droge ogen, meer niet

Ze heeft geluk. Ik slik (onder andere) een vergelijkbaar middel en van tijd tot tijd heb ik barstende koppijn. PROPRANOLOL KAN MIGRAINE, HARTARITMIEËN, KORTADEMIGHEID, DEPRESSIE, HALLUCINATIES, ERNSTIGE HUIDAANDOENINGEN, MISSELIJKHEID, DIARREE, VERMINDERD LIBIDO, SLAPELOOSHEID EN VERSUFTHEID TEN GEVOLGE HEBBEN. 'Dat medicijn kan nog wel wat bijwerkingen gebruiken,' zei Ed tegen me.

'Spontane ontbranding,' stelde ik voor.

'Racekak.'

'Langzame, slepende dood.'

dedokterhoudtspreekuur: Een terugval?
Sally4de: vorige week een kleine inzinking
Sally4de: maar die heb ik overwonnen
Sally4de: ademhalingsoefeningen
dedokterhoudtspreekuur: De goeie ouwe papieren zak.
Sally4de: ik voel me een idioot, maar het werkt
dedokterhoudtspreekuur: Inderdaad. Goed gedaan.
Sally4de: bedankt ☺

Ik neem een slokje wijn. Er verschijnt een andere chatbox: Andrew, een man die ik ontmoette op een site voor fans van klassieke films.

Graham Green series@Angelika dit wknd?

Ik denk even na. *The Fallen Idol* is een favoriet – de gedoemde butler, het noodlottige papieren vliegtuig – en het is al vijftien jaar geleden dat ik *Ministry of Fear* heb gezien. En uiteraard brachten oude films Ed en mij met elkaar in contact.

Maar ik heb Andrew niet mijn situatie uitgelegd. Om kort te gaan: *kan niet*.

Ik ga terug naar Sally.

dedokterhoudtspreekuur: Ga je nog steeds naar je psycholoog?
Sally4de: ja ☺ bedankt. nog maar 1x per week. vlgs haar uitstekende vorderingen
Sally4de: slikken en slapen, daar gaat het om
dedokterhoudtspreekuur: Slaap je goed?
Sally4de: nog steeds enge dromen
Sally4de: u?
dedokterhoudtspreekuur: Ik slaap heel veel.

Te veel, waarschijnlijk. Ik zou het dokter Fielding moeten zeggen. Weet niet zeker of ik dat doe.

Sally4de: gaat u vooruit? bent u klaar om te vechten?
dedokterhoudtspreekuur: Ik ben niet zo snel als jij! PTSS is een monster. Maar ik ben taai.
Sally4de: en of!
Sally4de: wilde alleen maar even weten hoe het met mijn vrienden gaat – denk aan jullie allemaal!!!

Ik neem afscheid van Sally op het moment dat mijn docent me skypet. 'Bonjour, Yves,' mompel ik bij mezelf. Ik wacht met opnemen; ik besef dat ik naar hem uitkijk – dat inktzwarte haar, die donkere waas over zijn huid. De wenkbrauwen die in elkaar overlopen en knikken als *l'accent circonflexe* als hij moeite heeft met mijn uitspraak, wat vaak het geval is.

Als Andrew zich weer meldt, zal ik hem voorlopig negeren. Misschien voor altijd. Klassieke cinema: die deel ik met Ed. Met niemand anders.

Ik draai de zandloper op mijn bureau om en kijk hoe de kleine zandpiramide lijkt te trillen onder de inslaande korrels. Al die tijd. Bijna een jaar. Ik ben al bijna een jaar niet mijn huis uit geweest.

Nou ja, nagenoeg. Vijf maal in acht weken ben ik erin geslaagd me buiten te wagen, achter het huis, in de tuin. Mijn 'geheime wapen', zoals dokter Fielding het noemt, is mijn paraplu – dat wil zeggen die van Ed, een gammel London Fog-geval. Dokter Fielding, zelf een gammel geval, staat als een vogelverschrikker in de tuin terwijl ik de deur open met de paraplu voor me uit zwaaiend. Een tik tegen de knop en hij springt open; ik staar ingespannen naar de kom die hij vormt, naar baleinen en vel. Donkere ruit, per paneel vier blokken zwart, vier lijnen wit in elke schering en inslag. Vier blokken, vier lijnen. Vier zwarte, vier witte. Adem in, tel tot vier. Adem uit, tel tot vier. Vier. Het magische getal.

De paraplu steekt recht voor me uit, als een sabel, als een schild.

En dan stap ik naar buiten.

Buiten, twee, drie, vier.

Binnen, twee, drie, vier.

Het nylon glanst tegen de zon. Ik neem de eerste trede (natuurlijk zijn het er vier) en ik houd de paraplu omhoog naar de lucht, een heel klein beetje, loer naar zijn schoenen, zijn schenen. In mijn perifere blik stort de wereld zich uit als water dat op het punt staat over een duikerklok te stromen.

'Vergeet niet dat je je geheime wapen hebt,' roept dokter Fielding.

Het is niet geheim, wil ik roepen; het is verdomme een op klaarlichte dag rondzwaaiende paraplu.

Buiten, twee, drie, vier; binnen, twee, drie, vier – onverwachts werkt het; ik laat me de treden af voeren (buiten, twee, drie, vier) en over een paar meters gras (binnen, twee, drie, vier). Totdat binnenin de paniek opborrelt, een opkomende vloed die mijn zicht verzwelgt en de stem van dokter Fielding overstemt. En dan... daar kun je beter niet aan denken.

ZATERDAG,
30 oktober

ZEVEN

Noodweer. De es buigt door, het kalksteen is dof, vreugdeloos en vochtig. Ik herinner me dat ik ooit een glas in de patio liet vallen; het barstte als een bel, de merlot spatte over de grond, vulde, donker en bloederig, de nerven van het metselwerk en kroop naar mijn voeten.

Soms, als de wolken laag hangen, stel ik me voor dat ik daarboven ben, in een vliegtuig of op een wolk, en het land eronder overzie: de oostkust met zijn gespaakte bruggen; de auto's die daartoe worden aangezogen als vliegen naar een lamp.

Het is zo lang geleden dat ik regen heb gevoeld. Of wind – de streling van de wind zei ik bijna, alleen klinkt dat als een zin uit een goedkoop romannetje.

Maar het is waar. En ook sneeuw, maar sneeuw wil ik nooit meer voelen.

Vanochtend zat er in de FreshDirect-bestelling tussen de granny smiths een perzik. Ik vraag me af hoe dat kan gebeuren.

Op de avond dat we elkaar ontmoetten, tijdens een filmhuisvertoning van *The 39 Steps*, vergeleken Ed en ik verhalen. Mijn moeder, vertelde ik hem, had me grootgebracht met oude thrillers en klassieke films noirs; als tiener gaf ik de voorkeur aan het gezelschap van Gene Tierny en Jimmy Stewart boven dat van mijn klasgenoten. 'Weet niet of ik dat lief of treurig moet vinden,' zei Ed, die tot die avond nog nooit een zwart-witfilm had gezien. Nog geen twee uur later vond zijn mond de mijne.

Je bedoelt dat jouw mond de mijne vond, hoor ik hem in mijn verbeelding zeggen.

In de jaren voor Olivia keken we minstens eenmaal per week een film - alle klassieke thrillers uit mijn jeugd: *Double Indemnity*, *Gaslight*, *Saboteur*, *The Big Clock*... Die avonden brachten we monochroom door. Voor mij was het een gelegenheid voor een weerzien met oude vrienden, voor Ed was het de kans om nieuwe te maken.

En we stelden lijsten op. De *Thin Man*-serie, geordend van beste (de originele) tot slechtste (*Song of the Thin Man*). Topfilms van het topjaar 1944. De mooiste momenten van Joseph Cotten.

Ik kan natuurlijk in mijn eentje lijsten maken. Bij voorbeeld: beste niet door Hitchcock gemaakte Hitchcock-films. Daar gaat-ie:

Le Boucher, de vroege Claude Chabrol, die Hitch, naar wordt gezegd, zelf had willen regisseren. *Dark Passage*, met Humphrey Bogart en Lauren Bacall - een San Francisco-romance, een en al fluweel en mist, en voorloper van elke film waarin een karakter onder het mes gaat om zich te vermommen. *Niagara*, met Marilyn Monroe; *Charade*, met Audrey Hepburn; *Sudden Fear!*, met een hoofdrol voor de wenkbrauwen van Joan Crawford. *Wait Until Dark*, opnieuw Hepburn, een blinde vrouw die opgesloten zit in haar souterrainwoning. Ik zou gek worden in een souterrainwoning.

Nu films van na Hitchcock: *The Vanishing*, met zijn onverwachte ontknoping. *Frantic*, Polanski's ode aan de meester. *Side Effects*, die als een antifarmacologisch verhaal begint voordat hij als een slang in een volslagen ander genre glibbert.

Goed.

Courante incorrecte filmcitaten. 'Play it again, Sam' - *Casablanca*, naar verluidt, behalve dat Bogie noch Bergman het ooit heeft gezegd. 'He's alive': Frankenstein geeft, heel gemeen, zijn monster geen geslacht; het is gewoon 'It's alive'. 'Elementary, my dear Watson' komt voor in de eerste Holmes-films van het gesproken tijdperk, maar verschijnt nergens in het officiële oeuvre van Conan Doyle.

Goed.

Wat nu?

Ik klap mijn laptop open en ga naar Agora. Een bericht van Mitzi in Manchester; een voortgangsverslag uit beleefdheid van Dimples2016 in Arizona. Niets belangrijks.

In de voorkamer van nummer 210 beweegt de Takeda-jongen zijn strijkstok over de cello. Meer oostwaarts ontvluchten de vier Grays de regen en rennen lachend de treden van hun stoep op. Aan de overkant van het park vult Alistair Russell een glas aan de keukenkraan.

ACHT

Laat op de middag en ik sta juist een Californische pinot noir in een waterglas te schenken als de deurbel gaat. Ik laat mijn glas vallen.

Het spat uit elkaar en een lange wijntong likt het witte berkenhout. 'Kut,' roep ik. (Wat ik heb opgemerkt: in afwezigheid van anderen vloek ik vaker en luider. Ed zou verbijsterd zijn. Ik bén verbijsterd.)

Ik heb net een lange lap van de keukenrol gescheurd als de bel opnieuw gaat. *Wie is dat verdomme?* denk ik – of zei ik het? David is een uur geleden vertrokken voor een klus in East Harlem – ik zag hem vanuit mijn werkkamer – en ik verwacht geen bestellingen. Ik buk, dek de viezigheid af met een prop keukenpapier en been vervolgens naar de deur.

Op het intercomscherm staat een lang joch in een nauw jasje, zijn handen omklemmen een klein wit doosje. Het is de Russell-jongen.

Ik druk de spreekknop in. 'Ja?' roep ik. Minder uitnodigend dan *Hallo*, eleganter dan *Wie is dat verdomme?*

'Ik woon aan de overkant van het park,' zegt hij, schreeuwt hij bijna; zijn stem is onwaarschijnlijk charmant. 'Ik moest u dit geven van mijn moeder.' Ik zie hoe hij de doos naar de luidspreker houdt; vervolgens, niet wetend waar de camera zich bevindt, draait hij zich langzaam, waarbij zijn armen een cirkel boven zijn hoofd maken.

'Je kunt...' begin ik. Moet ik hem vragen het in de hal te leggen? Niet erg vriendelijk, denk ik, maar ik heb al twee dagen geen bad genomen en misschien haalt de kat naar hem uit.

Hij staat nog steeds op mijn stoep, met de doos voor zich.

'...binnenkomen,' eindig ik, en ik druk op de knop.

Ik hoor het slot openklikken en begeef me op mijn hoede naar de deur, zoals Punch onbekende mensen benadert – of dat deed, vroeger toen er nog onbekende mensen aan huis kwamen.

Voor het matglas doemt een wazig silhouet op, dun als een grasspriet. Ik draai het slot om.

Hij is inderdaad lang, met een babyface en blauwe ogen, een lok zandkleurig haar en een bleek litteken dat als een streepje van één wenkbrauw omhoog naar zijn voorhoofd loopt. Misschien vijftien jaar oud. Hij lijkt op een jongen die ik ooit heb gekend, ooit heb gekust – zomerkamp in Maine, een kwarteeuw geleden. Ik mag hem.

'Ik ben Ethan,' zegt hij.

'Je kunt binnenkomen,' zeg ik nogmaals.

Hij komt binnen. 'Wat is het hier donker.'

Ik draai de knop op de muur om.

Terwijl ik hem opneem, neemt hij de kamer op: de schilderijen, de kat languit op de chaise longue; de kwistige prop doorweekt papier op de keukenvloer. 'Wat is er gebeurd?'

'Ik heb iets laten vallen,' zeg ik. 'Ik ben Anna. Fox,' voeg ik eraan toe, voor het geval hij de vormen in acht wil nemen; ik ben oud genoeg om zijn (jonge) moeder te zijn.

We schudden handen, dan geeft hij me de doos, die vrolijk gekleurd is en stevig dichtgebonden met een lint. 'Voor u,' zegt hij verlegen.

'Zet maar neer. Kan ik je iets te drinken aanbieden?'

Hij loopt naar de bank. 'Mag ik misschien wat water?'

'Natuurlijk.' Ik ga terug naar de keuken en ruim de troep op. 'IJs?'

'Nee, dank u wel.' Ik vul een glas en nog een en negeer de fles pinot noir op het aanrecht.

De doos staat breeduit op de salontafel, naast mijn laptop. Ik ben nog steeds op Agora ingelogd, waar ik een poosje geleden DiscoMickey door een beginnende paniekaanval heen heb gepraat; zijn dank je-bericht staat breeduit over het scherm geschreven. 'Zo,' zeg ik, terwijl ik naast Ethan ga zitten en zijn glas voor hem neerzet. Ik klap de laptop dicht en strek mijn hand uit naar het cadeau. 'Eens kijken wat we hier hebben.'

Ik trek het lint los, licht de deksel op en uit een nest van zijdepapier haal ik een kaars – het soort met bloemen en blaadjes erin verwerkt als in amber gestrikte insecten. Ik houd hem met veel vertoon omhoog.

'Lavendel,' zegt Ethan ongevraagd.

'Dat dacht ik al.' Ik snuif. 'Ik ben vol op davendel.' Probeer opnieuw. 'Ik ben dol op lavendel.'

Een zweem van een glimlach, een mondhoek gaat omhoog, als door een koordje opgetrokken. Over een paar jaar, besef ik, zal hij een mooie man zijn. Dat litteken – vrouwen zullen er gek op zijn. Misschien vinden meisjes het al mooi. Of jongens.

'Mijn moeder zei dat ik het aan u moest geven. Al dagen geleden.'

'Dat is heel attent. Eigenlijk moeten júllie cadeaus krijgen van je nieuwe buren.'

'Er is al een mevrouw langs geweest,' zegt hij. 'Die zei dat zo'n klein gezin als wij niet zo'n groot huis nodig had.'

'Ik wil wedden dat dat mevrouw Wasserman was.'

'Ja.'

'Trek je er niets van aan.'

'Dat doen we ook niet.'

Punch heeft zich van de chaise longue laten glijden en loopt behoedzaam naar ons toe. Ethan leunt voorover en legt zijn hand op het vloerkleed, met de palm omhoog. De kat blijft even staan, sluipt naar ons toe, snuffelt aan Ethans vingers en likt ze af. Ethan giechelt.

'Ik ben dol op kattentongen,' zegt hij als doet hij een bekentenis.

'Ik ook.' Ik neem een slokje water. 'Ze zitten vol weerhaakjes – kleine naaldjes,' zeg ik voor het geval hij het woord 'weerhaakje' niet kent. Ik realiseer me dat ik niet goed weet hoe je tegen een tiener praat; mijn oudste patiënten waren twaalf. 'Zal ik de kaars aansteken?'

Ethan haalt zijn schouders op, glimlacht. 'Oké.'

Ik vind een lucifersdoosje in het bureau, kersenrood met de woorden DE RODE KAT er dwars overheen. Ik herinner me dat ik daar twee jaar geleden met Ed heb gegeten. Of drie jaar. Kiptajine, denk ik, en hij, herinner ik me, prees de wijn. Toen dronk ik niet zoveel.

Ik strijk een lucifer af en steek de pit aan. 'Kijk eens aan,' zeg ik terwijl een kleine vlamklauw naar de lucht krabt; de gloed bloesemt, de bloesem gloeit. 'Wat mooi.'

Er heerst een aangename stilte. Punch maakt achtfiguren om Ethans benen en springt dan op zijn schoot. Ethan lacht, een schelle schater.

'Ik geloof dat hij je aardig vindt.'

'Dat denk ik ook,' zegt hij; hij kromt een vinger achter het oor van de kat en krieuwelt hem zachtjes.

'Meestal houdt hij niet van mensen. Moeilijk karakter.'

Een laag gegrom, als een zachte motor. Punch is werkelijk aan het spinnen.

Ethan grijnst. 'Is het een kat die nooit buiten komt?'

'Hij heeft een kattenluikje in de keukendeur.' Ik wijs ernaar. 'Maar meestal blijft hij binnen.'

'Je bent braaf,' mompelt Ethan terwijl Punch zich tegen zijn arm nestelt.

'Hoe bevalt het nieuwe huis je?' vraag ik.

Hij denkt even na, terwijl hij de schedel van de kat met zijn knokkels masseert. 'Ik mis het oude huis,' zegt hij na een tijdje.

'Dat zal wel. Waar woonde je hiervoor?' Natuurlijk weet ik het antwoord al.

'Boston.'

'Waarom zijn jullie naar New York gekomen?' Ook dit antwoord ken ik.

'Mijn vader heeft een nieuwe baan gekregen.' Feitelijk is hij overgeplaatst, maar daar ga ik natuurlijk niet over redetwisten. 'Ik heb hier wel een grotere kamer,' zegt hij, alsof die gedachte net bij hem is opgekomen.

'De mensen die er voor jullie woonden hebben het helemaal laten renoveren.'

'Volgens mama was het een grondige verbouwing.'

'Inderdaad. Een grondige verbouwing. En ze hebben boven een paar kamers doorgebroken.'

'Bent u in mijn huis geweest?' vraagt hij.

'Een paar keer. Ik kende ze niet erg goed – de Lords. Maar elk jaar gaven ze een kerstborrel en dan ging ik er dus heen.'

In feite is het bijna een jaar geleden dat ik er voor het laatst was. Ed was erbij. Twee weken later vertrok hij.

Ik begin me te ontspannen. Even denk ik dat het Ethans gezelschap is – hij klinkt vriendelijk en ongedwongen; zelfs de kat geeft zijn goedkeuring – maar dan besef ik dat ik in de analysemodus verval, in het over en weer geven en nemen van Vr&Antw. Nieuwsgierigheid en medeleven: het gereedschap van mijn beroep.

En onmiddellijk ben ik daar, heel even, in mijn spreekkamer op East Achtentachtig, het kleine, stille vertrek, verzonken in getemperd licht, twee gemakkelijke stoelen tegenover elkaar, ertussenin een blauw tapijt als een vijver. De radiator sist.

De deur zwaait open en daar in de wachtkamer staat de bank, de houten tafel; glibberende stapels *Highlights* en *Ranger Rick*; de bak is tot aan de rand gevuld met lego; in de hoek snort de witteruismachine.

En Wesleys deur. Wesley, mijn zakenpartner, mijn mentor aan de universiteit, de man die me overhaalde een eigen praktijk te beginnen. Wesley Brill – we noemden hem Wesley Briljant, de man met de ongekamde haren en verschillende sokken, het lichtende brein en de donderende stem. Ik zie hem in zijn spreekkamer, onderuitgezakt in zijn Eames-fauteuil, zijn lange benen gericht naar het midden van de kamer, een boek op zijn schoot. Het raam staat open, naar winterlucht happend. Hij heeft zitten roken. Hij kijkt op.

'Ha, Fox,' zegt hij.

'Mijn kamer hier is groter dan mijn vorige,' deelt Ethan me nogmaals mee.

Ik leun achterover en sla één been over het andere. Het voelt bijna absurd geposeerd. Ik vraag me af wanneer ik voor het laatst mijn benen over elkaar heb geslagen. 'Op welke school zit je?'

'Ik krijg thuisonderwijs,' zegt hij. 'Mijn moeder geeft me les.' Voordat ik erop kan reageren, knikt hij naar een foto op een bijzettafel. 'Is dat uw gezin?'

'Ja, dat zijn mijn man en mijn dochter. Hij heet Ed en zij heet Olivia.'

'Zijn ze thuis?'

'Nee, ze wonen niet hier. We zijn uit elkaar.'

'O.' Hij streelt Punch' rug. 'Hoe oud is ze?'

'Acht jaar. Hoe oud ben jij?'

'Zestien. In februari word ik zeventien.'

Zoiets zou Olivia ook zeggen. Hij ziet er jonger uit.

'Mijn dochter is in februari geboren. Op Valentijnsdag.'

'Ik op de achtentwintigste.'

'Bijna op schrikkeldag,' zeg ik.

Hij knikt. 'Wat doet u?'

'Ik ben psycholoog. Ik werk met kinderen.'

Hij rimpelt zijn neus. 'Waarom hebben kinderen een psycholoog nodig?'

'Om allerlei redenen. Sommigen hebben problemen op school, sommigen hebben moeilijkheden thuis. Sommigen hebben het zwaar met het verhuizen naar een andere plaats.'

Hij zegt niets.

'Dus als ik het goed heb, moet jij je vriendjes buiten school ontmoeten, als je thuis les krijgt.'

Hij zucht. 'Mijn vader heeft een zwemvereniging gevonden waar ik bij kan gaan.'

'Hoelang zwem je al?'

'Sinds mijn vijfde.'

'Dan zul je wel goed zijn.'

'Het gaat wel. Mijn vader zegt dat ik niet slecht ben.'

Ik knik.

'Ik ben best goed,' geeft hij bescheiden toe. 'Ik geef les.'

'Je geeft zwemles?'

'Aan mensen met beperkingen. Geen, eh, lichamelijke beperkingen,' voegt hij eraan toe.

'Verstandelijke beperkingen.'

'Ja. Dat heb ik heel veel in Boston gedaan en ik wil het hier ook doen.'

'Hoe ben je daartoe gekomen?'

'Het zusje van mijn vriend heeft het downsyndroom en een paar jaar geleden keek ze naar de Olympische Spelen en toen wilde ze leren zwemmen. Dus gaf ik haar zwemles en daarna nog een paar kinderen van haar school. En ik denk dat ik zo in die...' – hij zoekt naar het woord – 'wereld terecht ben gekomen.'

'Wat fantastisch.'

'Ik hou niet van feestjes en dat soort dingen.'

'Niet jouw wereld.'

'Nee.' Dan glimlacht hij. 'Helemaal niet.'

Hij draait zijn hoofd om en kijkt naar de keuken. 'Vanuit mijn kamer kan ik uw huis zien,' zegt hij. 'Daarboven.'

Ik draai me om. Als hij mijn huis kan zien, betekent dat dat hij op het oosten uitkijkt, op mijn slaapkamer. Dat is even een vervelende gedachte – per slot van rekening is het een tienerjongen. Voor de tweede maal vraag ik me af of hij homo is.

En dan zie ik dat zijn ogen nat zijn.

'O...' Ik kijk rechts van me, waar de zakdoeken zouden moeten zijn, waar ze altijd op mijn spreekkamer lagen. In plaats daarvan staat er een foto in een lijstje, Olivia die stralend naar me kijkt, met een spleetje tussen haar tanden.

'Sorry,' zegt Ethan.

'Nee, hoor,' zeg ik. 'Wat is er?'

'Niets.' Hij wrijft in zijn ogen.

Ik wacht even. Het is een kind – zeg ik tegen mezelf – lang en met de baard in zijn keel, maar een kind.

'Ik mis mijn vrienden,' zegt hij.

'Dat kan ik me voorstellen. Natuurlijk.'

'Ik kén hier niemand.' Er rolt een traan over een wang. Hij veegt hem af met de muis van zijn hand.

'Verhuizen valt niet mee. Ik heb er een tijdje over gedaan om mensen te leren kennen toen ik hier kwam wonen.'

Hij snuift luidruchtig. 'Wanneer was dat?'

'Acht jaar geleden. Of eigenlijk nu negen. Vanuit Connecticut.'

Hij snuift weer en veegt met een vinger langs zijn neus. 'Dat is niet zo ver weg als Boston.'

'Nee. Maar verhuizen waarvandaan ook valt niet mee.' Ik zou hem willen knuffelen. Ik zal het niet doen. PLAATSELIJKE ZONDERLING LIEFKOOST BUURJONGEN.

Een moment lang zeggen we niets.

'Mag ik nog wat water?' vraagt hij.

'Ik pak het even.'

'Nee. Ik doe het wel.' Hij maakt aanstalten om op te staan; Punch laat zich via zijn been omlaagglijden en ploft neer onder de salontafel.

Ethan loopt naar de keuken. Als de kraan loopt, sta ik op, ga naar de televisie en trek de lade onder het toestel open.

'Hou je van films?' roep ik. Geen antwoord; ik draai me om en zie dat hij bij de keukendeur staat en in het park kijkt. Naast hem fluoresceren de flessen in de flessenbak.

Even later draait hij zich naar me om. 'Wat?'

'Hou je van films?' zeg ik nogmaals. Hij knikt. 'Kom maar eens kijken. Ik heb een grote verzameling dvd's. Heel groot. Te groot volgens mijn man.'

'Ik dacht dat jullie uit elkaar waren,' mompelt Ethan, op me aflopend.

'Ja, maar hij is nog steeds mijn man.' Ik kijk naar de ring aan mijn linkerhand, draai hem. 'Maar je hebt gelijk.' Ik gebaar naar de open lade. 'Als je iets wilt lenen, ga je gang. Heb je een dvd-speler?'

'Mijn vader heeft iets wat je op zijn laptop kunt aansluiten.'

'Dat zal wel werken.'

'Misschien mag ik dat van hem lenen.'

'Laten we het hopen.' Ik begin een idee van Alistair Russell te krijgen.

'Wat voor soort films?' vraagt hij.

'Hoofdzakelijk ouwe.'

'Eh, zwart-wit?'

'Hoofdzakelijk zwart-wit.'

'Ik heb nog nooit een zwart-witfilm gezien.'

Ik zet grote ogen op. 'Dan val je met je neus in de boter. De beste films zijn allemaal zwart-wit.'

Hij kijkt sceptisch maar werpt een blik in de lade. Bijna tweehonderd cassettes, Criterion en Kino, Hitchcock-boxset van Universal, verscheidene film noir-collecties, *Star Wars* (Ik ben ook maar een mens). Ik bekijk de ruggen: *Night and the City. Whirlpool. Murder, My Sweet*. 'Alsjeblieft,' zeg ik; ik trek een cassette ertussenuit en overhandig hem aan Ethan.

'*Night Must Fall*,' leest hij.

'Die is goed om mee te beginnen. Spannend maar niet eng.'

'Dank u wel.' Hij schraapt zijn keel en kucht. 'Sorry,' zegt hij, en hij neemt een slokje water. 'Ik ben allergisch voor katten.'

Ik kijk hem verbaasd aan. 'Waarom heb je dat niet gezegd?' Ik werp een boze blik op de kat.

'Hij is zo lief. Ik wilde hem niet beledigen.'

'Dat is belachelijk,' zeg ik. 'Maar wel aardig.'

Hij glimlacht. 'Ik moet maar weer eens gaan,' zegt hij. Hij loopt terug naar de salontafel, zet zijn glas neer, buigt zich voorover om Punch toe te spreken. 'Niet vanwege jou, hoor, ouwe jongen. Je bent braaf. Hij gaat rechtop staan en veegt zijn handen af aan zijn dijen.

'Wil je een kleerborstel? Tegen de haren?' Ik weet eigenlijk niet of ik er een heb.

'Het is oké.' Hij kijkt om zich heen. 'Mag ik even naar de wc?'

Ik wijs naar de rode ruimte. 'Ga je gang.'

Terwijl hij daar is, bekijk ik me in de spiegel boven de ladekast. Vanavond onder de douche, absoluut. Op z'n laatst morgen.

Ik ga terug naar de bank en doe mijn laptop open. Bedankt voor uw hulp, heeft DiscoMickey geschreven. U bent mijn held.

Ik krabbel een snel antwoord terwijl het toilet wordt doorgespoeld. Even later komt Ethan tevoorschijn, zijn handen afvegend aan zijn spijkerbroek. 'Ik ga ervandoor,' laat hij me weten. Hij loopt naar de deur, handen in zijn zakken, sloffend als een schooljongen.

Ik loop achter hem aan. 'Ontzettend bedankt voor je bezoekje.'

'Tot ziens,' zegt hij, de deur opentrekkend.

Ik denk van niet, denk ik. 'Ja, tot ziens,' zeg ik.

NEGEN

Na Ethans vertrek kijk ik opnieuw *Laura*. Het zou niet moeten werken: Clifton Webb die zich dramatisch uitleeft, Vincent Price die een zuidelijk accent uitprobeert, twee tegenpolen in de hoofdrollen. Maar het werkt wel. En, o, die muziek. 'Ze stuurden me het script, niet de muziek,' mopperde Hedy Lamarr ooit.

Ik laat de kaars branden, het kleine vlammetje trilt.

En daarna, het *Laura*-thema neuriënd, open ik mijn telefoon en ga op het internet op zoek naar mijn patiënten. Mijn vroegere patiënten. Tien maanden geleden ben ik hen allemaal kwijtgeraakt; ik raakte Mary kwijt, negen jaar oud, had het moeilijk met de scheiding van haar ouders; ik raakte Justin kwijt, acht; zijn broertje stierf aan een melanoom; Anne Marie raakte ik kwijt, als twaalfjarige nog steeds bang in het donker. Ik raakte Rasheed kwijt (elf, transgender) en Emily (negen, pestkop); ik raakte een buitengemeen depressieve tienjarige kwijt; ze heette nota bene Joy. Ik verloor hun verdriet en hun ontreddering en hun woede en hun opluchting. Alles bij elkaar verloor ik negentien kinderen. Twintig, als je mijn dochter erbij telt.

Waar Olivia nu is weet ik natuurlijk. De anderen heb ik opgespoord. Niet te vaak – een psycholoog wordt niet geacht onderzoek naar haar patiënten, inclusief voormalige patiënten te doen – maar ongeveer elke maand of zo ga ik, vol heimwee, het web op. Ik heb enkele voor het internet geschikte zoekinstrumenten tot mijn beschikking: een nep Facebook-account, een verouderd LinkedIn-profiel. Maar voor jonge mensen werkt echt alleen Google.

Na gelezen te hebben dat Ava de spellingwedstrijd heeft gewonnen en Jaco is uitgekozen voor de leerlingenraad van de middenschool, na de Instagram-albums van Grace' moeder bekeken en Bens Twitterfeed doorgenomen te hebben (hij zou werkelijk een aantal privacyinstellingen moeten activeren), na de tranen van mijn wangen geveegd en drie glazen rood achterovergeslagen te hebben, bevind ik me weer in mijn slaapkamer, waar ik foto's op mijn telefoon bekijk. En dan, nogmaals, praat ik met Ed.

'Raad eens,' zeg ik zoals altijd.

'Je bent behoorlijk teut, kampioen,' wijst hij me terecht.

'Het was best een lange dag.' Ik werp een blik op mijn lege glas en voel de schuld prikken. 'Wat is Livvy aan het doen?'

'Zich klaarmaken voor morgen.'

'O. Hoe gaat ze?'

'Als spook,' zegt Ed.

'Dan bof je.'

'Hoe bedoel je?'

Ik lach. 'Vorig jaar was ze een brandweerauto.'

'Ja, dat kostte dagen.'

'Dat kostte *míj* dagen.'

Ik hoor hem grinniken.

Aan de overkant van het park, drie verdiepingen hoog, door het raam en achter in een donkere kamer, gloeit een computerscherm. Licht gloort, een instantane zonsopgang. Ik zie een bureau, een tafellamp en dan Ethan die zijn trui uittrekt. Het klopt: onze slaapkamers liggen tegenover elkaar.

Hij draait zich om en trekt, omlaagkijkend, zijn overhemd uit. Ik kijk de andere kant op.

ZONDAG,
31 oktober

TIEN

Zwak ochtendlicht valt door mijn slaapkamerraam. Ik draai me om; mijn heup knalt tegen mijn laptop. Het is laat geworden met slecht schaken. Mijn paarden struikelden, mijn torens stortten ineen.

Ik sleep mezelf naar en van de douche, wrijf mijn haar droog met een handdoek, strijk deodorant onder mijn armen. Klaar voor de strijd, zou Sally zeggen. Happy Halloween.

Natuurlijk zal ik elke bel aan de deur vanavond negeren. David zal om zeven uur vertrekken – de stad in, geloof ik dat hij heeft gezegd. Daar zal het wel een leuke boel worden.

Eerder stelde hij voor dat we een schaal snoep voor de deur konden zetten. 'Die is binnen de kortste keren meegenomen,' zei ik.

Hij leek beledigd. 'Ik ben geen kinderpsycholoog,' zei hij.

'Je hoeft geen kinderpsycholoog te zijn. Je hoeft alleen maar kind geweest te zijn.'

Dus ik doe alle lichten uit alsof er niemand thuis is.

Ik ga naar mijn filmsite. Andrew is online; hij heeft een link gepost naar een essay van Pauline Kael over *Vertigo* – 'stom' en 'oppervlakkig' – en daaronder stelt hij een lijst op: Beste film noir om hand in hand te zitten? (*The Third Man*. Alleen de laatste scène.)

Ik lees het stuk van Kael en ping hem een bericht. Vijf minuten later logt hij uit.

Ik kan me niet herinneren wanneer iemand het laatst mijn hand heeft vastgehouden.

ELF

Boing.

Weer de voordeur. Ditmaal lig ik opgerold op de bank naar *Rififi* te kijken – de uitgesponnen overvalscène, een halfuur zonder een gesproken woord of muzieknoot, alleen diëgetisch geluid en het suizende bloed in je oren. Yves had geopperd dat ik meer tijd aan Franse films moest besteden. Vermoedelijk dacht hij daarbij niet aan een semistomme film. *Quel dommage.*

Toen die doffe *boing* tegen de deur, voor de tweede maal.

Ik trek de deken van mijn benen, zwaai mezelf overeind, pak de afstandbediening en zet de film stop.

Buiten zet de schemering langzaam in. Ik loop naar de deur en open hem.

Boing.

Ik stap in de hal – het enige gebied van het huis waar ik een hekel aan heb en dat ik wantrouw, de koele grijze zone tussen mijn rijk en de buitenwereld. Nu is het schimmig duister, de donkere muren als handen die op het punt staan zich om me heen te klemmen.

Glas-in-loodruitjes belijnen de voordeur. Ik ga voor een ruitje staan en kijk erdoorheen.

Een klap, en de ruit trilt, getroffen door een klein projectiel: een ei, uit elkaar gespat, de inhoud glimmert over het glas. Ik hoor mezelf naar adem happen. Door het vettige eigeel heen zie ik drie kinderen in de straat, opgetogen gezichten, brutale grijnzen, een van hen met een ei klaar in zijn vuist.

Ik wankel en houd me met een hand vast aan de muur.

Dit is mijn huis. Dit is mijn ruit.

Mijn keel knijpt dicht. Tranen wellen op in mijn ogen. Ik voel verbazing, vervolgens schaamte.

Boing.

Dan woede.

Ik kan de deur niet opengooien en hen wegjagen. Ik kan niet naar buiten rennen en hen ter verantwoording roepen. Ik geef een harde roffel op de ruit...

Boing.

Ik sla met de muis van mijn hand tegen de deur.

Ik bewerk hem met mijn vuist.

Ik grom, dan brul ik en mijn stem kaatst terug tussen de muren, de kleine donkere hal een echokamer.

Ik ben machteloos.

Nee, dat ben je niet, hoor ik dokter Fielding zeggen.

Binnen, twee, drie, vier.

Nee, ik ben niet machteloos. Bijna een decennium lang heb ik als postdoc gezwoegd. Ik heb vijftien maanden een opleiding gevolgd op scholen in de binnenstad. Ik heb zeven jaar een praktijk gehad. *Ik ben taai*, heb ik Sally beloofd.

Ik strijk mijn haren achterover, ga terug naar de woonkamer, neem een diepe teug lucht, priem met één vinger op de intercom.

'Maak dat jullie wegkomen,' sis ik. Dit gejammer is vast en zeker buiten te horen.

Boing.

Mijn vinger trilt op de intercomknop. '*Maak dat jullie wegkomen!*'

Boing.

Ik stommel door de kamer, loop struikelend de trap op, ren mijn werkkamer in, naar het raam. Daar staan ze, op een kluitje in de straat als plunderaars die mijn huis belegeren, hun langgerekte schaduwen in het stervende licht. Ik tik tegen het raam.

Een van hen wijst naar me en lacht. Zwaait met zijn arm als een pitcher. Lanceert nog een ei.

Ik klop harder op het raam, zo hard dat ik de ruit er bijna uit tik. Dat is mijn deur. Dit is mijn huis.

Het wordt me wazig voor ogen.

En ineens stuif ik de trap af; ineens ben ik terug in de donkere hal, blootsvoets op de tegels, mijn hand op de klink. Woede springt me naar de keel; het duizelt me. Ik haal diep adem, en nog eens.

Binnen-twee-drie...

Ik smijt de deur open. Licht en lucht overvallen me.

Even is het stil, even stil als de film, even langzaam als de zonsondergang. De huizen aan de overkant. De drie kinderen ertussen. De straat om hen heen. Rustig en verstild. Een stilstaande klok.

Ik zweer dat ik gekraak hoor, als van een boom die gekapt wordt.

En dan...

...En dan zwiept, keilt, zeilt de buitenwereld op me af, een kei afgeschoten uit een katapult; hij raakt me met zo'n kracht, treft me in mijn maag zodat ik dubbelklap. Mijn mond klapt open. Wind geselt naar binnen. Ik ben een leeg huis met verrotte daksparren waar de lucht doorheen fluit. Mijn dak stort kreunend ineen...

...en kreunend glij ik uit, stort ik omlaag, een hand schraapt langs de stenen, de andere grijpt in de leegte. Ogen draaien en duizelen: het vlammende rood van bladeren; dan duisternis; lichten op een vrouw in het zwart, het zicht vervaagt, verbleekt totdat gesmolten wit om mijn ogen klontert en zich daar dik en diep ophoopt. Ik probeer te schreeuwen, mijn lippen schuren langs zand. Ik proef beton. Ik proef bloed. De grond draait onder mijn gekruisigde handen en voeten. De grond deint tegen mijn lichaam. Mijn lichaam deint tegen de lucht.

Ergens op de vliering van mijn hersens herinner ik me dat dit eenmaal eerder is gebeurd, op deze zelfde stoep. Ik herinner me het lage getijde van stemmen, met af en toe een woord dat helder en duidelijk doorbreekt: *gevallen*, *buurvrouw*, *niemand*, *gek*. Ditmaal niets.

Arm om iemands nek geslagen. Haar dat stugger is dan het mijne strijkt langs mijn gezicht. Voeten schuifelen zwakjes over de grond, over de vloer; en nu ben ik binnen, in de kille hal, in de warme woonkamer.

TWAALF

'U hebt een lelijke val gemaakt!'

Mijn zicht vult zich als een polaroidafdruk. Ik kijk naar het plafond, naar een enkele ingebouwde fitting die naar mij terug staart, een dreigend oog.

'Ik ga wat te drinken pakken... een moment...'

Ik laat mijn hoofd naar opzij vallen. Fluweel druist in mijn oor. De chaise longue van de woonkamer – de zwijmelbank. Ha.

'Eén moment, één moment...'

Aan het aanrecht staat een vrouw, met haar rug naar me toe, een streng donker haar hangt af over haar rug.

Ik breng mijn handen naar mijn gezicht, houd ze als een kom over mijn neus en mond, adem in, adem uit. Rustig, rustig. Mijn lip doet pijn.

'Ik was net op weg naar het huis verderop, toen ik die kleine schoffies met eieren zag gooien,' legt ze uit. 'Ik zeg tegen ze: "Waar zijn jullie mee bezig, ettertjes?" en toen kwam u als het ware de deur uit *stampen* en stortte in elkaar als een zak...' Ze maakt haar zin niet af. Ik vraag me af of ze *stront* ging zeggen.

In plaats daarvan keert ze zich om, met in elke hand een glas, een met water, het andere met iets diks en goudkleurigs. Cognac, hoop ik, uit de drankkast.

'Heb geen idee of cognac wel wérkt,' zegt ze. 'Ik voel me net of ik in *Dowton Abbey* ben. Ik ben uw Florence Nightingale!'

'U bent de vrouw van de overkant van het park,' mompel ik. De woorden strompelen van mijn tong als dronkaards uit een bar. *Ik ben taai*. Zielenpoot.

'Wat?'

En dan, ondanks mezelf: 'U bent Jane Russell.'

Ze blijft staan, kijkt me verbaasd aan en begint dan te lachen, waarbij haar tanden in het halfdonker fonkelen. 'Hoe weet u dat?'

'U zei toch dat u naar het huis verderop ging?' Probeer te articuleren. *Leentje leerde Lotje lopen*, denk ik. *De kat krabt de krullen van de trap*. 'Uw zoon is langsgekomen.'

Door het net van mijn wimpers bestudeer ik haar. Ze is wat Ed goedkeurend een weelderige vrouw zou noemen: volle heupen en lippen, gevulde boezem, zachte huid, blij gezicht, gasvlamblauwe ogen. Ze draagt een donkerblauwe spijkerbroek en een zwarte trui met een laag uitgesneden ronde hals; op haar borst rust een zilveren hanger. Tweede helft dertig, zou ik denken. Ze was zelf nog een kind toen ze haar kind kreeg.

Net als haar zoon mag ik haar op het eerste gezicht.

Ze loopt naar de chaise longue, stoot mijn knie aan met de hare.

'Ga eens rechtop zitten. Voor het geval u een hersenschudding hebt.' Ik gehoorzaam en werk mezelf in de juiste houding terwijl zij de glazen op de tafel zet en vervolgens tegenover me plaatsneemt, waar haar zoon gisteren zat. Ze draait zich naar de televisie en fronst haar wenkbrauwen.

'Wat kijkt u? Een zwart-witfilm?' Verbijsterd.

Ik grijp de afstandbediening en druk op de aan-uitknop. Het scherm wordt zwart.

'Het is hier donker,' merkt Jane op.

'Zou u de lichten willen aandoen?' vraag ik. 'Ik voel me een beetje...' Kan de zin niet afmaken.

'Tuurlijk.' Ze reikt over de achterkant van de bank en knipt de staande lamp aan. De kamer licht op.

Ik houd mijn hoofd achterover en staar naar het afgeschuinde lofwerk van het plafond. *Binnen, twee, drie, vier.* Dat kan wel een opknapbeurt gebruiken. Ik zal David eens vragen. Buiten, twee, drie, vier.

'Zo,' zegt Jane, met haar ellebogen op haar knieën, me onderzoekend aankijkend. 'Wat gebeurde daarbuiten?'

Ik sluit mijn ogen. 'Paniekaanval.'

'O, liefje – hoe heet je?'

'Anna. Fox.'

'Anna. Het waren maar stomme jochies.'

'Nee, dat was het niet. Ik kan niet naar buiten gaan.' Ik kijk omlaag en reik naar de cognac.

'Maar je kwam wél naar buiten. Kalm aan met dat spul,' voegt ze eraan toe als ik mijn drankje achteroversla.

'Dat had ik niet moeten doen. Naar buiten gaan.'

'Waarom niet? Ben je een vampier?'

Bijna wel, denk ik, terwijl ik naar mijn – visbuikwitte – arm kijk. 'Ik heb agorafobie?' zeg ik.

Ze tuit haar lippen. 'Is dat een vraag?'

'Nee, maar ik wist niet zeker of je weet wat dat inhoudt.'

'Natuurlijk weet ik dat. Je gaat niet naar open ruimtes.'

Ik sluit mijn ogen weer en knik.

'Maar ik dacht dat agorafobie betekent dat je, je weet wel, niet kunt kamperen. Dingen doen die met het buitenleven te maken hebben.'

'Ik kan nergens heen.'

Jane zuigt tussen haar tanden. 'Hoelang is dit al aan de gang?'

Ik drink de laatste druppels cognac. 'Tien maanden.'

Ze gaat er niet op in. Ik haal diep adem, kuch.

'Heb je een inhalator nodig of zoiets?'

Ik schud mijn hoofd. 'Dat zou de zaak alleen maar verergeren. Mijn hartslag verhogen.'

Hier denkt ze over na. 'En een papieren zak?'

Ik zet het glas neer, pak het water. 'Nee, dat wil zeggen, soms wel, maar nu niet. Dank je wel dat je me naar binnen hebt gebracht. Ik schaam me dood.'

'Nee, dat hoef je...'

'Jawel. Ik vind het vreselijk. Het zal geen gewoonte worden, dat beloof ik.'

Ze tuit opnieuw haar lippen. Heel beweeglijke mond, merk ik op. Mogelijk een roker, al geurt ze naar galamboter. 'Dus het is al eens eerder gebeurd? Dat je naar buiten ging en...?'

Ik grimas. 'Deze lente. De bezorger liet mijn kruidenierswaren op de stoep achter en ik dacht dat ik ze wel even kon... pakken.'

'En dat kon je niet.'

'Nee. Maar op dat moment waren er een heleboel voorbijgangers. Ze hadden meteen door dat ik niet gek of dakloos was.'

Jane kijkt om zich heen in de kamer. 'Dakloos ben je zeker niet. Dit huis is... wauw.' Ze neemt het in zich op, dan trekt ze haar telefoon uit haar zak en checkt het scherm. 'Ik moet gaan,' zegt ze, opstaand.

Ik probeer samen met haar overeind te komen, maar mijn benen willen niet meewerken. 'Je zoon is een erg aardige jongen,' zeg ik tegen haar. 'Hij kwam dat brengen. Nog bedankt,' voeg ik eraan toe.

Ze kijkt naar de kaars op de tafel en bevoelt de ketting om haar hals. 'Het is een lieve jongen. Altijd geweest.'

'En ook heel knap.'

'Van kleins af aan!' Ze steekt een duimnagel in het medaillon; het springt open en ze buigt naar me toe waarbij het medaillon in de lucht zwaait. Ik begrijp dat ze wil dat ik het beetpak. Het is merkwaardig intiem, deze onbekende die over me heen buigt, en ik met mijn hand aan haar ketting. Of misschien ben ik gewoon niet gewend aan menselijk contact.

In het medaillon is een klein fotootje, glanzend en sprekend: een jongetje van een jaar of vier, warrig blond haar, tanden als een staketsel na een orkaan. Een wenkbrauw doorkliefd door een litteken. Onmiskenbaar Ethan.

'Hoe oud is hij hier?'

'Vijf. Maar hij lijkt jonger, vind je niet?'

'Inderdaad.'

'Wanneer werd hij zo lang?' vraag ik, het medaillon loslatend.

Ze sluit het voorzichtig. 'Ergens tussen toen en nu!' Ze lacht. Dan ineens: 'Kan ik wel gaan? Ga je niet hyperventileren?'

'Ik ga niet hyperventileren.'

'Wil je nog wat cognac?' vraagt ze, naar de salontafel bukkend – daar ligt een, mij onbekend, fotoalbum; kennelijk had ze dat bij zich. Ze stopt het onder haar arm en wijst op het lege glas.

'Ik hou het bij water,' lieg ik.

'Goed.' Ze zwijgt met haar blik strak op het raam gericht. 'Goed,' herhaalt ze. 'Zojuist liep een héél knappe man de stoep op.' Ze kijkt naar mij. 'Is dat je man?'

'O, nee. Dat is David. Hij is mijn huurder. Beneden.'

'Hij is jouw huurder?' roept Jane uit. 'Was hij maar mijn huurder!'

Vanavond is de bel niet één keer overgegaan. Misschien weerhouden de donkere ramen alle snoep-of-je-levenbelagers. Misschien is het het opgedroogde eigeel.

Ik duik vroeg mijn bed in.

Halverwege mijn studie kwam ik in contact met een zevenjarige jongen met het zogenaamde syndroom van Cotard, een psychologisch verschijnsel waarbij het individu gelooft dat hij dood is. Een zeldzame aandoening die nog zeldzamer voorkomt in de pediatrie; de aanbevolen behandeling is een antipsychotische therapie of, in hardnekkige gevallen, elektrotherapie. Maar het lukte mij hem eruit te praten. Het was mijn eerste grote succes en maakte dat ik Wesleys aandacht trok.

Die kleine jongen moet nu al een echte tiener zijn, bijna zo oud als Ethan, nog niet half zo oud als ik. Ik denk vanavond aan hem, terwijl ik naar het plafond staar en mezelf dood voel. Dood maar niet verdwenen, terwijl ik, niet tot iets in staat, toekijk hoe het leven om me heen doordendert.

MAANDAG,
1 november

DERTIEN

Wanneer ik vanochtend beneden kom en sloffend de keuken binnenloop, vind ik een onder de kelderdeur door geschoven briefje. *Eieren.*

Ik bekijk het, niet-begrijpend. Wil David ontbijt? Dan draai ik het om en zie onder de vouw *schoongemaakt*. Dank je wel, David.

Eieren klinken eigenlijk heel goed, als je erover nadenkt, dus breek ik er drie in een koekenpan en serveer mezelf spiegeleieren. Enkele minuten later zit ik, zuigend op het laatste eigeel, aan mijn bureau en klok in bij Agora.

Daar is het ochtendspits – agorafoben melden vaak acute angst na het wakker worden. Zoals te verwachten is het vandaag een opstopping; ik ben twee uur bezig troost en steun te bieden; ik verwijs gebruikers naar passende medicatie (tegenwoordig is Imipramine het medicijn van mijn keuze, hoewel Xanax nooit uit de mode raakt); ik bemiddel een discussie over het (indiscutabele) nut van aversietherapie; op verzoek van Dimples2016 bekijk ik een videoclip waarin een kat op een drumstel speelt.

Ik sta op het punt me af te melden, over te schakelen naar het schaakforum, als er een berichtmelding op mijn scherm oplicht.

DiscoMickey: Nogmaals bedankt voor uw hulp onlangs, dokter.

De paniekaanval. Ik had bijna een uur achter het toetsenbord gezeten terwijl DiscoMickey, om zijn woorden te gebruiken, flipte.

dedokterhoudtspreekuur: Graag gedaan. Gaat het beter?
DiscoMickey: Veel beter.

DiscoMickey: Schrijf MDT ik met een dame praat die nieuw is en ze vraagt of hier ook beroeps zijn. Stuurde haar uw FAQ's.

Een doorverwijzing. Ik kijk hoe laat het is.

dedokterhoudtspreekuur: Ik heb vandaag misschien niet veel tijd, maar stuur haar maar door.
DiscoMickey: Cool.
DiscoMickey heeft de chat verlaten.

Even later verschijnt er een tweede chatbox. GrannyLizzie. Ik klik de naam aan en bekijk vluchtig het gebruikersprofiel. Leeftijd: zeventig. Woonplaats: Montana. Aangemeld: twee dagen geleden.

Ik werp nogmaals een blik op de klok. Schaken moet maar wachten voor een zeventigjarige uit Montana.

Een reepje tekst onder aan het scherm vermeldt dat GrannyLizzie aan het typen is. Ik wacht even. En dan nog even. Of ze is bezig een lange tekst op te stellen of het is een geval van senioritis. Mijn ouders bewerkten het toetsenbord altijd met hun wijsvingers, die zich als flamingo's een weg door ondiep water banen; het kostte hun een halve minuut om een hallo te produceren.

GrannyLizzie: Hé, goedendag!

Vriendelijk. Voordat ik kan reageren:

GrannyLizzie: Ik kreeg uw naam van Disco Mickey. Heb wanhopig behoefte aan wat advies.
GrannyLizzie: Ook aan chocolade. Maar dat is iets anders...

Het lukt me ertussen te komen.

dedokterhoudtspreekuur: U ook goedendag! U bent nieuw op dit forum?
GrannyLizzie: Inderdaad!
dedokterhoudtspreekuur: Ik hoop dat DiscoMickey u hartelijk heeft ontvangen.
GrannyLizzie: Dat heeft hij zeker!

dedokterhoudtspreekuur: Wat kan ik voor u doen?
GrannyLizzie: Nou ik vrees dat u aan de chocolade niets kunt doen!

Is het enthousiasme of nervositeit?

GrannyLizzie: Het gaat om...
GrannyLizzie: En ik vind het vreselijk het te moeten zeggen...

Tromgeroffel...

GrannyLizzie: Ik was de afgelopen maand niet in staat om mijn huis te verlaten.
GrannyLizzie: DAT is dus het probleem!
dedokterhoudtspreekuur: Het spijt me dat te moeten horen. Mag ik u Lizzie noemen?
GrannyLizzie: Zeker weten.
GrannyLizzie: Ik woon in Montana. Op de eerste plaats grootmoeder, dan lerares kunstgeschiedenis.

Dat komt later aan de orde, maar nu eerst:

dedokterhoudtspreekuur: Lizzie, is er een maand geleden iets speciaals voorgevallen?

Stilte.

GrannyLizzie: Mijn echtgenoot is overleden.
dedokterhoudtspreekuur: O. Hoe heette uw echtgenoot?
GrannyLizzie: Richard.
dedokterhoudtspreekuur: Mijn condoleances, Lizzie. Mijn vader heette ook Richard.
GrannyLizzie: Is uw vader overleden?
dedokterhoudtspreekuur: Hij en mijn moeder zijn beiden vier jaar geleden gestorven. Zij had kanker en hij kreeg vijf maanden later een beroerte. Maar ik heb altijd geloofd dat mensen die Richard heten bijzonder zijn.
GrannyLizzie: Vooral Nixon!!!

Mooi; we begrijpen elkaar.

dedokterhoudtspreekuur: Hoelang waren jullie getrouwd?
GrannyLizzie: Zevenenveertig jaar.
GrannyLizzie: We leerden elkaar op het werk kennen. LIEFDE OP HET EERSTE GEZICHT TUSSEN HAAKJES!
GrannyLizzie: Hij gaf scheikunde. Ik gaf kunstgeschiedenis. Tegenpolen trekken elkaar aan!
dedokterhoudtspreekuur: Fantastisch! En hebt u kleinkinderen?
GrannyLizzie: Ik heb twee zonen en drie kleinzonen.
GrannyLizzie: Mijn zonen mogen er wezen, maar mijn kleinzonen zijn echte beauty's.
dedokterhoudtspreekuur: Bij elkaar zijn dat een heleboel jongens.
GrannyLizzie: Vertel mij wat.
GrannyLizzie: Wat ik niet allemaal heb meegemaakt!
GrannyLizzie: Wat ik niet allemaal heb geroken!

Ik noteer de toon: kwiek en aanhoudend opgewekt; ik ga het taalgebruik na, informeel maar zelfverzekerd, en de nauwkeurige interpunctie, behalve de vele uitroeptekens. Ze is intelligent, extravert. Ook nauwkeurig, ze schrijft getallen voluit en schrijft *tussen haakjes* in plaats van *t2h*, maar dat heeft misschien met de leeftijd te maken. Hoe dan ook, ze is een volwassene met wie ik kan werken.

GrannyLizzie: Tussen haakjes, bent u een man?
GrannyLizzie: Sorry, als dat zo is, het is alleen dat vrouwen soms ook dokter zijn! Zelfs hier in Montana!

Ik glimlach. Ik mag haar.

dedokterhoudtspreekuur: Ik ben inderdaad een vrouwelijke dokter.
GrannyLizzie: Mooi! Daar hebben we er meer van nodig!
dedokterhoudtspreekuur: Vertel eens, Lizzie, wat is er gebeurd sinds Richard is gestorven?

En vertellen doet ze. Ze vertelt hoe ze, thuisgekomen van de begrafenis, te bang was om het rouwbezoek verder dan de voordeur te begeleiden; ze vertelt dat ze de daaropvolgende dagen het gevoel had dat de buitenwereld mijn huis binnen wilde dringen, en dus sloot ze de luiken; ze vertelt over haar zonen die ver weg in het zuidoosten zitten, hun ontreddering, hun bezorgdheid.

GrannyLizzie: Ik moet u zeggen dat dit, en nu maak ik geen grapje, echt je leven op z'n kop zet.

Tijd om de mouwen op te stropen.

dedokterhoudtspreekuur: Natuurlijk. Ik denk dat Richards overlijden uw wereld fundamenteel heeft veranderd, maar de buitenwereld gaat gewoon door zonder hem. En dat is heel moeilijk om onder ogen te zien en te begrijpen.

Ik wacht op een antwoord. Niets.

dedokterhoudtspreekuur: U zei dat u nog niets van Richards bezittingen hebt opgeruimd, wat ik begrijp. Maar ik zou graag willen dat u daarover nadenkt.

Radiostilte.

En dan:

GrannyLizzie: Ik ben zo dankbaar dat ik u heb gevonden. Echt echt.
GrannyLizzie: Dat zeggen mijn kleinzonen. Hebben ze bij Shrek gehoord. Echt echt.
GrannyLizzie: Hopelijk kan ik u snel weer spreken?
dedokterhoudtspreekuur: Echt echt.

Ik kon het niet laten.

GrannyLizzie: Ik ben Disco Mickey echt echt (!!) dankbaar dat hij me op u attent heeft gemaakt. U bent een schat.
dedokterhoudtspreekuur: Graag gedaan.

Ik wacht tot ze zich afmeldt, maar ze is nog aan het typen.

GrannyLizzie: Ik besef net dat ik niet eens uw naam weet.

Ik aarzel. Ik heb nooit mijn naam gezegd op Agora, zelfs niet aan Sally. Ik wil niet dat iemand me vindt, mijn naam in verband brengt met mijn beroep en ontdekt wie ik ben, mij ontmaskert. Maar iets in Lizzies verhaal raakt me diep in mijn hart: deze oudere weduwe, eenzaam en alleen, die zich groot houdt onder die enorme hoge hemel. Ze kan grapjes maken wat ze wil, maar ze is aan huis gekluisterd en dat is vreselijk.

dedokterhoudtspreekuur: Ik heet Anna.

Terwijl ik me opmaak om uit te loggen, verschijnt er een laatste bericht op mijn scherm.

GrannyLizzie: Dank u wel, Anna.
GrannyLizzie heeft de chat verlaten.

Ik voel mijn aderen ruisen. Ik heb iemand geholpen. Ik heb contact gemaakt. *Alleen maar contact maken.* Waar heb ik dat gehoord?

Ik heb wel een borrel verdiend.

VEERTIEN

Terwijl ik stommelend de trap afloop naar de keuken, draai ik mijn hoofd heen en weer en hoor de botten kraken. Iets boven mijn hoofd vangt mijn blik: daar omhoog in de zoldering, helemaal boven aan de trap op drie hoog, staart een donkere vlek me aan – zo te zien vanaf het dakluik, vlak naast het daklicht.

Ik klop op Davids deur. Die gaat even later open; hij is blootsvoets, in een verschoten T-shirt en een afzakkende spijkerbroek. Ik heb hem wakker gemaakt, zie ik. 'Sorry,' zeg ik. 'Lag je nog in bed?'

'Nee.'

Wel dus. 'Zou je iets voor me kunnen nakijken? Ik denk dat ik vochtplekken in de zoldering zie.'

We gaan omhoog naar de bovenste verdieping, langs mijn werkkamer, langs mijn slaapkamer, naar de overloop tussen Olivia's kamer en de tweede logeerkamer.

'Groot daklicht,' zegt David.

Ik kan er niet uit opmaken of dat een compliment is. 'Het zat er al,' zeg ik, om iets te zeggen.

'Ovaal.'

'Ja.'

'Zulke heb ik niet vaak gezien.'

'Ovale?'

Maar de gedachtewisseling is voorbij. Hij bekijkt de vlek.

'Dat is schimmel,' zegt hij, zachtjes, als een dokter die een patiënt voorzichtig de laatste uitslag vertelt.

'Kan dat gewoon weggeborsteld worden?'

'Geen definitieve oplossing.'

'Wat wel?'

Hij zucht. 'Om te beginnen moet ik op het dak kijken.' Hij grijpt de ketting van het luik en trekt eraan. Het luik opent met een schok en een ladder schuift piepend uit; zonlicht flitst naar binnen. Ik doe een stap opzij, weg van het licht. Misschien ben ik toch een vampier.

David trekt de ladder omlaag tot die tegen de vloer stoot. Ik kijk hoe hij op de sporten stapt, zijn spijkerbroek strak over zijn achterste; dan is hij verdwenen.

'Zie je wat?' roep ik.

Geen antwoord.

'David?'

Ik hoor gerinkel. Een waaier van water, spiegelhelder in het zonlicht, stroomt op de overloop. Ik stap achteruit. 'Sorry,' zegt David. 'Gieter.'

'Niet erg. Zie je iets?'

Stilte, dan weer Davids stem, bijna eerbiedig. 'Het is hierboven een oerwoud.'

Het was Eds idee, vier jaar geleden, na de dood van mijn moeder. 'Je hebt een project nodig,' had hij besloten; dus vatten we het plan op om van het dak een tuin te maken – bloembedden, een lapje voor groenten, een rij miniatuurbuxussen. En het centrale element, wat de makelaar de pièce de résistance noemde: een gewelfde pergola, een meter tachtig breed en ruim drieënhalve meter lang, in lente en zomer bedekt met bladeren, een schaduwtunnel. Toen mijn vader later een beroerte kreeg, plaatste Ed er een herdenkingsbank onder. *Ad astra per aspera*, was de inscriptie. *Via tegenslagen naar de sterren*. Ik zou daar op lente- en zomeravonden, in goudgroen licht, nippend aan een glas, een boek zitten lezen.

Ik heb de laatste tijd nauwelijks meer aan de daktuin gedacht. Die zal wel verwilderd zijn.

'Hij is volledig overwoekerd,' bevestigt David. 'Het lijkt net een echt bos.'

Hij mag nu wel naar beneden komen.

'Staat er een soort pergola?' vraagt hij. 'Afgedekt met zeildoek?'

Elke herfst dekten we die af met zeil. Ik zeg niets. Ik denk alleen maar terug.

'U moet hierboven wel voorzichtig zijn. Kunt beter niet op dat daklicht gaan staan.'

'Ik ben niet van plan het dak op te gaan,' breng ik hem in herinnering.

Het glas rammelt als zijn voet ertegenaan tikt. 'Gammel. Eén tak erop en weg is het raam.' Er gaat nog een moment voorbij. 'Het is nauwelijks te geloven. Wilt u dat ik een foto neem?'

'Nee, dank je. Wat doen we aan het vocht?'

Een voet daalt af op de ladder, dan de volgende terwijl hij omlaagkomt. 'We hebben een vakman nodig.' Hij komt beneden en schuift de ladder in. 'Om het dak waterdicht te maken. Maar met een verfkrabber kan ik de schimmel verwijderen.' Hij klapt het luik terug tegen de zoldering. 'De plek afschuren en hem vervolgens bewerken met antivlekkenprimer en een emulsieverf.'

'Heb je dat allemaal?'

'De primer en de verf moet ik kopen. Het zou helpen als we het hier konden ventileren.'

Ik verstijf. 'Hoe bedoel je?'

'Een paar ramen openzetten. Hoeft niet op deze verdieping.'

'Ik zet geen ramen open. Nergens.'

Hij haalt zijn schouders op. 'Het zou helpen.'

Ik draai me om naar de trap. Hij volgt me. Zwijgend gaan we naar beneden.

'Bedankt voor het opruimen van de troep buiten,' zeg ik als we in de keuken staan, hoofdzakelijk om maar iets te zeggen.

'Wie heeft dat gedaan?'

'Jochies.'

'Weet u wie?'

'Nee.' Ik zwijg. 'Waarom? Zou je ze ervan langs geven uit mijn naam?'

Hij kijkt me wezenloos aan. Maar ik geef het niet op.

'Hopelijk heb je het beneden nog steeds naar je zin?' Hij is hier nu twee maanden, vanaf het moment dat dokter Fielding opperde dat een huurder handig zou zijn: iemand die boodschappen doet, afval wegbrengt, helpt bij het dagelijks onderhoud enzovoort, dat alles in ruil voor een lage huur. David reageerde als eerste op mijn annonce, die ik op Airbnb had gepost; ik weet nog dat ik zijn e-mail beknopt vond, summier zelfs, totdat ik de man ontmoette en besefte dat hij eigenlijk heel mededeelzaam was geweest. Net verhuisd vanuit Boston, ervaren klusser, niet-roker, $7.000 op de bank. Die middag sloten we een huurcontract af.

'Ja, hoor.' Hij kijkt omhoog, naar de ingebouwde lichten. 'Is er een reden dat u het zo donker houdt? Een medische reden of zo?'

Ik voel dat ik bloos. 'Heel veel mensen in mijn...' Wat is het juiste woord hier? '...situatie voelen zich kwetsbaar als het te licht is.' Ik gebaar naar de ramen. 'En hoe dan ook komt er genoeg natuurlijk licht in dit huis.'

Hier denkt David over na, en hij knikt.

'Krijg jij genoeg licht in jouw studio?' vraag ik.

'Ja, hoor.'

Nu knik ik. 'Laat me weten als je nog blauwdrukken van Ed daarbeneden vindt. Ik bewaar ze.'

Ik hoor Punch' luikje klepperen en zie hem de keuken binnensluipen.

'Ik stel echt op prijs wat je allemaal doet,' ga ik verder, op het verkeerde moment – hij is op weg naar de deur van het souterrain. 'Met het... afval en het huishouden en alles. Je redt mijn leven,' voeg ik er slapjes aan toe.

'Mooi.'

'Als je het niet vervelend vindt iemand te bellen die iets aan de soldering kan doen...'

'Oké.'

Punch springt op het keukenblok tussen ons en laat iets uit zijn bek vallen. Ik kijk ernaar.

Een dode rat.

Ik deins terug. Tot mijn genoegen zie ik dat David ook terugdeinst. Het is een kleintje, met een glanzende vacht en een staartje als een zwarte worm; zijn lijfje is toegetakeld.

Punch kijkt ons trots aan.

'Néé,' zeg ik bestraffend. Hij houdt zijn kopje schuin.

'Hij heeft hem echt te pakken gehad,' zegt David.

Ik bekijk de rat. 'Is dit jouw werk?' vraag ik Punch, voordat ik besef dat ik een kat aan het ondervragen ben. Hij springt van het keukenblok.

'Gadver,' fluistert David. Ik kijk op: aan de andere kant van het keukenblok staat hij voorovergebogen; zijn donkere ogen schitteren.

'Zullen we hem ergens begraven?' vraag ik. 'Ik wil niet dat hij in de afvalbak ligt te rotten.'

David schraapt zijn keel. 'Morgen is het dinsdag,' zegt hij. Vuilnisdag. 'Ik zal hem zolang buiten leggen. Hebt u een krant?'

'Heeft iemand die nog?' Dat kwam er pinniger uit dan ik bedoelde. Snel zeg ik: 'Ik heb een plastic tasje.'

Ik pak er eentje uit de la. David steekt zijn handen uit, maar dit kan ik zelf. Ik doe de tas binnenstebuiten, stop mijn hand erin, pak voorzichtig het lijkje. Er gaat een lichte rilling door me heen.

Ik trek de zak over de rat en druk de gripsluiting dicht. David pakt hem van me aan, trekt de afvalcontainer onder het keukenblok uit en gooit de rat erin. R.I.P.

Op het moment dat hij de afvalzak uit de container trekt, komt er een geluid van beneden; de leidingen zingen, de muren beginnen met elkaar te praten. De douche.

Ik kijk naar David. Hij geeft geen sjoege. In plaats daarvan knoopt hij de zak dicht en gooit hem over zijn schouder. 'Ik zet hem wel buiten,' zegt hij, naar de voordeur lopend.

Ik ben heus niet van plan te vragen hoe ze heet.

VIJFTIEN

'Raad eens.'

'Mam.'

Ik laat het gaan. 'Hoe was Halloween, pompoentje?'

'Goed.' Ze kauwt op iets. Ik hoop dat Ed haar gewicht in de gaten houdt.

'Heb je veel snoep gekregen?'

'Héél veel. Meer dan ooit.'

'Wat vond je het lekkerst?' Pinda M&M's natuurlijk.

'Snickers.'

Hoe kon ik me zo vergissen.

'Het zijn mini's,' legt ze uit. 'Een soort babysnickers.'

'Had je als avondeten Chinees of Snickers?'

'Allebei.'

Ik moet met Ed praten.

Maar als ik met hem praat, verdedigt hij zich. 'Het is de enige avond in het jaar dat ze snoep krijgt als avondeten,' zegt hij.

'Ik wil niet dat ze problemen krijgt.'

Stilte. 'Met de tandarts?'

'Met haar gewícht.'

Hij zucht. 'Ik kan heus voor haar zorgen.'

Ik zucht op mijn beurt. 'Ik zeg niet dat je dat niet kunt.'

'Zo klinkt het wel.'

Ik leg een hand tegen mijn voorhoofd. 'Het gaat erom dat ze acht jaar is, en heel veel kinderen worden op die leeftijd aanmerkelijk zwaarder. Vooral meisjes.'

'Ik zal goed opletten.'

‘En vergeet niet dat ze al een mollige periode achter de rug heeft.’
‘Wil je dat ze eruitziet als een scharminkel?’
‘Nee, dat is even erg. Ik wil dat ze gezond is.’
‘Mooi. Ik zal haar vanavond een lagecaloriekus geven,’ zegt hij. ‘Een dieetsmakkerd.’
Ik glimlach. Toch nemen we stijfjes afscheid.

DINSDAG,
2 november

ZESTIEN

Halverwege februari – na bijna zes weken binnenshuis verschrompelen, na gerealiseerd te hebben dat ik Niet Vooruitging – nam ik contact op met een psychiater van wie ik vijf jaar geleden een lezing ('Atypische antipsychotica en posttraumatisch stresssyndroom') had bijgewoond. Toen kende hij me niet. Nu wel.

Zij die niet vertrouwd zijn met therapie veronderstellen vaak dat de therapeut standaard zachtgevooisd en een en al aandacht is; als boter op toast spreid je je op zijn bank en laat je smelten. Maar zoals de tekst van het lied luidt, *it ain't necessarily so*. Eerste bewijsstuk: dokter Julian Fielding.

Om te beginnen: er is geen bank. We spreken elkaar elke dinsdag in Eds bibliotheek, dokter Fielding in de clubfauteuil naast de haard, ik in de oorfauteuil bij het raam. En hij praat weliswaar zachtjes, maar zijn stem kraakt als een oude deur, hij is nauwgezet, veeleisend, zoals een goede psychiater hoort te zijn. 'Het soort man dat niet onder de douche pist,' zegt Ed, meer dan eens.

'Zo,' raspt de stem van dokter Fielding. Een straal namiddaglicht heeft zijn gezicht geraakt en maakt zonnetjes van zijn brillenglazen. 'Je zegt dat Ed en jij gisteren gebekvecht hebben over Olivia. Zijn dat nuttige gesprekken?'

Ik draai mijn hoofd om en kijk naar huize Russell. Ik vraag me af wat Jane Russell aan het doen is. Ik heb wel trek in een borrel.

Ik tast met mijn vingers mijn keel af. Ik kijk weer naar dokter Fielding.

Hij kijkt mij aan, diepe groeven doorsnijden zijn voorhoofd. Misschien is hij moe – ik ben het zeker. Het is een veelbewogen sessie geweest: ik heb hem verteld van mijn paniekaanval (hij leek bezorgd), van mijn regelingen met David (leken hem niet te interesseren), van mijn gesprekjes met Ed en Olivia (weer bezorgd).

Nu kijk ik nogmaals, ongegeneerd en onbeleefd, de andere kant uit, naar de boeken op Eds planken. Een geschiedenis van de Pinkerton-detectives. Twee werken over Napoleon. *Bay Area Architecture*. Een eclectische lezer, mijn echtgenoot. Mijn vertrokken echtgenoot.

'Ik krijg de indruk dat je gemengde gevoelens overhoudt aan deze gesprekken,' zegt dokter Fielding. Dit is klassieke therapeutentaal. *Ik krijg de indruk. Wat ik hoor. Volgens mij bedoel je*. We zijn tolken. We zijn vertalers.

'Ik moet steeds...' begin ik, de woorden vormen zich ongevraagd in mijn mond. Kan ik er weer over beginnen? Ja, en ik doe het ook. 'Ik moet steeds weer – ik blijf aldoor – aan de tocht denken. Ik vind het verschrikkelijk dat het mijn idee was.'

Niets van de andere kant van de kamer, hoewel – of misschien omdat – hij dit weet, dit allemaal al weet, het keer op keer heeft gehoord. Keer op keer.

'Ik zou zo graag willen dat het niet zo is. Zo was. Zou zo graag willen dat het Eds idee was. Of niemands idee. Dat we nooit waren gegaan.' Ik verstrengel mijn vingers. 'Dat spreekt vanzelf.'

Vriendelijk: 'Maar jullie zijn wel gegaan.'

Ik voel me betrapt.

'Je had een vakantie met het gezin georganiseerd. Niemand hoeft zich daarvoor te schamen.'

'In New England. In de wínter.'

'Er gaan zoveel mensen in de winter naar New England.'

'Het was stom.'

'Het was attent.'

'Het was ongelooflijk stom,' houd ik vol.

Dokter Fielding reageert niet. De centrale verwarming schraapt haar keel en blaast uit.

'Als ik het niet had gedaan, waren we nu nog bij elkaar.'

Hij haalt zijn schouders op. 'Misschien.'

'Absoluut.'

Ik voel zijn blik op mij drukken.

'Gisteren heb ik iemand geholpen,' zeg ik. 'Een vrouw in Montana. Een grootmoeder. Ze zit al een maand binnen.'

Hij is gewend aan deze onverwachte wendingen – 'synaptische sprongen' noemt hij ze, ook al weten we beiden dat ik opzettelijk van onderwerp verander. Maar ik stoom door en vertel hem van GrannyLizzie, en dat ik haar mijn naam heb verteld.

'Wat bracht je daartoe?'

'Ik voelde dat ze probeerde contact te maken.' Is dat niet – ja, daar komt het: is dat niet wat Forster ons aanspoorde te doen? 'Alleen maar contact maken?' *Howards End* – de officiële boekenkeuze van juli. 'Ik wilde haar helpen. Ik wilde toegankelijk zijn.'

'Dat was heel genereus van je.'

'Vast wel.'

Hij gaat verzitten. 'Ik heb de indruk dat je bezig bent anderen tegemoet te komen op hun voorwaarden en niet alleen op die van jou.'

'Kan zijn.'

'Dat is vooruitgang.'

Punch is stilletjes de kamer binnengeslopen en loopt rondjes om mijn voeten, zijn ogen gericht op mijn schoot. Ik kruis mijn ene been onder mijn andere.

'Hoe staat het met de fysiotherapie?' vraagt dokter Fielding.

Ik bevoel mijn benen en bovenlichaam met mijn hand, alsof ik een prijs uitdeel bij een spelprogramma. *Ook jij maakt kans op dit afgedankte achtendertig jaar oude lichaam!* 'Ik heb er beter uitgezien.' En voordat hij me kan corrigeren, voeg ik eraan toe: 'Ik weet dat het geen fitnesstraining is.'

Hij corrigeert me desalniettemin. 'Het is niet alléén maar een fitnesstraining.'

'Nee, dat weet ik.'

'Gaat het goed?'

'Ik ben genezen. Helemaal beter.'

Hij kijkt me onbewogen aan.

'Heus. Mijn ruggengraat is in orde, mijn ribben zijn niet gebroken. Ik loop niet meer mank.'

'Ja, dat heb ik gezien.'

'Maar ik moet een beetje oefenen. En ik vind Bina aardig.'

'Ze is een vriendin geworden.'

'In zekere zin,' geef ik toe. 'Een vriendin die ik betaal.'

'Tegenwoordig komt ze op woensdag, hè?'

'In de regel.'

'Mooi,' zegt hij, alsof woensdag een bij uitstek geschikte dag voor aerobische activiteiten is. Hij heeft Bina nooit ontmoet. Ik kan me hen niet samen voorstellen; ze lijken niet dezelfde dimensie te bezetten.

Het is tijd om afscheid te nemen. Dat weet ik zonder naar de klok op de schoorsteenmantel te kijken, net zoals dokter Fielding het weet – na jaren praktijk weten we beiden tot bijna op de seconde wanneer vijftig minuten om zijn. 'Ik wil dat je dezelfde dosering bètablokker blijft nemen,' zegt hij. 'Je zit op één-vijftig Tofranil. Dat zullen we verhogen tot twee-vijftig.' Hij fronst. 'Dat heeft te maken met waar we het vandaag over gehad hebben. Als het goed is, helpt het je bij je stemmingen.'

'Ik word er eigenlijk nogal wazig van,' breng ik hem in herinnering.

'Wazig?'

'Of beneveld, misschien. Of allebei.'

'Je bedoelt je gezichtsvermogen?'

'Nee, niet mijn gezichtsvermogen. Het is meer...' We hebben het besproken – weet hij dat niet meer? Hebben we het wel besproken? *Wazig. Beneveld.* Ik ben echt aan een borrel toe. 'Soms heb ik te veel gedachten tegelijk. Net alsof er in mijn hersenen een kruispunt is waar iedereen op hetzelfde moment probeert te komen.' Ik grinnik, ietwat ongemakkelijk.

Dokter Fielding fronst zijn voorhoofd, zucht vervolgens. 'Tja, het is geen exacte wetenschap, zoals je weet.'

'Ja, dat weet ik.'

'Je gebruikt nogal wat verschillende medicijnen. We regelen ze een voor een, tot we goed zitten.'

Ik knik. Ik weet wat dat betekent. Hij denkt dat ik achteruitga. Ik voel een kramp in mijn borst.

'Probeer de twee-vijftig en kijk hoe je je voelt. Als je problemen krijgt, kunnen we naar iets uitkijken om je met je concentratie te helpen.'

'Een nootropic?' Adderall. Al die keren dat ouders me vroegen of Adderall goed zou zijn voor hun kinderen, al die keren dat ik hen ijskoud afpoeierde – en nu bedel ik er zelf om. *Plus ça change.*

'In overleg of en wanneer,' zegt hij. Hij krabbelt wat op een receptenblok, scheurt het bovenste blaadje eraf en geeft dat aan mij. Het trilt in zijn hand. Essentiële tremor of lage bloedsuiker? Hopelijk geen vroegtijdig ingezette parkinson. Maar ook niet aan mij om het te vragen. Ik pak het velletje aan.

'Dank u wel,' zeg ik, terwijl hij, zijn das gladstrijkend, opstaat. 'Ik zal er goed gebruik van maken.'

Hij knikt. 'Nu, tot volgende week dan.' Hij draait zich om naar de deur. 'Anna?' Draait zich weer terug.

'Ja?'

Hij knikt opnieuw. 'Zorg dat je die medicijnen krijgt.'

Na het vertrek van dokter Fielding lever ik online het recept in. Ze bezorgen om vijf uur 's middags. Genoeg tijd voor een borrel. Of zelfs *deux*.

Maar nog niet. Eerst sleep ik de muis naar een verwaarloosd hoekje van mijn pc en klik aarzelend een Excelspreadsheet aan: **meds.xlsx**.

Hier heb ik alle medicijnen genoteerd die ik gebruik, alle doseringen, alle aanwijzingen… alle ingrediënten van mijn farmacocktail. Ik zie dat ik sinds augustus gestopt ben het bij te houden.

Als altijd heeft dokter Fielding gelijk: ik gebruik nogal wat medicijnen. Ik heb twee handen nodig om ze allemaal te tellen. En ik weet – ik huiver bij de gedachte – ik weet dat ik ze niet slik zoals en wanneer het zou moeten, niet altijd. De dubbele doses, de overgeslagen doses, de dronken doses… Dokter Fielding zou razend zijn. Ik moet het beter doen. Het mag niet uit de hand lopen.

CTRL-Q en ik verlaat Excel. Nu is het tijd voor die borrel.

ZEVENTIEN

Met in één hand een glas en in de andere de Nikon installeer ik me in de hoek van mijn werkkamer, ingeklemd tussen de ramen op het zuiden en op het westen, en overzie de buurt – inventariscontrole, zou Ed zeggen. Daar is Rita Miller, die terugkomt van yoga, glimmend van het zweet, een gsm tegen haar oor gedrukt. Ik stel de lens in en zoom: ze glimlacht. Zou het aan de andere kant de aannemer zijn? Of haar man? Of geen van beiden?

Ernaast, voor nummer 214, lopen mevrouw Wasserman en haar Henry langzaam de stoeptreden af. Op weg licht en liefde te verspreiden.

Ik draai mijn camera westwaarts: twee wandelaars blijven staan voor de twee-onder-een-kap; één van hen wijst naar de luiken. 'Zien er goed uit,' stel ik me voor dat hij zegt.

God, nu bedenk ik zelfs gesprekken.

Behoedzaam, alsof ik niet betrapt wil worden – en dat wil ik inderdaad niet – laat ik mijn blik over het park glijden, naar huize Russell. De keuken is donker en leeg, de jaloezieën zijn gedeeltelijk neergelaten, als half geloken ogen; maar een verdieping hoger, in de salon, netjes gevangen in het venster, zie ik Jane en Ethan op een gestreepte tweezitter. Zij draagt een botergele trui met een laag uitgesneden hals, waarin haar medaillon bengelt, een bergbeklimmer boven een kloof.

Ik draai aan de lens; het beeld wordt scherper. Ze praat snel, tanden ontbloot in een grijns, haar handen geagiteerd. Zijn blik is op zijn schoot gericht, maar die verlegen lach plooit zijn lippen.

Ik heb het met dokter Fielding niet over de Russells gehad. Ik weet wat hij gaat zeggen; ik kan mezelf analyseren: ik zie dit kerngezin – deze moeder, deze vader, hun enig kind – als een echo van mijn kerngezin. Eén huis verder, één deur verder is het gezin dat ik had, het leven dat mijn leven was – een vermeend reddeloos verloren leven, behalve dat het daar is, aan de overkant van het park. *Nou en?* denk ik. Of zeg ik; tegenwoordig ben ik niet meer zo zeker van mezelf.

Ik nip aan mijn wijn, veeg mijn lippen af, houd de Nikon weer omhoog. Kijk door de lens.

Ze kijkt terug naar mij.

Ik laat de camera in mijn schoot vallen.

Geen vergissing mogelijk: zelfs met het naakte oog zie ik duidelijk haar strakke blik, haar iets geopende lippen.

Ze heft een hand op, wuift ermee.

Ik wil me verbergen.

Moet ik terugzwaaien? De andere kant uit kijken? Kan ik gewoon naar haar knikken alsof ik de camera op iets anders had gericht, iets in haar buurt? *Heb je niet gezien, hoor?*

Nee.

Ik spring overeind, de camera valt op de grond. 'Laat maar,' zeg ik – dat zeg ik echt – en ik vlucht de kamer uit, naar de schemering van de trap.

Ik ben nog nooit eerder door iemand betrapt. Niet door dokter en Rita Miller, niet door de Takeda's, niet door de Wasserlui, niet door de Grayschare. Niet door de Lords, voordat ze verhuisden, niet door de Motts, voordat ze uit elkaar gingen. Niet door taxi's noch door voorbijgangers. Zelfs niet door de postbode, die ik elke dag fotografeerde, bij elke deur. En maandenlang tuurde ik naar die foto's en beleefde ik de momenten opnieuw, totdat ik ten slotte de wereld buiten mijn raam niet langer kon bijhouden. Natuurlijk maak ik af en toe een uitzondering – de Millers interesseren me. Althans, interesseerden me voordat de Russells arriveerden.

En die Optekazoom is beter dan een verrekijker.

Maar nu loopt schaamte als een stroomdraad door mijn lichaam. Ik denk aan iedereen die en alles wat ik op camera heb vastgelegd: buren, onbekenden, kussen, crises, afgekloven nagels, gevallen muntjes, het vallen en opstaan. De Takeda-jongen, met gesloten ogen, vingers tokkelend over de cellosnaren. De Grays, wijnglazen geheven in een frivole toost. Mevrouw Lord in haar woonkamer, terwijl ze kaarsjes op een taart aansteekt. De jonge Motts, tijdens de kwijnende dagen van hun huwelijk, terwijl ze in hun Valentinerode salon vanuit tegenovergestelde hoeken naar elkaar blaften, een vaas in scherven tussen hen in.

Ik denk aan mijn harde schijf die bol staat van gestolen beelden. Ik denk aan Jane Russell toen ze, strak, vanaf de andere kant van het park naar me keek. Ik ben niet onzichtbaar. Ik ben niet dood. Ik ben levend en te zien, en ik schaam me.

Ik denk aan dokter Brulov in *Spellbound*: 'Kindlief, je kunt niet voortdurend met je hoofd tegen de werkelijkheid aanlopen en zeggen dat die niet bestaat.'

Drie minuten later kom ik weer terug in mijn werkkamer. De bank van de Russells is leeg. Ik kijk naar Ethans slaapkamer; daar zit hij, gebogen over zijn computer.

Ik pak voorzichtig de camera op. Hij is niet kapot.

Dan gaat de bel.

ACHTTIEN

'Je zult je wel rot vervelen,' zegt ze, als ik de deur naar de hal open. Dan slaat ze haar armen om me heen. Ik lach, zenuwachtig. 'Je moet die zwart-witfilms wel spuugzat zijn.'

Ze dringt zich langs me heen. Ik heb nog steeds niets gezegd.

'Ik heb iets voor je meegebracht.' Glimlachend duikt ze met een hand in haar tas. 'Hij is ook koud.' Een bedauwde fles riesling. Het water loopt me in de mond. Het is eeuwen geleden dat ik wit heb gedronken.

'Dat had je niet...'

Maar ze is al op weg naar de keuken.

Nog geen tien minuten later klokken wij de wijn achterover. Jane steekt een Virginia Slim op, en nog een, en algauw walmt de rook door de kamer, slingert over onze hoofden, warrelt onder de plafondlichten door. Mijn riesling smaakt ernaar. Ik ontdek dat ik het niet erg vind; het doet me denken aan mijn studententijd, sterreloze avonden voor de kroegen van New Haven, mannen met monden als asbakken.

'Er staat hier een behoorlijke hoeveelheid merlot,' zegt ze, met een blik op het aanrecht.

'Ik bestel het en gros,' leg ik uit. 'Ik vind het lekker.'

'Hoe vaak vul je de voorraad aan?'

'Een paar keer per jaar.' Minstens eenmaal per maand.

Ze knikt. 'Hoelang... hoelang zei je ook alweer dat je zo bent?' vraagt ze. 'Zes maanden?'

'Bijna elf.'

'Elf maanden.' Ze tuit haar lippen tot een kleine o. 'Ik kan niet fluiten.

Maar dat moest het voorstellen.' Ze drukt haar sigaret uit in een ontbijtkom, legt haar vingertoppen tegen elkaar en leunt voorover, als in gebed. 'En wat dóe je dan de hele dag?'

'Ik adviseer mensen,' zeg ik, edelmoedig.

'Wie?'

'Mensen online.'

'Aha.'

'En ik neem online Franse les. En ik schaak,' voeg ik eraan toe.

'Online?'

'Online.'

Ze trekt een vinger langs de wijnrand in haar wijnglas. 'Dus het internet,' zegt ze, 'is jouw soort... venster op de wereld.'

'Nou, dat is eigenlijk mijn venster.' Ik gebaar naar het glasoppervlak achter haar.

'Je spionnetje,' zegt ze, en ik bloos. 'Grápje.'

'Het spijt me zo dat...'

Ze maakt een wuivend gebaar en neemt een trek van haar sigaret. 'Sst.' Rook lekt uit haar mond. 'Heb je ook een echt schaakbord?'

'Speel jij?'

'Vroeger wel.' Ze tikt de sigaret af tegen de kom. 'Laat eens zien wat je hebt.'

We zitten volop in ons eerste spel, als de bel gaat. Vijf korte belletjes – de zending van de apotheek. Jane neemt de honneurs waar. 'Deur-aan-deur-drugs!' schettert ze, terwijl ze terugkomt uit de hal. 'Helpen ze?'

'Dat zijn uppers,' zeg ik, een tweede fles ontkurkend. Ditmaal merlot.

'Nu hebben we een feestje.'

Al drinkend en spelend kletsen we. We zijn beiden moeders van enig kinderen, wat ik al wist. We houden beiden van zeilen, wat ik nog niet wist. Jane prefereert solo, ik ben meer voor tweemansboten – althans, dat was ik.

Ik vertel haar over mijn huwelijksreis met Ed: dat we een Alerion huurden, een tien meter lang jacht, en langs de Griekse eilanden cruiseten, als een flipperbal tussen Santorini en Delos, Naxos en Mykonos. 'Alleen wij tweeën,' haal ik herinneringen op, 'zeilend over de Egeïsche Zee.'

'Dat klinkt precies als *Dead Calm*,' zegt Jane.

Ik neem een slok wijn. 'Volgens mij speelt *Dead Calm* zich af op de Grote Oceaan.'

'Oké, afgezien daarvan klinkt het precies als *Dead Calm*.'

'En verder gaan ze zeilen om bij te komen van een ongeluk.'

'Oké, dat is waar.'

'En vervolgens redden ze een psychopaat die hen probeert te vermoorden.'

'Laat je me nog uitpraten of niet?'

Terwijl ze fronsend naar het schaakbord kijkt, zoek ik in de koelkast naar een Toblerone-reep en hak hem met een keukenmes in stukken. We zitten kauwend aan de tafel. Snoep als avondmaaltijd. Net als Olivia.

Later:

'Krijg je veel bezoek?' Ze streelt haar loper en sleept hem over het bord.

Ik schud mijn hoofd, schud de wijn omlaag door mijn keel. 'Geen. Jij en je zoon.'

'Waarom? Of waarom niet?'

'Geen idee. Mijn ouders zijn overleden en ik werkte te veel om veel vrienden te hebben.'

'Niemand van je werk?'

Ik denk aan Wesley. 'Het was een tweemanspraktijk,' zeg ik. 'Dus nu heeft hij tweemaal zo veel werk.'

Ze kijkt me aan. 'Wat verdrietig.'

'Vertel mij wat.'

'Heb je tenminste een telefóón?'

Ik wijs naar de vaste telefoon die verscholen in een hoek op het aanrecht staat en klop op mijn zak. 'Een iPhone uit het jaar nul, maar hij doet het. Voor het geval mijn psychiater belt. Of iemand anders. Mijn huurder.'

'Je knappe huurder.'

'Mijn knappe huurder, ja.' Ik neem een slok, pak haar koningin.

'Wat een rotstreek.' Ze veegt een hoopje as van de tafel en schaterlacht.

Na het tweede spel wil ze het huis zien. Ik aarzel, heel even maar; de laatste die het huis van boven naar beneden heeft bekeken was David, en daarvoor... ik weet het echt niet meer. Bina komt nooit verder dan de begane grond; dokter Fielding is beperkt tot de bibliotheek. Het idee op zich voelt intiem, alsof ik een nieuwe minnaar rondleid.

Maar ik geef toe en laat haar kamer na kamer zien, verdieping na verdieping. De rode ruimte: 'Net alsof ik vastzit in een slagader.' De bibliotheek: 'Wat een boeken! Heb je die allemaal gelezen?' Ik schud mijn hoofd. 'Heb je er één gelezen?' Ik grinnik.

Olivia's slaapkamer: 'Misschien een beetje klein? Te klein. Ze heeft een kamer nodig waarin ze groot kan worden, zoals die van Ethan.' Mijn werkkamer daarentegen: 'Wauw,' zegt Jane. 'In zo'n kamer kan een vrouw wat beréiken.'

'Nou, ik schaak er hoofdzakelijk en praat met mensen die niet meer buiten komen. Als je dat wat bereiken noemt.'

'Kijk.' Ze zet haar glas op de vensterbank, steekt haar handen in haar achterzakken en leunt voorover tegen het raam. 'Daar is het huis,' zegt ze, naar haar huis turend; haar stem klinkt zacht, bijna schor.

Ze was al die tijd zo vrolijk, zo opgewekt dat het zien van haar ernstige blik een soort steek produceert, een naald die over het vinyl krast. 'Daar is het huis,' bevestig ik.

'Mooi, hè? Echt een prachtig huis.'

'Zeker.'

Ze kijkt nog een tijdje naar buiten. Dan gaan we terug naar de keuken.

Nog weer later:

'Heb je daar wat aan?' vraagt Jane, door de kamer lopend terwijl ik nadenk over mijn volgende zet. De zon gaat snel onder; in haar gele trui ziet ze er in het broze licht uit als een schim die door mijn huis zweeft.

Ze wijst naar de paraplu, die als een dronkaard tegen de muur aan de andere kant staat.

'Meer dan je zou denken,' antwoord ik. Ik leun achterover in mijn stoel en beschrijf de achtertuintherapie van dokter Fielding, de onzekere stappen door de deur en de treden af, met de nylon koepel als schild tegen de leegte; de helderheid van buitenlucht; de windvlagen.

'Interessant,' zegt Jane.

'Volgens mij bedoel je "belachelijk".'

'Maar werkt het?'

Ik haal mijn schouders op. 'In zekere zin.'

'Nou,' zegt ze, terwijl ze klopjes op het handvat van de paraplu geeft zoals op een hondenkop, 'dat is dan meegenomen.'

'Zeg, wanneer ben je jarig?'

'Ga je een cadeau voor me kopen?'

'Rustig aan.'

'Eigenlijk binnenkort.'

'Ik ook.'

'11 november.'
Ze gaapt me aan. 'Ik ook.'
'Dat meen je niet.'
'Jawel. Elf elf.'
Ik hef mijn glas. 'Op elf elf.'
We toosten.

'Heb je pen en papier?'
Ik haal beide uit een lade en leg ze voor haar neer. 'Ga daar eens zitten,' zegt Jane tegen me. 'Op je mooist.' Ik knipoog verleidelijk.
Ze krast de pen over het papier, korte, scherpe halen. Ik zie mijn gezicht vorm krijgen: diepliggende ogen, zachte jukbeenderen, lange kaaklijn. 'Let erop dat je mijn onderbeet goed weergeeft,' druk ik haar op het hart, waarop ze 'sst' zegt.
Ze tekent drie minuten, waarin ze tweemaal het glas naar haar mond brengt. 'Voilà,' zegt ze me het blad voorhoudend.
Ik bekijk het. De gelijkenis is verbazingwekkend. 'Dát is een knap staaltje.'
'Nietwaar?'
'Doe je ook andere?'
'Of ik ook nog andere mensen teken behalve jou? Geloof het of niet, ja.'
'Nee, ik bedoel – dieren, stillevens. Het leven.'
'Nou nee. Ik ben hoofdzakelijk geïnteresseerd in mensen. Net als jij.' Met een zwierige haal krabbelt ze haar handtekening in een hoek. 'Ta-da. Een echte Jane Russell.'
Ik leg de tekening in een keukenlade, die waarin ik het goede tafellinnen bewaar. Anders komen er waarschijnlijk vlekken op.

'Wat een boel!' Uitgestrooid als edelstenen liggen ze op de tafel. 'Waar is die voor?'
'Welke?'
'De roze. De octogoon. Nee, zes-ogoon.
'Hexagoon.'
'Ook goed.'
'Dat is Inderal. Een bètablokker.'
Ze bekijkt hem met half toegeknepen ogen. 'Dat is tegen hartaanvallen.'
'En ook tegen paniekaanvallen. Het vertraagt je hartritme.'

'En die daar? Die kleine witte ovale?'

'Aripiprazol. Een atypisch antipsychoticum.'

'Dat klinkt serieus.'

'Klinkt en is, in sommige gevallen. Voor mij is het slechts een add-on. Houdt me in evenwicht. Maakt me dik.'

Ze knikt. 'En die daar?'

'Imipramine. Tofranil. Tegen depressies. En bedplassen.'

'Plas je in bed?'

'Misschien vannacht.' Ik neem een slok van mijn wijn.

'En die?'

'Temazepam. Slaappil. Die is voor later.'

Ze knikt. 'Is het de bedoeling dat je bij deze pillen alcohol gebruikt?'

Ik slik door. 'Nou nee.'

Pas als ik de pillen door mijn keel prop, herinner ik me dat ik ze vanochtend al heb ingenomen.

Jane gooit haar hoofd achterover; haar mond is een rookfontein. 'Zeg alsjeblíeft niet schaakmat.' Ze grinnikt. 'Drie op een rij is te veel voor mijn ego. Vergeet niet dat ik het járen niet heb gespeeld.'

'Dat is te merken,' zeg ik. Ze giert het uit en laat een schat aan zilveren vullingen zien.

Ik inspecteer mijn gevangenen: beide torens, beide lopers, een reeks pionnen. Jane heeft een enkele pion en een enkel paard veroverd. Ze ziet me kijken, mept het paard op zijn zij. 'Paard gevallen,' zegt ze. 'Laat de dierenarts komen.'

'Ik hou heel veel van paarden,' zeg ik.

'Kijk nou eens. Wonderbaarlijke genezing.' Ze zet het paard overeind, streelt zijn marmeren manen.

Ik glimlach, drink mijn laatste rode wijn op. Ze vult mijn glas. Ik kijk naar haar. 'Ik hou ook heel veel van jouw oorbellen.'

Ze bevoelt er een, dan de ander – in elk oor een trosje parels. 'Cadeautje van een ex-vriendje,' zegt ze.

'Vindt Alistair het niet vervelend dat je ze draagt?'

Daar denkt ze over na en lacht vervolgens. 'Ik betwijfel of Alistair het weet.' Ze draait met haar duim aan het wieltje van haar aansteker, houdt hem bij een sigaret.

'Weet dat je ze draagt of weet van wie ze zijn?'

Jane inhaleert en richt de rook naar één kant. 'Geen van beide. Allebei.

Hij kan moeilijk zijn.' Ze tikt haar sigaret af tegen de kom. 'Begrijp me niet verkeerd – hij is een goede man en een goede vader. Maar hij is een controlefreak.'

'Waarin uit zich dat?'

'Dokter Fox, zit ik hier in analyse?' vraagt ze. Haar stem is luchthartig, maar haar ogen staan koel.

'Als er al sprake is van een analyse, dan betreft het je man.'

Ze inhaleert en fronst. 'Zo is hij altijd geweest. Niet veel vertrouwen. Tenminste niet in mij.'

'En waarom is dát?'

'O, ik was een wildebras,' zegt ze. 'Los-ban-dig. Dat is het woord. Dat is zijn... dat is in elk geval Alistairs woord. Slechte vrienden, slechte keuzes.'

'Totdat je Alistair ontmoette?'

'Toen ook nog. Het kostte me enige tijd om mezelf weer op de rails te krijgen.' Zoveel tijd kon dat niet gekost hebben – naar haar uiterlijk te oordelen moet ze begin twintig geweest zijn toen ze moeder werd.

Nu schudt ze haar hoofd. 'Ik was een tijd met iemand anders.'

'Wie was dat?'

Een grimas. 'Wás is het juiste woord. Niet de moeite waard om erover te praten. We maken allemaal fouten.'

Ik zeg niets.

'Hoe dan ook, het ging uit. Maar mijn gezinsleven is nog altijd...' Haar vingers trommelen op de lucht. '...een uitdaging. Dat is het juiste woord.'

'*Le mot juste.*'

'Die Franse lessen zijn beslist de moeite waard.' Ze knarst haar tanden tot een grijns en houdt de sigaret schuin omhoog.

Ik dring aan. 'Wat maakt jouw gezinsleven tot een uitdaging?'

Ze blaast de rook uit. Een volmaakte rookkrans deint door de lucht.

'Doe dat nog eens,' zeg ik ondanks mezelf. Ze doet het. Ik besef dat ik dronken ben.

'Het is' – ze schraapt haar keel – 'niet maar één ding, weet je. Het is gecompliceerd. Alistair is een uitdaging. Gezinnen zijn een uitdaging.'

'Maar Ethan is een goed joch. En dit zeg ik als iemand die weet wanneer ze met een goed joch te maken heeft,' voeg ik eraan toe.

Ze kijkt me in mijn ogen. 'Ik ben blij dat je dat vindt. Dat vind ik ook.' Opnieuw tikt ze haar sigaret af tegen de rand van de kom. 'Jij zult jóuw gezin wel missen.'

'Ja. Ontzettend. Maar ik praat elke dag met hen.'

Ze knikt. Haar ogen zwalken enigszins; ze is kennelijk ook dronken. 'Maar dat is niet hetzelfde als hen hier hebben, hè?'

'Nee, natuurlijk niet.'

Ze knikt voor een tweede keer. 'Zeg, Anna, het valt je zeker wel op dat ik je niet vraag hoe je zo geworden bent.'

'Te dik?' zeg ik. 'Voortijdig grijs?' Ik ben echt teut.

Ze neemt een slokje wijn. 'Iemand met agorafobie.'

'Eh...' Als we toch vertrouwelijkheden uitwisselen, dan kan ik het wel zeggen: 'Trauma. Zoals in de meeste gevallen.' Ik friemel met mijn handen. 'Ik werd depressief. Ernstig depressief. Het is iets waar ik niet graag aan terugdenk.'

Zij schudt haar hoofd. 'Ja, dat begrijp ik... het gaat mij ook niet aan. En ik veronderstel dat je ook geen mensen uitnodigt voor een feestje. Ik denk alleen dat we wat meer bezigheden voor je moeten vinden. Naast schaken en je zwart-witfilms.'

'En spioneren.'

'En spioneren.'

Ik denk hierover na. 'Vroeger fotografeerde ik.'

'Zo te zien doe je dat nog steeds.'

Haar grijns is terecht. 'Daar heb je gelijk in. Maar ik bedoel buitenfotografie. Dat vond ik heerlijk.'

'Zoals in *Humans of New York*?'

'Meer natuurfotografie.'

'In de stad?'

'In New England. Daar gingen we af en toe naartoe.'

Jane keert zich naar het raam. 'Kijk eens,' zegt ze, naar het westen wijzend, en ik gehoorzaam: een brijige zonsondergang, de droesem van schemer, gebouwen als papierknipsels tegen de gloeiende achtergrond. Dichtbij cirkelt een vogel. 'Dat is toch natuur?'

'In principe. In zekere zin. Maar ik bedoel...'

'De wereld is een prachtige plek,' zet ze door, en ze meent het. Haar blik is rustig, haar stem is bedaard. Haar ogen vangen de mijne, houden ze vast. 'Vergeet dat niet.' Ze leunt achterover en drukt haar sigaret in de kom uit. 'En laat hem niet aan je voorbijgaan.'

Ik haal mijn telefoon uit mijn zak, richt hem op de ruit en druk af. Ik kijk naar Jane.

'Brave meid,' gromt ze.

NEGENTIEN

Even na halfzes drop ik haar in de hal. 'Ik heb heel belangrijke dingen te doen,' deelt ze me mede.

'En ik ook,' antwoord ik.

Tweeënhalf uur. Wanneer heb ik voor het laatst met iemand, wie dan ook, tweeënhalf uur gepraat? Als een vislijn werp ik mijn geheugen uit, over maanden, over seizoenen. Niets, niemand. Niet sinds mijn eerste afspraak met dokter Fielding, lang geleden hartje winter – en zelfs toen kon ik niet zo lang praten; mijn luchtpijp was nog altijd beschadigd.

Ik voel me weer jong, bijna luchthartig. Misschien is het van de wijn, maar ik denk van niet. Lief dagboek, vandaag heb ik een vriendin gekregen.

Als ik later op de avond tijdens *Rebecca* zit te soezen, gaat de bel.

Ik werp mijn deken van me af en sukkel naar de deur. 'Waarom ga je niet?' snauwt Judith Anderson achter me. 'Waarom vertrek je niet van Manderley?'

Ik kijk op het intercomschermpje. Een lange man, brede schouders, smalle heupen en een scherpe v-haarlijn. Het duurt even – ik ben gewend hem in kleur te zien – maar dan herken ik Alistair Russell.

'Wat kom jij nou hier doen?' zeg of denk ik. Ik denk dat ik het zeg. Absoluut nog altijd dronken. En ik had ook die pillen niet moeten slikken.

Ik druk op de deuropener. Het slot klikt; de deur kreunt; ik wacht tot hij sluit.

Als ik de deur van de hal open, staat hij daar, bleek en duidelijk afstekend tegen het donker. Glimlachend. Sterke tanden steken uit sterk tandvlees. Heldere ogen, kraaienpootjes rimpelen de hoeken.

'Alistair Russell,' zegt hij. 'We wonen op twee-nul-zeven, aan de overkant van het park.'

'Kom binnen.' Ik steek mijn hand uit. 'Ik ben Anna Fox.'

Hij wuift mijn hand weg en blijft staan waar hij staat.

'Ik wil u niet lastigvallen... en het spijt me dat ik u in uw bezigheden onderbreek. Filmavond?'

Ik knik.

Hij glimlacht opnieuw, een fonkelende kerstetalage. 'Ik wilde alleen maar weten of u vanavond bezoek hebt gehad?'

Ik frons. Voordat ik kan antwoorden klinkt achter me een explosie – de schipbreukscène. 'Schip op de rotsen,' jammert de kustbevolking. 'Iedereen naar de baai!' Een en al consternatie.

Ik ga terug naar de bank en zet de film stop. Wanneer ik weer oog in oog met hem sta, heeft Alistair een stap in de kamer gedaan. Badend in het witte licht, met schaduwen in zijn holle wangen, ziet hij eruit als een lijk. Achter hem gaapt de deur, een duistere mond.

'Zou u die dicht willen doen?' Dat doet hij. 'Dank u wel,' zeg ik; de woorden glibberen van mijn tong; ik slis.

'Kom ik erg ongelegen?'

'Nee, het is prima. Kan ik u iets te drinken aanbieden?'

'Nee, dank u wel.'

'Ik bedoel water,' verduidelijk ik.

Hij schudt beleefd zijn hoofd. 'Hebt u vanavond bezoek gehad?' vraagt hij nog eens.

Nu, Jane heeft me gewaarschuwd. Hij is niet het type controlefreak met kraalogen en dunne lippen; hij is meer het joviale *the lion in autumn*-type, met zijn peper-en-zoutbaard, zijn wijkende haarlijn. Ik stel me voor hoe Ed en hij met elkaar omgaan, jongensachtig, ouwe-jongens-krentenbrood, whisky's achteroverslaand sterke verhalen uitwisselend. Maar schijn enzovoort.

Het gaat hem natuurlijk niets aan. Maar ik wil geen ontwijkende indruk maken. 'Ik ben de hele avond alleen geweest,' zeg ik. 'Ik zit midden in een filmmarathon.'

'Welke film is dit?'

'*Rebecca*. Een van mijn lievelingsfilms. Bent u...'

Dan zie ik dat hij naar iets achter mij kijkt, zijn donkere voorhoofd gefronst. Ik draai me om.

Het schaakbord.

Ik heb de glazen netjes in de vaatwasmachine opgeborgen, de kom in de gootsteen uitgeschrobd, maar het schaakbord staat er nog, bezaaid met de levenden en de doden; Janes gevallen koning ligt op zijn zij.

Ik draai me weer naar Alistair.

'O, dat. Mijn huurder speelt graag een potje schaak,' leg ik uit. Nonchalant.

Hij kijkt me aan, knijpt zijn ogen half dicht. In de regel is dit geen uitdaging voor me, niet na zestien jaar in andermans hoofden geleefd te hebben; maar misschien ben ik het verleerd. Of komt het door de drank. En de pillen.

'Schaakt u?'

Het duurt even voordat hij antwoordt. 'Al lange tijd niet meer,' zegt hij. 'Woont u hier alleen met uw huurder?'

'Nee, ik... ja. Mijn man en ik zijn gescheiden. Onze dochter is bij hem.'

'Nu.' Hij werpt nog een laatste blik op het schaakbord en de televisie en loopt dan naar de deur. 'Dank u voor uw tijd. Het spijt me dat ik u heb lastiggevallen.'

'Niets te danken,' zeg ik, als hij de hal betreedt. 'En bedank uw vrouw alstublieft voor de kaars.'

Hij draait zich met een ruk om, kijkt me aan.

'Die kwam Ethan brengen.'

'Wanneer was dat?' vraagt hij.

'Een paar dagen geleden. Op zondag.' Wacht – welke dag is het vandaag? 'Of zaterdag.' Ik voel ergernis; wat kan het hem schelen wanneer? 'Is het belangrijk?'

Hij zegt niets, mond open. Dan flitst hij een afwezige glimlach en vertrekt zonder nog iets te zeggen.

Voordat ik mezelf in bed hijs, tuur ik door het raam naar 207. Daar zijn ze, de familie Russell, verzameld in de zitkamer: Jane en Ethan op de bank, Alistair in een leunstoel tegenover hen, indringend pratend. *Een goede man en een goede vader.*

Wie weet wat er omgaat in een gezin? Dat leerde ik als student. 'Je kunt jaren met een patiënt omgaan en nog zal hij je verbazen,' zei Wesley, nadat we elkaar voor het eerst de handen hadden geschud; zijn vingers waren geel van de nicotine.

'Hoezo?' vroeg ik.

Hij installeerde zich achter zijn bureau, kamde met zijn vingers zijn haar achterover. 'Je kunt naar iemands geheimen, angsten en noden luisteren, maar vergeet nooit dat deze bestaan samen met andermans geheimen en angsten, mensen die onder hetzelfde dak wonen. Je kent die regel over gelukkige gezinnen die allemaal hetzelfde zijn?'

'*Oorlog en vrede*,' zei ik.

'*Anna Karenina*, maar daar gaat het niet om. Waar het om gaat, is dat het niet waar is. Geen gezin, gelukkig of ongelukkig, is als een ander. Tolstoj zat boordebol flauwekul. Onthoud dat.'

Ik denk daar nu aan terwijl ik langzaam de lens draai om een foto in te kaderen. Een familieportret.

Maar dan leg ik de camera neer.

WOENSDAG,
3 november

TWINTIG

Ik word wakker met Wesley in mijn hoofd.

Wesley en een welverdiende kater. Als door een mist tast ik mijn weg de trap af naar mijn werkkamer, ren vervolgens naar de wc en geef over. Hemelse Verrukking.

Ik heb ontdekt dat ik zeer gewetensvol overgeef. Ik zou beroeps kunnen worden, zegt Ed. Eén keer spoelen en de troep glijdt weg; ik spoel mijn mond, tik wat kleur op mijn wangen en keer terug naar de werkkamer.

Aan de overkant van het park zijn de ramen van de Russells leeg, hun kamers duister. Ik staar naar het huis; het staart terug. Ik besef dat ik hen mis.

Ik kijk in zuidelijke richting, waar een aftandse taxi met een sukkelgangetje door de straat rijdt. In zijn kielzog stevent een vrouw, koffiebeker in een hand, *goldendoodle* aan een lijn. Ik kijk op de klok van mijn mobiel: 10:28. Hoe komt het dat ik zo vroeg op ben?

Juist: mijn temazepam vergeten. Nu ja, ik viel al om voordat ik eraan kon denken. Het maakt dat ik buiten bewustzijn raak, verplettert me als een rotsblok.

En nu maalt de afgelopen avond door mijn hoofd, flitslichthelder, als de carrousel in *Strangers on a Train*. Is het echt gebeurd? Ja: we ontkurkten Janes wijn; we praatten over boten; we snoepten chocolade; ik nam een foto; we bespraken onze gezinnen; ik stalde mijn pillen uit op de tafel; we dronken nog wat. Niet in die volgorde.

Drie flessen wijn – of waren het er vier? Hoe dan ook, ik kan meer consumeren, héb meer geconsumeerd. ‘De pillen,’ zeg ik, zoals een detective 'eureka!' uitroept – mijn dosering. Ik herinner me dat ik gisteren een dubbele dosis heb genomen. Het moeten de pillen zijn. 'Ik wil wedden dat die jou wel ko zullen slaan,' giechelde Jane, toen ik het hele zooitje met een flinke slok wijn naar binnen had gewerkt.

Mijn hoofd bonkt; mijn handen beven. Achter in mijn bureaulade verstopt vind ik een reisverpakking Advil en ik gooi drie capsules door mijn strot. De uiterste houdbaarheidsdatum voltrok zich negen maanden geleden. In die tijd zijn er, bedenk ik, kinderen verwekt en geboren. Hele levens voortgebracht.

Ik slik een vierde, voor het geval dat.

En toen... wat toen? Ja: Alistair kwam navraag doen naar zijn vrouw.

Beweging achter het raam. Ik kijk op. Het is dokter Miller die van huis naar zijn werk vertrekt. 'Tot drie vijftien,' zeg ik tegen hem. 'Kom niet te laat.'

Kom niet te laat – dat was Wesleys gouden regel. 'Je moet niet vergeten,' zei hij, 'dat voor sommige mensen dit de belangrijkste vijftig minuten van hun week zijn. Dus kom in godsnaam niet te laat, wat je voor de rest ook doet of niet doet.'

Wesley Briljant. Het is drie maanden geleden dat ik gekeken heb. Ik pak de muis en ga naar Google. In het zoekveld flitst de cursor als een hartslag.

Hij is nog altijd bijzonder hoogleraar, zie ik. Hij publiceert nog altijd artikelen in de *Times* en verscheidene wetenschappelijke tijdschriften. En uiteraard praktiseert hij nog steeds, alhoewel ik bedenk dat de praktijk tijdens de zomer naar Yorkville is verhuisd. Ik zeg praktijk, maar in feite zullen het alleen Wesley, zijn receptioniste, Phoebe, en haar Square-kaartlezer zijn geweest. Plus die Eames-fauteuil. Hij adoreert zijn Eames.

Die Eames, maar verder niet veel. Wesley is nooit getrouwd; zijn docentschap was zijn liefde, zijn patiënten waren zijn kinderen. 'Fox, krijg geen medelijden met arme dokter Brill,' waarschuwde hij me. Ik weet het nog precies: Central Park, zwanen met hun vraagtekenhalzen, de middagzon hoog boven het kantwerk van de iepen. Hij had me net gevraagd of ik als junior partner in zijn praktijk wilde komen. 'Mijn leven is té vol,' zei hij. 'Daarom heb ik jou, of iemand als jij nodig. Samen kunnen we meer kinderen helpen.'

Zoals altijd had hij gelijk.

Ik klik Google Afbeeldingen aan. Het zoeken levert een kleine reeks foto's op, geen enkele bijzonder recente, geen enkele bijzonder flatterende. 'Ik ben niet fotogeniek,' merkte hij ooit op, niet als klacht; boven zijn hoofd kringelde een troebele rookkrans; zijn vingernagels waren gevlekt en gespleten.

'Inderdaad,' beaamde ik.

Hij trok een borstelige wenkbrauw op. 'Waar of onwaar: zo hard ben je tegen je echtgenoot.'

'Niet volledig waar.'

Hij snoof. 'Iets kan niet "volledig waar" zijn,' zei hij. 'Het is waar of niet. Het is echt of niet.'

'Helemaal waar,' antwoordde ik.

EENENTWINTIG

'Raad eens,' zegt Ed.

Ik ga verzitten. 'Dat is mijn tekst,' zeg ik.

'Je klinkt geradbraakt, kampioen.'

'Klink en voel.'

'Voel je je niet lekker?'

'Voelde me niet lekker,' antwoord ik. Ik kan hem beter niet van gisteravond vertellen, weet ik, maar het is sterker dan ik. En ik wil eerlijk zijn tegen Ed. Dat verdient hij.

Hij is boos. 'Dat kun je niet dóen, Anna. Niet met medicijnen.'

'Dat weet ik.' Ik heb er al spijt van iets gezegd te hebben.

'Écht niet.'

'Ik heb al gezegd dat ik dat weet.'

Als hij weer praat, is zijn stem zachter. 'Je hebt de laatste tijd een heleboel bezoek gehad,' zegt hij. 'Een heleboel prikkels.' Hij zwijgt even. 'Misschien dat die mensen aan de overkant van het park...'

'De Russells.'

'...misschien dat ze je een tijdje met rust moeten laten.'

'Zolang ik niet buiten in zwijm val, zullen ze dat vast en zeker.'

'Ze hebben zich niet met jou te bemoeien.' En ik wed dat hij *En jij hebt je niet met hen te bemoeien* denkt.

'Wat zegt dokter Fielding ervan?' gaat hij verder.

Ik begin te vermoeden dat Ed dit vraagt als hij het zelf niet meer weet. 'Die vindt mijn relatie met jou belangrijker.'

'Met mij?'

'Met jullie beiden.'

'O.'

'Ed, ik mis je.'

Het was niet mijn bedoeling geweest om dat te zeggen – had niet eens beseft dat ik het dacht. Ongefilterd onderbewustzijn. 'Sorry... dat was het id aan het woord,' leg ik uit.

Hij is even stil.

Ten slotte: 'Goed, nu de Ed aan het woord,' zegt hij.

Ook dat mis ik, zijn flauwe woordgrapjes. Hij zei altijd dat ik 'Anna' moest schrijven in 'psycho-anna-lyticus'. 'Ik moet er niet aan dénken,' zei ik dan, vol afschuw. 'Je weet best dat je dat prachtig vindt,' zei hij dan weer, en dat was zo.

Hij zwijgt weer.

Dan:

'Wat mis je dan van me?'

Dat had ik niet verwacht. 'Ik mis...' begin ik, in de hoop dat de zin zichzelf afmaakt.

En het spuit in een stroom uit me, als water dat uit een afvoerpijp gutst, een gebroken dam. 'Ik mis de manier waarop jij bowlt,' zeg ik, want die idiote woorden liggen voor op mijn tong. 'Ik mis hoe je nooit een das weet te strikken. Ik mis je scheerbrand. Ik mis je wenkbrauwen.'

Al pratend blijk ik de trap op te lopen, de gang over, naar de slaapkamer. 'Ik mis je schoenen. Ik mis 's ochtends je vraag om koffie. Ik mis die keer dat je mijn mascara gebruikte en iedereen het opmerkte. Ik mis die keer dat je me nota bene vroeg iets te naaien. Ik mis je beleefde manieren tegenover serveersters.'

Nu in mijn bed, ons bed. 'Ik mis je eieren.' Roereieren ook als het een spiegelei moest zijn. 'Ik mis je verhalen voor het slapengaan.' De heldinnen wezen de prinsen af en verkozen in plaats daarvan hun doctorstitel te behalen. 'Ik mis je imitatie van Nicolas Cage.' Die werd scheller na *Wicker Man*. 'Ik mis het feit dat je altijd bómmelding zei in plaats van bommélding.'

'Maar het gaat toch om een bommelend ding.'

Mijn lach klinkt snikkend en ik blijk te huilen. 'Ik mis je stomme, stomme grapjes. Ik mis hoe je altijd een stuk chocolade afbreekt voordat je het in je mond stopt in plaats van verdomme gewoon een stuk van de reep af te bijten.'

'Let op je woorden.'

'Sorry.'

'En zo smaakt het beter.'

'Ik mis je hart,' zeg ik.

Stilte.

'Ik mis je zo verschrikkelijk.'

Weer stilte.

'Ik hou zo vreselijk veel van je.' Ik hap, uitgeput, naar adem. 'Van jullie beiden.'

Geen patroon hier, niet dat ik kan zien – en ik ben erin getraind patronen te ontdekken. Ik mis hem gewoon. Ik mis hem. Ik hou van hen. Ik hou van hen beiden.

Er is een lange, diepe stilte. Ik adem.

'Maar, Anna,' zegt hij, vriendelijk, 'als...'

Ik hoor iets beneden.

Het klinkt gedempt, niet meer dan een zacht gerommel. Waarschijnlijk de ingewanden van het huis.

'Wacht,' zeg ik tegen Ed.

Dan duidelijk een droge kuch, een gegrom.

Iemand in mijn keuken.

'Ik moet gaan,' zeg ik tegen Ed.

'Wat...'

Maar ik sluip al naar de deur, de telefoon in een hand geklemd; mijn vingers tikken op het scherm – 911 – en mijn duim zweeft boven de belknop. Ik denk terug aan de laatste keer dat ik belde. Meer dan eenmaal belde, althans probeerde te bellen. Ditmaal zal iemand opnemen.

Ik sluip de trap af, mijn hand glibbert over de trapleuning, de treden onder mijn voeten onzichtbaar in het donker.

De hoek om en licht zwenkt in het trapgat. Ik sluip de keuken in. De telefoon trilt in mijn hand.

Bij de afwasmachine staat een man, met zijn brede rug naar me toe.

Hij draait zich om. Ik druk op Bellen.

TWEEËNTWINTIG

'Hoi,' zegt David.

Godverdomme. Ik adem uit en annuleer snel de oproep. Stop de telefoon terug in mijn zak.

'Sorry,' vervolgt hij. 'Ik heb ongeveer een halfuur geleden aangebeld, en ik dacht dat u sliep.'

'Ik stond zeker onder de douche,' zeg ik.

Hij reageert niet. Waarschijnlijk is hij verlegen met de situatie, mijn haar is niet eens nat. 'Daarom ben ik via de trap van het souterrain gekomen. Ik hoop dat u dat niet erg vindt.'

'Nee, natuurlijk niet,' zeg ik. 'Je kunt altijd komen.' Ik loop naar de gootsteen en vul een glas water. Ik ben doodmoe. 'Waar had je me voor nodig?'

'Ik zoek een X-Acto.'

'Een X-Acto?'

'Een X-Acto-mes.'

'Een soort stanleymes.'

'Exact.'

'X-acto,' zeg ik. Wat scheelt mij?

'Ik heb onder de gootsteen gekeken,' gaat hij, gelukkig, verder, 'en in de lade naast de telefoon. Trouwens, uw telefoon is niet aangesloten. Volgens mij doet-ie het niet.'

Ik kan me niet eens herinneren wanneer ik de vaste lijn voor het laatst heb gebruikt. 'Dat weet ik wel zeker.'

'Misschien moet u hem even aansluiten.'

Niet nodig, denk ik.

Ik loop terug naar de trap. 'Ik heb een stanleymes in het berghok boven,' zeg ik, maar hij loopt al achter me aan.

Op de gang draai ik me om en open de kastdeur. Binnenin is het pikkedonker. Ik geef een ruk aan het koord naast de kale peer. Het is een diepe, smalle ruimte; helemaal achterin onderuitgezakte, opgeklapte strandstoelen, op de grond verfblikken als bloempotten – en, hoe is het mogelijk, toile behang met herderinnetjes, edellieden en hier en daar een boefje. Eds gereedschapskist staat ongerept op een plank. 'Ik ben niet zo handig,' zei hij altijd. 'Met een lichaam als het mijne hoef ik dat niet te zijn.'

Ik doe de doos open en rommel erin.

'Daar.' David wijst – een zilverkleurige plastic hoes, het mes steekt er aan één kant uit. Ik pak het. 'Voorzichtig.'

'Ik zal je niet snijden.' Ik overhandig het hem voorzichtig, het mes naar mij gekeerd.

'Ik wil niet dat u zich snijdt,' zegt hij.

Inwendig een klein sprankje blijdschap, als een opflikkerend vlammetje. 'Wat ga je er trouwens mee doen?' Ik trek weer aan het koord en opnieuw is het binnenin nacht. David verroert zich niet.

Ik bedenk dat ik, zoals we daar staan, ik in mijn ochtendjas en David met een mes, nog nooit zo dicht bij hem heb gestaan. Hij zou me kunnen kussen. Hij zou me kunnen vermoorden.

'De buurman vroeg me om wat werk te doen. Dozen openen en spullen opbergen.'

'Welke buurman?'

'Die aan de overkant van het park. Russell.' Hij loopt weg, richting de trap.

'Hoe heeft hij jou gevonden?' vraag ik, achter hem aan lopend.

'Ik heb briefjes opgehangen. Hij zag er een in de koffiebar of zo.' Hij draait zich om en kijkt me aan. 'Kent u hem?'

'Nee,' zeg ik. 'Hij kwam gisteren langs, meer niet.'

We zijn terug in de keuken. 'Hij heeft een aantal dozen die uitgepakt en in het souterrain wat meubels die in elkaar gezet moeten worden. Ik ben waarschijnlijk in de loop van de middag weer terug.'

'Ik geloof niet dat ze thuis zijn.'

Hij werpt een zijdelingse blik op me. 'Waarom denkt u dat?'

Omdat ik hun huis in de gaten houd. 'Het ziet eruit alsof er niemand thuis is.' Door het raam wijs ik naar nummer 207 en op dat moment baadt hun kamer in het licht. Daar staat Alistair, een telefoon tussen zijn wang en schouder geklemd, aan zijn haar te zien net opgestaan.

'Dat is 'm,' zegt David, op weg naar de deur van de hal. 'Tot straks. Bedankt voor het mes.'

DRIEËNTWINTIG

Het is mijn bedoeling mijn gesprek met Ed voort te zetten – 'Raad eens,' zal ik zeggen; ditmaal is het mijn beurt – maar even nadat David door de haldeur is verdwenen, wordt erop geklopt. Ik ga kijken wat hij wil.

Aan de andere kant staat een vrouw, wijd uit elkaar staande ogen en elegant: Bina. Ik kijk op mijn telefoon – twaalf uur precies. X-acto. God.

'David liet me binnen,' verklaart ze. 'Elke keer dat ik hem zie, is hij knapper. Hoe moet dat eindigen?'

'Misschien moet jij daar iets aan doen,' zeg ik.

'Misschien moet jij je mond houden en je klaarmaken voor je oefeningen. Ga eens echte kleren aantrekken.'

Dat doe ik en als ik mijn mat heb uitgerold, beginnen we, op de vloer van de woonkamer. Het is bijna tien maanden geleden sinds mijn kennismaking met Bina – bijna tien maanden sinds ik uit het ziekenhuis kwam, met een gekneusde ruggengraat en een beschadigde keel – en in die tijd zijn we elkaar erg gaan waarderen. Misschien zelfs vriendinnen geworden, zoals dokter Fielding ooit heeft gezegd.

'Warme dag vandaag.' Ze legt een gewicht in de holte van mijn rug; mijn ellebogen trillen. 'Je zou een raam open moeten zetten.'

'Geen sprake van,' grom ik.

'Dat gaat dan aan je voorbij.'

'Er gaat zoveel aan me voorbij.'

Een uur later, trekt ze me, terwijl mijn T-shirt aan mijn huid geplakt zit, overeind. 'Wil je die paraplutruc proberen?' vraagt ze.

Ik schud mijn hoofd. Mijn haren plakken aan mijn nek. 'Niet vandaag. En het is geen truc.'

'Het is er een goede dag voor. Buiten is het mooi en zacht.'
'Nee... ik ben... nee.'
'Je hebt een kater.'
'Ook dat.'
Een zuchtje. 'Heb je het deze week met dokter Fielding geprobeerd?'
'Ja,' lieg ik.
'En hoe ging dat?'
'Goed.'
'Hoe ver kwam je?'
'Dertien stappen.'
Bina bestudeert me. 'Mooi. Niet slecht voor een dame van uw leeftijd.'
'Die een jaartje ouder wordt.'
'O, wanneer ben je jarig?'
'Volgende week. De elfde. Elf elf.'
'Dan moet ik je seniorenreductie geven.' Ze bukt, stopt haar gewichten in hun kist. 'Laten we wat eten.'

Ik kookte nooit veel – Ed was de chef – en tegenwoordig bezorgt FreshDirect mijn levensmiddelen aan de deur: diepgevroren maaltijden, magnetronmaaltijden, ijs, wijn. (Wijn en gros.) En ook enkele magere eiwitproducten en fruit, ten behoeve van Bina. En van mij, zou ze zeggen.

Onze lunches vallen buiten werktijd – Bina geniet schijnbaar van mijn gezelschap. 'Zou ik je hiervoor eigenlijk niet moeten betalen?' vroeg ik haar eens.

'Je kookt al voor me,' antwoordde ze.

Ik schraapte een zwarte homp kip op haar bord. 'Noem je dit koken?'

Vandaag is het meloen met honing en enkele plakken gedroogde bacon. 'Absoluut onbewerkt?' vraagt Bina.

'Absoluut.'

'Dank je wel, mevrouw.' Ze lepelt fruit in haar mond, veegt honing van haar lip. 'Ik las een artikel over hoe bijen op zoek naar pollen bijna tien kilometer van hun korf vliegen.'

'Waar las je dat?'

'In *The Economist*.'

'O, *The Economist*.'

'Is dat niet bijzonder?'

'Het is deprimerend. Ik kan niet eens mijn huis uit.'

'Dat artikel ging niet over jou.'

'Zo klinkt het ook niet.'

'En ze dansen ook. Dat heet de...'

'Kwispeldans.'

Ze snijdt een plak bacon in tweeën. 'Hoe wist je dat?'

'Toen ik in Oxford was, was er een tentoonstelling over bijen in het Pitt Rivers. Dat is hun Museum van Natuurlijke Historie.'

'O, Oxford.'

'Ik herinner me vooral de kwispeldans, omdat we die probeerden na te doen. Vooral veel gehannes en gestuntel. Had veel weg van de manier waarop ik mijn oefeningen doe.'

'Waren jullie dronken?'

'We waren niet nuchter.'

'Sinds ik dat artikel heb gelezen, droom ik aldoor over bijen,' zegt ze. 'Wat betekent dat volgens jou?'

'Ik ben geen Freud. Ik leg geen dromen uit.'

'Maar als je dat wel deed.'

'Als ik dat wel deed, zou ik zeggen dat de bijen staan voor de dringende noodzaak om te stoppen mij te vragen wat jouw dromen betekenen.'

Ze kauwt. 'De volgende keer zal ik het je betaald zetten.'

We eten zwijgend.

'Heb je vandaag je pillen ingenomen?'

'Ja.' Ik heb ze niet ingenomen. Zal ik doen als ze vertrokken is.

Even later stroomt er water door de leidingen. Bina kijkt naar de trap. 'Was dat het toilet?'

'Ja.'

'Is er nog iemand anders in huis?'

Ik schud mijn hoofd, ik slik. 'Zo te horen heeft David een vriendin te logeren.'

'Wat een slet.'

'Hij is geen lieverdje.'

'Weet je wie het is?'

'Daar bemoei ik me niet mee. Ben je soms jaloers?'

'Absoluut niet.'

'Zou je niet willen kwispeldansen met David?'

Ze piekt een stukje bacon naar me. 'Volgende week woensdag kan ik niet. Net als vorige week.'

'Je zuster.'

'Ja. Komt weer eens terug. Zou je donderdag kunnen?'

'Dat zou heel goed kunnen.'

'Hoera.' Ze kauwt, draait haar waterglas rond. 'Je ziet er moe uit, Anna. Slaap je wel genoeg?'

Ik knik ja, schud dan nee. 'Nee, ik heb... ik bedoel, ja, maar ik heb de laatste tijd veel aan mijn hoofd. Dit is moeilijk voor me, weet je. Dit... allemaal.' Ik zwaai met mijn arm om me heen.

'Ik begrijp dat het moeilijk moet zijn. Ik begrijp dat het moeilijk is.'

'En ik vind mijn oefeningen zwaar.'

'Je doet het heel goed. Echt waar.'

'En therapie is zwaar. Het is zwaar om aan de andere kant te zitten.'

'Dat kan ik me voorstellen.'

Ik haal adem. Wil mezelf niet opjuinen.

Nog één ding: 'En ik mis Livvy en Ed.'

Bina legt haar vork neer. 'Ja, natuurlijk mis je hen,' zegt ze, en ze glimlacht zo warm dat ik zou kunnen huilen.

VIERENTWINTIG

GrannyLizzie: Dag dokter Anna!

Het bericht verschijnt met een tjsilp op mijn computerscherm. Ik zet mijn glas aan een kant, staak mijn schaakspel. Ik sta 3-0 sinds Bina vertrok. Een dag om de vlag uit te steken.

dedokterhoudtspreekuur: Dag Lizzie! Hoe voelt u zich?
GrannyLizzie: Gaat beter, dank u vriendelijk.
dedokterhoudtspreekuur: Fijn te horen.
GrannyLizzie: Ik heb Richards kleren aan onze kerk geschonken.
dedokterhoudtspreekuur: Daar waren ze vast en zeker heel blij mee.
GrannyLizzie: Inderdaad en dat is wat Richard gewild zou hebben.
GrannyLizzie: En mijn leerlingen van de vijfde klas hebben een grote beterschapskaart voor me gemaakt. Die is gigantisch. Vol glitters en watten.
dedokterhoudtspreekuur: Wat ontzettend lief.
GrannyLizzie: Eerlijk gezegd zou ik hem een zesje geven, maar het gaat om het idee.

Ik lach. Typ LOL, maar verwijder dat weer.

dedokterhoudtspreekuur: Ik heb ook met kinderen gewerkt.
GrannyLizzie: O ja?
dedokterhoudtspreekuur: Als kinderpsycholoog.
GrannyLizzie: Ik had soms het gevoel dat dat mijn werk was…

Ik lach weer.

GrannyLizzie: Ho ho ho. Dat vergat ik bijna!
GrannyLizzie: Vanochtend heb ik een stukje buiten kunnen lopen! Een van mijn oud-leerlingen kwam langs en nam me mee naar buiten.
GrannyLizzie: Het was maar even. Maar het was de moeite waard.
dedokterhoudtspreekuur: Wat een fantastische stap. Hierna zal het alleen maar gemakkelijker worden.

Dat kan wel eens niet waar zijn, maar in het belang van Lizzie hoop ik dat niet.

dedokterhoudtspreekuur: En wat fijn dat uw leerlingen zo dol op u zijn.
GrannyLizzie: Dit is Sam. Totaal niet artistiek aangelegd, maar hij was een heel aardige jongen en nu is hij een heel aardige man.
GrannyLizzie: Maar ik vergat wel mijn huissleutel.
dedokterhoudtspreekuur: Heel begrijpelijk!
GrannyLizzie: Kon even niet meer naar binnen.
dedokterhoudtspreekuur: Ik hoop dat dat niet al te eng was.
GrannyLizzie: Een beetje wel, maar er ligt een extra sleutel in onze bloembak. Ik heb prachtige bloeiende viooltjes.
dedokterhoudtspreekuur: Die luxe hebben we niet in NYC!
GrannyLizzie: HAHAHAwat grappig!

Ik glimlach. Ze heeft het nog niet helemaal door.

GrannyLizzie: Ik moet nu de lunch gaan maken. Krijg een vriendin op bezoek.
dedokterhoudtspreekuur: Ga maar. Blij dat u gezelschap hebt.
GrannyLizzie: Dank u wel!
GrannyLizzie: ☺

Ze logt uit en ik voel me in de wolken. 'Misschien kan ik iets goeds verrichten voor ik sterf.' – *Jude*, deel zes, hoofdstuk I.

Vijf uur en alles is in orde. Ik beëindig mijn spel (4-0!), drink de laatste wijn en loop de trap af naar de televisie. Vanavond een dubbele Hitchcock, denk ik terwijl ik de dvd-kast open; misschien *Rope* (onderschat) en *Strangers on a Train* (wisselspel!). In beide spelen homoseksuele acteurs – heb ik ze daarom aan elkaar gekoppeld? Ik zit nog altijd in mijn analysemodus. 'Wissel,' zeg ik tegen mezelf. Ik praat de laatste tijd veel in mezelf. Iets voor dokter Fielding.

Of misschien *North by Northwest*.

Of *The Lady Vanish*...

Een schreeuw, uit de keel gescheurd, rauw en vol afgrijzen.

Ik draai me bliksemsnel om naar het keukenraam.

De kamer is stil. Mijn hart bonkt.

Waar kwam die vandaan?

Buiten golven van honingkleurig licht, de wind wiegt de takken. Kwam het van de straat of...

En dan opnieuw, uit de diepte opgedregd, de lucht verscheurend, hartgrondig en hartverscheurend: die schreeuw. Afkomstig van nummer 207. De ramen van de zitkamer staan op een kier, de gordijnen bewegen in de wind. *Warme dag vandaag*, zei Bina. *Je zou een raam open moeten zetten.*

Ik kijk naar het huis, mijn ogen schieten heen en weer tussen de keuken en de zitkamer, zwenken omhoog naar Ethans kamer, weer terug naar de keuken.

Gaat hij haar te lijf? *Controlefreak*.

Ik heb hun telefoonnummer niet. Ik wurm mijn iPhone uit mijn zak, laat hem op de grond vallen – 'Shit.' – en draai Inlichtingen.

'Welk adres?' Nors. Ik geef het; even later noemt een mechanische stem tien cijfers, biedt aan ze in het Spaans te herhalen. Ik hang op, tik het nummer in de telefoon.

De wektoon snort in mijn oor.

Nogmaals.

Een derde keer.

Een vi...

'Hallo?'

Ethan. Beverig, stilletjes. Ik zoek alle ramen van het huis af, maar zie hem nergens.

'Ik ben het, Anna. Van de overkant van het park.'

Een snuivend geluid. 'Hoi.'

'Wat is er aan de hand? Ik hoorde schreeuwen.'

'O, nee... niets.' Hij kucht. 'Alles is in orde.'

‘Maar ik hoorde iemand schreeuwen. Was dat je moeder?’

‘Niets aan de hand,’ herhaalt hij. ‘Mijn vader heeft gewoon een kwaaie bui.’

‘Heb je hulp nodig?’

Stilte. ‘Nee.’

Twee tonen dreinen in mijn oor. Hij heeft opgehangen.

Zijn huis kijkt me nietszeggend aan.

David – David is daar vandaag. Of is hij al terug? Ik roffel op de deur naar het souterrain, roep zijn naam. Even vrees ik dat de deur door een onbekende geopend wordt die slaperig zal verklaren dat David zo terug zal komen en vindt u het erg, maar ik wil graag weer naar bed, dank u wel.

Niets.

Heeft hij het gehoord? Heeft hij het gezíen? Ik bel zijn nummer.

Vier tonen, lang en ongehaast, dan een algemene begroetingsformule: ‘Het spijt ons. De persoon die u hebt gebeld...’ Een vrouwenstem – altijd een vrouw. Misschien klinken wij verontschuldigender.

Ik druk op Annuleren. Streel de telefoon alsof hij een wonderlamp is waaruit een geest zal verschijnen, klaar om zijn wijsheid mede te delen en mijn wensen te vervullen.

Jane schreeuwde. Tweemaal. Haar zoon ontkende dat er iets aan de hand was. Ik kan niet de politie waarschuwen; als hij mij de waarheid niet wil vertellen, zal hij zeker niets tegen mannen in uniform zeggen.

Mijn nagels krassen sikkels in mijn handpalmen.

Nee, ik moet hem te spreken krijgen – of nog beter, haar. Ik tik op de herhaalknop, druk het nummer van de Russells in. De telefoon gaat eenmaal over voordat er wordt opgenomen.

‘Ja,’ zegt Alistair, met zijn aangename tenor.

Ik houd mijn adem in.

Ik kijk op: daar staat hij, in de keuken, telefoon tegen zijn oor. Een hamer in zijn andere hand. Hij ziet me niet.

‘U spreekt met Anna van nummer 213. We hebben laatst kennis...’

‘Ja, dat herinner ik me. Hallo.’

‘Hallo,’ zeg ik en heb daar onmiddellijk spijt van. ‘Ik hoorde zojuist schreeuwen, en wilde daarom vragen...’

Hij draait zijn rug naar me toe, legt de hamer op het aanrecht – de hamer; was dat waar ze van schrok? – en plaatst zijn hand tegen zijn nekholte, alsof hij zichzelf troost. ‘Sorry... u hoorde wat?’

Dit had ik niet verwacht. 'Schreeuwen?' zeg ik. Nee, maak het bevestigend. 'Schreeuwen. Zojuist.'

'Schreeuwen?' Alsof het een buitenlands woord is. *Sprezzatura. Schadenfreude.* Schreeuwen.

'Ja.'

'Waar?'

'Uit uw huis.' Draai je om. Ik wil je gezicht zien.

'Dat is... hier heeft niemand geschreeuwd. Daar kunt u van op aan.' Ik hoor hem gniffelen, zie hoe hij tegen de muur leunt.

'Maar ik heb het gehoord.' *En uw zoon heeft het bevestigd*, denk ik, al zal ik dat niet zeggen – misschien wordt hij dan nog bozer, nog razender.

'Ik denk dat u iets anders hebt gehoord. Of ergens anders vandaan.'

'Nee. Ik hoorde het duidelijk uit uw huis komen.'

'De enige mensen hier zijn mijn zoon en ik. Ik heb niet geschreeuwd en ik weet zo goed als zeker dat ook hij niet heeft geschreeuwd.'

'Maar ik hóórde...'

'Mevrouw Fox, het spijt me erg, maar ik moet nu ophangen – er is een tweede beller. Alles is hier in orde. Geen geschreeuw, echt niet.'

'U...'

'Goedendag. Geniet van het weer.'

Ik zie hem ophangen, hoor weer die twee tonen. Hij pakt de hamer op van het aanrecht en verlaat het vertrek via een deur achterin.

Ik staar vol ongeloof naar mijn telefoon, alsof die uitleg kan geven.

En dan, als ik weer naar huize Russell kijk, zie ik haar op de stoep voor de deur staan. Ze staat even stil, als een stokstaartje dat een roofdier bespeurt, voordat ze de treden af gaat. Draait haar hoofd naar die kant, dan naar deze, dan weer die kant; ten slotte loopt ze in westelijke richting, naar de hoofdstraat. De kruin van haar hoofd is een krans in het avondrood.

VIJFENTWINTIG

Hij leunt tegen de deurpost; zijn overhemd is donker van het zweet, zijn haar geklit. In een oor zit een oordop.

'Wat?'

'Heb je horen schreeuwen bij de Russells?' herhaal ik. Ik hoorde hem net thuiskomen, nauwelijks een halfuur nadat Jane op de stoep verscheen. In de tussentijd had mijn Nikon raam na raam van huize Russell afgelopen, als een hond die vossenholen afsnuffelt.

'Nee, ik ging ongeveer een halfuur geleden weg,' zegt David. 'Ben een broodje in de koffiebar gaan eten.' Hij trekt zijn overhemd omhoog naar zijn gezicht en veegt het zweet af. Zijn buik is een wasbord. 'Hebt u horen schreeuwen?'

'Tweemaal. Luid en duidelijk. Rond zes uur?'

Hij kijkt op zijn horloge. 'Misschien was ik er toen, alleen heb ik niet veel gehoord,' zegt hij, op zijn oortje wijzend; de andere schommelt tegen zijn dij. 'Afgezien van Springsteen.'

Het is praktisch zijn eerste persoonlijke voorkeur die hij te kennen geeft, maar de timing is slecht. Ik stoom door. 'Meneer Russell zei niet dat jij er was. Hij zei dat alleen hij en zijn zoon thuis waren.'

'Dan was ik kennelijk al vertrokken.'

'Ik heb je gebeld.' Het klinkt als een smeekbede.

Hij fronst, haalt de telefoon uit zijn zak, bekijkt hem, fronst dieper, alsof de telefoon hem in de steek laat. 'O, hebt u iets nodig?'

'Dus je hebt niemand horen schreeuwen.'

'Ik heb niemand horen schreeuwen.'

Ik draai me om. 'Hebt u iets nodig?' zegt hij nogmaals, maar ik ben al op weg naar het raam, camera in de hand.

Ik zie hem naar buiten komen. De deur gaat open, en als hij dichtgaat, staat hij daar. Hij loopt snel de treden af, draait naar links, loopt langs het trottoir. Richting mijn huis.

Als even later de bel gaat, sta ik al te wachten bij de deuropener. Die druk ik in en ik hoor de voordeur achter hem dichtslaan. Ik open de deur naar de hal en tref hem daar staande in het donker aan, zijn ogen rood en rauw, doorschoten met rafelige bloedvaten.

'Het spijt me,' zegt Ethan, weifelend op de drempel.

'Niet nodig. Kom binnen.'

Hij beweegt als een vlieger, lijkt eerst naar de bank te gaan, zwenkt dan af naar de keuken. 'Wil je wat eten?' vraag ik.

'Nee, ik kan niet blijven.' Zijn hoofd trilt, de tranen rollen over zijn gezicht. Tweemaal kwam dit kind in mijn huis en tweemaal huilde hij.

Uiteraard ben ik gewend aan kinderen in nood: huilend, gillend, poppen stompend, boeken verscheurend. Olivia was de enige die ik kon knuffelen. Nu open ik mijn armen voor Ethan, spreid ze wijd als vleugels en hij laat zich ongemakkelijk omhelzen, alsof hij toevallig tegen me op loopt.

Ineens, een moment lang, houd ik weer mijn dochter vast – houd haar vast voor haar eerste schooldag, houd haar vast in het zwembad tijdens onze vakantie op Barbados, klem haar in mijn armen terwijl de sneeuw geluidloos valt. Haar hart klopt tegen mijn hart, een aparte hartslag, een continue trommel, bloed dat door ons beiden stroomt.

Hij mompelt iets onverstaanbaars tegen mijn schouder. 'Wat zeg je?'

'Ik zei dat het me echt spijt,' herhaalt hij, terwijl hij zich lostrekt en met zijn mouw langs zijn neus veegt. 'Het spijt me echt.'

'Het is goed. Zeg dat niet meer. Het is goed.' Ik veeg een lok haar uit mijn oog en doe hetzelfde bij hem. 'Wat gebeurt er allemaal?'

'Mijn vader...' Hij stopt, werpt een blik door het raam op zijn huis. In het donker glimt het als een schedel. 'Mijn vader ging zo tekeer dat ik echt even het huis uit moest.'

'Waar is je moeder?'

Hij snuift en veegt weer zijn neus af. 'Geen idee.' Een paar diepe ademhalingen en hij kijkt me recht in mijn ogen. 'Sorry, ik weet niet waar ze is. Maar ze is oké.'

'Echt waar?'

Hij niest en kijkt omlaag. Punch is tussen zijn voeten geglipt en schuurt zijn lijf tegen Ethans schenen. Ethan niest opnieuw.

'Sorry.' Weer gesnotter. 'Kat.' Hij kijkt om zich heen alsof hij verbaasd is zich in mijn keuken te bevinden. 'Ik moet teruggaan. Anders wordt mijn vader boos.'

'Volgens mij is hij al boos.' Ik trek een stoel van de tafel en wijs ernaar.

Hij kijkt naar de stoel, dan schieten zijn ogen terug naar het raam. 'Ik moet echt gaan. Ik had eigenlijk niet moeten komen. Ik moest alleen...'

'Je moest echt even het huis uit,' maak ik de zin af. 'Dat begrijp ik. Maar is het veilig om terug te gaan?'

Tot mijn verbazing lacht hij, kort en scherp. 'Hij heeft een grote mond. Meer niet. Ik ben niet bang van hem.'

'Maar je moeder wel.'

Hij zegt niets.

Voor zover ik kan zien vertoont Ethan geen van de duidelijkere kenmerken van kindermishandeling: zijn gezicht en onderarmen vertonen geen sporen, hij gedraagt zich energiek, extravert, al heeft hij wél tweemaal gehuild (laat ik dat niet vergeten), hij ziet er genoegzaam verzorgd uit. Maar dit is slechts een indruk, een vluchtige blik. En per slot van rekening staat hij in mijn keuken en werpt nerveuze blikken naar zijn huis aan de overkant van het park.

Ik duw de stoel terug op zijn plaats. 'Ik wil dat je mijn mobiele nummer hebt,' zeg ik.

Hij knikt – met tegenzin, denk ik, maar dat is genoeg. 'Kunt u het voor me opschrijven?' vraagt hij.

'Heb je geen telefoon?'

Nee met zijn hoofd. 'Hij... mijn vader wil niet dat ik er een heb.' Hij snottert. 'Ik heb ook geen e-mail.'

Dat verbaast me niks. Ik pak een oud recept uit een keukenlade en krabbel het nummer neer. Vier cijfers verder realiseer ik me dat ik mijn oude praktijknummer opschrijf, de noodlijn die ik reserveerde voor mijn patiënten. '1-800-ANNA-NOU,' grapte ik altijd.

'Sorry, verkeerd nummer.' Ik streep het door en noteer dan snel het goede. Als ik opkijk, staat hij bij de keukendeur naar zijn huis te kijken.

'Je hoeft niet terug te gaan,' zeg ik.

Hij draait zich om. Aarzelt. Schudt zijn hoofd. 'Ik moet naar huis.'

Ik knik, geef hem het papiertje. Hij stopt het in zijn zak.

'Je kunt me altijd bellen,' zeg ik. 'En geef dat nummer alsjeblieft ook aan je moeder.'

'Oké.' Hij loopt naar de deur. Schouders naar achteren, rug recht. Klaar voor de strijd, denk ik.

Hij draait zich om, hand op de deurknop.

'Ik meen het. Altijd.'

Hij knikt. Dan opent hij de deur en loopt naar buiten.

Ik keer terug naar het raam, zie hem langs het park lopen, de treden op gaan, zijn sleutel in het slot steken. Hij wacht even, haalt diep adem. Dan verdwijnt hij naar binnen.

ZESENTWINTIG

Twee uur later sluis ik de laatste wijn door mijn keel en zet de fles op de salontafel. Ik druk mezelf langzaam omhoog, kantel naar de andere kant, als de secondewijzer van een klok.

Nee. Sleep jezelf naar je slaapkamer. Naar je badkamer.

Onder de stromende douche wordt mijn brein overspoeld door de gebeurtenissen van de laatste dagen; die vullen de groeven, borrelen op in de holtes: een huilende Ethan op de bank; dokter Fielding en zijn blinkende bril; Bina die haar been schrap zet tegen mijn ruggengraat; die turbulente avond dat Jane op bezoek kwam. Eds stem in mijn oor. David met het mes. Alistair – een goede man, een goede vader. Dat schreeuwen.

Ik knijp een klodder shampoo in mijn hand en smeer hem gedachteloos door mijn haar. Aan mijn voeten stijgt het water.

En de pillen – god, de pillen. 'Dit zijn sterke psychotrope middelen, Anna,' had dokter Fielding me helemaal in het begin gewaarschuwd, toen ik wazig was van de pijnstillers. 'Ga er verstandig mee om.'

Ik druk mijn handpalmen tegen de muur, laat mijn hoofd onder de kraan hangen, mijn gezicht verstopt in een donker nest van haar. In me, door me heen voltrekt zich iets, iets gevaarlijks en nieuws. Het heeft wortel geschoten, een gifboom, die groeit, uitwaaiert; ranken winden zich om mijn ingewanden, mijn longen, mijn hart. 'De pillen,' zeg ik; mijn stem is zacht en laag te midden van het gebulder, alsof ik onder water praat.

Mijn hand tekent hiëroglyfen op het glas. Ik open mijn ogen en lees ze. Over de gehele deur heen heb ik keer op keer de naam van Jane Russell geschreven.

DONDERDAG,
4 november

ZEVENENTWINTIG

Hij ligt op zijn rug. Ik trek een vinger langs de donkere streep haar tussen navel en borst die zijn torso verdeelt. 'Ik hou van je lijf,' zeg ik tegen hem.

Hij zucht en glimlacht. 'Niet doen,' zegt hij, en terwijl mijn hand in de holte van zijn hals blijft liggen, somt hij al zijn gebreken op: de droge huid waardoor zijn rug eruitziet als terrazzo; die ene moedervlek tussen zijn schouderbladen, net een tussen ijsschotsen gestrande Eskimo. Zijn kromme duimnagel; de knobbels op zijn polsen; het kleine witte streepje tussen zijn neusgaten.

Ik tast het litteken met een vinger af. Mijn pink port in zijn neus; hij snuift. 'Hoe kom je daaraan?' vraag ik.

Hij wikkelt mijn haar om zijn duim. 'Mijn neef.'

'Ik wist niet dat je een neef had.'

'Twee. Dit was mijn neef Robin. Hij hield een scheermes tegen mijn neus en zei dat hij een neusvleugel zou afsnijden, zodat ik er nog maar één had. En toen ik nee schudde, sneed het mes me.'

'Jezus.'

Hij blaast uit. 'Ja. Ik had gewoon oké moeten knikken, dan was er niets gebeurd.'

Ik glimlach. 'Hoe oud was je?'

'O, dit gebeurde afgelopen dinsdag.'

Nu moet ik lachen, en hij ook. Als ik ontwaak, lekt de droom weg. De herinnering, eigenlijk. Ik probeer haar in mijn handen op te vangen, maar ze is al verdwenen.

Ik druk een hand tegen mijn voorhoofd in de hoop de kater weg te strijken; gooi de lakens opzij, trek, naar de garderobe lopend, mijn nachtgoed uit en kijk naar de klok aan de muur: 10.10; een gemodelleerde snor op zijn wijzerplaat. Ik heb twaalf uur geslapen.

De dag van gisteren is als een bloem verwelkt, vergeeld en verdord. Wat ik heb gehoord, eigenlijk toevallig opgevangen, was een huiselijke twist, onaangenaam maar niet ongewoon. Niets wat mij aangaat. Ed heeft misschien gelijk, denk ik, de trap naar mijn werkkamer af klossend.

Natuurlijk heeft hij gelijk. *Een heleboel prikkels*; ja, inderdaad. Te veel. Ik slaap te veel, drink te veel; te veel, te veel. *De trop*. Bemoeide ik me zo met de Millers, toen ze in augustus introkken? Ze kwamen nooit bij me op bezoek, nee, maar ik bestudeerde hun doen en laten, ging hun bewegingen na, tagde hen als haaien in het wild. Het is niet dat de Russells bijzonder interessant zijn. Ze zijn alleen bijzonder dichtbij.

Ik maak me uiteraard zorgen om Jane. En speciaal om Ethan. *Hij heeft gewoon een kwaaie bui* – dat moest dan een behoorlijk explosieve bui zijn. Maar ik kan moeilijk de kinderbescherming waarschuwen; er is geen enkele aanleiding. Op dit moment zou het meer kwaad dan goed doen. Zoveel weet ik wel.

Mijn telefoon gaat.

Dit gebeurt zo zelden dat ik even in de war ben. Ik kijk naar buiten, alsof het een roep van een vogel betreft. De telefoon zit niet in een zak van mijn ochtendjas; ik hoor hem ergens boven mijn hoofd overgaan. Tegen de tijd dat ik in mijn slaapkamer ben en hem in de wirwar van mijn lakens heb gevonden, is hij stil.

Op het scherm staat Julian Fielding. Ik druk op Nummerherhaling.

'Hallo?'

'Hoi, dokter Fielding. U belde me zojuist.'

'Anna. Hallo.'

'Hallo, hoi.' Veel begroetingen over en weer. Mijn hoofd bonst.

'Ik bel... wacht even...' Zijn stem ebt weg, komt dan terug, hard in mijn oor. 'Ik sta in een lift. Ik bel om er zeker van te zijn dat je je recept hebt doorgegeven.'

Welk recept – o ja; de pillen die Jane voor me bij de deur in ontvangst heeft genomen. 'Heb ik inderdaad gedaan.'

'Mooi. Ik hoop dat je dit niet paternalistisch vindt, dat ik je check.'

Eigenlijk wel. 'Nee, hoor.'

'Ze moeten een snelle uitwerking hebben.'

De sisal op de trap schuurt aan mijn voeten. 'Snel resultaat leveren.'

'Ik noem het liever uitwerking dan resultaat.'

Geen douchepisser, die man. 'Ik hou u op de hoogte,' verzeker ik hem, de trap aflopend naar de werkkamer.

'Ik maak me zorgen na onze laatste sessie.'

Ik blijf even staan. 'Ik...' Nee, ik weet niet wat ik moet zeggen.

'Ik hoop van harte dat deze aanpassing van je medicatie zal helpen.'

Ik zeg nog steeds niets.

'Anna.'

'Ja, dat hoop ik ook.'

Zijn stem wordt weer zwakker.

'Sorry?'

Een seconde later klinkt hij op volle sterkte. 'Bij deze pillen,' zegt hij, 'mag geen alcohol gebruikt worden.'

ACHTENTWINTIG

In de keuken spoel ik de pillen weg met merlot. Ik begrijp dokter Fieldings bezorgdheid. Heus; ik weet heel goed dat alcohol een sedativum is en als zodanig slecht geschikt voor iemand die depressief is. Ik ben ermee bekend. Ik heb erover geschreven – 'Depressie en alcoholmisbruik bij jongeren', *Journal of Pediatric Psychology* (jaargang 37, deel 4), Wesley Brill, coauteur. Indien nodig kan ik onze conclusies citeren. Om met Bernard Shaw te spreken: ik citeer mezelf dikwijls; het kruidt mijn conversatie. Wat Shaw ook placht te zeggen is dat alcohol de anesthesie is waardoor we de operatie van het leven doorstaan. Goeie, ouwe Shaw.

Dus, vooruit, Julian. Dit zijn geen antibiotica. En bovendien neem ik al bijna een jaar lang mijn medicijnen door elkaar, en moet je me eens zien.

Mijn laptop staat in een baan zonlicht op de keukentafel. Ik sla hem open, bezoek Agora, begeleid twee nieuwkomers door het protocol, draag mijn steentje bij aan een zoveelste debat over medicijnen. ('Geen enkele in te nemen in combinatie met alcohol,' preek ik.) Eenmaal – slechts eenmaal – werp ik een snelle blik op huize Russell. Daar zit Ethan, aan zijn bureau te tikken – waarschijnlijk speelt hij een game of schrijft hij een paper; in elk geval surft hij niet over het internet – en in de zitkamer zit Alistair met een tablet op zijn schoot. Een eenentwintigste-eeuws gezin. Geen Jane, maar dat is oké. Gaat me niets aan. Te veel prikkels.

'Tabee, Russells,' zeg ik en ik vestig mijn aandacht op de televisie. *Gaslight* – een nooit goddelijkere Ingrid Bergman die langzaam gek wordt.

NEGENENTWINTIG

Enige tijd na de lunch zit ik weer achter mijn laptop als ik zie dat GrannyLizzie Agora binnenkomt; het icoontje naast haar naam verandert in een smiley, alsof aanwezig te zijn op dit forum een reden tot blijdschap en vreugde is. Ik beslis om haar voor te zijn.

dedokterhoudtspreekuur: Dag Lizzie!
GrannyLizzie: Dag dokter Anna!
dedokterhoudtspreekuur: Wat voor weer is het in Montana?
GrannyLizzie: Buiten regent het. Wat prima is voor een binnenmens als ik!
GrannyLizzie: Wat voor weer is het in New York City?
GrannyLizzie: Klink ik nu als een provinciaaltje? Moet ik gewoon NYC zeggen??
dedokterhoudtspreekuur: Kan allebei! Hier schijnt de zon. Hoe maakt u het?
GrannyLizzie: Om eerlijk te zijn was het vandaag moeilijker dan gisteren. Tot nu toe.

Ik neem een slok, laat de wijn over mijn tong rollen.

dedokterhoudtspreekuur: Dat gebeurt. Verbetering gaat niet altijd vloeiend.
GrannyLizzie: Daar kan ik over meepraten! Mijn buren brengen mijn boodschappen bij me thuis.
dedokterhoudtspreekuur: Wat fantastish dat u zon steun hebt aan de mensen om u heen.

Twee tikfouten. Meer dan twee glazen wijn. Dat is, vind ik, een fatsoenlijk aanslaggemiddelde. 'Verdomd fatsoenlijk,' zeg ik tegen mezelf en neem nog een slok.

GrannyLizzie: MAAR: het grote nieuws is dat mijn zonen zaterdag op bezoek komen. Ik wil echt met ze naar buiten kunnen. Echt echt.
dedokterhoudtspreekuur: Neem het uzelf niet kwalijk als het deze keer niet lukt.

Pauze.

GrannyLizzie: Ik weet dat het een gemeen woord is, maar ik voel me eigenlijk gewoon 'gestoord'.

Inderdaad gemeen en ik voel een steek in mijn hart. Ik drink mijn glas leeg, stroop de mouwen van mijn ochtendjas op, jakker met mijn vingers over het toetsenbord.

dedokterhoudtspreekuur: U bent niet gestoord. U bent een slachtoffer van de omstandigheden. Waar u doorheen gaat, is een hel. Ik zit nu al tien maanden binnen en ik kan weten hoe moeiljjk dat is. Beschouw uzelf alstublieft nooit als gestoord of als een mislukkelling of iets anders dan iemand die taai en vindingrijk is en de moed had om hulp in te roepen. Uw zonen moeten trots op u zijn en u moet trost op uzelf zijn.

Fin. Geen poëzie. Zelfs niet foutloos geschreven – mijn vingers gleden steeds van de toetsen – maar elk woord was gemeend. Volkomen gemeend.

GrannyLizzie: Dat is prachtig.
GrannyLizzie: Dank u wel.
GrannyLizzie: Geen wonder dat u psycholoog bent. U weet wat u moet zeggen en hoe u het moet zeggen.

Ik voel hoe mijn lippen zich tot een glimlach plooien.

GrannyLizzie: Hebt u een gezin?

De glimlach bevriest.

Voordat ik antwoord, schenk ik mezelf nog eens in. Het glas loopt bijna over; ik buig mijn hoofd en slurp tot het net aan de rand staat. Er rolt een druppel van mijn lip op mijn kin, op mijn ochtendjas. Ik wrijf hem uit in de badstof. Gelukkig dat Ed niet kijkt. Gelukkig dat niemand kijkt.

dedokterhoudtspreekuur: Ja, maar we wonen niet bij elkaar.
GrannyLizzie: Waarom niet?

Ja, waarom niet? Waarom wonen jullie niet bij elkaar, Anna? Ik breng het glas naar mijn mond, zet het weer neer. De scène ontvouwt zich voor me als een Japanse waaier: de uitgestrekte ijsvlaktes, het antonpieckhotel, de antieke ijsmachine.

En tot mijn verbazing begin ik het haar te vertellen.

DERTIG

Tien dagen ervoor besloten we uit elkaar te gaan. Dat is het beginpunt, het op-een-dag. Of eigenlijk – om helemaal eerlijk te zijn, strikt eerlijk te zijn – had Ed dat besloten en ik er, in principe, in toegestemd. Ik geef toe dat ik dacht dat het niet zou gebeuren, zelfs niet toen hij de makelaar liet komen. Ik had het echt niet gedacht.

Waarom, bedenk ik, is iets waar Lizzie niets mee te maken heeft. Waarmee Lizzie niets te maken heeft, zoals Wesley zou benadrukken, hij was geen voorstander van 'opgesplitste voornamelijke bijwoorden'. Ik neem aan dat hij dat nog steeds niet is. Maar nee: het waarom is niet belangrijk, niet hier. Het waar en wanneer kan ik leveren.

Vermont en afgelopen december, respectievelijk, toen we Olivia in de Audi zetten en naar de 9A jakkerden, de Henry Hudson Bridge over, Manhattan uit. Na twee uur rijden door upstate New York bereikten we wat Ed de binnenwegen beliefde te noemen – 'met volop restaurantjes en pannenkoekenhuizen voor ons,' beloofde hij Olivia.

'Ma houdt niet van pannenkoeken,' zei ze.

'Zij kan naar een knutselwinkel gaan.'

'Ma houdt niet van knutselen,' zei ik.

De binnenwegen van die streek bleken opmerkelijk onderbezet te zijn op het gebied van pannenkoekenhuizen en knutselwinkels. In het uiterste puntje van New York vonden we een enkele eenzame IHOP waar Olivia haar pannenkoeken in ahornstroop (lokaal geproduceerd, volgens het menu) sopte en Ed en ik elkaar over de tafel blikken toewierpen. Buiten begon het licht te sneeuwen, tere kamikazevlokjes die zichzelf tegen de ramen stortten. Olivia wees met haar vork en gilde.

Ik kruiste haar vork met de mijne. 'Bij Blue River zullen het er veel meer zijn,' zei ik. Dat was onze eindbestemming, een skioord in centraal Vermont, waar Olivia's vriendinnetje was geweest. Klasgenootje, niet vriendinnetje.

Terug in de auto, terug op de weg. Over het algemeen was het een rustige rit. We hadden Olivia niets gezegd; het had geen zin om haar vakantie te bederven, had ik geopperd en Ed had geknikt. Voor haar hielden we ons aan ons voornemen.

Dus schoten we zwijgend langs weidse velden en smalle, met ijs gelakte stroompjes, door vergeten dorpen een zwakke sneeuwstorm tegemoet bij de grens van Vermont. Op een gegeven moment begon Olivia luidkeels 'Door berg en dal' te galmen en ik viel bij en probeerde tevergeefs de tweede stem te zingen.

'Pappie, zingt u mee?' vroeg Olivia. Dat deed ze altijd: vragen in plaats van eisen. Ongebruikelijk bij een kind. Ongebruikelijk bij iedereen, denk ik soms.

Ed schraapte zijn keel en zong mee.

Pas toen we de Green Mountains bereikten, die als schouders uit de aarde opbolden, begon hij te ontdooien. Olivia was sprakeloos. 'Iets dergelijks heb ik nog nooit gezíen,' hijgde ze en ik vroeg me af waar ze dergelijke woorden had gehoord.

'Hou je van bergen?' vroeg ik.

'Ze zien eruit als een gekreukelde deken.'

'Inderdaad.'

'Net het bed van een reus.'

'Het bed van een reus?' herhaalde Ed.

'Ja... alsof er een reus onder een deken ligt te slapen. Daarom zijn er overal bulten.'

'Morgen ski je op een van die bergen,' beloofde Ed, terwijl we een scherpe bocht namen. 'We gaan in een skilift omhoog, omhoog, omhoog en dan omlaag, omlaag, omlaag de berg af.'

'Omhoog, omhoog, omhoog,' herhaalde ze. De woorden floepten van haar lippen.

'Juist.'

'Omlaag, omlaag, omlaag.'

'Alweer juist.'

'Die daar lijkt net een paard. Daar zitten z'n oren.' Ze wees naar een stel spichtige pieken in de verte. Olivia was op die leeftijd dat alles haar aan een paard deed denken.

Ed glimlachte. 'Hoe zou je een paard noemen, als je er een had, Liv?'

'Niet dat we een paard krijgen,' voegde ik eraan toe.

'Ik zou hem Vossin noemen.'

'Een vossin is een vos,' legde Ed haar uit. 'Een vrouwtjesvos.'

'Hij zou even snel als een vos zijn.'

Hier dachten we over na.

'Ma, hoe zou u een paard noemen?'

'Ik heb liever dat je me mammie noemt.'

'Oké.'

'Oké?'

'Oké, mammie.'

'Ik zou een paard Mr. Ed noemen.' Ik keek naar Ed. Niets.

'Waarom?' vroeg Olivia.

'Dat is van een televisieprogramma.'

'Wat voor programma?'

'Een oud programma over een sprekend paard.'

'Een sprekend paard?' Ze trok haar neus op. 'Wat stom.'

'Vind ik ook.'

'Pappie, hoe zou u een paard noemen?'

Ed keek in de achteruitkijkspiegel. 'Ik vind Vossin ook mooi.'

'Wauw,' fluisterde Olivia. Ik draaide me om.

Naast ons, onder ons was ruimte opengegaan, een uitgestrekte afgrond uitgehold in het land eronder, een reusachtig bekken met niets; de bodem van de leegte bedekt met pijnbomen, flarden mist midden in de lucht gevangen. We reden zo dicht langs de rand van de weg dat we leken te vliegen. We hadden uitzicht op de oorsprong van de wereld.

'Hoe ver is het naar beneden?' vroeg ze.

'Ver,' antwoordde ik, en draaiend naar Ed: 'Kun je wat zachter rijden?'

'Zachter rijden?'

'Langzamer, dan? Gewoon... wat langzamer rijden?'

Hij minderde een klein beetje vaart.

'Kun je nog wat lángzamer?'

'We rijden prima zo.'

'Ik vind het eng,' zei Olivia, haar stem krulde bij de randen omhoog, haar handen bakenden haar ogen af, en Ed nam gas terug.

'Niet omlaagkijken, pompoentje,' zei ik, me omdraaiend op mijn stoel. 'Kijk maar naar mammie.'

Dat deed ze, met wijd open ogen. Ik pakte haar hand, nam haar vingers in de mijne. 'Alles is goed,' zei ik. 'Kijk maar gewoon naar mammie.'

We hadden een hotel buiten Two Pines geboekt, ongeveer een halfuur van het skioord vandaan – 'De mooiste, vermaardste herberg van Centraal Vermont,' pochte de Fisher Arms op zijn website, een glanzende verzameling van roodgloeiende haarden en met sneeuw gedecoreerde ramen.

We parkeerden op de kleine parkeerplaats. Boven de ingang hingen vanaf de dakrand ijspegels als slagtanden. Binnen landelijke New England-inrichting: spits toelopende zoldering, meubels getuigend van vergane glorie, flakkerende vlammen in zo'n fotogenieke schoorsteen. De receptioniste, een mollige jonge blondine, wier naam op het naamkaartje Marie luidde, nodigde ons uit het gastenregister te tekenen, en terwijl wij dat deden, schikte ze de lissen op de balie. Ik vroeg me af of ze ons met 'jelui' zou aanspreken.

'Jelui hier om te skiën?'

'Ja,' zei ik. 'Blue River.'

'Blij dat jelui op tijd zijn.' Marie keek stralend naar Olivia. 'Er is een sneeuwstorm op komst.'

'Nor'easter?' opperde Ed, die als iemand uit de streek probeerde te klinken.

Ze richtte haar laserglimlach op hem. 'Een nor'easter is meer een soort blizzardstorm, meneer.'

Hij deinsde bijna achteruit. 'O.'

'Dit is een gewone sneeuwstorm. Maar wel een giga. Jelui doen er goed aan vannacht de ramen te sluiten.'

Ik wilde vragen waarom de ramen de week voor Kerstmis niet gesloten zouden zijn, maar Marie deponeerde de sleutels in mijn hand en wenste ons lui een fijne avond.

We sleepten onze bagage door de gang – tot de 'vele voorzieningen' van de Fisher Arms behoorde geen bellboyservice – en betraden onze kamer. Schilderingen van fazanten aan weerskanten van de schouw; meerdere lagen dekens aan het voeteneinde van de bedden. Olivia ging meteen naar de badkamer en liet de deur op een kier; ze was bang voor vreemde badkamers.

'Mooi,' mompelde ik.

'Liv,' riep Ed, 'hoe is de badkamer?'

'Koud.'

'Welk bed wil jij?' vroeg Ed. Op vakantie sliepen hij en ik altijd in aparte bedden, zodat Olivia zich niet tussen ons in hoefde te proppen als ze onvermijdelijk bij ons in bed klom. Op sommige nachten stak ze van Eds bed over naar het mijne en dan weer terug; hij noemde haar Pong, naar dat Atari-spel met een 4-bits balletje dat tussen twee staafjes heen en weer stuitert.

'Neem jij die bij het raam.' Ik ging op de rand van het andere bed zitten en ritste mijn koffer open. 'Kijk of het goed dicht is.'

Ed zwaaide zijn tas op het matras. We pakten zwijgend uit. Achter de ramen bewogen gordijnen van sneeuw, grijs en wit in de aankruipende duisternis.

Na enige tijd rolde hij een mouw op en krabde aan zijn onderarm. 'Weet je...' zei hij. Ik draaide me naar hem om.

De wc werd doorgespoeld en Olivia stormde de kamer binnen, van de ene voet op de andere springend. 'Wanneer kunnen we gaan skiën?'

De avondmaaltijd zou bestaan uit voorverpakte boterhammen met jam en pindakaas en een assortiment van pakjes sap, al had ik wel een fles sauvignon blanc tussen mijn truien gemoffeld. Inmiddels was de wijn op kamertemperatuur, en Ed wilde zijn witte wijn graag 'echt droog en echt koud', zoals hij de kelners altijd te kennen gaf. Ik belde de receptie en vroeg om ijs. 'Er staat een machine in de gang net voorbij uw kamer,' liet Marie me weten. 'U moet wel een echt harde dreun tegen de deksel geven.'

Ik pakte de ijsemmer uit de minibar onder de televisie, liep de gang op en zag enkele stappen verder in een nis een oud Luma Comfort-model staan brommen. 'Je klinkt als een massagematras,' liet ik het weten. Ik gaf een echt harde dreun tegen de deksel en weg gleed hij; de machine blies ijzig koud in mijn gezicht, zoals de adem van mensen eruitziet in spear mint-reclames.

Er was geen schep. Ik wroette tussen de klontjes waarbij de kou mijn handen schroeide en schudde de vangst los in de emmer. Die plakte aan mijn huid. Tot zover de Luma Comfort.

Zo trof Ed me aan, tot aan mijn polsen in het ijs.

Ineens stond hij naast me, leunend tegen de muur. Even deed ik of ik hem niet zag; ik staarde in de bak van de machine alsof ik gebiologeerd was door de inhoud en ging door met ijs scheppen. Ging hij maar weg, pakte hij me maar vast.

'Interessant?'

Ik draaide me naar hem om en deed niet eens moeite verrassing te veinzen.

'Luister,' zei hij, en in gedachten maakte ik de zin voor hem af. *Laten we er nog eens over nadenken*, misschien. Of zelfs: *ik heb overgereageerd*.

In plaats daarvan kuchte hij – hij kampte de afgelopen dagen, sinds de avond van het feestje, met een verkoudheid. Ik wachtte.

Toen begon hij te praten. 'Ik vind dit niet de juiste manier.'

Mijn vingers klemden zich om een handvol ijsblokjes. 'Wat niet?' Ik had een wee gevoel. 'Wat niet?' herhaalde ik.

'Dit,' antwoordde hij, bijna sissend, terwijl hij een arm door de lucht zwaaide. 'Een gelukkige vakantie met het hele gezin en dan de dag na Kerstmis...'

Het was of mijn hart stilstond; mijn vingers brandden. 'Wat wil je dan? Het haar nu vertellen?'

Hij zei niets.

Ik trok mijn hand uit de machine, schoof de deksel dicht. Niet 'echt hard' genoeg: halverwege bleef hij steken. Met de ijsemmer tegen mijn heup gedrukt trok ik aan de deksel. Ed greep hem beet en gaf er een ruk aan.

De emmer schoot weg, viel op de vloer en de klontjes sprongen alle kanten uit.

'Shit.'

'Laat maar,' zei hij. 'Ik wil helemaal niets drinken.'

'Maar ik wel.' Ik knielde om de klontjes terug in de emmer te harken. Ed keek toe.

'Wat ben je van plan daarmee te doen?' vroeg hij.

'Moet ik ze maar laten smelten?'

'Ja.'

Ik kwam overeind en zette de emmer boven op de machine. 'Ben je serieus van plan het nu te vertellen?'

Hij zuchtte. 'Ik zie niet in waarom...'

'Omdat we al híer zijn. We zijn al...' Ik wees naar de deur van onze kamer.

Hij knikte. 'Daar heb ik aan gedacht.'

'Je denkt de laatste tijd een heleboel.'

'Ik dacht,' vervolgde hij, 'dat...'

Hij zweeg en ik hoorde een deur achter me dichtslaan. Ik draaide mijn hoofd om en zag een vrouw van middelbare leeftijd onze kant uit komen. Verlegen glimlachend baande ze zich met afgewende ogen een weg tussen de ijsklontjes op de vloer en liep naar de lobby.

'Ik dacht dat je meteen aan het genezingsproces zou willen beginnen. Dat is wat je tegen je patiënten zou zeggen.'

'Vertel me... vertel me alsjeblieft niet wat ik wel of niet zou zeggen.'

Hij zei niets.

'En ik zou nooit zo tegen een kind praten.'

'Zo zou je tegen zijn ouders praten.'

'Vertél mij niet hoe ik zou práten.'

Meer niets.

'En voor zover zij weet, valt er niets te genezen.'

Hij zuchtte weer, wreef over een vlek op de emmer. 'Waar het om gaat, Anna,' zei hij en ik zag de last in zijn ogen, hoe ze bijna bezweken onder die brede rand van zijn voorhoofd, 'ik hou dit niet langer vol.'

Ik keek omlaag, staarde naar de ijsblokjes op de grond die al begonnen te smelten.

Geen van beiden sprak. Geen van beiden verroerde zich. Ik wist niet wat ik moest zeggen.

Toen hoorde ik mijn stem, zacht en ingehouden. 'Geef mij niet de schuld als ze straks van streek is.'

Stilte. En toen zijn stem, nog zachter. 'Ik geef jou wel de schuld.' Hij ademde in. Ademde uit. 'Je was het meisje van mijn dromen,' zei hij.

Ik zette me schrap voor meer.

'Maar nu kan ik nauwelijks naar je kijken.'

Ik kneep mijn ogen dicht, ademde de koude ijslucht in. En ik dacht niet aan onze trouwdag, en ook niet aan de nacht dat Olivia werd geboren, maar aan de ochtend dat we veenbessen oogstten in New Jersey – Olivia, in haar lieslaarzen, gilde en lachte, glibberig van de zonnebrandcrème; boven ons trage luchten, de septemberzon spoelde over ons heen, om ons heen een uitgestrekte zee van rozerood fruit. Ed had zijn handen vol, zijn ogen schitterden; ik greep de kleverige hand van onze dochter vast. Ik dacht terug aan het veenwater dat tot onze heupen kwam, voelde hoe het mijn hart overspoelde, in mijn aderen stroomde, in mijn ogen opsteeg.

Ik keek op en staarde in Eds ogen, die donkerbruine ogen. 'Doodgewone ogen,' verzekerde hij me tijdens onze tweede afspraak. Maar ik vond ze prachtig. Vind ze nog steeds prachtig.

Hij beantwoordde mijn blik. De ijsmachine ronkte tussen ons in.

Toen gingen we het Olivia vertellen.

EENENDERTIG

dedokterhoudtspreekuur: Toen gingen we het Olivia vertellen.

Ik stop even. Hoeveel meer zou ze nog willen weten? Hoeveel meer kan ik nog opbrengen om haar te vertellen? Mijn hart doet al pijn, schrijnt in mijn borst.

Even later is er nog steeds geen reactie. Misschien komt dit voor Lizzie allemaal veel te dichtbij? Ik zit hier maar te vertellen over mijn scheiding van mijn echtgenoot terwijl zij de hare onherroepelijk heeft verloren. Misschien...

GrannyLizzie heeft de chat verlaten.

Ik staar naar het scherm.

Nu moet ik mij in mijn eentje de rest van het verhaal herinneren.

TWEEËNDERTIG

'Ben je hier niet eenzaam, zo helemaal alleen?'

Ik worstel me uit mijn slaap als een mannelijke, vlakke stem mij ondervraagt. Ik open mijn ogen heel voorzichtig.

'Ik ben nu eenmaal eenzaam geboren.' Nu een vrouw. Romige contra-alt.

In mijn gezichtsveld flikkert licht en donker. Het is *Dark Passage* – Bogie en Bacall werpen elkaar zwoele blikken toe over een salontafel.

'Woon je daarom moordprocessen bij?'

Op mijn salontafel staan de resten van mijn avondmaaltijd: twee tot de laatste druppel geleegde flessen merlot en vier potjes pillen.

'Nee, ik ging omdat jouw zaak leek op die van mijn vader.'

Ik geef een klap op de afstandbediening naast me. Geef nog een klap.

'Ik weet dat hij niet de moordenaar is van mijn stiefm...' De televisie wordt donker en daarmee de kamer.

Hoeveel heb ik gedronken? Goed: het equivalent van twee flessen. Plus lunchtijd. Dat is... een heleboel wijn. Dat moet ik toegeven.

En de medicijnen: heb ik vanochtend de juiste dosering ingenomen? Heb ik de juiste pillen geslikt? Ik weet dat ik de laatste tijd slordig ben geweest. Geen wonder dat dokter Fielding vindt dat ik achteruitga. 'Stoute meid,' berisp ik mezelf.

Ik kijk in de potjes. Eentje is bijna leeg; onderin liggen tweelingpillen, kleine witte kogeltjes, elk aan één kant.

God, ik ben erg dronken.

Ik kijk omhoog, kijk naar het raam. Buiten is het donker, intense duisternis. Ik zoek koortsachtig naar mijn telefoon, kan hem niet vinden. De staande klok die zich in de hoek aftekent, tikt alsof hij mijn aandacht wil trekken. Vijftig over negen. 'Vijftig over negen,' zeg ik. Niet geweldig. Probeer tien voor tien. 'Tien voor tien.' Beter. Ik knik naar de klok. 'Bedankt,' zeg ik. Hij staart me aan, een en al plechtstatigheid.

Ik stamp naar de keuken. Stampen – beschreef Jane Russell me niet zo, die dag bij de deur? Die klootzakjes met hun eieren? Zoals de stampende slungelachtige butler van *The Addams Family*. Olivia is dol op het herkenningsliedje. Klik, klik.

Ik grijp de kraan beet, houd mijn hoofd eronder, duw de hendel omhoog. Een harde straal wit water, ik steek mijn mond vooruit, neem een grote slok.

Ik veeg met een hand over mijn gezicht, slof terug naar de woonkamer. Ik laat mijn ogen over huize Russell gaan: daar is de schimmige glans van Ethans computer, met het joch over het bureau gebogen; daar is de lege keuken. Daar is hun zitkamer, vrolijk en licht. En daar zit Jane, in een sneeuwwitte blouse op die gestreepte tweezitsbank. Ik zwaai. Ze ziet me niet. Ik zwaai nogmaals.

Ze ziet me niet.

Een voet, dan de andere, dan de eerste. Dan de andere – vergeet de andere niet. Ik laat me neerploffen op de bank, laat mijn hoofd op mijn schouder zakken. Sluit mijn ogen.

Wat was dat met Lizzie? Heb ik iets verkeerds gezegd? Ik voel mijn voorhoofd fronsen.

Het veenbessenmoeras strekt zich voor me uit, glinsterend, in beweging. Olivia's hand grijpt de mijne.

De ijsemmer smakt op de grond.

Ik zal de film uitkijken.

Ik open mijn ogen, wroet de afstandbediening onder me vandaan. De boxen blazen orgelmuziek uit en daar speelt Bacall kiekeboe over haar schouder. 'Het gaat goed komen,' belooft ze. 'Hou je adem in en duim maar.' De chirurgische scène – Bogie verdoofd, ronddraaiende schimmen voor hem, een gruwelijke draaimolen. 'Het zit nu in je bloedbaan.' Het orgel dreunt. 'Laat me binnen.' Agnes Moorehead roffelt op de cameralens. 'Laat me binnen.' Een vlam flikkert – 'Vuurtje?' vraagt de taxichauffeur.

Vuurtje. Ik draai mijn hoofd om, kijk in huize Russell. Jane is nog steeds in de zitkamer, nu staat ze en schreeuwt geluidloos.

Ik draai me om op de bank. Violen, een heleboel, het orgel snerpt op de achtergrond. Ik kan niet zien waartegen ze schreeuwt, of tegen wie ze schreeuwt – de muur van het huis blokkeert mijn uitzicht op de rest van de kamer.

'Hou je adem in, duim.'

Ze staat werkelijk te brullen, haar gezicht is rood aangelopen. Ik ontwaar mijn Nikon op het aanrecht in de keuken.

'Het zit nu in je bloedbaan.'

Ik sta op van de bank, loop naar de keuken, grijp de camera met één hand. Loop naar het raam.

'Laat me binnen. Laat me binnen. *Laat me binnen.*'

Ik leun tegen de ruit, houd de camera voor mijn ogen. Een zwarte vlek en dan springt Jane in beeld, vaag aan de randen; een draai aan de lens en nu is ze helder, scherp – ik kan zelfs haar medaillon zien glimmen. Met een vinger prikt ze in de lucht – 'Vuurtje?' – prikt nogmaals. Een sliert haar is losgeraakt en tikt tegen haar wang.

Net als ik verder inzoom, stormt ze naar links, uit het zicht.

'Hou je adem in.' Ik draai me om naar de televisie. Opnieuw Bacall, bijna spinnend. 'Duim,' zeg ik met haar mee. Ik kijk weer naar het raam, Nikon voor mijn ogen.

Opnieuw komt Jane in beeld – maar langzaam, eigenaardig lopend. Slepend. Boven aan haar blouse zit een donkere karmozijnrode vlek; terwijl ik kijk, spreidt die zich uit naar haar maag. Haar handen grijpen naar haar borst. Daar zit iets duns en zilverkleurigs, het lijkt een heft.

Het is een heft.

Nu spuit het bloed omhoog naar haar keel, die rood kleurt. Haar mond hangt nu slap; haar voorhoofd is gerimpeld, alsof ze het niet begrijpt. Ze grijpt, slapjes, het heft met één hand. De andere steekt ze uit, haar vinger naar het raam gericht.

Ze wijst rechtstreeks naar mij.

Ik laat de camera vallen, voel hem langs mijn been schampen terwijl het riempje aan mijn vingers blijft haken.

Janes arm vouwt zich tegen het raam. Haar ogen zijn opengesperd, smekend. Haar lippen vormen woorden die ik niet kan horen, niet kan lezen. En dan, terwijl de tijd vertraagt tot een bijna-stilstand, drukt ze haar hand tegen het raam en kantelt naar één kant, waarbij ze een dikke veeg bloed over de ruit uitsmeert.

Ik sta aan de grond genageld.

Ik kan me niet verroeren.

De kamer is verstomd. De wereld is verstomd.

En dan kom ik in beweging, terwijl de tijd voorwaarts springt.

Ik draai me razendsnel om, schud de camerariem van me af, steven door de kamer waarbij ik mijn heup tegen de keukentafel stoot. Ik struikel, kom bij het aanrecht, ruk de vaste telefoon uit zijn standaard. Druk de aanknop in.

Niets. Dood.

Ergens herinner ik me dat David me zoiets heeft gezegd. *Hij is niet eens aangesloten...*

David.

Ik laat de telefoon vallen en ren naar de deur van het souterrain, gil zijn naam, gil, gil, Pak de deurknop, trek hard.

Niets.

Ik ren naar de trap. Omhoog, omhoog – bots tegen de muur – eenmaal – tweemaal – bijna boven, struikel op de laatste trede, kruiploop naar mijn werkkamer.

Ik zoek mijn bureau af. Geen telefoon. Zweer dat ik hem hier heb neergelegd.

Skypen.

Met schokkerig bewegende handen grijp ik naar de muis, sleep hem over het bureau. Dubbelklik op Skype, dubbelklik nog eens, hoor de zwierige welkomsttoon, dreun 911 in op het toetsenbord.

Er flitst een rode driehoek op het scherm. GEEN NOODOPROEPEN. SKYPE IS GEEN VERVANGENDE TELEFOONDIENST.

'Klote-Skype,' roep ik.

Ik hol de werkkamer uit, stuif de trap op, vlieg de gang door, storm de slaapkamer in.

Op nachtkastje aan deze kant: wijnglas, ingelijste foto. Op nachtkastje aan andere kant: twee boeken, leesbril.

Mijn bed – ligt-ie weer in mijn bed? Ik pak het dekbed met beide handen, schud het hard uit.

De telefoon vliegt door de lucht als een projectiel.

Ik strek mijn arm uit voor hij op de grond valt en zwiep hem onder de leunstoel; ik voel onder de stoel, grijp hem, swipe hem. Tik het wachtwoord. Hij trilt. Verkeerd wachtwoord. Tik het nogmaals met glibberige vingers.

Het beginscherm verschijnt. Ik tik het iPhone-icoon aan, tik het toetsenbordicoon aan en toets 911 in.

‘911, wat kan ik voor u doen?’

‘Mijn buurvrouw,’ zeg ik; ik stop, voor het eerst in negentig seconden roerloos. ‘Ze is... neergestoken. O, god. Help haar.’

‘M’vrouw, rustig aan.’ Om het voorbeeld te geven praat hij langzaam, met het lijzige accent van Georgia. Het doet pijn aan je oren. ‘Wat is uw adres?’

Ik pers het uit mijn hersens, uit mijn strot, stamel. Door het raam zie ik de vrolijke zitkamer van de Russells, de bloedboog uitgesmeerd over hun raam als oorlogsverf.

Hij herhaalt het adres.

‘Ja. Ja.’

‘En u zegt dat uw buurvrouw werd neergestoken?’

‘Já. Help. Ze bloedt.’

‘Wat?’

‘Ik zei *help*.’ Waarom helpt hij niet? Ik neem een grote hap lucht, verslik me, nog een grote hap.

‘Er is hulp onderweg, m’vrouw. U moet rustig worden. Kunt u mij zeggen hoe u heet?’

‘Anna Fox.’

‘Goed, Anna. Hoe heet uw buurvrouw?’

‘Jane Russell. O, god.’

‘Bent u nu bij haar?’

‘Nee. Ze is aan de overkant... ze is in het huis aan de overkant van het park waar ik woon.’

‘Anna, hebt...’

Zijn woorden sijpelen als stroop in mijn oor – welke meldkamer neemt een lijzige spreker in dienst? – als ik een veeg over mijn enkel voel. Ik kijk omlaag en zie dat Punch zich tegen me aan schuurt.

‘Wat?’

‘Hebt u uw buurvrouw neergestoken?’

In de donkere ruit kan ik mijn mond zien openvallen. ‘Néé.’

‘Goed.’

‘Ik keek door het raam en *zag dat ze neergestoken werd*.’

‘Goed. Weet u wie haar neerstak?’

Ik tuur door de ruit, tuur in de zitkamer van de Russells – die bevindt zich nu een etage lager dan ik, maar ik zie niets behalve een tapijt met een bloemdessin. Ik ga op mijn tenen staan, rek mijn nek uit.

Nog steeds niets.

En dan verschijnt het: een hand bij de vensterbank.

Die kruipt omhoog als een soldaat die zijn hoofd boven een loopgraaf uitsteekt. Ik zie hoe de vingers over de ruit vegen, strepen door het bloed trekken.

Ze leeft nog.

'M'vrouw? Weet u wie...'

Maar ik ren al de kamer uit, met achterlating van de gevallen telefoon en de miauwende kat.

DRIEËNDERTIG

De paraplu staat op zijn vaste plek in de hoek, tegen de muur gedrukt, alsof hij bang is voor een naderende dreiging. Ik grijp het handvat bij zijn kromming, die koel en glad aanvoelt in mijn klamme handpalm.

De ambulance is er niet, maar ik ben slechts enkele stappen van haar vandaan. Achter deze muren, voor deze twee deuren, hielp ze mij, kwam ze mij te hulp – en nu steekt er een mes in haar borst. Mijn eed van psychotherapeut: *Allereerst mag ik geen schade toebrengen. Ik zal genezing en welzijn bevorderen en andermans belang boven mijn belang plaatsen.*

Jane is aan de overkant van het park, haar hand sleept door bloed.

Ik duw de deur van de hal open.

Het is hier pikkedonker terwijl ik doorloop naar de voordeur. Ik draai het slot om en druk op de veer van de paraplu, voel hoe hij lucht blaast terwijl hij zich in de donkerte ontvouwt; de punten van de baleinen slaan tegen de muur, schrapen erlangs als kleine klauwtjes.

Een. Twee.

Ik plaats mijn hand op de deurknop.

Drie.

Ik draai.

Vier.

Daar sta ik, het koper koud in mijn hand.

Ik kan me niet bewegen.

Ik voel hoe de buitenwereld probeert binnen te komen – waren dat niet Lizzies woorden? Hij drukt tegen de deur, bolt zijn spieren, beukt op het hout. Ik hoor hem ademen, zijn neusgaten stomen, zijn tanden knarsen. Hij zal me vertrappen; hij zal me verscheuren; hij zal me verslinden.

Ik druk mijn hoofd tegen de deur, adem uit. Een. Twee. Drie. Vier.

De straat is een diep en breed ravijn. Hij is te open. Het gaat me nooit lukken.

Ze is enkele stappen hiervandaan. Aan de overkant van het park.

Aan de overkant van het park.

Ik loop de hal weer uit, sleep de paraplu achter me aan en ga naar de keuken. Daar is hij, gelijk naast de afwasmachine, de zijdeur die rechtstreeks op het park uitkomt. Nu al bijna een jaar afgesloten en vergrendeld. Ik heb er een glasbak voor gezet; flessenhalzen steken uit de opening als afgebrokkelde tanden.

Ik duw de bak opzij – binnenin een koor van rinkelend glas – en draai het slot om, schuif de grendel terug.

Maar als de deur achter me dichtslaat? Als ik niet meer naar binnen kan? Ik werp een blik op de sleutel die aan de haak naast de deurpost hangt. Trek hem eraf, stop hem in de zak van mijn ochtendjas.

Ik zwenk de paraplu voor me uit – mijn geheime wapen, mijn zwaard en mijn schild – en buig naar voren om mijn hand op de deurknop te leggen. Ik draai hem om.

Ik duw.

Lucht stort zich boven op me, koud en vinnig. Ik sluit mijn ogen.

Stilte. Duisternis.

Een. Twee.

Drie.

Vier.

Ik stap naar buiten.

VIERENDERTIG

Mijn voet mist de hele eerste trede en komt zo hard neer op de tweede dat ik het donker in zwalk, met de paraplu zwaaiend voor me uit. De andere voet komt er struikelend achteraan, schiet omlaag waarbij de achterkant van mijn kuit langs de treden schampt totdat ik in het gras beland.

Ik knijp mijn ogen dicht. Mijn hoofd klapt tegen het scherm van de paraplu, die me omhult als een tent.

In elkaar gedoken strek ik mijn arm achteruit langs de treden, omhoog, omhoog, omhoog, één vinger na de andere, totdat ik de bovenste trede voel. Ik kijk. Daar is de opengegooide deur, de keuken glanst goudkleurig. Ik strek mijn hand ernaar uit, alsof mijn vingers het licht kunnen vastgrijpen en het naar me toe trekken.

Aan de overkant ligt ze dood te gaan.

Ik draai mijn hoofd weer naar de paraplu. Vier zwarte vierkanten, vier witte lijnen.

Ik druk mijn hand op de ruwe steen van de trede en trek mezelf overeind, omhoog, omhoog, omhoog.

Boven mijn hoofd hoor ik takken kraken, ik neem kleine teugjes koude lucht. Ik was de koude lucht vergeten.

En – een, twee, drie, vier – ik begin te lopen. Ik wankel als een dronkaard. Ik bén dronken, herinner ik me.

Een, twee, drie, vier.

In het derde jaar van mijn coschappen kreeg ik met een kind te maken dat, na een chirurgische ingreep voor epilepsie, merkwaardige gedragingen vertoonde. Vóór haar lobectomie was ze een in alle opzichten gelukkige tienjarige, alhoewel vatbaar voor ernstige epileptische episodes (iemand had er 'epilepisodes' van gemaakt); erna ontweek ze haar familie, negeerde ze haar broertje en kromp ze ineen als haar ouders haar aanraakten.

Aanvankelijk vermoedden de leerkrachten dat er misbruik in het spel was, maar toen merkte iemand op dat het meisje zich veel aardiger gedroeg tegenover mensen die ze nauwelijks kende, mensen die ze níet kende – ze sloeg haar armen om de haar behandelende artsen, pakte de handen van voorbijgangers, praatte met verkoopsters alsof ze oude vriendinnen waren. En in de tussentijd stonden de mensen van wie ze hield – van wie ze voorheen hield – in de kou.

We hebben nooit de oorzaak achterhaald. Maar het resultaat omschreven we als selectief emotionele afstandelijkheid. Ik vraag me af waar ze nu is. Ik vraag me af hoe het haar familie vergaat.

Ik denk aan dat kleine meisje, haar genegenheid voor onbekenden, haar sympathie voor het onbekende, terwijl ik het park oversteek om een vrouw die ik tweemaal heb ontmoet te redden.

Het is een bank.

Het is dé bank, de enige in het park, een klein kaal houten geval met gekrulde armleuningen en een herdenkingsplaatje op de achterkant bevestigd. Vanuit mijn arendsnest boven in het huis keek ik altijd als Ed en Olivia daar zaten; hij zat te niksen boven een tablet, zij bladerde door een boek en dan ruilden ze. 'Vond je het een mooi kinderboek?' vroeg ik hem dan later.

'*Expelliarmus*,' zei hij dan.

Het uiteinde van de paraplu zit vast tussen de planken van de bank. Ik wring hem voorzichtig los – en dan realiseer ik, of liever, herinner ik me: Huize Russell heeft geen deur die uitkomt op het park. Je kunt er alleen via de straat binnenkomen.

Hier heb ik niet aan gedacht.

Een. Twee. Drie. Vier.

Ik sta midden in een duizend vierkante meter groot park, met als enig wapen nylon en katoen, op weg naar het huis van een vrouw die is neergestoken.

Ik hoor de avond grommen. Ik voel hoe hij, zijn lippen aflikkend, dreigend zijn handen naar mijn keel uitstrekt.

Ik kan het, denk ik terwijl mijn knieën knikken. Toe, omhoog, omhoog, omhoog. Een, twee, drie, vier.

Ik wankel vooruit – een klein stapje, maar een stap. Ik kijk naar mijn voeten, het gras dat rondom mijn pantoffels opspringt. *Ik zal genezing en welzijn bevorderen.*

Nu heeft de avond mijn hart in zijn klauwen. Hij knijpt het samen. Ik zal uit elkaar klappen. Ik ga uit elkaar klappen.

En ik zal andermans belang boven mijn belang plaatsen.

Jane, ik kom eraan. Ik sleep mijn andere voet naar voren, mijn lichaam valt, valt. Een, twee, drie, vier.

In de verte jammeren sirenes, als rouwenden bij een wake. Bloedrode lichten spoelen over de kom van de paraplu. Voordat ik mezelf kan tegenhouden, draai ik me naar het lawaai.

De wind huilt. Koplampen verblinden me.

Een-twee-drie-

VRIJDAG,
5 november

VIJFENDERTIG

'We hadden de deur op slot moeten doen,' mompelde Ed, nadat ze de gang op is gevlucht.

Ik draaide me naar hem om. 'Wat had je dan verwacht?'

'Niet...'

'Wat zou er volgens jou gebeuren? Wat heb ik gezegd dat er zou gebeuren?'

Zonder een antwoord af te wachten verliet ik de kamer. Eds voetstappen volgden me, zacht op het tapijt.

In de lobby was Marie vanachter haar balie tevoorschijn gekomen. 'Jelui oké?' vroeg ze fronsend.

'Nee,' zei ik, op het moment dat Ed 'Prima' zei.

Als een schim in het vuurschijnsel zat Olivia ineengedoken in een leunstoel naast de haard, haar gezicht nat van tranen. Ed en ik hurkten aan weerszijden. De vlammen suisden in mijn rug.

'Livvy,' begon Ed.

'Nee,' zei ze, haar hoofd naar voren en naar achteren schokkend.

Hij probeerde het opnieuw, zachter. 'Livvy.'

'Klóótzak,' schreeuwde ze.

We krompen beiden ineen; ik schoof op tot bijna in de haard. Marie had zich teruggetrokken achter haar balie en deed haar best ons lui te negeren.

'Waar heb je dat woord geleerd?' vroeg ik.

'Anna,' zei Ed.

'Niet van míj.'

'Daar gaat het nu niet om.'

Hij had gelijk. 'Pompoentje,' zei ik, haar haren gladstrijkend; ze schudde opnieuw haar hoofd en begroef haar gezicht in een kussen. 'Pompoentje.'

Ed legde zijn hand op de hare. Ze sloeg hem weg.

Hij keek me aan, hulpeloos.

In je spreekkamer huilt een kind. Wat doe je? Eerste college kinderpsychologie, eerste dag, eerste tien minuten. Antwoord: je laat het uithuilen. Je luistert uiteraard en je probeert te begrijpen en je biedt troost en je moedigt het aan diep adem te halen – maar je laat het uithuilen.

'Adem diep in, pompoentje,' fluisterde ik, terwijl ik mijn handen om haar schedel legde.

Ze verslikte zich, rochelde.

Er ging een moment voorbij. Het vertrek voelde koud aan, achter me sidderden de vlammen in de haard. Toen zei ze iets in het kussen.

'Wat?' vroeg Ed.

Olivia lichtte haar hoofd, met betraande wangen, op en richtte zich tot het raam. 'Ik wil naar huis.'

Ik keek naar haar gezicht, haar trillende lippen, haar snotterende neus; en toen keek ik naar Ed, de groeven in zijn voorhoofd, de kringen onder zijn ogen.

Deed ik dit ons aan?

Sneeuw achter het raam. Ik keek hoe hij viel, zag ons drieën verzameld in de ruit: mijn man en mijn dochter en ik, met z'n allen ineengedoken naast het vuur.

Een korte stilte.

Ik stond op en liep naar de balie. Marie keek op en vertrok haar mond tot een zuinige glimlach. Ik glimlachte terug.

'De sneeuwstorm,' begon ik.

'Ja, m'vrouw.'

'Is die... hoe dichtbij is die? Is het nog veilig om te rijden?'

Ze fronste en tikte met haar vingers over het toetsenbord. 'Nog een paar uur voordat het zwaar gaat sneeuwen,' zei ze, 'maar...'

'Dan kunnen we...' onderbrak ik haar. 'Neem me niet kwalijk.'

'Ik wilde net zeggen dat sneeuwstormen moeilijk te voorspellen zijn.' Ze wierp een blik over mijn schouder. 'Wil jelui vertrekken?'

Ik draaide me om, keek naar Olivia in de leunstoel, Ed gehurkt naast haar. 'Ik denk van wel.'

'In dat geval,' zei Marie, 'zou ik zeggen niet langer te wachten.'

Ik knikte. 'Kunnen we de rekening krijgen, alstublieft?'
Ze antwoordde iets, maar ik hoorde alleen maar de snerpende wind en het knetteren van de vlammen.

ZESENDERTIG

Het kraken van een te hard gesteven kussensloop.

Naderende voetstappen.

Dan stilte – maar een merkwaardige stilte, een stilte van een andere kwaliteit.

Mijn ogen sperren zich open.

Ik lig op mijn zij, met uitzicht op een radiator.

En boven de radiator een raam.

En achter het raam, bakstenen, een zigzaggende brandtrap, de rechthoekige achterkanten van airco's.

Een ander gebouw.

Ik lig in een eenpersoonsbed, onder stevig ingestopte lakens. Ik wrik me los en ga rechtop zitten.

Ik leun achterover tegen het kussen en overzie de kamer. Hij is klein, simpel gemeubileerd – eigenlijk nauwelijks gemeubileerd: tegen een muur een plastic stoel, een walnoten tafel naast het bed, een lichtroze tissuedoos op de tafel. Een tafellamp. Een slanke, lege vaas. Doffe linoleumvloer. Tegenover me een gesloten deur met een matglazen ruit. Boven mijn hoofd pleisterwerk en tl-buizen.

Mijn vingers verkreukelen het beddengoed.

Nu begint het.

De muur tegenover me wijkt, komt terug; de deur erin krimpt. Ik kijk naar de muren aan weerszijden van me, zie ze uit elkaar vloeien. Het plafond beeft, kraakt, roetsjt open als een sardineblikje, als een dak dat door een orkaan wordt opengespleten. De lucht gaat mee, knalt uit mijn longen. De vloer rommelt. Het bed trilt.

Ik lig hier, op dit deinende matras, in deze naakte kamer, met niets om te ademen. Ik ben bezig te verdrinken in het bed, te sterven in het bed.

'Help,' roep ik; het is slechts een fluistering, die sluipend door mijn keel kruipt en zichzelf over mijn tong uitsmeert. 'He-élp,' probeer ik nogmaals; ditmaal bijten mijn tanden erin, vonken regenen uit mijn mond alsof ik in een onder stroom staande draad heb gehapt en mijn stem ontbrandt als een lont, ontploft.

Ik gil.

Ik hoor stemmen mompelen, zie hoe een kluwen van gestalten zich door die verre deur verdringt, op mij afstormt en in onmogelijke stappen door de onbegrensde, onbegrensde kamer beweegt.

Ik schreeuw weer. De gestalten zwermen uiteen, waaieren uit rondom mijn bed.

'Hélp,' smeek ik, met het laatste zuchtje lucht in mijn lichaam.

Dan glijdt er een naald in mijn arm. Dat gebeurt vaardig – ik voel nauwelijks iets.

Boven me rolt een golf, geluidloos vloeiend. Ik zweef, hang in een soort verblindende, diepe, koele afgrond. Om me heen schieten woorden heen en weer als vissen.

'Is aan het bijkomen,' mompelt iemand.

'...stabiel,' zegt iemand anders.

En dan, duidelijk, alsof ik net boven water ben gekomen, net water uit mijn oor heb laten lopen: 'Precies op tijd.'

Ik draai mijn hoofd. Het rolt loom tegen het kussen.

'Ik wilde net weggaan.'

Nu zie ik hem, althans het grootste deel van hem – ik doe er even over om hem in zijn geheel op te nemen, omdat ik zwaar onder de medicijnen zit (ik weet genoeg om dat te beseffen) en omdat hij allemachtig groot is, een reus van een kerel: blauwzwarte huid, kolossale schouders, een brede borstpartij, een bos dik donker haar. Zijn pak probeert hem met een soort wanhoop in bedwang te houden, is niet opgewassen tegen zijn taak, maar doet zijn uiterste best.

'Hallo,' zegt hij; zijn stem is vriendelijk en zacht. 'Ik ben inspecteur Little.'

Ik knipper met mijn ogen. Naast hem – praktisch boven op hem – staat, startklaar, een van een flinke boezem voorziene vrouw in een geel verpleegstersschort.

'Begrijpt u wat we zeggen?' vraagt ze.

Ik knipper opnieuw met mijn ogen, knik vervolgens. Ik voel de lucht om me heen bewegen, bijna alsof hij vloeibaar is, alsof ik nog steeds onder water ben.

'U bent in Morningside,' legt de verpleegster uit. 'De politie heeft de hele ochtend gewacht tot u bijkwam.' Zoals je iemand berispt die niet opendoet als er wordt aangebeld.

'Hoe heet u? Kunt u uw naam zeggen?' vraagt inspecteur Little.

Ik open mijn mond, piep. Mijn keel is uitgedroogd. Het voelt alsof ik een wolk stof heb opgehoest.

De verpleegster loopt om het bed heen, naar het nachtkastje. Mijn hoofd langzaam draaiend volg ik haar en kijk toe hoe ze een beker in mijn handen plaatst. Ik neem een slokje. Lauw water. 'We hebben u een kalmeringsmiddel gegeven,' zegt ze, nu bijna verontschuldigend. 'Zojuist was u een beetje opgewonden.'

De vraag van de inspecteur hangt onbeantwoord in de lucht. Ik richt mijn ogen weer op Mount Little.

'Anna,' zeg ik; de lettergrepen struikelen in mijn mond, alsof mijn tong een verkeersdrempel is. Wat hebben ze me in godsnaam ingespoten?

'Hebt u ook een achternaam, Anna?' vraagt hij.

Ik neem nog een slok. 'Fox.' In mijn oren klinkt hij uitgerekt.

'Eh-eh.' Hij haalt een opschrijfboekje uit zijn borstzak, bekijkt het. 'En kunt u me zeggen waar u woont?'

Ik noem mijn adres.

Little knikt: 'Weet u waar u gisteravond bent aangetroffen, mevrouw Fox?'

'Dokter,' zeg ik.

Naast me gesticuleert de verpleegster zenuwachtig. 'De dokter komt zo.'

'Nee.' Ik schud mijn hoofd. 'Ik ben dokter.'

Little staart me aan.

'Ik ben dokter Fox.'

Op zijn gezicht breekt een glimlach door als de dageraad. Zijn tanden zijn bijna fosforescerend wit. 'Dókter Fox,' vervolgt hij, met zijn vinger op het opschrijfboekje tikkend, 'weet u waar u gisteravond bent aangetroffen?'

Ik nip van mijn water en bestudeer hem. Naast me drentelt de verpleegster heen en weer. 'Door wie?' zeg ik. Zo hoort het: ik zal ook vragen stellen. In elk geval zal ik ze slissen.

'Door het ambuteam.' En voordat ik kan reageren: 'Ze troffen u aan in Hanover Park. U was buiten bewustzijn.'

'Buiten bewustzijn,' echoot de verpleegster voor het geval ik de eerste keer heb gemist.

'U hebt even na tien dertig een telefonische oproep gedaan. Ze troffen u aan in uw ochtendjas met dit in uw zak.' Hij opent een enorme hand en in zijn handpalm zie ik de huissleutel glimmen. 'En dit naast u.' Over zijn knieën legt hij mijn ingeklapte paraplu.

Het begint ergens in mijn ingewanden, dan schiet het langs mijn longen, over mijn hart naar mijn keel, scheurt zichzelf aan flarden tegen mijn tanden.

Jane.

'Wat?' Little kijkt me fronsend aan.

'Jane,' herhaal ik.

De verpleegster kijkt naar Little. 'Ze zei Jane,' vertaalt ze, een en al gedienstigheid.

'Mijn buurvrouw. Ik zag dat ze werd neergestoken.' Het duurt een ijstijd om de woorden in mijn mond te laten ontdooien voordat ik ze kan uitspugen.

'Ja, ik heb de 911-oproep gehoord,' zegt Little tegen me.

911. Dat klopt; die zuidelijke operator. En toen mijn expeditie via de zijdeur, het park in, de takken die boven mijn hoofd bewogen, de lichten die als een gruwelijke drank in de schaal van mijn paraplu kolkten. Het wordt me troebel voor de ogen. Ik haal snel adem.

'Probeer rustig te blijven,' beveelt de verpleegster me.

Ik adem weer, verslik me.

'Rustig aan,' zegt de verpleegster geërgerd. Ik kijk Little indringend aan.

'Ze is rustig,' zegt hij.

Ik maak blatende, piepende geluiden in zijn richting, til mijn hoofd van het kussen, strek mijn nek uit, haal snel en oppervlakkig adem door mijn mond. En terwijl mijn longen verschrompelen, gaan mijn haren rechtovereind staan – hoe kan *híj* weten hoe ik eraan toe ben? Hij is een politieagent die ik net heb leren kennen. Een *polítieagent* – heb ik ooit eerder een politieagent ontmoet? Het zal wel, af en toe voor een verkeersboete.

Zwak stroboscooplicht voor mijn ogen, donkere tijgerstrepen geklauwd over mijn gezichtsveld. Zijn ogen laten me niet los, ook niet als mijn blik over zijn gezicht naar omhoog gaat en, als een ploeterende wandelaar, uitglijdt. Zijn pupillen zijn bijna absurd groot. Zijn lippen zijn vol, vriendelijk.

En terwijl ik Little aanstaar, terwijl mijn vingers over de lakens strijken, ontdek ik dat mijn lichaam zich ontspant, mijn borst ruimer wordt, mijn zicht helderder. Wat ze me ook hebben ingespoten heeft gewonnen. Ik ben inderdaad rustig.

'Ze is rustig,' herhaalt Little. De verpleegster geeft een klopje op mijn knokkels. Brave meid.

Ik laat mijn hoofd weer achterovervallen, sluit mijn ogen. Ik voel me uitgeput. Ik voel me beneveld.

'Mijn buurvrouw werd neergestoken,' fluister ik. 'Ze heet Jane Russell.'

Ik hoor Littles stoel protesteren als hij zich naar me toe buigt. 'Hebt u gezien door wie ze werd aangevallen?'

Nee. Ik duw mijn oogleden open, als roestige garagedeuren. Little zit gebogen over zijn opschrijfboekje, zijn voorhoofd gegroefd in rimpels. Hij fronst en knikt tegelijkertijd. Gecombineerde boodschappen.

'Maar u zag dat ze bloed verloor?'

'Ja.' Hield dat slissen nu maar op. Hield hij nu maar op met ondervragen.

'Had u gedronken?'

Een heleboel. 'Een beetje,' geef ik toe. 'Maar dat h...' Ik haal diep adem en nu voel ik nieuwe paniek door me heen golven. 'U moet haar helpen. Ze is... misschien is ze wel dood.'

'Ik ga de dokter halen,' zegt de verpleegster, naar de deur lopend.

Terwijl ze weggaat, knikt Little nogmaals. 'Weet u wie uw buurvrouw kwaad zou willen doen?'

Ik slik. 'Haar man.'

Hij knikt nog meer, fronst nog meer, schudt zijn polsen, klapt zijn opschrijfboekje dicht. 'Waar het om gaat, Anna Fox,' zegt hij, ineens kortaf, ineens zakelijk. 'Vanochtend heb ik de Russells een bezoek gebracht.'

'Gaat het goed met haar?'

'Ik zou graag samen met u naar hen toe gaan om een verklaring op te maken.'

De dokter is een jonge Latijns-Amerikaanse vrouw die zo mooi is dat ik opnieuw naar adem snak, hoewel dat niet de reden is dat ze me lorazepam inspuit.

'Hebt u iemand die we kunnen waarschuwen?' vraagt ze.

Ik sta op het punt Eds naam op te geven, dan bedenk ik me. Geen zin. 'Geen zin,' zeg ik.

'Wat?'

'Niemand,' zeg ik. 'Ik heb geen... Het is goed zo.' Ik modelleer zorgvuldig elk woord, als vouw ik origami. 'Maar...'

'Geen familielid?' Ze kijkt naar de trouwring om mijn vinger.

'Nee,' zeg ik, terwijl ik mijn rechterhand over mijn linker laat glijden. 'Mijn man... ik ben niet... we zijn niet samen. Niet meer.'

'Een vriendin?' Ik schud mijn hoofd. Wie zou ze kunnen bellen? Niet David. Wesley zeker niet; Bina misschien, behalve dat met mij alles goed gaat. Niet met Jane.

'Een dokter misschien?'

'Julian Fielding,' antwoord ik automatisch, voordat ik mezelf onderbreek. 'Nee, hij niet.'

Ik zie dat ze blikken wisselt met de verpleegster, die vervolgens blikken wisselt met Little, die de blik doorgeeft aan de dokter. Het is een patstelling. Ik heb zin om te lachen. Ik doe het niet. Jane.

'Zoals u weet, lag u bewusteloos in het park,' gaat de dokter verder, 'en het ambuteam kon u niet identificeren en bracht u daarom naar Morningside. Toen u bij bewustzijn kwam, kreeg u een paniekaanval.'

'Een grote,' kweelt de verpleegster.

De dokter knikt. 'Een grote.' Ze kijkt op haar klembord. 'En vanochtend opnieuw. Ik begrijp dat u dokter bent?'

'Geen huisarts,' zeg ik.

'Wat voor soort arts?'

'Psycholoog. Ik werk met kinderen.'

'Hebt u...'

'Er is een vrouw neergestoken,' zeg ik; mijn stem schiet omhoog. De verpleegster stapt achteruit alsof ik een dreigende beweging heb gemaakt. 'Waarom doet niemand iets?'

De dokter werpt een blik op Little. 'Hebt u vaker paniekaanvallen?' vraagt ze.

En zo, met Little aimabel luisterend in zijn stoel en de verpleegster trillend als een libelle, vertel ik de dokter – vertel ik hun allemaal – van mijn agorafobie, mijn depressie en ja, mijn angststoornis; ik vertel hun van mijn medicatie, van mijn tien maanden binnenshuis zitten, van dokter Fielding en zijn aversietherapie. Het neemt enige tijd in beslag, met mijn nog steeds in wol gezwachtelde stem; ik giet geregeld water door mijn keel, dat langs de woorden druppelt terwijl die van binnenuit opborrelen en over mijn lippen rollen.

Als ik eenmaal klaar ben, als ik me heb laten terugzakken in het kussen, raadpleegt de dokter even haar klembord. Ze knikt langzaam. 'Goed,' zegt ze. Een kordatere knik. 'Goed.' Ze kijkt op. 'Ik wil even met de inspecteur praten. Inspecteur, als u zo...' Ze gebaart naar de deur.

Little staat op; de stoel kraakt als hij overeind komt. Hij glimlacht naar me en loopt achter de dokter aan de kamer uit.

Zijn afwezigheid laat een leegte achter. Nu zijn het alleen de verpleegster en ik. 'Drink nog wat water,' stelt ze voor.

Ze komen enkele minuten later terug. Of misschien is het langer; er is hierbinnen geen klok.

'De inspecteur heeft aangeboden u naar uw huis te brengen,' zegt de dokter. Ik kijk naar Little. Hij straalt terug. 'En ik geef u wat Ativan om later in te nemen. Maar we moeten er zeker van zijn dat u geen aanval krijgt voordat u thuiskomt. Dus de snelste manier om daar zeker van...'

Ik ken de snelste manier om daar zeker van te zijn en de verpleegster staat al klaar met haar naald.

ZEVENENDERTIG

'We dachten dat het een grap was,' legt hij uit. 'Enfin, zij dachten dat. Ik hoor wij te zeggen, of ik denk dat *wíj* wíj horen te zeggen, omdat *wíj* allemaal samenwerken. U weet wel, "als team". Voor het algemeen belang. Of zo. Iets in die strekking.' Hij gaat sneller praten. 'Maar ik was er niet bij. Dus ik dacht niet dat het om een grap ging. Ik was niet op de hoogte. Als u me kunt volgen.'

Dat kan ik niet.

We rijden de straat uit in zijn burgerwagen; een heiige namiddagzon flikkert door de raampjes als een steen die over water stuitert. Mijn hoofd bonkt tegen de ruit. Mijn gezicht weerspiegeld naast me, mijn ochtendjas opgetrokken bij de hals. Little puilt uit zijn stoel, zijn elleboog raakt de mijne.

Ik heb het gevoel dat mijn lichaam en geest achterlopen.

'En toen zagen ze u als een hoopje op het gras liggen. Zo zeiden ze het, zo beschreven ze het. En vervolgens zagen ze dat de deur van uw huis openstond en dus dachten ze dat het incident zich daar had afgespeeld, maar toen ze binnen keken, was het huis leeg. Ze moesten wel binnen kijken, weet u. Vanwege wat ze via de telefoon te horen hadden gekregen.'

Ik knik. Ik weet niet meer precies wat ik aan de telefoon heb gezegd.

'Hebt u kinderen?' Ik knik weer. 'Hoeveel?' Ik steek een enkele vinger op. 'Ah, één kind? Ik heb er vier. Tenminste, in januari zullen het er vier zijn. Er is er een in de maak.' Hij lacht. Ik niet. Ik kan mijn lippen nauwelijks bewegen. 'Vierenveertig en een vierde kind onderweg. Vier is kennelijk mijn geluksgetal.'

Een, twee, drie, vier, denk ik. Naar binnen en naar buiten. Voel de lorazepam door je aderen schieten, als een zwerm vogels.

Little drukt op de claxon en de auto voor ons schiet vooruit. 'Middagspits,' zegt hij.

Ik kijk omhoog naar het raam. Het is bijna tien maanden geleden dat ik me op straat bevond, of in een auto, of in een auto op straat. Tien maanden sinds ik de stad vanuit een andere plek dan mijn huis zag; het geeft een onaards gevoel, alsof ik buitenaards gebied verken, alsof ik me door een toekomstige beschaving voortbeweeg. De gebouwen rijzen onmogelijk groot op, steken als vingers omhoog in een blauwgespoelde lucht. Uithangborden en winkels flitsen voorbij, schreeuwende kleuren: VERSE PIZZA 99¢!!!, Starbucks, Whole Foods (sinds wanneer zijn díe een winkel begonnen?), een oude brandweerkazerne omgebouwd tot condominium (APPARTEMENTEN vanaf $1.99M). Koele donkere zijstraten; ramen verblind door zonlicht. Dringende sirenes achter ons en Little zet met een ruk de auto aan de kant terwijl een ambulance langsdringt.

We naderen een kruising, remmen af tot stilstand. Ik bestudeer het stoplicht dat gloeit als een boos oog en kijk hoe de stroom voetgangers over de oversteekplaats vloeit: twee moeders in spijkerbroeken duwen wandelwagens, een dubbel gebogen oude man leunend op een stok, tieners gebukt onder felroze rugtassen, een vrouw in een turkooizen boerka. Een groene ballon, losgeraakt van een pretzelkar, zweeft omhoog. Klanken dringen de auto binnen: een schrille kreet, het zeebodemgedruis van verkeer. Een rinkelende fietsbel. Een explosie van kleuren, een kakofonie van geluiden. Ik heb het gevoel in een koraalrif te zijn.

'Daar gaan we weer,' mompelt Little, en de auto schiet vooruit.

Is dit wat ik ben geworden? Een vrouw die als een goudvis gaapt naar de dagelijkse voedertijd? Een bezoeker van een andere wereld vol ontzag voor het wonder van een nieuwe levensmiddelenzaak? Diep in mijn benevelde hersenen bonkt iets, bozig en verslagen. Een blos verwarmt mijn wangen. Dit is wat ik ben geworden. Dit is wie ik ben.

Als ik niet onder de medicijnen zat, zou ik zo hard schreeuwen dat de ramen zouden barsten.

ACHTENDERTIG

'Nu,' zegt Little, 'we zijn er.'

We rijden recht onze straat in. Mijn straat.

Mijn straat zoals ik hem al bijna een jaar niet heb gezien. De koffiebar op de hoek: is er nog altijd en vermoedelijk slijten ze nog altijd hetzelfde te bittere brouwsel. Het huis ernaast: vuurrood als altijd, de bloembakken propvol chrysanthemums. De antiekwinkel ertegenover: nu donker en somber, op de winkelpui een bord met BEDRIJFSRUIMTE TE HUUR bevestigd. St. Dymphna's, permanent verlaten.

En terwijl de straat zich voor ons ontvouwt, terwijl we westwaarts rijden onder een boog van kale takken, voel ik hoe tranen mijn ogen vullen. Mijn straat, vier seizoenen later. *Vreemd*, denk ik.

'Wat is vreemd?' vraagt Little.

Ik heb het kennelijk hardop gedacht.

Als de auto nog verder de straat in rijdt, houd ik mijn adem in: daar staat ons huis – mijn huis: de zwarte voordeur, de cijfers 2-1-3 in koper gesmeed boven de klopper; de glas-in-loodpanelen aan weerszijden, de tweelinglantaarns ernaast met het oranje elektrische licht; vier etages ramen die donker voor zich uit staren. De stenen muren zijn minder glanzend dan in mijn herinnering, met watervallen aan vlekken onder de ramen alsof ze huilen, en op het dak zie ik een stuk van de vergane pergola. Al het glaswerk kan een wasbeurt gebruiken – zelfs vanaf de straat kan ik het vuil zien. 'Mooiste huis van de straat,' zei Ed altijd en ik was het altijd met hem eens.

We zijn oud geworden, het huis en ik. We zijn afgetakeld.

We rijden eraan voorbij, langs het park.

‘Daar is het,’ zeg ik tegen Little, mijn hand naar de achterbank wuivend. ‘Mijn huis.’

‘Ik wil graag dat u met mij meegaat om de buren te spreken,’ legt hij uit, terwijl hij de auto langs de stoeprand parkeert en de motor uitzet.

‘Dat kan ik niet.’ Ik schud mijn hoofd. Snapt hij dat dan niet? ‘Ik moet naar huis.’ Ik frunnik aan de gordel, besef dan dat dit waarschijnlijk nergens toe leidt.

Little kijkt me aan, strijkt over het stuur. ‘Hoe gaan we dit aanpakken?’ vraagt hij, meer aan zichzelf dan aan mij.

Het kan me niet schelen. Het kan me niet schelen. Ik wil naar huis. Laat ze maar bij mij thuis komen. Laat ze maar allemaal binnenkomen. Bouw maar een buurtfeestje. Maar breng mij thuis. Alstublieft.

Hij kijkt me nog steeds aan en ik besef dat ik opnieuw tegen hem heb gesproken. Ik krimp ineen.

Een snelle, besliste roffel op het raampje. Ik kijk op; het is een vrouw, met een spichtige neus, olijfkleurige huid, in een coltrui en een lange jas. ‘Wacht even,’ zegt Little. Hij begint mijn raampje omlaag te draaien, maar ik krimp in elkaar, ik jammer en hij draait het weer omhoog, waarna hij zich losmaakt van de bestuurdersplaats en uitstapt, het portier zachtjes achter zich sluitend.

De vrouw en hij praten met elkaar over het dak van de auto heen. Mijn oren zeven hun woorden – *neersteken, verward, dokter* – terwijl ik me, weggedoken op de passagiersplaats, onder water laat glijden en mijn ogen sluit; de lucht wordt rustig en stil. Er schiet van alles langs – *psycholoog, huis, gezin* – en ik drijf weg. Met één hand streel ik doelloos mijn mouw, dan dwalen mijn vingers af in mijn ochtendjas, knijpen in een rolletje huid dat opbolt uit mijn maag.

Ik zit ingesloten in een politieauto mijn vet te strelen. Dit is een nieuw dieptepunt.

Na een minuut – of is het een uur? – ebben de stemmen weg. Ik wrik één oog open, zie dat de vrouw vanuit de hoogte een boze blik op me werpt. Ik knijp mijn ogen weer dicht.

Het portier aan de bestuurderskant knerpt als Little het opent. Koele lucht waait naar binnen, likt mijn benen, maakt een rondje door de cabine en installeert zich.

‘Inspecteur Norelli is mijn partner,’ hoor ik hem tegen me zeggen, in zijn aardedonkere stem vonkt iets. ‘Ik heb haar uitgelegd hoe u eraan toe bent. Ze zal met een paar mensen naar uw huis komen. Is dat goed?’

Ik laat mijn kin zakken, til hem omhoog.

'Goed.' De auto hijgt als hij zich op zijn plaats laat zakken. Hoeveel zou hij wegen? Hoeveel zou ík wegen?

'Wilt u uw ogen opendoen?' oppert hij. 'Of voelt u zich goed zo?'

Ik laat opnieuw mijn kin zakken.

De deur slaat dicht en hij start de motor, zet de versnellingspook in zijn achteruit, rijdt achteruit – achteruit, achteruit, achteruit –, terwijl de auto zijn adem inhoudt als hij over een naad in het wegdek rijdt, tot we remmen. Ik hoor Little de motor weer afzetten.

'We zijn er,' kondigt hij aan terwijl ik mijn ogen open en uit het raampje gluur.

We zijn er. Het huis torent boven me uit, de zwarte mond van de voordeur, de stoeptreden als een uitgestoken tong; de kroonlijsten vormen gelijke wenkbrauwen boven de ramen. Volgens Olivia hebben huizen van roodbruine zandsteen gezichten en hiervandaan snap ik waarom.

'Mooi huis,' merkt Little op. 'Gróót huis. Vier verdiepingen? Is dat een souterrain?'

Ik neig mijn hoofd.

'Dus víjf verdiepingen.' Stilte. Een blad werpt zich tegen mijn raampje, vliegt weg. 'En u woont daar helemaal alleen?'

'Huurder,' zeg ik.

'Waar woont die? Souterrain of boven?'

'Souterrain.'

'Is uw huurder thuis?'

Ik beweeg mijn schouders tot een schouderophalen. 'Soms.'

Stilte. Littles vingers tapdansen op het dashboard. Ik draai me naar hem toe. Hij vangt mijn blik op en grijnst.

'Daar hebben ze u aangetroffen,' brengt hij me in herinnering, zijn kaak naar het park richtend.

'Ik weet het,' mompel ik.

'Mooi parkje.'

'Ja.'

'Mooie straat.'

'Ja. Allemaal mooi.'

Hij grijnst opnieuw. 'Goed,' zegt hij; dan kijkt hij langs me heen, langs mijn schouders, in de ogen van het huis. 'Past deze op de voordeur, of alleen op de deur waardoor het ambuteam gisteravond binnen is gekomen?' Om de knokkel van een van zijn vingers is de sleutelring geschoven waaraan mijn huissleutel bungelt.

'Op allebei,' zeg ik.

'Vooruit dan maar.' Hij zwiert de sleutel rondom zijn vinger. 'Of moet ik u dragen?'

NEGENENDERTIG

Me dragen doet hij niet, maar hij hijst me wel uit de auto, loodst me door het hek, ondersteunt me de stoep op, mijn armen om zijn voetbalveldbrede rug geslagen, mijn voeten min of meer achter me aan slepend, de haak van de paraplu zwierig over een pols, alsof we een ommetje gaan maken. Een verdoofd, verdwaasd ommetje.

De zon boort zich bijna in mijn oogleden. Op de stoep steekt Little de sleutel in het slot en duwt. De deur vliegt met zo'n klap open dat de ruit trilt.

Zouden de buren kijken? Zou mevrouw Wasserman zojuist gezien hebben dat ik door een grootverpakking zwarte man mijn huis in werd gesleept? Ik wed dat ze op dit moment de politie aan het bellen is.

De hal is nauwelijks groot genoeg voor ons beiden – ik word opzij gedrukt, gekneld, met mijn schouder tegen de muur geperst. Little schopt de deur dicht en plotseling is het halfduister. Ik sluit mijn ogen, leun met mijn hoofd tegen zijn arm. De sleutel knarst in het tweede slot.

En dan voel ik het: de warmte van de woonkamer.

En ik ruik het: de bedompte lucht van mijn huis.

En ik hoor het: het gekrijs van de kat.

De kat. Ik was Punch totaal vergeten.

Ik open mijn ogen. Alles is zoals toen ik me naar buiten stortte: de vaatwasmachine wijd open; de dekens verfrommeld op de bank; de televisie die nog aanstaat, met het menu van de *Dark Passage*-dvd bevroren op het scherm; en op de salontafel twee lege wijnflessen, die oplichten in het zonlicht, plus de vier potjes pillen, één omgevallen als een dronkenman.

Thuis. Mijn hart ontploft bijna in mijn borst. Ik zou kunnen huilen van opluchting.

De paraplu glijdt van mijn arm en valt op de grond.

Little loodst me naar de keukentafel, maar ik steek mijn hand uit naar links, als een motorrijder, en we buigen af naar de bank, waar Punch zich achter een kussen heeft genesteld.

'Ziezo,' lispelt Little, terwijl hij me op de kussens laat zakken. De kat observeert ons. Als Little een stap achteruit doet, kruipt Punch tussen de dekens door naar mij, waarna hij zijn kop omdraait en mijn begeleider toesist.

'Jij ook een goeiendag,' begroet Little hem.

Ik laat me onderuitzakken op de bank, voel mijn hart rustig worden, hoor het bloed zachtjes in mijn aderen zingen. Er gaat een moment voorbij; ik pak mijn ochtendjas met beide handen vast en herpak mezelf. Thuis. Veilig. Veilig. Thuis.

De paniek vloeit als water van me af.

'Wat deden de mensen in mijn huis?' vraag ik Little.

'Wat?'

'U zei dat het ambuteam in mijn huis is geweest.'

Hij trekt zijn wenkbrauwen op. 'Ze zagen u in het park liggen. Ze zagen dat uw keukendeur openstond. Ze moesten zien wat er aan de hand was.'

Voordat ik iets kan zeggen, draait hij zich naar de foto van Livvy op de bijzettafel. 'Dochter?'

Ik knik.

'Is ze thuis?'

Ik schud mijn hoofd. 'Bij haar vader,' mompel ik.

Zijn beurt om te knikken.

Hij draait zich om, stopt, bekijkt de troep op de salontafel. 'Feestje gehad?'

Ik adem in, adem uit. 'Dat was de kat,' zeg ik. Waar komt dat uit? *Lieve hemel. Hè, wat was dat? Sst. Dat was de kat.* Shakespeare? Ik denk diep na. Niet Shakespeare. Te aanstellerig.

Kennelijk ben ik ook te aanstellerig, want Little grijnst niet eens. 'Hebt u dat allemaal gedronken?' vraagt hij, de wijnflessen bestuderend. 'Mooie merlot.'

Ik ga verzitten en voel me een stout kind. 'Ja,' geef ik toe. 'Maar...' Het lijkt erger dan het is? Is het wel erger dan het lijkt?

Little zoekt in zijn zak naar het door de mooie jonge dokter voorgeschreven buisje Ativan-capsules en legt het op de salontafel. Ik mompel een dankuwel.

En dan komt, diep in de bedding van mijn brein, iets vanzelf los, laat zich meevoeren in de onderstroom en komt aan de oppervlakte.

Het is een lichaam.

Het is Jane.

Ik open mijn mond.

Voor het eerst zie ik op Littles heup de holster met een pistool. Ik herinner me hoe Olivia eens met open mond naar een bereden politieagent in Midtown staarde; ze staarde hem een dikke tien seconden aan, voordat het tot me doordrong dat ze naar zijn wapen keek, niet naar zijn paard. Toen glimlachte ik en plaagde ik haar, maar met dat ding hier binnen handbereik glimlach ik niet.

Little vangt mijn blik op. Hij trekt zijn jasje over zijn pistool, alsof ik onder zijn hemd zat te gluren.

'Hoe gaat het met mijn buurvrouw?' vraag ik.

Hij haalt zijn telefoon uit zijn zak en houdt die vlak voor zijn ogen. Ik vraag me af of hij bijziend is. Dan swipet hij het scherm en laat zijn hand opzij vallen.

'Dus dit hele huis is van u alleen?' Hij loopt naar de keuken. 'En uw huurder,' voegt hij eraan toe voordat ik dat kan zeggen. 'Die gaat naar beneden?' Hij wijst met zijn duim naar de deur van het souterrain.

'Ja. Hoe gaat het met mijn buurvrouw?'

Hij kijkt weer op zijn telefoon – blijft staan, buigt zich voorover. Als hij overeind komt, zijn kolossale lichaam ontvouwt, heeft hij in zijn rechterhand het waterbakje van de kat en in zijn linker het toestel van de vaste lijn. Hij kijkt naar het een, dan naar het ander, alsof hij ze tegen elkaar afweegt. 'Het beest zal wel dorst hebben,' zegt hij, naar de gootsteen stappend.

Ik zie zijn weerspiegeling in het televisiescherm, hoor de kraan lopen. In een van de flessen rest nog een schraal laagje merlot. Zou ik dat achterover kunnen slaan zonder dat hij het ziet?

Het waterbakje klettert tegen de vloer en nu zet Little de telefoon in zijn houder en tuurt naar het schermpje. 'De batterij is leeg,' zegt hij.

'Dat weet ik.'

'Ik zeg het alleen maar.' Hij loopt naar de deur van het souterrain. 'Kan ik hier op kloppen?' vraagt hij. Ik knik.

Hij roffelt met zijn knokkels op het hout – die zien we nooit meer, terúg – en wacht. 'Hoe heet uw huurder?'

'David.'

Little klopt weer. Niets.

Hij draait zich naar mij. 'En waar is uw telefoon, dokter Fox?'

Ik knipper met mijn ogen. 'Mijn telefoon?'

'Uw mobiele telefoon.' Hij zwaait met de zijne naar mij. 'Hebt u er een?'

Ik knik.

'Nou, ze hebben er geen bij u gevonden. De meeste mensen zouden gelijk naar hun telefoon grijpen als ze een hele nacht weg zijn geweest.'

'Ik weet het niet.' Waar ís hij eigenlijk? 'Ik gebruik hem niet veel.'

Hij zegt niets.

Ik heb er genoeg van. Ik zet mijn voeten schrap op het tapijt en hijs mezelf overeind. De kamer deint als een draaiplateau om me heen, maar even later komt hij tot rust en ik kijk Little recht in de ogen.

Punch feliciteert me met een klein miauwtje.

'Gaat het?' vraagt Little, op me aflopend. 'Alles in orde?'

'Ja.' Mijn ochtendjas is opengevallen. Ik sla hem om me heen en knoop de ceintuur stevig vast. 'Hoe gaat het met mijn buurvrouw?' Maar hij blijft abrupt staan, met zijn ogen op zijn telefoon.

Ik herhaal: 'Hoe...'

'Oké,' zegt hij. 'Ze komen eraan.' En ineens dendert hij door de keuken als een enorme golf, terwijl zijn blik de kamer rondgaat. 'Is dat het raam vanwaaruit u uw buurvrouw zag?' Hij wijst.

'Ja.'

Hij koerst naar de gootsteen, één grote stap met zijn lange been, legt zijn handen op het aanrecht en kijkt naar buiten. Ik bestudeer zijn rug, die het hele raam vult. Dan kijk ik naar de salontafel en begin die op te ruimen.

Hij draait zich om. 'Nergens aankomen,' zegt hij. 'Laat de tv ook aanstaan. Welke film is dat?'

'Een oude detective.'

'U houdt van detectives?'

Ik word zenuwachtig. De lorazepam is kennelijk uitgewerkt. 'Ja. Waarom mag ik niet opruimen?'

'Omdat we precies willen weten in wat voor situatie u verkeerde toen u getuige was van de aanval op uw buurvrouw.'

'Is de situatie waarin zij verkeerde niet belangrijker?'

Little doet of hij me niet gehoord heeft. 'Misschien moet de kat ergens anders heen,' zegt hij. 'Zo te zien is hij schuw. Ik wil niet dat hij iemand krabt.' Hij draait zich weer om naar de gootsteen en vult een glas water. 'Drink dit maar op. U moet voldoende vocht binnenkrijgen. U hebt een schok gehad.' Hij loopt de kamer door en stopt het glas in mijn hand. Dat heeft bijna iets teders. Ik verwacht half dat hij mijn wang zal strelen.

Ik breng het glas naar mijn lippen.

De bel gaat.

VEERTIG

'Ik heb meneer Russell bij me,' kondigt inspecteur Norelli, overbodig, aan.

Haar stem is dun, meisjesachtig, slecht passend bij de stoere trui en de leren bijdehante-tante-jas. In één oogopslag overziet ze de gehele kamer en richt dan een glas snijdende blik op mij. Stelt zich niet voor. Zij is de Slechte Agent, kan niet anders, en teleurgesteld besef ik dat Littles ingehouden optreden alleen maar schijn is.

Alistair loopt in haar kielzog, fris en fruitig in een kakibroek en een trui. Wel staan de pezen in zijn nek gespannen als koorden. Maar misschien zijn die dat altijd. Hij kijkt me aan en glimlacht. 'Hoi,' zegt hij, enigszins verwonderd.

Daar was ik niet op verdacht.

Ik ben onzeker. Ik voel me ongemakkelijk. Mijn systeem is nog steeds traag, als een door suiker verstopte motor; en nu heeft mijn buurman me met een grijns pootje gehaakt.

'Gaat het?' Little sluit de deur van de hal achter Alistair en komt naast me staan.

Mijn hoofd tolt. Ja. Nee.

Hij haakt een vinger onder mijn elleboog. 'Laten we uw...'

'M'vrouw, gaat het wel?' Norelli kijkt fronsend.

Little steekt zijn hand op. 'Het gaat... het gaat. Ze heeft een kalmerend middel gekregen.'

Mijn wangen branden.

Hij neemt me mee naar het keukengedeelte en laat me plaatsnemen aan de tafel – dezelfde tafel waaraan Jane een heel lucifersdoosje afstreek, waaraan we nonchalant schaak speelden en over onze kinderen praatten, waaraan ze me vertelde de zonsondergang te fotograferen. Dezelfde tafel waaraan ze over Alistair en haar verleden sprak.

Norelli loopt naar het keukenraam met de telefoon in haar hand. 'Mevrouw Fox,' zegt ze.

Little onderbreekt haar: 'Dokter Fox.'

Ze hapert, begint opnieuw. 'Dokter Fox, ik begrijp van inspecteur Little dat u gisteravond iets hebt gezien.'

Ik werp een blik op Alistair, die nog steeds stokstijf stil bij de deur naar de hal staat.

'Ik zag dat mijn buurvrouw werd neergestoken.'

'Wie is uw buurvrouw?' vraagt Norelli.

'Jane Russell.'

'En dat zag u door het raam?'

'Ja.'

'Welk raam?'

Ik wijs langs haar heen. 'Dat raam.'

Norelli volgt mijn vinger. Haar ogen zijn maanloos, vlak en donker. Ik zie hoe ze huize Russell opnemen, van links naar rechts alsof ze een tekst lezen.

'Zag u wie uw buurvrouw neerstak?' Nog steeds naar buiten kijkend.

'Nee, maar ik zag dat ze bloedde en ik zag iets in haar borst steken.'

'Wat stak er in haar borst?'

Ik ga verzitten. 'Iets zilverkleurigs.' *Wat doet dat ertoe?*

'Iets zilverkleurigs?'

Ik knik.

Ook Norelli knikt, draait zich om en kijkt me aan, dan langs me heen, de woonkamer in. 'Wie was er gisteravond bij u?'

'Niemand.'

'Dus alles op de tafel is van u?'

Ik ga weer verzitten. 'Ja.'

'Goed, dokter Fox.' Maar ze kijkt naar Little. 'Ik ga...'

'Zijn vrouw...' begin ik, een hand opstekend als Alistair onze kant uit komt.

'Wacht even.' Norelli doet een stap naar voren en legt haar telefoon voor me op tafel. 'Ik ga nu de 911-oproep afspelen die u gisteravond om tien drieëndertig deed.'

'Zijn vróuw...'

'Ik denk dat dat een heleboel vragen beantwoordt.' Met een lange vinger strijkt ze over het scherm en een stem schettert, luidsprekerblikkerig, in mijn oor. '911, wat kan...'

Geschrokken zet Norelli met de duim op de volumeknop het geluid zachter.

'...ik voor u doen?'

'Mijn buurvrouw.' Schel. 'Ze wordt... neergestoken. O, god. Help haar.' Ik ben het, ik herken het – tenminste mijn woorden – maar niet mijn stem. Die klinkt slissend, slepend.

'M'vrouw, rustig aan.' Die lijzige toon. Zelfs nu gekmakend. 'Waar woont u?'

Ik kijk naar Alistair, naar Little. Zij kijken naar Norelli's telefoon.

Norelli kijkt naar mij.

'En u zegt dat uw buurvrouw werd neergestoken?'

'Já. Help. Ze bloedt.' Ik krimp ineen. Bijna onverstaanbaar.

'Wat?'

'Ik zei hélp.' Een kuch, waterig, snotterig. Bijna huilend.

'Er is hulp onderweg, m'vrouw. U moet rustig worden. Kunt u mij zeggen hoe u heet?'

'Anna Fox.'

'Goed, Anna. Hoe heet uw buurvrouw?'

'Jane Russell. O, god.' Gebrom.

'Bent u nu bij haar?'

'Nee. Ze is aan de overkant... ze is in het huis aan de overkant van het park waar ik woon.'

Ik voel Alistairs blik op me. Ik kijk strak terug.

'Anna, hebt u uw buurvrouw neergestoken?'

Stilte. 'Wat?'

'Hebt u uw buurvrouw neergestoken?'

'Néé.'

Nu kijkt ook Little naar me. Alle drie kijken me aan zodat ik mijn ogen neersla. Ik buig voorover, kijk naar de telefoon van Norelli. Het scherm wordt zwart terwijl de stemmen doorgaan.

'Goed.'

'Ik keek door het raam en zag dat *ze werd neergestoken*.'

Weer stilte. Langer.

'M'vrouw? Weet u wie...'

Een raspend geluid en een dreun. De telefoon die valt. Daarboven op het tapijt van de werkkamer – daar moet hij nog liggen, als een achtergelaten lijk.

'M'vrouw?'

Stilte.

Ik draai mijn hoofd om naar Little te kijken. Hij kijkt niet meer naar mij.

Norelli buigt zich over de tafel. Trekt een vinger over haar scherm. 'De operator bleef zes minuten aan de lijn,' zegt ze, 'totdat het ambuteam bevestigde dat ze ter plekke waren.'

Ter plekke. En wat vonden ze *ter plekke*. Wat was er met Jane gebeurd?

'Ik begrijp er niets van.' Plotseling voel ik me moe, dood- en doodmoe. Ik kijk langzaam de keuken rond, naar het bestek dat rechtop in de vaatwasmachine staat, naar de kapotte flessen in de glasbak. 'Wat is er met...'

'Er is niets gebeurd, dokter Fox,' zegt Little zachtjes. 'Met niemand.'

Ik kijk hem aan. 'Hoe bedoelt u?'

Hij trekt zijn broek op bij zijn dijen en gaat op zijn hurken naast me zitten. 'Ik denk,' zegt hij, 'dat met al die heerlijke merlot die u had gedronken en de medicijnen die u had ingenomen en de film die u aan het bekijken was, dat u misschien wat overprikkeld raakte en dingen zag die niet gebeurden.'

Ik staar hem aan.

Hij kijkt me met half toegeknepen ogen aan.

'U denkt dat ik me alles verbeeld heb?' Mijn stem klinkt afgeknepen.

Nu schudt hij zijn massieve hoofd: 'Nee, m'vrouw, ik denk alleen dat u te veel prikkels had en het u allemaal een beetje te veel werd.'

Mijn mond is opengevallen.

'Heeft uw medicatie bijwerkingen?' vraagt hij nadrukkelijk.

'Ja,' zeg ik, 'maar...'

'Waanbeelden, misschien?'

'Dat weet ik niet.' Maar ik weet het wel, ik weet dat dat de bijwerkingen zijn.

'De dokter in het ziekenhuis zei dat waanbeelden een bijwerking kunnen zijn van uw medicatie.'

'Ik zag geen waanbeelden. Ik zag wat ik zag.' Ik kom met moeite overeind. De kat springt onder de stoel vandaan en schiet de woonkamer in.

Little heft zijn handen, zijn gebleekte handpalmen breed en plat. 'Goed, u hebt zojuist het telefoongesprek gehoord. Het praten kostte u behoorlijk wat moeite.'

Norelli doet een stap voorwaarts. 'Volgens de controle van het ziekenhuis had u een bloedalcoholgehalte van punt twee-twee,' vertelt ze me. 'Dat is bijna driemaal de wettelijk toegestane limiet.'

'Nou?'

Achter haar pingpongen Alistairs ogen tussen ons drieën.

'Ik zag geen wáánbeelden,' sis ik. Mijn woorden struikelen in volle vaart uit mijn mond en belanden op hun zij. 'Ik verbééldde me geen dingen. Ik ben niet gék.'

'Ik begrijp dat uw gezinsleden niet hier wonen, m'vrouw?' zegt Norelli.

'Is dat een vraag?'

'Dat is een vraag.'

Alistair zegt: 'Volgens mijn zoon bent u gescheiden.'

'We leven gescheiden,' corrigeer ik hem automatisch.

'En van wat meneer Russell ons vertelt,' zegt Norelli, 'ziet nooit iemand van de buren u. U schijnt niet vaak buiten te komen.'

Ik zeg niets. Ik doe niets.

'Dus dit is een tweede theorie,' vervolgt ze. 'U zocht aandacht.'

Ik stap achteruit en bots tegen het aanrecht. Mijn ochtendjas valt open.

'Geen vrienden, gezinsleden elders, u drinkt te veel en besluit voor wat sensatie te zorgen.'

'U denkt dat ik dit verzónnen heb?' Ik gooi het eruit, schreeuw het.

'Dat denk ik, ja,' bevestigt ze.

Little schraapt zijn keel. 'Ik denk,' zegt hij, hij praat zacht, 'dat u hierbinnen misschien doordraaide, en... we beweren niet dat u het met opzet deed...'

'Jullie zijn degenen die zich dingen inbeelden.' Ik steek een beverige vinger naar hen uit, zwaai ermee als een scepter. 'Jullie zijn degenen die dingen verzínnen. Ik zag haar ónder het bloed door dát raam.'

Norelli sluit haar ogen, zucht. 'M'vrouw, volgens meneer Russell was zijn vrouw niet in de stad. Hij zegt dat u haar nooit hebt ontmoet.'

Stilte. Het vertrek voelt elektrisch geladen.

'Ze was hierbinnen,' zeg ik, langzaam en duidelijk, 'twéémaal.'

'Er is...'

'De eerste keer hielp ze me van de straat naar binnen. Daarna kwam ze nog een keer. En...' – met een boze blik op Alistair – 'hij kwam naar haar informéren.'

Hij schudt zijn hoofd. 'Ik zocht mijn zoon, niet mijn vrouw.' Hij slikt. 'En u beweerde dat er niemand was geweest.'

'Dat loog ik. Ze zat aan die tafel. We hebben geschaakt.'
Hij kijkt hulpeloos naar Norelli.
'En u maakte dat ze schreeuwde,' zeg ik.
Nu wendt Norelli zich tot Alistair.
'Ze zegt dat ze hoorde schreeuwen,' legt hij uit.
'Ik héb horen schreeuwen. Drie dagen geleden.' Klopt dat? Misschien niet. 'En Ethan zei zelf dat zij het was.' Niet helemaal waar, maar bijna.
'Laten we Ethan hierbuiten houden,' zegt Little.
Ik kijk hen aan, ze staan om me heen als die drie eieren gooiende jochies, die drie rotjongens.
Ik krijg ze wel.
'En waar is ze dan?' vraag ik, mijn armen over elkaar slaand. 'Waar is Jane? Als ze niets heeft, laat haar dan hier komen.'
Ze wisselen blikken.
'Vooruit.' Ik trek mijn ochtendjas om me heen, haal de ceintuur strak aan en sla mijn armen weer over elkaar. 'Ga haar dan halen.'
Norelli wendt zich tot Alistair. 'Wilt u...' mompelt ze en hij knikt, trekt zich terug in de woonkamer en haalt zijn telefoon uit zijn zak.
'En daarna,' zeg ik tegen Little, 'wil ik dat jullie allemaal mijn huis verlaten. Ú denkt dat ik hallucineer.' Hij krimpt ineen. 'En ú denkt dat ik lieg.' Norelli reageert niet. 'En híj beweert dat ik nooit een vrouw heb ontmoet die ik twéémaal ontmoet heb.' Alistair mompelt in de telefoon. 'En ik wil precies weten wie hier waar binnen zijn geweest wanneer waar...' Ik verstrik me in mijn woorden. Ik zwijg, kom op adem. 'Ik wil weten wie hier nog meer binnen zijn geweest.'
Alistair loopt naar ons terug. 'We moeten even wachten,' zegt hij, terwijl hij de telefoon in zijn zak laat glijden.
Ik kijk hem recht in zijn ogen. 'Ik wil wedden dat we heel lang moeten wachten.'
Niemand zegt iets. Mijn ogen zwerven door de kamer: Alistair kijkt op zijn horloge; Norelli observeert rustig de kat. Alleen Little kijkt naar mij.
Er gaan twintig seconden voorbij.
Nog eens twintig.
Ik zucht, laat mijn armen zakken.
Dit is belachelijk. De vrouw was...
De bel stottert.
Mijn hoofd zwenkt naar Norelli, dan naar Little.
'Ik ga wel,' zegt Alistair, terwijl hij zich naar de deur draait.

Ik kijk, stokstijf stil, terwijl hij op de opener drukt, de deurknop omdraait, de deur naar de hal opent, aan de kant gaat staan.

Even later glipt Ethan de kamer binnen, zijn ogen terneergeslagen.

‘U kent mijn zoon,’ zegt Alistair. ‘En dit is mijn vrouw,’ voegt hij eraan toe, terwijl hij de deur achter haar sluit.

Ik kijk naar hem. Ik kijk naar haar.

Ik heb deze vrouw nooit van mijn leven gezien.

EENENVEERTIG

Ze is lang maar met fijne beenderen, met sluik donker haar dat een welgevormd gezicht omlijst. Haar wenkbrauwen zijn slanke, duidelijk afgetekende bogen boven een stel grijsgroene ogen. Ze bekijkt me koeltjes, dan loopt ze door de keuken en steekt een hand uit.

'Ik geloof niet dat we elkaar kennen,' zegt ze.

Haar stem is hees en zwoel, erg Bacall. Hij stremt in mijn oren.

Ik verroer me niet. Ben niet in staat.

Haar hand blijft daar, uitgestoken naar mijn borst. Na een tijdje wuif ik hem weg.

Ze trekt hem terug.

'Wie is dit?'

'Dit is uw buurvrouw.' Little klinkt bijna treurig.

'Jane Russell,' zegt Norelli.

Ik kijk naar haar, dan naar hem. Dan naar de vrouw.

'Dat bent u niet,' zeg ik tegen haar.

Weer tegen de inspecteurs: 'Nee, dat is ze niet. Wat bewéért u? Zij is niet Jane.'

'Ik garandeer u,' begint Alistair, 'dat zij...'

'U hoeft niets te garanderen, meneer Russell,' zegt Norelli.

'Maakt het iets uit als ík garandeer?' vraagt de vrouw.

Ik doe een stap naar voren en val tegen haar uit: 'Wie bént u eigenlijk?' Ik klink rauw, beschonken en het doet me goed te zien hoe zij en Alistair samen achteruitschuifelen, alsof hun enkels geketend zijn.

'Dokter Fox,' zegt Little, 'laten we kalm blijven.' Hij legt zijn hand op mijn arm.

Als gestoken keer ik me van hem af, van Norelli, en nu sta ik midden in de keuken, de inspecteurs hebben zich bij het raam geposteerd, Alistair en de vrouw hebben zich teruggetrokken in de woonkamer.

Me tot die twee richtend loop ik op hen af. 'Ik heb Jane Russell tweemaal gesproken,' zeg ik rustig, beslist. 'U bent niet Jane Russell.'

Ditmaal biedt ze verzet. 'Ik kan u mijn rijbewijs laten zien,' biedt ze aan, haar hand in een zak stekend.

Ik schud mijn hoofd, resoluut, rustig. 'Ik hoef uw rijbewijs niet te zien.'

'M'vrouw,' roept Norelli, en ik kijk achterom. Ze komt naar ons toe, gaat tussen ons in staan. 'Zo is het genoeg.'

Alistair kijkt naar me met wijd open ogen. De hand van de vrouw is nog steeds in haar zak gestoken. Achter hen heeft Ethan zich teruggetrokken op de chaise longue, met Punch opgerold aan zijn voeten.

'Ethan,' zeg ik, en zijn blik stijgt omhoog naar me alsof hij verwachtte aangesproken te worden. 'Ethan.' Ik dring me tussen Alistair en de vrouw door. 'Wat gebeurt hier allemaal?'

Hij kijkt me aan. Kijkt weg.

'Dat is niet jouw moeder.' Ik raak zijn schouder aan. 'Zeg dat dan.'

Hij neemt zijn hoofd in zijn handen, laat zijn ogen naar links dwalen. Klemt zijn kaken op elkaar en slikt. Peutert aan een vingernagel. 'U hebt mijn moeder nooit ontmoet,' mompelt hij.

Ik trek mijn hand terug.

Draai me om, langzaam, verdoofd.

Dan praten ze tegelijk, een klein koor. 'Kunnen we...' vraagt Alistair, naar de deur van de hal knikkend net wanneer Norelli zegt: 'We zijn hier klaar,' en Little me uitnodigt 'wat te gaan rusten'.

Ik bekijk hen met half toegeknepen ogen.

'Kunnen we...' probeert Alistair opnieuw.

'Dank u wel, meneer Russell,' zegt Norelli. 'En mevrouw Russell.'

Alistair en de vrouw werpen een angstige blik op me alsof ik een zojuist verdoofd wild dier ben, en lopen dan naar de deur.

'Vooruit,' zegt Alistair bits en Ethan staat op, zijn ogen naar de grond gericht, en stapt over de kat heen.

Terwijl ze achter elkaar de deur uit gaan, sluit Norelli zich bij hen aan. 'Dokter Fox, het is een misdrijf om valse verklaringen af te leggen,' laat ze me weten. 'Begrijpt u dat?'

Ik staar haar aan. Ik denk dat ik knik.

'Goed,' zegt ze. Ze zet haar kraag op. 'Meer heb ik niet te zeggen.'

De deur sluit zich achter haar. Ik hoor de buitendeur opengaan.

Nu zijn het alleen Little en ik. Ik kijk naar zijn zwarte, puntige brogues, en bedenk (hoe? waarom?) dat ik vandaag mijn Franse les met Yves heb gemist.

Alleen Little en ik. *Nous deux*.

De klap waarmee de voordeur dichtslaat.

'Kan ik u met een gerust hart alleen laten?' vraagt hij.

Ik knik, afwezig.

'Is er iemand met wie u kunt praten?'

Ik knik weer.

'Alstublieft,' zegt hij; hij vist een kaartje uit zijn borstzak en drukt dat in mijn hand. Goedkoop materiaal. INSPECTEUR CONRAD LITTLE, NYPD. Twee telefoonnummers. Een e-mailadres.

'U kunt me bellen als u daar behoefte aan hebt. Hé.' Ik kijk op. 'U kunt me bellen, oké?'

Het woord dringt zich voor op mijn tong, werkt andere woorden opzij. 'Oké.'

'Mooi. Dag en nacht.' Met zijn ene hand pakt hij de telefoon over uit zijn andere. 'Met die kinderen slaap ik toch niet.' Pakt hem weer terug met de ene. Hij ziet dat ik kijk, houdt ermee op.

We kijken elkaar aan.

'Het beste, dokter Fox.' Little loopt naar de deur van de hal, opent hem en trekt hem zachtjes achter zich dicht.

Weer gaat de voordeur piepend open. Weer slaat hij dicht.

TWEEËNVEERTIG

Ineens intense rust. De wereld is tot stilstand gekomen.

Ik ben alleen, voor het eerst vandaag.

Ik overzie de kamer. De wijnflessen, die glimmen in de schuin invallende zon. De stoel die schuin naast de keukentafel staat. De kat die de bank inspecteert.

Stofjes dansen in het licht.

Ik slof naar de deur van de hal, draai het slot tweemaal om.

Draai me om om weer naar de kamer te kijken.

Is dat net gebeurd?

Wát is net gebeurd?

Ik ga naar de keuken, diep een wijnfles op. Drijf de kurkentrekker erin, wrik de kurk eruit. Klok het spul in een glas. Breng het naar mijn lippen.

Ik denk aan Jane.

Ik drink het glas tot de bodem leeg, zet dan de fles aan mijn mond, houd hem schuin omhoog. Drink, volle, lange teugen.

Ik denk aan die vrouw.

Ik baan me zigzaggend een weg naar de woonkamer, steeds sneller; schud twee pillen in mijn hand. Ze dansen mijn keel in.

Ik denk aan Alistair. *En dit is mijn vrouw.*

Ik sta daar, neem een grote slok, slik, verslik me.

En als ik de fles neerzet, denk ik aan Ethan, hoe hij mijn blik ontweek, zijn hoofd afwendde. Hoe hij slikte alvorens me antwoord te geven. Hoe hij aan zijn nagel krabde. Hoe hij mompelde.

Hoe hij loog.

Want hij lóóg. De afgewende blik, naar links kijkend, het antwoord dat op zich liet wachten, het zenuwachtige gefrunnik – alle kenmerken van een leugenaar. Ik wist het voordat hij zijn mond opende.

Maar de opeengeklemde kaken: dat duidt op iets anders.

Dat duidt op angst.

DRIEËNVEERTIG

De telefoon ligt op de grond in de werkkamer, precies waar ik hem heb laten vallen. Ik tik op het scherm terwijl ik de potjes pillen terugbreng naar het medicijnkastje in mijn badkamer. Ik weet heel goed dat dokter Fielding degene is die zich arts mag noemen en in het bezit is van een blocnote om recepten voor te schrijven; maar hier zal hij me niet kunnen helpen.

'Kun je naar me toe komen?' vraag ik zodra ze opneemt.

Stilte. 'Hè?' Ze klinkt overrompeld.

'Kun je naar me toe komen?' Ik loop naar mijn bed en klim erin.

'Nu meteen? Ik ben niet...'

'Alsjeblieft, Bina?'

Nogmaals stilte. 'Ik kan om... negen uur, halftien bij je zijn. Ik heb een eetafspraak,' voegt ze eraan toe.

Dat kan me niet schelen. 'Prima.' Ik ga achteroverliggen en zak tot mijn oren in het kussen. Voor het raam bewegen takken, blaadjes vliegen weg als vonken; ze spatten tegen de ruit en waaien weg.

'Iz azinold?'

'Hè?' De temazepam stremt mijn hersens. Ik voel de kortsluitingen.

'Of alles in orde is, vroeg ik.'

'Nee. Ja. Ik leg het uit als je hier bent.' Mijn oogleden worden zwaar, vallen dicht.

'Oké. Totvanavond.'

Maar ik zink al weg in een slaap.

Die slaap is donker en droomloos, een kleine vergetelheid. En als beneden de bel galmt, word ik uitgeput wakker.

VIERENVEERTIG

Bina staart me aan, haar mond hangt open.

Uiteindelijk sluit ze hem, langzaam maar ferm, als was ze een venusvliegenvanger. Zegt niets.

We bevinden ons in Eds bibliotheek, ik opgerold in de oorfauteuil, Bina zit in de clubfauteuil, de vaste plek van dokter Fielding. Ze heeft haar lange dunne benen onder de stoel gekruist en Punch kronkelt om haar enkels als rook.

In de haard vuur op een zwak pitje.

Nu verplaatst ze haar blik en kijkt naar de flakkerende vlammetjes.

'Hoevéél had je gedronken?' vraagt ze, waarbij ze achteruit gaat zitten, alsof ik haar zou slaan.

'Niet genoeg om wáánbeelden te hebben.'

Ze knikt. 'Goed. En de pillen...'

Ik grijp de deken op mijn schoot beet, draai hem tussen mijn handen. 'Ik heb Jane gesproken. Tweemaal. Op verschillende dagen.'

'Juist.'

'Ik heb haar met haar gezin in hun huis gezien. Meerdere keren.'

'Juist.'

'Ik zag Jane bloeden. Met een mes in haar borst.'

'Je weet zeker dat het een mes was?'

'Nou het was verdomme geen broche.'

'Ik wil alleen maar..., goed, juist.'

'Ik zag het door mijn camera, heel duidelijk.'

'Maar je hebt geen foto genomen.'

'Nee, ik heb geen foto genomen. Ik probeerde haar te helpen, niet... het vast te leggen.'

'Goed.' Ze speelt een tijdje met een haarsliert. 'En nu zeggen ze dat er niemand is neergestoken.'

'Én ze beweren dat Jane iemand anders is. Of iemand anders is Jane.'

Ze windt haar haar om een lange vinger.

'Je weet zeker...' begint ze en ik verstijf, want ik weet wat er gaat komen. 'Je weet absoluut zeker dat dit op geen enkele manier een misv...'

Ik leun naar voren. 'Ik weet wat ik heb gezien.'

Bina laat haar hand zakken. 'Ik... ik weet niet wat ik moet zeggen.'

Ik praat langzaam, alsof ik me een weg door gemalen glas moet banen. 'Ze zullen niet geloven dat Jane iets is overkomen,' zeg ik, net zo goed tegen haar als tegen mezelf, 'totdat ze geloven dat de vrouw die ze voor Jane verslijten... het niet is.'

Het is ingewikkeld, maar ze knikt.

'Maar... zou de politie die persoon dan niet om haar ID vragen, bijvoorbeeld?'

'Nee, nee. Die gaat gewoon af op wat haar man... ze gaan gewoon af op wat haar zogenaamde man zegt. Toch. En waarom ook niet?' De kat trippelt over het vloerkleed en kruipt weg onder mijn stoel. 'En niemand heeft haar ooit eerder gezien. Ze wonen hier nog maar net een week. Ze kan iedereen zijn. Ze kan een familielid zijn. Ze kan een maîtresse zijn. Ze kan een postorderbruid zijn.' Ik wil mijn glas pakken, bedenk dan dat ik er geen heb. 'Maar ik heb Jane met haar gezín gezien. Ik heb haar medaillon gezien met Ethans foto erin. Ik heb... godallemachtig, ze heeft hem hierheen gestuurd met een kaars.'

Bina knikt weer.

'En je kon niet aan haar man merken...?'

'Of hij zojuist iemand had neergestoken? Nee.'

'En hij was absoluut degene die...'

'Degene die wat...'

Haar gezicht betrekt. 'Het deed.'

'Wie anders? Hun joch is een schat. Als hij iemand neerstak... zóu neersteken, zou het zijn vader zijn.' Ik strek nogmaals mijn hand uit naar mijn glas en geef de lucht een mep. 'En vlak ervoor zag ik hem nog voor zijn computer zitten, dus tenzij hij naar beneden rende om zijn moeder in mootjes te hakken, gaat hij volgens mij vrijuit.'

'Heb je met iemand anders hierover gesproken?'

'Nog niet.'

'Je dokter?'

'Ga ik doen.' Ook met Ed. Zal later met hem praten.
Nu stilte – alleen het suizen van de vlammen in de haard.
Ik kijk naar haar, kijk hoe haar huid koperkleurig opgloeit in het vuurschijnsel. Ik vraag me af of ze met me meepraat, of ze aan me twijfelt. Het is een onmogelijk verhaal, nietwaar? *Mijn buurman heeft zijn vrouw vermoord en nu geeft een ander zich voor haar uit. En hun zoon is te bang om de waarheid te vertellen.*
'Waar denk je dat Jane is?' vraagt Bina.
Stilte.

'Ik had geen idee dat ze beroemd was,' zegt Bina, over mijn schouder buigend; haar haar vormt een gordijn tussen mij en de tafellamp.
'In de jaren vijftig een belangrijke pin-up,' mompel ik. 'Daarna een keiharde prolifevoorvechtster.'
'Aha.'
'Verknoeide abortussen.'
'O.'
We zitten aan mijn bureau en bladeren tweeëntwintig bladzijden Jane Russell-foto's door – volgehangen met juwelen (*Gentlemen Prefer Blondes*), half ontkleed in een hooiberg (*The Outlaw*), met een zwierende zigeunerrok (*Hot Blood*).
We hadden al op Pinterest gekeken. We hadden Instagram afgestruind. We hadden de in Boston gelokaliseerde kranten en websites uitgekamd. We hadden de fotogalerie van Patrick McMullan bezocht. Niets. 'Is het niet verbazingwekkend,' zegt Bina, 'hoe afgaande op het internet sommige mensen gewoon niet bestaan?'
Alistair is gemakkelijker. Daar is hij, ingesnoerd in een te strak pak, in een twee jaar oud *Consulting Magazine*-artikel; RUSSELL BEGINT BIJ ATKINSON, vertelt de kop. Op zijn LinkedIn-profiel staat dezelfde foto. Een foto in een nieuwsbrief van Dartmouthalumni, waar hij op een geldinzamelingsactie het glas heft.
Maar geen Jane.
Nog vreemder: geen Ethan. Hij staat niet op Facebook – of Foursquare of wat dan ook – en Google biedt niets behalve verscheidene links naar een fotograaf met dezelfde naam.
'Zijn de meeste kinderen niet op Facebook?' vraagt Bina.
'Hij mag niet van zijn vader. Hij heeft niet eens een mobiel.' Ik stroop een afzakkende mouw op. 'En hij krijgt thuisonderwijs. Waarschijnlijk

kent hij hier niet veel mensen. Waarschijnlijk kent hij níemand.'

'Maar iemand moet zijn móeder toch kennen,' zegt ze. 'Iemand in Boston, of... nou gewoon íemand.' Ze loopt naar het raam. 'Zouden er geen foto's zijn? Was de politie vandaag niet bij hen thuis?'

Hier denk ik over na. 'Waarschijnlijk hebben ze foto's van de andere vrouw. Alistair kan hun van alles hebben laten zien, van alles hebben verteld. Ze gaan hun huis niet doorzoeken. Daar waren ze duidelijk over.'

Ze knikt, draait zich om, kijkt naar huize Russell. 'De jaloezieën zijn neergelaten,' zegt ze.

'Hè?' Ik ga naast haar staan bij het raam en kijk zelf: de keuken, de zitkamer, Ethans slaapkamer – stuk voor stuk geloken.

Het huis heeft zijn ogen gesloten. Dichtgeknepen.

'Zie je?' zeg ik tegen Bina. 'Ze willen niet meer dat ik naar binnen kijk.'

'Dat kan ik ze niet kwalijk nemen.'

'Ze zijn op hun hoede. Is dat geen bewijs?'

'Het is verdacht, ja.' Ze licht haar hoofd op. 'Laten ze die jaloezieën vaak neer?'

'Nooit. Nooit. Het was net een glazen huis.'

Ze aarzelt. 'Denk je... denk je dat je misschien, je weet wel... in gevaar bent?'

Daar had ik nog niet aan gedacht. 'Waarom?' vraag ik langzaam.

'Omdat als wat jij zag echt is gebeurd...'

Ik krimp ineen. 'Ik heb het gezien.'

'...jij dan, je weet wel, een getuige bent.'

Ik haal diep adem, en nog eens.

'Wil je alsjeblieft vannacht blijven?'

Ze trekt haar wenkbrauwen op. 'Je vráágt me nogal wat.'

'Ik betaal je.'

Ze kijkt me met half geloken ogen aan. 'Dat is het niet. Ik moet morgen vroeg op. En al mijn spullen liggen thuis...'

'Alsjeblieft.' Ik kijk haar diep in haar ogen. 'Alsjeblieft.'

Ze zucht.

VIJFENVEERTIG

Duisternis – dicht, dik. Schuilkelderduister. Dieperuimteduister.

Dan, ver weg, een afgelegen ster, een stipje licht.

Komt naderbij.

Het licht trilt, zwelt, klopt.

Een hart. Een klein hart. Het tikt. Het gloeit.

Het doet de omringende duisternis oplichten, gloort aan heel fijn kettinkje. Een blouse zo wit als een geest, schouders, verguld met licht. Een halslijn. Een hand, de vingers spelen met het kloppende hartje.

En daarboven een gezicht: Jane. De echte Jane. Stralend. Ze kijkt naar me. Ze glimlacht.

Ik glimlach terug.

En nu schuift er een glaspaneel voor haar. Ze drukt haar hand erop, bedrukt het met kleine landkaartjes van haar vingertoppen.

En achter haar trekt de duisternis ineens op: de tweepersoonsbank, met de witte en rode strepen; twee dezelfde lampen ontbranden; het tapijt, een bloeiende tuin.

Jane kijkt omlaag naar het medaillon, bevoelt het voorzichtig. Kijkt naar haar stralend witte blouse. Naar de zich uitspreidende bloedvlek, die groter wordt, uitvloeit tot aan haar kraag, zich als vlammen over haar huid verspreidt.

En wanneer ze weer opkijkt, naar mij kijkt, is het de andere vrouw.

ZATERDAG,
6 november

ZESENVEERTIG

Bina vertrekt even na zeven uur, net als het licht zijn vingers om de gordijnen vouwt. Ze snurkt, weet ik nu, lichte, kleine snuifjes, als verre golfjes. Nooit gedacht.

Ik bedank haar, laat mijn hoofd op het kussen zakken en val weer in slaap. Als ik wakker word, kijk ik op mijn telefoon. Bijna elf uur.

Even staar ik naar het scherm. Een minuut later praat ik met Ed. Ditmaal geen 'raad eens'.

'Niet te geloven,' zegt hij na een korte stilte.

'Toch is het zo.'

Hij zwijgt weer even. 'Ik zeg niet dat het niet zo is. Maar' – ik zet mezelf schrap – 'je hebt de laatste tijd écht heel veel medicijnen geslikt. Dus...'

'Dus jíj gelooft me ook al niet.'

Een zucht. 'Nee, het is niet dat ik je niet geloof. Alleen...'

'Weet je wel hoe frustrérend dit is?' schreeuw ik.

Hij zwijgt. Ik ga door.

'Ik heb het met eigen ogen gezien. Ja, ik had medicijnen ingenomen en ik... ja. Maar ik heb het me niet verbééld. Je slikt geen handvol pillen en verbeeld je dan iets dergelijks.' Ik haal heel diep adem. 'Ik ben geen middelbare scholier die gewelddadige videogames speelt en zijn school overhoopschiet. *Ik weet wat ik heb gezien.*'

Ed zwijgt nog steeds.

Dan:

'Goed, om te beginnen, alleen maar om de dingen op een rijtje te zetten, je weet zeker dat hij het was?'

'Hij wie?'

'De echtgenoot. Degene die... het deed.'

'Bina vroeg precies hetzelfde. Natuurlijk weet ik dat zeker.'

'Kan het niet die andere vrouw zijn geweest?'

Ik zwijg.

Eds stem schiet omhoog, zoals wanneer hij hardop denkt. 'Stel dat zij zijn maîtresse is, zoals je zegt. Uit Boston of waar dan ook. Ze krijgen ruzie. Er wordt een mes getrokken. Of wat dan ook. Mes steekt toe. Komt geen echtgenoot aan te pas.'

Ik denk na. Ik betwijfel het ten zeerste, maar... misschien. Behalve: 'Wie het deed doet er niet toe,' houd ik vol. 'Voorlopig. Waar het om gaat, is dat het gebeurd is en het probléém is dat niemand me gelooft. Ik heb het idee dat zelfs Bina me niet gelooft. Ik heb het idee dat jij me niet gelooft.'

Stilte. Ik blijk intussen de trap op te zijn gelopen en ga nu Olivia's kamer binnen.

'Praat hier niet met Livvy over,' zeg ik ook nog.

Ed lacht, een echte Há!, helder als glas. 'Dat zal ik zeker niet doen.' Hij kucht. 'Wat zegt dokter Fielding ervan?'

'Ik heb hem nog niet gesproken.' Dat zou ik moeten doen.

'Dat zou je moeten doen.'

'Dat ga ik doen.'

Stilte.

'En hoe gaat het met de anderen in de straat?'

Ik realiseer me dat ik geen idee heb. De Takeda's, de Millers, zelfs de Wasserlui – ze zijn geen moment in mijn gedachten geweest. Er is een gordijn over de straat gevallen; de huizen aan de overkant van de straat zijn versluierd, verdwenen. Het enige wat nog bestaat is mijn huis en huize Russell en het park tussen ons in. Wat zou er met de aannemer van Rita gebeurd zijn? Welk boek heeft mevrouw Gray voor haar leesgroep gekozen? Ik hield elke activiteit van mijn buren bij, noteerde elke komst en elk vertrek. Op mijn geheugenkaart zijn volledige hoofdstukken uit hun levens opgeslagen. Maar nu...

'Dat weet ik niet,' geef ik toe.

'Nou,' zegt hij, 'dat is misschien maar goed ook.'

Na ons gesprek kijk ik weer op de klok van de telefoon. Elf elf. Mijn verjaardag. Ook die van Jane.

ZEVENENVEERTIG

Sinds gisteren vermijd ik de keuken, de hele begane grond. Maar nu sta ik weer eens aan het raam en kijk omlaag naar het huis aan de overkant van het park. Ik schenk een plens wijn in een glas.

Ik weet wat ik zag. Bloed. Smekende handen.

Het laatste woord is nog lang niet gezegd.

Ik drink.

ACHTENVEERTIG

De jaloezieën, zie ik, zijn omhoog.

Het huis gaapt me aan, met wijd open ogen alsof het zich verbaast dat ik terugkijk. Ik zoom in, maak een Pan-opname van het raam, focus op de zitkamer.

Smetteloos. Niets. De tweezitsbank. De lampen als wachters.

Ik ga verzitten op de vensterbank en zwenk de lens omhoog naar Ethans kamer. Met opgetrokken benen als een gargouille zit hij aan zijn bureau, voor zijn computer.

Ik zoom verder in. Ik kan bijna de tekst op zijn scherm lezen.

Beweging op straat. Een auto, glimmend als een haai, rijdt naar een plek voor de stoep van de Russells en parkeert. De bestuurdersdeur zwaait open als een vin en uit de wagen stapt Alistair in een winterjas.

Hij beent op het huis af.

Ik neem een foto.

Als hij bij de deur staat, neem ik er nog een.

Ik heb geen plan. (Heb ik ooit nog wel een plan?) Niet dat ik zijn handen in bloed gedompeld zal zien. Niet dat hij op mijn deur zal kloppen en bekennen.

Maar ik kan de wacht houden.

Hij gaat het huis binnen. Mijn lens springt naar de keuken en ja hoor, daar verschijnt hij even later. Smijt zijn sleutels op het aanrecht, ontdoet zich van zijn jas. Verlaat het vertrek.

Komt er niet terug.

Ik richt de camera een etage omhoog, naar de zitkamer.

En terwijl ik dat doe, verschijnt zij, licht en luchtig in een lentegroene pullover: 'Jane'.

Ik stel de lens in. Ze wordt helder en scherp terwijl ze eerst de ene en dan de andere lamp aansteekt. Ik bekijk haar slanke handen, haar lange hals, het haar dat langs haar gezicht valt.

De leugenaarster.

Dan gaat ze weg, slanke wiegende heupen als ze de deur uit loopt.

Niets. De zitkamer is leeg. De keuken is leeg. Boven staat Ethans stoel leeg, het computerscherm een zwarte doos.

De telefoon rinkelt.

Mijn hoofd draait zich om, bijna honderdtachtig graden, als een uil, en de camera valt in mijn schoot.

Het geluid komt van achter me, maar de telefoon is in mijn hand.

Het is de vaste telefoon.

Niet die in de keuken, die op z'n houder staat te verstoffen, maar die in Eds bibliotheek. Die was ik volledig vergeten.

Hij rinkelt weer, ver weg, dringend.

Ik verroer me niet. Ik haal geen adem.

Wie belt me? Niemand heeft het huis gebeld sinds... ik heb geen idee. Wie zou dit nummer hebben? Ik weet het zelf nauwelijks meer.

Hij rinkelt nogmaals.

En nogmaals.

Ik krimp ineen, verstijfd van schrik. In gedachten stel ik me voor hoe dat geluid doorgalmt naar elke kamer van mijn huis.

Hij rinkelt weer.

Ik kijk naar de overkant van het park.

Daar staat ze, voor het raam van de zitkamer, een telefoon tegen haar oor.

Kijkt me recht in mijn gezicht.

Ik spring overeind, grijp de camera met één hand, trek me terug achter mijn bureau. Ze blijft kijken, haar mond een dunne streep.

Hoe is ze aan dit nummer gekomen?

Maar hoe ben ik aan het hare gekomen? Inlichtingen. Ik stel me voor dat ze draait, mijn naam zegt en vraagt verbonden te worden. Met mij. En mijn huis, mijn hoofd binnenvalt.

De *leugenaarster.*

Ik kijk naar haar. Ik werp haar een woedende blik toe.

Ze kijkt woedend terug.

De telefoon rinkelt nog een keer.

En dan een ander geluid – Eds stem.

'U bent bij Anna en Ed,' zegt hij, een lage, schorre stem als de inspreker van een filmtrailer. Ik herinner me dat hij de boodschap opnam. 'Je klinkt als Vin Diesel,' zei ik en hij lachte, en zakte nog een toontje lager.

'Momenteel zijn we weg, maar spreek een boodschap in en we bellen u meteen terug.' En ik herinner me dat, zodra hij klaar was, zodra hij de stopknop had ingedrukt, hij er met een afschuwelijk Cockneyaccent aan toe had gevoegd: 'Alleen als we daar zin in hebben.'

Even sluit ik mijn ogen en zie ik hem voor me terwijl hij me belt.

Maar het is haar stem die de lucht vult, het huis vult.

'Ik denk dat u weet wie ik ben.' Stilte. Ik open mijn ogen en zie dat ze me aankijkt, zie hoe haar mond woorden vormt die zich in mijn oren boren. Het effect is griezelig. 'Hou op met foto's van ons huis te nemen of ik waarschuw de politie.'

Ze haalt de telefoon weg bij haar oor en laat hem in haar zak glijden. Staart me aan. Ik staar terug.

Volkomen stilte.

Dan verlaat ik de kamer.

NEGENENVEERTIG

GIRLPOOL daagt je uit!

Dat is mijn schaakprogramma. Ik steek mijn middelvinger op naar het scherm en druk de telefoon tegen mijn oor. Dokter Fieldings voicemailbegroeting, broos als een dood blad, nodigt me uit een boodschap in te spreken. Dat doe ik, zorgvuldig articulerend.

Ik ben in Eds bibliotheek; de laptop verwarmt mijn dijen, de zon vormt een lichtvlek op het vloerkleed. Op de tafel naast me staat een glas merlot. Een glas en een fles.

Ik wil niet drinken. Ik wil helder blijven; ik wil denken. Ik wil analyséren. De afgelopen zesendertig uur zijn al aan het optrekken, aan het oplossen als mist. Ik voel al hoe het huis zijn schouders recht, de buitenwereld van zich afschudt.

Ik heb een borrel nodig.

Girlpool. Wat een stomme naam. Girlpool. *Whirlpool.* Tierney. Bacall. *Het zit nu in je bloedbaan.*

Dat zit het zeker. Ik breng het glas aan mijn lippen, voel de straal wijn door mijn keel vloeien, de bruis in mijn aderen.

Houd je adem in. Duim.

Laat me binnen!

Het komt goed.

Het komt goed. Ik snuif.

Mijn brein is een moeras, diep en brak, waarheid en onwaarheid mengen en mixen. Hoe heten die bomen die in slibrijke moerasgebieden groeien? Die bomen met hun wortels in de open lucht? Man… mandragora? Man-nog wat, dat is zeker.

David.

Het glas schokt in mijn hand.

In alle drukte, in alle gedoe ben ik David vergeten.

Die werkte bij de Russells. Die kan – móet – Jane gesproken hebben.

Ik zet het glas op de tafel en hijs mezelf overeind. Loop wankelend de gang op. De trap af, kom uit in de keuken. Ik werp een blik op huize Russell – niemand te zien, niemand die me gadeslaat – klop vervolgens op de deur van het souterrain, eerst zachtjes, en nog een keer hard. Ik roep zijn naam.

Geen antwoord. Zou hij slapen? Maar het is midden op de middag.

Ik krijg een idee.

Het is verkeerd. Dat weet ik, maar dit is míjn huis. En het is dringend. Heel dringend.

Ik loop naar het bureau in de woonkamer, trek de lade open en daar ligt hij, dof zilver, getand: de sleutel.

Ik ga terug naar de deur van het souterrain. Klop nog een keer – dan steek ik de sleutel in het slot. Draai hem om.

Trek de deur open.

Hij piept. Ik huiver.

Maar alles is stil als ik naar beneden kijk. Ik daal af naar duisternis, zachtjes op mijn pantoffelvoeten, een hand schampend langs de ruwe pleister van de muur.

Ik ben beneden. De blinden zijn neergelaten; het is hier nacht. Mijn vingers tasten naar de knop op de muur, draaien hem om. De kamer is ineens helverlicht.

Het is twee maanden geleden dat ik hier voor het laatst ben geweest, twee maanden sinds David kwam bezichtigen. Hij nam alles op met zijn dropzwarte ogen – het woongedeelte, met Eds tekentafel centraal opgesteld; de smalle slaapnis; de kitchenette van chroom en walnoot; de badkamer – knikte eenmaal.

Hij heeft niet veel met de ruimte gedaan. Hij heeft nauwelijks íets met de ruimte gedaan. Eds bank staat waar hij stond; de tekentafel is niet van plaats veranderd, hoewel het blad nu horizontaal staat, met erop een bord, plastic vork en mes kruiselings als een blazoen. Tegen de verste muur, naast de buitendeur, staan gereedschapskisten gestapeld. Op de bovenste kist zie ik het geleende stanleymes, het uiteinde van het lemmet glinstert onder de plafondlampen. Ernaast een boek met geknakte rug. *Siddharta*.

Aan de muur ertegenover hangt een foto in een slanke zwarte lijst. Olivia, vijf jaar, en ik op de stoep voor ons huis, mijn armen om haar heen geslagen. Beiden grinnikend, Olivia met haar wisselgebit – 'een tandje hier, een tandje daar,' zoals Ed zo graag zei.

Ik was die foto vergeten. Ik voel een lichte steek in mijn hart. Waarom hangt hij er nog steeds?

Ik loop naar de slaapnis. 'David?' vraag ik zachtjes, ook al weet ik zeker dat hij er niet is.

De lakens liggen op een hoopje aan het voeteneinde. Diepe afdrukken in het kussen, alsof ze erin geslagen zijn. Ik neem het bed op: op het kussensloop een broos, kronkelig filigrein van ramen noedels; aan het hoofdeinde een verschrompeld, vettig condoom; tussen bed en muur een buisje aspirines; op het bovenlaken hiëroglyfen van opgedroogd zweet, of sperma; aan het voeteneinde een dunne laptop. Om de staande lamp hangt een sliert condoompakjes. Op het nachtkastje glinstert een oorbel.

Ik neem een vluchtig kijkje in de badkamer. De wastafel is bezaaid met baardhaar, de wc staat wagenwijd open. In de douche een eenzame fles huismerkshampoo en een restantje zeep.

Ik ga terug naar de woonruimte. Strijk met een hand over de tekentafel.

Iets knaagt aan mijn brein.

Ik grijp ernaar, grijp mis.

Ik laat nogmaals mijn ogen door de kamer gaan. Geen fotoalbum, al veronderstel ik dat tegenwoordig niemand meer fotoalbums heeft. (Jane wél, bedenk ik); geen cd-etui of dvd-toren, maar die zullen vermoedelijk ook niet meer bestaan. *Is het niet verbazingwekkend dat afgaande op het internet sommige mensen gewoon niet bestaan*? vroeg Bina. Al Davids herinneringen, al zijn muziek, alles wat toegang tot de man zou kunnen geven – het is weg. Of, beter gezegd, het is om me heen, zwevend in de ether, maar onzichtbaar: bestanden en iconen, enen en nullen. Niets meer te zien in de werkelijke wereld, niet één teken, niet één aanwijzing. *Is het niet verbazingwekkend?*

Ik draai me om.

En op dat moment hoor ik achter me piepen. Het is de buitendeur.

En terwijl ik kijk, gaat hij open en staat David voor me, met stomheid geslagen.

VIJFTIG

'Wat doet u hier, verdomme?'

Ik krimp in elkaar. Ik heb hem nog nooit horen vloeken. Ik heb hem nauwelijks horen praten.

'Wat doet ú hier, verdomme?'

Ik doe een stap achteruit, open mijn mond.

'Ik was alleen maar...'

'Hoe komt u erbij om hierbeneden te komen?'

Ik doe nog een stap achteruit, struikel. 'Het spijt me ontzettend...'

Hij loopt naar voren, de deur achter hem wijd open. Het duizelt me.

'Het spijt me ontzettend.' Ik haal diep adem. 'Ik zocht iets.'

'Wat?'

Ik haal opnieuw adem. 'Ik zocht jou.'

Hij heft zijn handen omhoog, laat ze dan langs zijn lichaam vallen, de sleutels zwaaiend tussen zijn vingers. 'Hier ben ik.' Hij schudt zijn hoofd. 'Waarvoor?'

'Omdat...'

'U had me kunnen bellen.'

'Ik dacht dat...'

'Ja, u dacht gewoon hier binnen te kunnen komen.'

Ik begin nee te schudden, vervolgens stop ik. Dit is bijna het langste gesprek dat we ooit gevoerd hebben.

'Zou je de deur dicht kunnen doen?' vraag ik.

Hij kijkt me bevreemd aan, draait zich om, geeft hem een duw. Hij valt met een klap dicht.

Wanneer hij me weer aankijkt, zijn zijn trekken zachter. Maar zijn stem is nog steeds hard. 'Wat wilt u?'

Ik voel me duizelig. 'Mag ik even gaan zitten?'

Hij verroert zich niet.

Ik loop naar de bank, laat me erop neervallen. Even blijft hij stokstijf staan, het bosje sleutels in één hand; dan stopt hij ze in zijn broekzak, trekt zijn jasje uit en gooit het in zijn slaapvertrek. Ik hoor het neerkomen op het bed, dan op de vloer glijden.

'Dit is niet cool.'

Ik schud mijn hoofd. 'Ja, dat snap ik.'

'U zou het ook niet leuk vinden als ik onuitgenodigd bij u binnenkwam.'

'Inderdaad.'

'U zou dat klo... u zou woest zijn.'

'Ja.'

'Stel dat ik hier met iemand was geweest?'

'Ik heb geklopt.'

'Is het daarom niet zo erg?'

Ik zeg niets.

Hij kijkt me nog een tijdje aan, loopt dan naar de keuken, onderwijl zijn laarzen uitschoppend. Hij opent de koelkastdeur en pakt een Rolling Rock. Slaat die tegen de rand van het aanrecht en weg schiet het dopje. Dat valt op de grond en rolt onder de radiator.

Vroeger zou ik onder de indruk zijn geweest.

Hij zet de fles aan zijn mond, neemt een slok en loopt langzaam terug mijn richting uit. Met zijn lange lichaam tegen de tekentafel geleund neemt hij weer een slok.

'Nou,' zegt hij. 'Hier ben ik.'

Ik knik, kijk op naar hem. 'Ken je de vrouw van de overkant van het park?'

Zijn voorhoofd rimpelt. 'Wie?'

'Jane Russell. Aan de overkant van het park. Nummer...'

'Nee.'

Zonder enige hapering.

'Maar je hebt daar gewerkt.'

'Ja.'

'Dus...'

'Ik heb voor meneer Russell gewerkt. Ik heb zijn vrouw nooit gezien. Ik wist niet eens dat hij een vrouw had.'

'Hij heeft een zoon.'

'Alleenstaande kerels kunnen kinderen hebben.' Hij neemt een grote slok van zijn bier. 'Niet dat ik daarover heb nagedacht. Was dat uw vraag?'

Ik knik. Ik voel me heel klein. Bestudeer mijn handen.

'Kwam u daarom naar beneden?'

Ik knik opnieuw.

'Nou, u hebt uw antwoord.'

Ik verroer me niet.

'Waarom wilt u dat trouwens weten?'

Ik kijk naar hem. Hij zal me niet geloven.

'Zomaar,' zeg ik. Ik druk mijn vuist op de armleuning en probeer te gaan staan.

Hij biedt me zijn hand. Ik pak hem, zijn handpalm ruw tegen de mijne, en hij trekt me snel en soepel overeind. Ik zie de spieren in zijn onderarm bewegen.

'Het spijt me heel erg dat ik hier ben gekomen,' zeg ik.

Hij knikt.

'Het zal niet meer gebeuren.'

Ik loop in de richting van de trap. Ik voel zijn ogen in mijn rug.

Drie treden omhoog. Dan krijg ik een idee.

'Heb je... heb je de dag dat je daar aan het werk was niet horen schreeuwen?' vraag ik, me omdraaiend, zodat mijn schouder tegen de muur drukt.

'Dat hebt u me al eerder gevraagd, weet u nog? Geen geschreeuw? Springsteen.'

Heb ik dat gevraagd? Ik heb het gevoel dat mijn brein een zeef is.

EENENVIJFTIG

Als ik de keuken binnenstap en de deur naar het souterrain achter me dichtvalt, belt dokter Fielding.

'Ik heb je voicemail gehoord,' zegt hij. 'Je klonk ongerust.'

Ik open mijn mond. Ik had me voorbereid het hele verhaal te vertellen, mijn hart te luchten, maar het heeft immers geen zin. Híj is degene die altijd ongerust klinkt, over alles; hij is degene die zo met mijn medicijnen goochelt dat... tja. 'Het was niets,' zeg ik.

Hij zwijgt even. 'Niets?'

'Nee, ik bedoel, ik wilde iets vragen over' – ik slik – 'generieke middelen.'

Opnieuw stilte.

Ik verzin verder: 'Ik vroeg me af of ik voor sommige generieke kon nemen. Middelen.'

'Medicijnen,' corrigeert hij me automatisch.

'Medicijnen bedoel ik.'

'Eh, ja.' Hij klinkt niet overtuigd.

'Dat zou heel fijn zijn. Want het begint duur te worden.'

'Is dat een probleem?'

'Nee, nee. Maar ik wil niet dat het een probleem wórdt.'

'Ik begrijp het.' Niet dus.

Stilte. Ik open een kastje naast de koelkast.

'Goed,' gaat hij verder. 'Laten we daar dinsdag over praten.'

'Prima,' zeg ik, een fles merlot pakkend.

'Zo lang kan dat toch wel wachten, neem ik aan?'

'Jazeker.' Ik draai de dop van de fles.

'En je weet zeker dat alles oké is?'
'Absoluut.' Ik pak een glas uit de gootsteen.
'Je gebruikt toch geen alcohol?'
'Nee.' Schenk in.
'Mooi. Dan zie ik je dinsdag.'
'Tot dinsdag.'
Dan is de lijn stil en neem ik een slok.

TWEEËNVIJFTIG

Ik onderneem de reis naar boven. In Eds bibliotheek vind ik, in de volle zon, het glas en de fles die ik twintig minuten geleden achterliet. Ik pak ze op en breng alles naar mijn werkkamer.

Daar ga ik aan het bureau zitten en denk na.

Op het scherm voor me staat een schaakbord opgesteld, stukken al opgezet, dag-en-nachtlegers klaar voor de strijd. De witte koningin: ik herinner me dat ik die van Jane opeiste. Jane in haar sneeuwwitte blouse, doordrenkt met bloed.

Jane. De witte koningin.

De computer geeft een piepje.

Ik kijk naar huize Russell. Geen teken van leven.

GrannyLizzie: Hallo, dokter Anna.

Ik schrik op, verbaasd.

Waar waren we gebleven? En wannéér was dat? Ik vouw de chatbox uit, scroll omhoog. *GrannyLizzie heeft de chat verlaten*. om 16.46 op donderdag 4 november.

Dat klopt: Ed en ik hadden Olivia net het nieuws verteld. Ik weet nog hoe mijn hart tekeerging.

En zes uur later belde ik 911.

En daarna… het tochtje naar buiten. De nacht in het ziekenhuis. Het onderhoud met Little, met de dokter. De injectie. De rit door Harlem, zon die pijn doet aan mijn ogen. Hoe hij me naar binnen zeult. Punch, die op mijn schoot kruipt. Norelli, die om mee heen draait. Alistair in mijn huis. Ethan in mijn huis.

Die vrouw in mijn huis.

En Bina, en onze zoektochten op internet, en haar nuffige nachtelijke snurkjes. En vandaag: Ed, een en al ongeloof; het telefoontje van 'Jane'; Davids studio; Davids boosheid; de krakende stem van dokter Fielding in mijn oor.

Zijn dat maar twee dagen?

dedokterhoudtspreekuur: Hallo! Hoe gaat het?

Ze brak ongegeneerd af, maar ik laat me niet kennen.

GrannyLizzie: Met mij gaat het goed, maar wat belangrijker is, is dat het me verschrikkelijk spijt dat ik ons gesprek de laatste keer zo abrupt heb afgebroken.

Mooi.

dedokterhoudtspreekuur: Geeft niet! We hebben het allemaal druk.
GrannyLizzie: Dat was het niet, ik zweer het. Mijn internet begaf het van het ene moment op het andere. Rust in vrede internet!
GrannyLizzie: Dat gebeurt om de paar maanden, maar ditmaal was het op donderdag en het bedrijf kon tot het weekend niemand sturen.
GrannyLizzie: Ik vind het zo erg, ik wil niet weten wat u wel van mij zult denken.

Ik zet het glas aan mijn mond en drink. Zet het neer en neem een slok uit het andere glas. Ik was ervan uitgegaan dat Lizzie geen trek had in mijn griengeschiedenis. Ik, kleingelovige.

dedokterhoudtspreekuur: Geen verontschuldigingen alstublieft! Dat soort dingen gebeurt nu eenmaal.
GrannyLizzie: Nou, ik voel me echt... rijmt op tut!!
dedokterhoudtspreekuur: Hoeft echt niet.
GrannyLizzie: Niet boos?
dedokterhoudtspreekuur: Niks om boos over te zijn! Ik hoop dat het goed met u gaat.
GrannyLizzie: Ja, heel goed. Mijn zonen zijn op bezoek. ☺
dedokterhoudtspreekuur: ☺ inderdaad! Wat fijn voor u!

GrannyLizzie: Heerlijk om ze thuis te hebben.
dedokterhoudtspreekuur: Hoe heten uw zonen?
GrannyLizzie: Beau
GrannyLizzie: En William.
dedokterhoudtspreekuur: Mooie namen.
GrannyLizzie: Mooie kerels. Ze hebben altijd enorm geholpen. Vooral toen Richard ziek was. We hebben ze goed opgevoed!
dedokterhoudtspreekuur: Dat geloof ik graag!
GrannyLizzie: William belt elke dag uit Florida. Hij zegt zo hard als hij kan HALLO HALLO en dan moet ik glimlachen. Het is elke keer weer raak.

Ik glimlach ook.

dedokterhoudtspreekuur: Tegen mijn gezin zeg ik altijd 'Raad eens' als ik hen bel.
GrannyLizzie: O, wat leuk!

Ik denk aan Livvy en Ed en hoor in mijn verbeelding hun stemmen. Mijn keel wordt dik. Ik spoel nog wat wijn weg.

dedokterhoudtspreekuur: Het moet heel fijn zijn uw zonen bij u te hebben.
GrannyLizzie: Anna, het is zo fijn. Ze slapen weer in hun oude slaapkamers en het voelt als 'vroeger'.

Voor het eerst in dagen voel ik me ontspannen, verantwoordelijk. Zelfs nuttig. Bijna alsof ik terug ben op East Achtentachtig, in mijn spreekkamer en een patiënt behandel. *Alleen maar contact maken.*

Misschien heb ik dat meer nodig dan Lizzie.

En zo, terwijl buiten het licht dimt en de schaduwen op mijn plafond vervagen, klets ik met een eenzame grootmoeder op duizenden kilometers afstand. Lizzie, vertelt ze me, houdt van koken; het lievelingseten van de jongens zijn mijn vermaarde stooflapjes (niet echt vermaard) en ze bakt elk jaar voor de plaatselijke brandweer cream cheese-brownies. Ze had altijd een kat – hier vertel ik haar over Punch – maar nu heeft ze een konijn, een bruin vrouwtje met de naam Petunia. Lizzie is geen fan van films, maar ze houdt van kookprogramma's en *Game of Thrones*. Dat laatste verbaast me – danig kranig.

Ze praat uiteraard over Richard. We missen hem allemaal heel erg. Hij was leraar, een methodistische diaken, liefhebber van treinen (met een grote modelspoorbaan in onze kelder), een liefhebbende vader – een goede man.

Een goede man en een goede vader. Ineens stapt Alistair mijn gedachten binnen. Ik huiver, duik dieper in mijn wijnglas.

GrannyLizzie: Ik hoop niet dat ik u verveel...
dedokterhoudtspreekuur: Absoluut niet.

Ik verneem dat Richard niet alleen fatsoen maar ook verantwoordelijkheidsgevoel bezat en thuis alle klussen deed: onderhoud, elektronica (William gaf me een apple TV waar ik niet mee kan werken, tobt Lizzie), tuinieren, rekeningen. Ik voel me, in zijn afwezigheid, legt zijn weduwe uit, overweldigd. Ik voel me een oude dame.

Ik trommel met mijn vingers op de muis. Het is niet precies het syndroom van Cotard, maar ik kan enkele snelle oplossingen voorstellen. Laten we hier wat aan doen, zeg ik tegen haar – en onmiddellijk loop ik warm, zoals wanneer ik een patiënt met een probleem help.

Ik pak een potlood uit de lade, krabbel een paar woorden op een post-it. In mijn spreekkamer gebruikte ik een Moleskine-notitieboekje en een vulpen. Maakt niet uit.

Onderhoud: Nagaan of er in de buurt een klusjesman woont die wekelijks kan langskomen – kan ze dat doen?

GrannyLizzie: Ik ken Martin die bij mijn kerk werkt.
dedokterhoudtspreekuur: Fantastisch!

Elektronica: De meeste jongeren zijn goed met computers en tv's. Geen idee hoeveel tieners Lizzie kent, maar...

GrannyLizzie: De Roberts in mijn straat hebben een zoon met een ipad.
dedokterhoudtspreekuur: Die moet u hebben!

Rekeningen (kennelijk een bijzondere uitdaging; online betalen is lastig, te veel verschillende gebruikersnamen en wachtwoorden): ze moet voor allebei vaste en gemakkelijk te onthouden logins kiezen – ik adviseer haar eigen naam, of dat van een kind of de geboortedatum van een geliefde – en enkele letters vervangen door getallen en symbolen. Bijvoorbeeld: WILLI@M.

Stilte.

GrannyLizzie: Mijn naam zou LI22IE zijn.

Ik glimlach weer.

dedokterhoudtspreekuur: Dat is een goeie!
GrannyLizzie: HaHaHa wat grappig.
GrannyLizzie: Volgens het nieuws kan ik gehackt worden; moet ik me daar zorgen om maken?
dedokterhoudtspreekuur: Ik denk niet dat iemand uw code gaat kraken!

Althans, dat mag ik hopen. Ze is een zeventigjarige in Montana.

Ten slotte, *werk om het huis*: De winters zijn hier echt, echt koud, noteert Lizzie, dus ze zal iemand nodig hebben om het dak sneeuwvrij te maken, zout op de stoep te strooien, ijspegels van de goot te bikken... Zelfs als ik in staat ben om naar buiten te gaan, is het donders veel werk om je klaar te maken voor de winter.

dedokterhoudtspreekuur: Nu, hopelijk hebt u dan weer het normale leven opgepakt. Maar hoe dan ook, misschien kan Martin van de kerk u daarbij helpen. Of kinderen uit de buurt. Zelfs uw leerlingen. Onderschat niet wat $10 per uur vermag!
GrannyLizzie: Ja. Wat een goeie ideeën.
GrannyLizzie: Ontzettend bedankt, dokter Anna. Ik voel me veel beter.

Probleem opgelost. Patiënt geholpen. Ik heb het gevoel te gloeien. Ik neem een slok wijn.

En dan gaat het weer over gestoofde runderlapjes, en William en Beau.

Licht in de zitkamer van de Russells. Ik tuur langs de zijkant van mijn computerscherm en zie die vrouw de kamer binnenkomen. Ik heb meer dan een uur niet aan haar gedacht, besef ik. Mijn sessie met Lizzie doet me goed.

GrannyLizzie: William komt terug van boodschappen doen. Hopelijk heeft hij de donuts gekocht waar ik om vroeg!
GrannyLizzie: Ik moet gaan, anders eet hij ze op.
dedokterhoudtspreekuur: Ga maar gauw!
GrannyLizzie: TH, hebt u naar buiten kunnen gaan?

TH. Ze begint internettaal te leren.

Ik spreid mijn vingers en waaier ze over het toetsenbord. Ja, ik heb naar buiten kunnen gaan. Twee keer zelfs.

dedokterhoudtspreekuur: Ik vrees dat ik geen geluk heb.

Ook geen behoefte om daar verder op in te gaan.

GrannyLizzie: Ik hoop dat u gauw in staat zult...
dedokterhoudtspreekuur: Ja, dat hoop ik ook.

Ze logt uit en ik drink mijn glas leeg. Zet het op het bureau.

Met één voet op de vloer zet ik me af om de stoel langzaam te laten draaien. Voor me draait de muur voorbij.

Ik zal genezing en welzijn bevorderen. Dat heb ik vandaag gedaan.

Ik sluit mijn ogen. Ik heb Lizzie geholpen zich voor te bereiden op het leven, heb haar geholpen het wat vollediger te leven. Heb haar geholpen verlichting te vinden.

Ik zal andermans belang boven mijn belang plaatsen. Nu ja – maar ik heb er ook van geprofiteerd. Want bijna negentig minuten waren de Russells uit mijn gedachten. Alistair, die vrouw, zelfs Ethan.

Zelfs Jane.

De stoel komt langzaam tot stilstand. Als ik mijn ogen open, kijk ik door de deuropening de gang in, in Eds bibliotheek.

En ik denk aan wat ik Lizzie niet heb verteld, wat ik haar niet heb kunnen vertellen.

DRIEËNVIJFTIG

Olivia weigerde terug te gaan naar de kamer, dus bleef Ed bij haar terwijl ik met bonkend hart inpakte. Ik slofte terug naar de lobby, waar de vlammen laag in de haard pruttelden en Marie mijn creditkaart door een scanner haalde. Ze wenste ons lui een aangename avond; haar glimlach absurd breed, haar ogen opengesperd.

Olivia stak haar hand naar me uit. Ik keek naar Ed. Hij pakte de tassen, zwaaide er over elke schouder één. Ik nam de hete hand van onze dochter in die van mij.

We stonden aan het uiteinde van de parkeerplaats geparkeerd; toen we bij de auto aankwamen, stonden we stijf van vlokken. Ed knalde de achterbak open en propte de bagage erin, terwijl ik met mijn arm over de voorruit veegde. Olivia klom op de achterbank en trok het portier achter zich dicht.

Ed en ik stonden ieder aan één kant van de auto terwijl de sneeuw op ons, tussen ons viel.

Ik zag zijn mond bewegen. 'Wat?' vroeg ik.

Hij zei, nu luider. 'Jij rijdt.'

Ik reed.

Ik reed weg van het parkeerterrein; de wielen piepten op de rijp. Ik reed de weg op; de sneeuwvlokken dansten tegen de ruiten. Ik reed de snelweg op, de nacht in, het wit in.

Alles was stil, alleen het geronk van de motor. Naast me staarde Ed nietszeggend voor zich uit. Ik keek in de spiegel. Olivia hing onderuit op haar stoel – haar hoofd deinde tegen haar schouder – niet in slaap, maar met halfgesloten ogen.

We gleden door een bocht. Ik greep het stuur steviger vast.

En plotseling opende zich naast ons de afgrond, die uitgestrekte, uit de aarde uitgeholde leegte; onder de maan lichtten de bomen nu op als geesten. Zilverkleurige, dikke sneeuwvlokken tuimelden in het ravijn, omlaag, omlaag, voor altijd verdwenen, in de diepte verdronken zeelui.

Ik haalde mijn voet van het gaspedaal.

In de achteruitkijkspiegel zag ik hoe Olivia door het raam tuurde. Haar gezicht glom; ze had weer gehuild, stilletjes.

Mijn hart brak.

Mijn telefoon zoemde.

Twee weken eerder waren Ed en ik naar een feestje in het huis aan de overkant van het park geweest, het huis van de Lords – kerstcocktails, een en al klaterdranken en mistletoetakken. De Takeda's waren er, en de Grays (de Wasserlui, vertelde onze gastheer, hadden zich niet verwaardigd te r.s.v.p.'en); een van de volwassen Lord-kinderen legde een bliksembezoek af, met een vriendinnetje op sleeptouw. En Berts collega's van de bank, tientallen. Het huis was oorlogsgebied, een mijnenveld, bij elke stap smakkende zoenen in de lucht, bulderend gelach, schouderklopjes als voltreffers.

Halverwege de avond, halverwege mijn vierde glas, kwam Josie Lord naar me toe.

'Anna!'

'Josie!'

We omhelsden. Haar handen fladderden over mijn rug.

'Wat een prachtige jurk.'

'Ja, hè?'

Wat moest ik daar nou op zeggen? 'Nou en of.'

'Maar jij bent meer van broeken, hè!'

Ik gebaarde naar mijn broek. 'Ik ben meer van broeken.'

'Ik moest zojuist mijn stola afdoen... Bert morste zijn... o, dank je wel, Anna,' toen ik een haar van haar handschoen plukte.

'Morste zijn wijn over mijn schouder.'

'Stoute Bert!' Ik nam een slok.

'Ik heb hem gezegd dat hij er later meer over zou horen. Dit is de tweede keer... o, dank je wel, Anna,' toen ik weer een draadje van haar jurk pulkte. Ed zei altijd dat ik een dienstige dronkenlap was. '...tweede keer dat hij dat met mijn stola doet.'

'Dezelfde stola?'

'Nee, nee!'

Haar tanden waren afgesleten en gelig; ik moest denken aan de Weddellzeehond, die, had ik onlangs geleerd van een natuurprogramma, zijn voortanden gebruikt om gaten te slaan in de Antarctische ijsvelden. 'Zijn tanden,' had de commentator opgemerkt, 'slijten enorm.' Beeld van zeehond die zijn kaken in de sneeuw zet. 'Weddellzeehonden sterven jong,' voegde de commentator er onheilspellend aan toe.

'Zeg, wie belt jou toch de hele avond?' vroeg de Weddellzeehond tegenover mij me.

Ik was met stomheid geslagen. Mijn telefoon had de avond gestaag tegen mijn heup gezoemd. Dan nam ik hem in mijn hand en tikte, mijn ogen op het scherm gericht, met mijn duim een antwoord. Ik meende discreet te zijn geweest.

'Iets in verband met mijn werk,' legde ik uit.

'Maar wat kan een kind nu op dit uur van de dag nodig hebben?' vroeg Josie.

Ik glimlachte. 'Je begrijpt natuurlijk dat dat vertrouwelijk is.'

'O, maar natuurlijk, natuurlijk. Je bent heel professioneel, schat.'

En te midden van de herrie, terwijl ik snel iets probeerde te bedenken, vragen en antwoorden formuleerde, terwijl de wijn vloeide en de kerstliedjes dreunden – terwijl dat allemaal gaande was kon ik alleen aan hem denken.

De telefoon zoemde weer.

Even lieten mijn handen het stuur los. Ik had mijn telefoon weggestopt in de bekerhouder tussen de voorstoelen, waar hij nu tegen het plastic rammelde.

Ik keek naar Ed. Hij keek naar de telefoon.

Een volgende zoem. Ik wierp een blik in de spiegel. Olivia staarde uit het raam.

Stilte.

We reden verder.

Zoem.

'Raad eens,' zei Ed.

Ik gaf geen antwoord.

'Wedden dat hij het is.'

Ik ging er niet op in.

Ed pakte de telefoon, keek op het scherm. Zuchtte.

We reden hard. We scheurden door een bocht.

'Wil je opnemen?'

Ik kon hem niet aankijken. Mijn ogen boorden zich door de voorruit. Ik schudde mijn hoofd.

'Dan zal ik hem opnemen.'

'Néé.' Ik greep naar de telefoon. Ed hield hem van me weg.

Hij bleef zoemen. 'Ik ga opnemen,' zei Ed. 'Ik wil hem wel eens spreken.'

'Néé.' Ik sloeg tegen zijn hand zodat de telefoon kletterend bij mijn voeten viel.

'Hou op,' gilde Olivia.

Ik keek omlaag, zag het scherm op de grond trillen, erop zijn naam.

'Anna,' fluisterde Ed.

Ik keek op. De weg was verdwenen.

We schoten over de rand van de afgrond. We zeilden het donker in.

VIERENVIJFTIG

Er wordt geklopt.

Ik ben weggedoezeld. Ik ga rechtop zitten, versuft. Het is donker geworden in de kamer, achter de ramen is het nacht.

Opnieuw geklopt. Beneden. Niet op de voordeur; op de deur van het souterrain.

Ik loop naar de trap. David gebruikt bijna altijd de voordeur als hij me wil spreken. Is het misschien een van zijn gasten?

Maar als ik het keukenlicht aandoe en de souterraindeur open, is het David zelf die aan de andere kant, twee treden lager, naar me opkijkt.

'Ik dacht dat ik van nu af aan maar deze deur moest gebruiken,' zegt hij.

Ik moet even nadenken, besef dan dat hij grappig probeert te zijn. 'Je hebt gelijk.' Ik doe een stap opzij en hij loopt langs me de keuken in.

Ik sluit de deur. We kijken elkaar aan. Ik denk te weten wat hij gaat zeggen. Ik denk dat hij me wat te zeggen heeft over Jane.

'Ik kwam... ik kwam me verontschuldigen,' begint hij.

Ik verstijf.

'Voor laatst.'

Ik schud mijn hoofd heen en weer; mijn haren dansen om mijn schouders. 'Ik ben degene die zich moet verontschuldigen.'

'Dat hébt u al gedaan.'

'Ik doe het met plezier nog eens.'

'Nee, dat hoeft niet. Ik kom zeggen dat het me spijt. Dat ik zo tekeerging.' Hij knikt. 'En dat ik de deur open liet staan. Ik weet dat u dat vervelend vindt.'

Zacht uitgedrukt. Maar ik ben hem er wel erkentelijk voor. 'Goed hoor.'

Ik wil over Jane praten. Kan ik het hem nog eens vragen?

'Ik...' Hij veegt met een hand over het keukenblok en leunt ertegenaan. 'Ik ben territoriaal. Dat had ik u waarschijnlijk eerder moeten zeggen, maar.'

Daar eindigt de zin. Hij zet een voet voor de andere.

'Maar?' vraag ik.

Hij kijkt omhoog vanonder die donkere wenkbrauwen. Primitief maar doeltreffend. 'Hebt u misschien een biertje?'

'Ik heb wijn.' Ik denk aan de twee flessen op mijn bureau boven, de twee glazen. Die zouden eigenlijk eerst op moeten. 'Zal ik een fles openmaken?'

'Graag.'

Ik loop langs hem – hij ruikt naar Ivory – naar de kast en haal er een fles rood uit. 'Merlot oké?'

'Geen idee wat dat is.'

'Een goeie rode.'

'Klinkt goed.'

Ik doe een ander keukenkastje open. Leeg. Dan maar naar de afwasmachine. Twee glazen rinkelen tegen elkaar in mijn hand; ik zet ze op het keukenblok, trek de kurk uit de fles en schenk.

Hij schuift een glas naar zich toe, houdt het schuin naar mij.

'Proost,' zeg ik en ik neem een slok.

'Het zit zo,' zegt hij, zijn glas in zijn hand ronddraaiend. 'Ik heb een tijdje gezeten.'

Ik knik, voel dan dat mijn ogen zich opensperren. Ik geloof niet dat ik iemand dat ooit heb horen zeggen. In elk geval nooit iemand buiten een film.

'In de gevangenis?' hoor ik mezelf dom vragen.

Hij glimlacht. 'In de gevangenis.'

Ik knik weer. 'Wat had je... waarom zat je in de gevangenis?'

Hij kijkt me kalm aan. 'Geweldpleging.' Vervolgens: 'Tegen een man.'

Ik staar hem aan.

'Nu maak ik u bang,' zegt hij.

'Nee, hoor.'

De leugen hangt in de lucht.

'Ik ben alleen verbaasd,' zeg ik.

'Ik had iets moeten zeggen.' Hij krabt aan zijn kaak. 'Voordat ik hier introk, bedoel ik. Ik begrijp het als u nu wilt dat ik opkras.'

Ik weet niet of hij serieus is. Wil ik dat hij opkrast? 'Wat... gebeurde er?' vraag ik.

Hij zucht zachtjes. 'Vechten in een kroeg. Niks bijzonders.' Hij haalt zijn schouders op. 'Behalve dat ik al eerder veroordeeld was. Voor hetzelfde. Tweemaal scheepsrecht.'

'Ik dacht dat het driemaal was.'

'Hangt ervan af wie je bent.'

'Mmm,' zeg ik, alsof dit een wijsheid is die geen nader onderzoek behoeft.

'En mijn P.D. was een dronkenlap.'

'Mmm,' zeg ik nogmaals, peinzend. Pro-Deoadvocaat.

'Dus moest ik veertien maanden zitten.'

'Waar?'

'Het gevecht of de gevangenis?'

'Allebei.'

'Allebei in Massachusetts.'

'O.'

'Wilt u, eh, er meer over horen?'

Nou en of. 'Nee, hoor.'

'Het was gewoon stom gedoe. Dronkenschap.'

'Ja, ja.'

'Maar daar leerde ik om... u weet wel. Om mijn... eigen terrein te verdedigen.'

'Ja, ja.'

Daar staan we, ogen terneergeslagen, als twee tieners op een dansvloer.

Ik ga van de ene voet op de andere staan. 'Wanneer was... wanneer zat je?' *Gebruik, waar toepasselijk, het vocabulaire van de patiënt.*

'Kwam vrij in april. Ben de zomer in Boston gebleven, kwam daarna hierheen.'

'Ja, ja.'

'Is dat alles wat u kunt zeggen?' zegt hij, maar vriendelijk.

Ik glimlach. 'Tja.' Ik schraap mijn keel. 'Ik drong jouw terrein binnen en dat had ik niet moeten doen. Natuurlijk kun je blijven.' Meen ik dat? Ik geloof van wel.

Hij neemt een slok van zijn wijn. 'Ik wilde alleen maar dat u het wist. Overigens,' voegt hij eraan toe, zijn glas naar mij knikkend, 'is dit behoorlijk goed spul.'

'Ik was het plafond niet vergeten, hoor.'

We zitten op de bank, drie glazen verder – nou ja, drie voor hem, vier voor mij, dus zeven glazen verder, als we ze tellen, wat we niet doen – en het duurt even voordat ik er met mijn gedachten bij ben.

'Welk plafond?'

Hij wijst. 'Het dak.'

'O ja.' Ik kijk omhoog, alsof ik door het geraamte van het huis heen het dak kan zien. 'Dat is waar ook. Waarom begin je daar nu over?'

'U zei zojuist dat u, wanneer u weer naar buiten kunt gaan, van plan bent een kijkje op het dak te nemen.'

Heb ik dat gezegd? 'Voorlopig is het niet zover,' zeg ik kortaf. Kortaffig. 'Ik kan nog niet eens een paar stappen in de tuin doen.'

Een flauwe glimlach, het hoofd iets opzij. 'Ooit, dan.' Hij zet zijn glas op de salontafel en gaat staan. 'Waar is het toilet?'

Ik draai me om op mijn stoel. 'Daar.'

'Dank u.' Hij loopt naar de rode ruimte.

Ik leun achterover op de bank. Het kussen fluistert in mijn oor als ik mijn hoofd heen en weer beweeg. *Ik zag dat mijn buurvrouw werd neergestoken. De vrouw die jij nooit gezien hebt. De vrouw die niemand ooit gezien heeft. Geloof me alsjeblieft.*

Ik hoor de urine in de pot kletteren. Ed deed dat ook altijd, zo hard plassen dat het zelfs met een dichte deur te horen was, alsof hij een gat in het porselein boorde.

Het toilet spoelt door. De kraan stroomt.

Er is iemand in haar huis. Iemand die zich voor haar uitgeeft.

De wc-deur opent, sluit.

De zoon en de echtgenoot liegen. Ze liegen allemaal. Ik zink dieper weg in het kussen.

Ik staar naar het plafond, naar de lichten die kuiltjes lijken. Sluit mijn ogen.

Help me haar te zoeken.

Gekraak. Een scharnier, ergens. Misschien is David weer naar beneden gegaan. Ik ga op een zij liggen.

Help me haar te zoeken.

Maar als ik even later mijn ogen opendoe, is hij terug en laat zich op de bank ploffen. Ik ga rechtop zitten, glimlach. Hij glimlacht terug, kijkt langs me heen. 'Lief kind.'

Ik draai me om. Het is Olivia, stralend in een zilveren lijst. 'Je hebt een foto van haar beneden,' breng ik hem in herinnering. 'Aan de muur.'

'Ja.'

'Waarom?'

Hij haalt zijn schouders op. 'Geen idee. Heb er niets voor in de plaats.' Hij drinkt zijn glas leeg. 'Waar is ze trouwens?'

'Bij haar vader.' Een slok wijn.

Stilte. 'Mist u haar?'

'Ja.'

'Mist u hem?'

'Jazeker.'

'Spreekt u hen vaak?'

'Voortdurend. Gisteren nog, eigenlijk.'

'Wanneer ziet u ze weer?'

'Voorlopig niet, waarschijnlijk. Maar ik hoop snel.'

Ik wil het hier niet over hebben, niet over hen. Ik wil het hebben over de vrouw aan de overkant van het park. 'Zullen we eens naar dat plafond gaan kijken?'

De trappen draaien omhoog naar het donker. Ik ga voor. David komt achter me aan.

Als we langs mijn werkkamer lopen, strijkt er iets langs mijn been. Punch, die naar beneden glipt. 'Was dat de kat?' vraagt David.

'Dat was de kat,' antwoord ik.

We passeren de slaapkamers, allebei donker, en gaan de trap op naar de bovenste verdieping. Ik sla met mijn hand tegen de muur en vind de lichtknop. In het plotselinge licht zie ik Davids ogen op mij gericht.

'Het ziet er niet erger uit,' zeg ik, naar de vlek boven mijn hoofd wijzend, die zich als een blessure over het trapluik uitspreidt.

'Nee,' stemt hij in. 'Maar dat gaat het wel worden. Ik ga er deze week aan werken.'

Stilte.

'Heb je het erg druk? Krijg je veel werk?'

Niets.

Zal ik het hem van Jane vertéllen? Hoe zal hij reageren?

Maar voordat ik kan beslissen, heeft hij me gekust.

VIJFENVIJFTIG

We liggen op de grond; de vloerbedekking voelt ruw aan mijn huid; dan trekt hij me overeind en draagt me naar het dichtstbijzijnde bed.

Zijn mond is op mijn mond; stoppels schuren mijn wangen en kin. Een hand kamt hard door mijn haar, terwijl de andere aan mijn ceintuur trekt. Ik houd mijn buik in als de ochtendjas openvalt, maar hij kust me, mijn keel, mijn schouders, alleen maar harder.

Weg woei het doek, nog slechts een vod
De spiegel barstte geheel kapot
Duisternis is mijn eeuwig lot
Weende de vrouwe van Shalott

Waarom Tennyson? Waarom nu?

Ik heb dit zo lang niet meer gevoeld. Ik heb zo lang niet meer gevóeld.

Ik wil dit voelen. Ik wil voelen. Ik heb genoeg van duisternis.

Later, in het donker, strijken mijn vingers zijn borst, zijn buik, de haarlijn die vanaf zijn navel als een lont naar beneden loopt.

Hij ademt rustig. En dan doezel ik weg. En ik droom half van zonsondergangen, en van Jane; en op een gegeven moment hoor ik zachte stappen op de overloop en tot mijn verbazing hoop ik dat hij terugkomt naar bed.

ZONDAG,
7 november

ZESENVIJFTIG

Als ik met een zwaar hoofd wakker word, is David vertrokken. Zijn kussen voelt koel aan. Ik druk er mijn gezicht in; het ruikt naar zweet.

Ik laat me op mijn zij rollen, weg van het raam, weg van het licht.

Wat is er in godsnaam gebeurd?

We zaten te drinken – natuurlijk zaten we te drinken; ik knijp mijn ogen dicht – en toen gingen we naar de bovenste verdieping. Stonden onder het trapluik. En toen naar bed. O, nee, eerst lagen we op de vloer van de overloop. Daarna het bed.

Olivia's bed.

Mijn ogen springen open.

Ik lig in het bed van mijn dochter; haar lakens om mijn naakte lichaam gewikkeld, haar kussen vol opgedroogd zweet van een man die ik nauwelijks ken. God, Livvy, het spijt me verschrikkelijk.

Ik kijk door halfdichte ogen naar de deur, in de schemerige gang. Dan ga ik rechtop zitten, de lakens tegen mijn borsten klemmend – Olivia's lakens, bedrukt met kleine pony's. Haar lievelingslaken. Ze weigerde in andere te slapen.

Ik draai me naar het raam. Buiten is het grijs. Novemberse neerslag, regen die van de bladeren, van de dakranden lekt.

Ik werp een blik naar de overkant van het park. Hiervandaan kan ik rechtstreeks in Ethans kamer kijken. Hij is er niet.

Ik huiver.

Mijn ochtendjas slingert over de grond als een uitgelopen slipspoor. Ik stap uit bed, mijn handen – waarom beven ze? – rapen hem op en ik sla hem om me heen. Eén pantoffel ligt eenzaam onder het bed; de andere vind ik op de gang.

Boven aan de trap haal ik diep adem. De lucht is bedompt. David heeft gelijk. Ik moet luchten. Ik doe het niet, maar zou het wel moeten.

Ik loop de trap af. Op de volgende overloop kijk ik één kant uit, dan de andere, alsof ik op het punt sta een straat over te steken; in de slaapkamers heerst rust; mijn bed is nog steeds onopgemaakt van mijn nacht met Bina. *Mijn nacht met Bina*. Klinkt smerig.

Ik heb een kater.

Een trap lager kijk ik in de bibliotheek; in de werkkamer. Huize Russell kijkt terug naar me. Ik heb het gevoel dat het me volgt terwijl ik me door het huis beweeg.

Ik hoor hem nog voordat ik hem zie.

En als ik hem zie, staat hij in de keuken en drinkt water uit een glas. Het vertrek is schemering en glas, even grijzig als de wereld achter de ramen.

Ik zie zijn adamsappel op en neer wippen in zijn keel; bij zijn nek is zijn haar warrig; een slanke heup lonkt vanonder de slip van zijn overhemd. Heel even sluit ik mijn ogen en denk terug aan die heup in mijn hand, die nek tegen mijn mond.

Als ik mijn ogen weer open, kijkt hij me aan; in het grijze licht zijn zijn ogen donker en groot. 'Niet slecht voor een verontschuldiging, hè?' zegt hij.

Ik voel me rood worden.

'Hopelijk heb ik u niet wakker gemaakt.' Hij heft zijn glas. 'Moest even bijtanken. Moet zo meteen de deur uit.' Hij drinkt zijn glas leeg en zet het in de gootsteen. Veegt met zijn hand zijn lippen af.

Ik heb geen idee wat ik moet zeggen.

Hij lijkt dat aan te voelen. 'Ik laat u verder met rust,' zegt hij, op me aflopend. Ik verstijf, maar hij loopt door naar de souterraindeur. Ik doe een stap opzij om hem langs te laten gaan. Als we schouder aan schouder staan, draait hij zijn hoofd om en zegt zachtjes: 'Moet ik nu sorry of dank u wel zeggen?'

Ik kijk hem strak aan, zoek naar de woorden. 'Het is oké.' Mijn stem klinkt schor. 'Maak je geen zorgen.'

Hij denkt na, knikt. 'Klinkt alsof ik sorry zou moeten zeggen.'

Ik sla mijn ogen neer. Hij loopt langs me heen en doet de deur open. 'Vanavond kom ik niet thuis. Klus in Connecticut. Als het goed is, ben ik morgen weer thuis.'

Ik zeg niets.

Als ik de deur achter me hoor dichtslaan, adem ik uit. Bij de gootsteen vul ik zijn glas en breng het naar mijn mond. Ik heb het idee dat ik hem weer helemaal proef.

ZEVENENVIJFTIG

Dus:

Het is nu eenmaal zo.

Ik heb nooit van die uitdrukking gehouden. Te lichtvaardig. Maar hier ben ik en daar staat het:

Het is nu eenmaal zo.

Met een glas in mijn hand slof ik naar de bank, waar ik Punch, met heen en weer zwiepende staart opgerold op het kussen, aantref. Ik ga naast hem zitten, plant het glas tussen mijn dijen en laat mijn hoofd achteroverzakken.

Afgezien van de ethische kant – hoewel het niet echt een ethische kwestie is, nietwaar? Ik bedoel, seks met een huurder – kan ik niet geloven dat we wat we deden in het bed van mijn dochter deden. Wat zou Ed ervan zeggen? Ik krimp in elkaar. Natuurlijk zal hij het niet te weten komen, maar toch. Ik heb zin om de lakens te verbranden. Met pony's en al.

Om me heen ademt het huis, de gestage tik van de staande klok een zwakke polsslag. De gehele kamer is in schemering gehuld, in een nevelige schemering. Ik zie mezelf, mijn geestverschijning, weerspiegeld in het televisiescherm.

Wat zou ik doen als ik op dat scherm was, een personage in een van mijn films? Ik zou het huis verlaten om op onderzoek uit te gaan, zoals Teresa Wright in *Shadow of a Doubt*. Ik zou een vriend erbij halen, zoals Jimmy Stewart in *Rear Window*. Ik zou niet hier zitten, in een gekreukte ochtendjas en me afvragen wat de volgende stap is.

Het locked-insyndroom. Oorzaken zijn onder andere beroerte, hersenstambeschadiging, MS, zelfs vergif. Met andere woorden, het is een neurologische gesteldheid, geen psychologische. Toch ben ik hier, volledig, letterlijk ingesloten – afgesloten deuren, dichte ramen, terwijl ik het licht mijd en ontwijk, en aan de overkant van het park wordt een vrouw neergestoken en niemand ziet iets en niemand weet iets. Behalve ik – ik, een van de drank opgeblazen, van haar gezin gescheiden, *met haar huurder neukende vrouw.* In de ogen van de buren gestoord. In de ogen van de politie geschift. In de ogen van haar dokter een speciaal geval. In die van haar fysiotherapeut een zielig geval. Een invalide. Niks heldin. Niks speurhond.

Ik ben ingesloten. Ik ben buitengesloten.

Op een gegeven moment sta ik op, loop naar de trap, zet de ene voet voor de andere. Ik sta op de overloop, op het punt mijn werkkamer binnen te gaan, als mijn oog erop valt. De kastdeur staat op een kier. Een heel klein beetje maar, maar op een kier.

Even staat mijn hart stil.

Maar waarom eigenlijk? Het is alleen maar een open deur. Ik heb hem zelf onlangs opengedaan, voor David.

...Alleen heb ik hem ook weer dichtgedaan. Ik zou het gezien hebben als hij open was blijven staan – omdat ik zojuist gezíen heb dat hij openstond.

Ik sta daar, onzeker, een flakkerende vlam. Kan ik mezelf vertrouwen?

Ondanks alles kan ik dat.

Ik loop naar de kast, leg mijn hand op de deurknop, heel omzichtig, alsof hij me kan ontsnappen. Ik trek de deur open.

Binnen is het donker, pikkedonker. Ik tast met mijn hand boven mijn hoofd, vind het gerafelde koord, ruk eraan. De ruimte baadt in naakt, verblindend wit licht.

Ik kijk rond. Niets erbij, niets weg. De verfblikken, de strandstoelen.

En daar op de plank staat Eds gereedschapskist.

En ik weet, min of meer, wat erin zit.

Ik strek mijn hand ernaar uit. Maak de ene sluiting los, dan de andere. Til de deksel op, langzaam.

Het is het eerste wat ik zie. Het stanleymes, weer teruggelegd; het lemmet glimt in de lichtgloed.

ACHTENVIJFTIG

Ik zit diep weggedoken in de oorfauteuil terwijl de gedachten door mijn brein tuimelen. Even ervoor had ik me in mijn werkkamer geïnstalleerd, maar toen verscheen die vrouw in Janes keuken; mijn lichaam schoot overeind en ik vluchtte de kamer uit. Er zijn nu in mijn eigen huis verboden gebieden.

Ik kijk naar de klok op de schoorsteenmantel. Bijna twaalf uur. Ik heb vandaag nog niets gedronken. Dat is vast Een Goed Ding.

Ik ben dan misschien niet mobiel – ik bén niet mobiel – maar ik kan me hier doorheen denken. Het is een schaakbord. Ik ben goed in schaken. Concentreren; denken. Zetten.

Mijn schaduw strekt zich uit over het tapijt alsof hij zich van mij wil losmaken.

David zei dat hij niet weet wie Jane is. En Jane heeft het nooit over een ontmoeting met David gehad – maar misschien heeft ze hem pas later leren kennen, pas na ons vierflessengelag. Wanneer had David het mes geleend? Was dat op dezelfde dag dat ik Jane hoorde schreeuwen? Já, toch? Heeft hij haar ermee bedreigd? Heeft hij uiteindelijk meer dan dat gedaan?

Ik kauw op de nagel van mijn duim. Ooit was mijn hoofd een archiefkast. Nu is het een zootitje ronddwarrelende papieren.

Nee, stop. Je draait door.

Maar toch.

Wat weet ik eigenlijk van David? Hij 'heeft gezeten' voor geweldpleging. Meerdere vergrijpen. Was in het bezit van een stanleymes.

En ik heb gezien wat ik heb gezien. Wat de politie ook zegt. Of Bina. Of zelfs Ed.

Beneden hoor ik een deur dichtgaan. Ik hijs me uit de stoel, slof naar de overloop, dan mijn werkkamer in. Bij de Russells is niemand te zien.

Ik ga bij het raam staan, kijk omlaag. Daar is hij, op het trottoir, die trage loop, de spijkerbroek onder zijn middel gezakt, een rugtas over een schouder hangend. Hij loopt in oostelijke richting. Ik kijk tot ik hem niet meer zie.

Ik loop achteruit weg van de vensterbank en sta daar, badend in schemerig maanlicht. Ik kijk nogmaals naar de overkant van het park. Niets. Lege kamers. Maar ik ben een en al spanning, in afwachting dat ze tevoorschijn komt, in afwachting dat ze naar mij terugkijkt.

Mijn ochtendjas is opengevallen. Opengevallen. Weggevallen. Weggemaakt.

God, mijn hoofd duizelt. Ik grijp mijn schedel met beide handen, knijp. Denk.

Dan, als een duveltje-uit-een-doosje verschijnt het zo pats-boem in beeld dat ik een stap achteruit doe: de oorbel.

Dat is wat gisteren aan mijn brein knaagde – de oorbel die op Davids nachtkastje lag te glimmen, lichtgevend tegen het donkere hout.

Drie pareltjes. Ik weet het zeker.

Ik weet het bijna zeker.

Was het Janes oorbel?

Die avond, die drijfzandavond. *Cadeautje van een ex-vriendje*. Vingertoppen betasten oorlel. *Ik betwijfel of Alistair het weet*. Rode wijn vloeit door mijn keel. Die drie pareltjes.

Was het niet Janes oorbel?

Of is dit het product van een oververhit brein? Het kon ook een andere oorbel zijn. Of van iemand anders. Maar ik schud al mijn hoofd, mijn haren zwiepen langs mijn wangen. Het móet Janes oorbel zijn.

In welk geval.

Ik steek mijn hand in mijn zak, voel het papier tegen mijn huid schuren. Ik haal het kaartje tevoorschijn: INSPECTEUR CONRAD LITTLE, NYPD.

Nee, stop weg.

Ik draai me om en verlaat de kamer. Op de tast in het donker de trap af, twee verdiepingen, wankel op mijn benen ook al ben ik nuchter. In de keuken loop ik naar de deur van het souterrain. De sleutel piept als ik hem omdraai.

Ik doe een stap achteruit en bekijk de deur. Dan loop ik terug naar de trap. Een verdieping hoger open ik de kast, trek aan het koord naast de lichtpeer. Hij staat tegen de achtermuur: een trapleer.

Terug in de keuken zet ik de trapleer tegen de souterraindeur, klem hem vast onder de deurknop. Schop tegen de poten met een gepantoffelde voet totdat hij muurvast staat. Nog een paar schoppen. Ik stoot mijn teen. Schop nog een keer.

Opnieuw doe ik een stap achteruit. De deur is gebarricadeerd. Dat is één toegang minder.

Het is natuurlijk ook een uitgang minder.

NEGENENVIJFTIG

Mijn aderen zijn brandgevaarlijk droog. Ik heb een borrel nodig.

Ik draai me weg van de deur waarbij ik over Punch' bakje struikel; dat glijdt over de vloer, terwijl het water over de rand klotst. Ik vloek, en vervolgens herpak ik mezelf. Ik moet me concentreren. Ik moet nadenken. Een slok merlot zal helpen.

Die is fluweel, zacht en zuiver, in mijn keel, en terwijl ik het glas neerzet, voel ik hoe het mijn bloed verkoelt. Ik overzie het vertrek, mijn blik is helder, mijn brein geolied. Ik ben een machine. Een denkmachine. Was dat niet de bijnaam van een honderd jaar oude, door een zekere Jacques Dinges geschreven detective – een meedogenloos logische doctor in de filosofie die elk mysterie kon oplossen door toepassing van logica? Als ik het me goed herinner stierf de auteur op de Titanic na zijn vrouw in een reddingsboot geholpen te hebben. Getuigen zagen hoe hij samen met Jack Astor een sigaret deelde terwijl het schip zonk en zij de rook uitbliezen naar de afnemende maan. Dat is denk ik een scenario waarvoor je geen uitweg kunt bedenken.

Ik ben ook een doctor. Ik kan ook meedogenloos logisch zijn.

Volgende zet.

Er móet iemand zijn die weet wat er gebeurd is. Of op zijn minst wie het is overkomen. Als ik niet met Jane kan beginnen, dan zal ik met Alistair beginnen. Hij is degene met de diepste voetafdruk. Hij is degene met een geschiedenis.

Terwijl ik de trap op loop naar de werkkamer, ontwikkelt het plan zich met elke stap. Tegen de tijd dat ik een steelse blik naar de overkant werp

– daar is ze weer, in de zitkamer, zilverkleurig mobieltje tegen een oor gedrukt; ik ril voordat ik aan mijn bureau ga zitten – heb ik een plan, heb ik een strategie. Verder sta ik mijn mannetje (vertel ik mezelf zittend).

Muis. Toetsenbord. Google. Telefoon. Mijn gereedschap. Ik werp nogmaals een blik op huize Russell. Nu staat ze met haar rug naar me toe, een muur van kasjmier. Mooi. Houen zo. Dit is mijn huis. Dit is mijn uitzicht.

Ik tik het wachtwoord op mijn computerscherm en even later krijg ik wat ik online zoek. Maar voordat ik het wachtwoord in mijn mobiel tik, wacht ik even. Zouden ze het nummer kunnen traceren?

Ik denk na en leg de telefoon neer. Ik pak de muis; op het computerscherm komt de cursor in beweging en zakt omlaag naar het Skype-symbool.

Even later word ik door een heldere alt begroet. 'Atkinson.'

'Hallo,' zeg ik en ik schraap vervolgens mijn keel. 'Hallo. Ik ben op zoek naar Alistair Russell. Hoewel,' voeg ik eraan toe, 'ik zou graag met zijn secretaresse willen spreken, niet met Alistair.' Stilte aan de andere kant van de lijn. 'Het gaat om een verrassing,' leg ik uit.

Weer stilte. Ik hoor tikken op een toetsenbord. Dan: 'Alistair Russell werkt hier niet meer sinds afgelopen maand.'

'Werkt niet meer?'

'Ja, m'vrouw.' Ze is ervoor opgeleid om dit te zeggen. Het klinkt wrevelig.

'Waarom?' Stomme vraag.

'Ik heb geen idee, m'vrouw.'

'Kunt u me met zijn afdeling verbinden?'

'Zoals ik al zei, werkt...'

'Ik bedoel zijn voormalige afdeling.'

'Dat zou dan de Boston-afdeling zijn.' Ze heeft zo'n jongevrouwenstem die aan het eind van de zin omhoog franjert. Ik kan niet opmaken of het een vraag of een conclusie is.

'Ja, de Boston...'

'Ik verbind u nu door.' Wachtmuziek – een Chopin-nocturne. Een jaar geleden had ik kunnen zeggen welke. Nee: laat je niet afleiden. Denk. Dit zou gemakkelijker zijn met een borrel.

Aan de overkant van het park loopt ze mijn zicht uit. Zou ze tegen hem praten? Kon ik maar liplezen. Kon ik...

'Atkinson.' Ditmaal een man.

'Ik ben op zoek naar de afdeling van Alistair Russell.'

Onmiddellijk: 'Ik ben bang dat meneer Russell...'

'Ik weet dat hij daar niet meer werkt, maar ik zou graag met zijn secretaresse willen spreken. Zijn vroegere secretaresse. Het gaat om iets persoonlijks.'

Na een korte tijd praat hij weer. 'Ik kan u doorschakelen naar zijn afdeling.'

'Dat zou...' Nogmaals de piano, kabbelende noten. Ik denk nummer 17, in B-groot. Of is het nummer 3? Of nummer 9? Vroeger wist ik dat gewoon.

Concentrééér je. Ik schud mijn hoofd, mijn schouders, als een natte hond.

'Hallo, u spreekt met Alex.' Weer een man, denk ik, alhoewel de stem zo licht en helder is dat ik er niet helemaal zeker van ben, en de naam helpt ook al niet.

'U spreekt met...' Ik heb een naam nodig. Heb een stap overgeslagen. 'Alex. Ik heet ook Alex.' Godallemachtig. Ik wist niks beters.

Als er onder Alexen geheime handen worden geschud, dan reikt deze Alex mij niet zijn hand. 'Waarmee kan ik u van dienst zijn?'

'Eh, ik ben een oude vriendin van Alistair – meneer Russell – en ik heb hem net proberen te bereiken op zijn kantoor in New York, maar hij schijnt niet meer voor de firma te werken.'

'Dat klopt.' Alex snuift.

'Bent u zijn...?' Secretaris? Secretaresse?

'Ik behartigde zijn agenda en administratie.'

'O, oké. Ik zit met... eigenlijk een paar dingen. Wanneer is hij weggegaan?'

Nogmaals gesnuif. 'Vier weken geleden. Nee, vijf.'

'Wat vreemd,' zeg ik. 'We verheugden ons juist zo op zijn komst naar New York.'

'U moet weten,' zegt Alex en ik kan in zijn of haar stem de motor horen die warmloopt: er valt iets te roddelen. 'Hij vertrok wel naar New York, maar de overplaatsing ging niet door. Terwijl hij er helemaal op voorbereid was om bij de firma te blijven. Ze hadden al een huis gekocht en zo.'

'Werkelijk?'

'Ja, een groot huis in Harlem. Dat heb ik online ontdekt. Wat internetstalking.' Zou een man echt zo van dit soort achterbaks geklets houden? Misschien is Alex toch een vrouw. Wat ben ik toch een seksist. 'Maar ik weet niet wat er gebeurd is. Ik geloof niet dat hij ergens anders is gaan werken. Hij zal u meer kunnen vertellen dan ik.' Snuf. 'Sorry, hoofdverkoudheid. Hoe kent u hem?'

'Alistair?'

'Ja.'

'O, we zijn studievrienden.'

'Van Dartmouth?'

'Inderdaad.' Daar had ik niet aan gedacht. 'Sorry dat ik het zo vraag, maar ging hij uit eigen beweging of is hij ontslagen?'

'Ik heb geen idee. U zult zelf moeten uitvinden wat er mis is gegaan. Het is allemaal erg geheimzinnig.'

'Ik zal het hem vragen.'

'Hij was hier heel erg gelíefd,' zegt Alex. 'Zó'n goeie kerel. Ik kan niet geloven dat ze hem zouden ontslaan of zo.'

Ik laat een meelevend geluid horen. 'Dan heb ik nog een vraag, over zijn vrouw.'

Snuf. 'Jane.'

'Ik heb haar nooit ontmoet. Alistair heeft een neiging tot compartimenteren.' Ik klink als een psych en hoop maar dat Alex het niet doorheeft. 'Ik zou zo graag een "welkom in New York"-geschenk voor haar kopen, maar ik weet niet waar ze van houdt.'

Snuf.

'Ik dacht aan een sjaal, maar ik weet niet wat haar kleuren zijn.' Ik slik. Het klinkt slap. 'Het klinkt slap, ik weet het.'

'Eigenlijk,' zegt Alex, nu zachter pratend, 'heb ik haar ook nooit ontmoet.'

Kijk eens aan. Misschien compartimenteert Alistair inderdaad. Zo'n goede psych ben ik dus.

'Want hij compartimenteert volledig!' vervolgt Alex. 'Dat is het juiste woord.'

'Dat wéét ik,' beaam ik.

'Ik heb bijna zes maanden voor hem gewerkt en haar nooit ontmoet. Jane. Alleen hun kind heb ik een keer gezien.'

'Ethan.'

'Aardige jongen. Beetje verlegen. Hebt u hem wel eens gezien?'

'Ja, heel lang geleden.'

'Aardige jongen. Hij kwam een keer op kantoor om samen met zijn vader naar een wedstrijd van de Bruins te gaan.'

'Dus u kunt me niets over Jane vertellen,' help ik Alex herinneren.
'Nee. O... maar u wilde weten hoe ze eruitziet, toch?'
'Ja.'
'Volgens mij ligt er nog een foto op zijn kamer.'
'Een foto?'
'We hadden een doos met spullen om naar New York te sturen. Staat er nog steeds. Weten niet goed wat we ermee aan moeten.' Snuf en kuch. 'Ik zal even gaan kijken.'
Ik hoor de telefoon over het bureau schuiven als Alex hem neerlegt – ditmaal geen Chopin. Ik kauw op mijn lip, tuur uit het raam. De vrouw in de keuken bestudeert de inhoud van de vrieskast. Een gestoord moment lang zie ik Jane daar ingepakt, haar lichaam wit beslagen, haar ogen helder en berijpt.
De hoorn krast. 'Ik heb haar nu voor me,' zegt Alex. 'De foto bedoel ik.'
De adem blijft in mijn keel steken.
'Ze heeft donker haar en een lichte huid.'
Ik adem uit. Allebei hebben ze donker haar en een lichte huid, Jane en de bedriegster. Daar schiet ik niet veel mee op. Maar ik kan moeilijk naar haar gewicht vragen. 'Mooi... prima,' zeg ik. 'En nog iets anders? Weet u wat... zou u de foto misschien kunnen scannen? En naar me opsturen?'
Stilte. Ik zie hoe de vrouw aan de overkant van het park de deur van de vrieskast dichtdoet en de keuken verlaat.
'Ik zal u mijn mailadres geven,' zeg ik.
Niets. Dan:
'Zei u dat u een vriendin was van...'
'Van Alistair. Ja.'
'Weet u. Ik denk dat ik zijn persoonlijke eigendommen met niemand mag delen. U zult hem er zelf naar moeten vragen.' Ditmaal geen snuf. 'U heet Alex zei u?'
'Ja.'
'Alex hoe?'
Ik open mijn mond en klik dan op Einde gesprek.
De kamer is stil. Ik hoor door de gang heen het tikken van de klok in Eds bibliotheek. Ik houd mijn adem in.
Zou Alex nu meteen Alistair bellen? Zou hij of zij mijn stem beschrijven? Kan hij me op mijn vaste nummer bellen, of zelfs op mijn mobiel? Ik staar naar het mobieltje op het bureau, bekijk het even als betreft het een

slapend dier; ik wacht tot het in beweging komt; mijn hart bonkt tegen mijn ribben.

De telefoon ligt daar roerloos. Een immobiel mobieltje. Ha.

Focus.

ZESTIG

Beneden in de keuken, terwijl regendruppels tegen het raam tikken, schenk ik meer merlot in een glas en neem een grote slok. Dat had ik echt nodig.

Focus.

Wat weet ik nu dat ik hiervoor niet wist? Alistair hield werk en privé gescheiden. Dat komt overeen met het profiel van veel geweldplegers, maar is verder niet nuttig. Verder: hij bereidde zich voor op zijn nieuwe baan in het New York-filiaal van zijn firma, kocht zelfs een huis en bracht zijn hele gezin naar het zuiden... maar toen ging er iets mis en nu zit hij zonder werk.

Wat is er gebeurd?

Ik heb kippenvel. Het is hier kil. Ik schuifel naar de haard en draai aan de knop. Er bloeit een perkje vlammen op.

Ik laat mezelf op de bank vallen, in de kussens; de wijn staat scheef in het glas, mijn ochtendjas waaiert uit om me heen. Die mag wel eens gewassen worden. Ik mag mezélf wel eens wassen.

Mijn vingers glijden in mijn zak. Weer voelen ze Littles kaartje. Weer laten ze het los.

En weer zie ik mezelf, mijn schaduw, in het televisiescherm. Weggezakt in de kussens, in mijn smoezelige ochtendjas, zie ik eruit als een geest. Vóel ik me een geest.

Nee. Focus. Volgende zet. Ik zet het glas op de salontafel en steun mijn ellebogen op mijn knieën.

En besef dat ik geen volgende zet heb. Ik heb niet eens bewijs voor het huidige of voormalige bestaan van Jane – mijn Jane, de echte Jane – en nog minder voor haar verdwijning. Of dood.

Of dood.

Ik denk aan Ethan, gevangen in dat huis. *Aardige jongen*.

Mijn vingers werken zich door mijn haren alsof ze zich door een veld ploegen. Ik voel me een muis in een muizendoolhof. Het is een groot psychologisch experiment: die kleine wezentjes met hun kraaloogjes en staartjes als ballonkoordjes, die van het ene doodlopende paadje naar het andere dribbelen. 'Vooruit,' spoorden we ze van bovenaf aan, terwijl we lachend weddenschappen sloten.

Maar nu lach ik niet. Ik vraag me nogmaals af of ik Little moet bellen.

Maar in plaats daarvan bel ik Ed.

'Je begint een beetje door te draaien, hè, kampioen?'

Ik zucht en drentel wat door mijn werkkamer. Ik heb de jaloezieën neergelaten zodat die vrouw mij niet kan bekijken; de kamer is gestreept met gedimd licht, als een kooi.

'Ik voel me volslagen nutteloos. Ik voel me alsof ik in een bioscoop zit; de film is afgelopen en iedereen heeft het theater al verlaten terwijl ik er nog steeds achter probeer te komen wat er nou gebeurd is.'

Hij gniffelt.

'Wat? Wat is er zo grappig?'

'Dat het zo helemaal jou is om het met een film te vergelijken.'

'O ja?'

'Ja.'

'Tja, mijn referentiekader is tegenwoordig nogal beperkt.'

'Oké, oké.'

Ik heb niets over de afgelopen avond gezegd. De gedachte alleen doet me huiveren Maar de rest wikkelt zich af als een filmrol: de boodschap van de bedriegster, de oorbel in Davids studio, het stanleymes, het telefoongesprek met Alex.

'Het voelt aan als iets uit een film,' herhaal ik. 'En ik vind dat jij je meer zorgen zou moeten maken.'

'Waarover?'

'Om te beginnen, over het feit dat er in de slaapkamer van mijn huurder een sieraad van een dode vrouw ligt.'

'Je weet niet of dat van haar is.'

'Jawel. Ik weet het zeker.'

'Hoe kun je dat zeker weten? Je weet niet eens zeker of ze...'

'Wat?'

'Je weet wel.'
'Wat?'
Nu zucht hij. 'Nog leeft.'
'Ik denk dat ze níet meer leeft.'
'Wat ik wil zeggen is dat je niet zeker bent of ze bestaat, of ooit...'
'Jawel. Ik weet het zeker. Ik hallucineer niet.'
Stilte. Ik luister naar zijn ademhaling.
'Denk je niet dat je paranoïde bent?'
Maar voordat hij nog meer kan zeggen ben ik hem voor: 'Als iets echt gebeurt is het geen paranoia.'
Stilte. Ditmaal heeft hij er niets aan toe te voegen.
Als ik weer praat, klinkt mijn stem schril. 'Het is zo frustrerend om op deze manier in twijfel getrokken te worden. Het is heel, héél erg frustrerend hier opgesloten te zitten.' Ik neem een flinke slok. 'In dit huis, en in deze...' Ik zoek het woord 'sleur', maar als ik het gevonden heb, praat hij.
'Dat weet ik.'
'Dat weet je niet.'
'Ik kan het me voorstellen. Luister, Anna,' vervolgt hij voordat ik ertussen kan komen, 'Je leeft nu al twee volle dagen op topsnelheid. Het hele weekend. En nu beweer je dat David misschien iets te maken heeft met... nou ja.' Hij kucht. 'Je bent bezig door te draaien. Misschien moet je vanavond gewoon een film kijken of wat lezen. Vroeg naar bed gaan.' Kuch. 'Neem je je medicijnen wel in?'
Nee. 'Ja.'
'En je blijft van de drank af?'
Natuurlijk niet. 'Natuurlijk.'
Stilte. Ik heb geen idee of hij mij gelooft.
'Wil je nog iets tegen Livvy zeggen?'
Ik haal opgelucht adem. 'Ja.' Ik luister hoe de regen op de ruit trommelt. En even later hoor ik haar stem, zacht en hijgend.
'Mammie?'
Ik straal. 'Hoi, pompoentje.'
'Hoi.'
'Gaat het goed?'
'Ja.'
'Ik mis je.'
'Mmm.'
'Wat zei je?'

'Ik zei "mmm".'

'Betekent dat "Ik mis jou ook, mammie"?'

'Ja. Wat gebéurt er toch allemaal?'

'Waar?'

'In New York City.' Zo zei ze het altijd. Heel formeel.

'Je bedoelt thuis?' Mijn hart zwelt: *thuis*.

'Ja, thuis.'

'Iets met de buren. Onze nieuwe buren.'

'Wat dan?'

'Niks bijzonders, pompoentje. Gewoon een misverstand.'

Dan hoor ik Ed weer. 'Luister, Anna – het spijt me om je te onderbreken, meisje: als je het niet vertrouwt met David, moet je de politie bellen. Níet omdat hij, je weet wel... echt iets te maken heeft met wat er gebeurt, maar... hij heeft een strafblad en je hoort niet bang te zijn van je eigen huurder.'

Ik knik. 'Ja.'

'Oké?'

Ik knik weer.

'Je hebt toch het nummer van die agent?'

'Little. Ja.'

Ik tuur door de jaloezieën. Aan de overkant van het park is een teken van beweging. De voordeur van de Russells is opengegooid, een lap helder wit in het nevelige grijs.

'Oké,' zegt Ed, maar ik luister al niet meer.

Als de deur sluit, staat de vrouw op de stoep. Ze is, in een knielange rode jas, als de vlam van een fakkel, en boven haar hoofd deint een doorschijnende stormparaplu. Ik grijp naar mijn camera op het bureau en houd hem voor mijn ogen.

'Wat zei je?' vraag ik Ed.

'Ik zei dat ik wil dat je goed voor jezelf zorgt.'

Ik kijk door de zoeker. De regen kronkelt in dikke stralen van de paraplu: ik laat de lens zakken en zoom in op haar gezicht: de wipneus, de melkachtige huid. Onder haar ogen broeien donkere kringen. Ze heeft niet geslapen.

Terwijl ik afscheid neem van Ed, loopt ze langzaam in haar hoge laarzen de treden af. Ze blijft staan, haalt haar telefoon uit haar zak en bekijkt hem. Dan stopt ze hem weg en draait in oostelijke richting, mijn kant uit. Achter het scherm van de paraplu is haar gezicht wazig.

Ik moet haar spreken.

EENENZESTIG

Nu, nu ze alleen is. Nu, nu Alistair niet tussenbeide kan komen. Nu, nu het bloed in mijn slapen dreunt.

Nu.

Ik vlieg naar de gang, wervel de trap af. Als ik niet nadenk, kan ik het. Als ik niet nadenk. *Niet nadenken*. Tot nu toe heeft denken me niets opgeleverd. 'Fox, de definitie van waanzin,' placht Wesley me te herinneren, Einstein parafraserend, 'is keer op keer op keer hetzelfde doen en een ander resultaat verwachten.' Dus houd op met denken en begin te handelen.

Natuurlijk, het was nog maar drie dagen geleden dat ik handelde – op precies dezelfde wijze – en in een ziekenhuisbed belandde. Om dát opnieuw te proberen is gekkenwerk.

Hoe dan ook ben ik gek. Mooi. Maar ik moet zekerheid hebben. En ik ben er niet langer zeker van dat mijn huis veilig is.

Slippend op mijn pantoffels ren ik de keuken door, zwenk om de bank heen. Op de salontafel het buisje Ativan. Ik houd het ondersteboven en schud er drie in mijn hand, sla mijn hand voor mijn mond. Slik. Ik voel me Alice die het DRINK MIJ-drankje naar binnen giet.

Ik ren naar de deur. Kniel om de paraplu los te trekken. Ga staan, draai het slot om, ruk de deur open. Nu sta ik in de hal, door het glas in lood lekt waterig licht. Ik haal adem – een, twee – en druk op de veer van de paraplu. Met het geluid van een plotselinge zucht spreidt het scherm zich open in het duister. Ik houd het omhoog tot ooghoogte, tast met mijn andere hand naar het slot. De truc is om te blijven ademhalen. De truc is om niet te stoppen.

Ik stop niet.

Het slot draait in mijn hand. Vervolgens draait de knop. Ik knijp mijn oogleden dicht en trek. Een vlaag koude lucht. De paraplu blijft aan de deur haken. Ik manoeuvreer mezelf door de deuropening.

Nu sluit de kou me in, omhelst me. Ik schuifel de treden af. *Een, twee, drie, vier.* De paraplu duwt tegen de lucht, ploegt zich erdoorheen als de voorsteven van een schip; ik houd mijn ogen dichtgeknepen terwijl ik voel hoe hij naar links en rechts gerukt wordt.

Mijn schenen stoten tegen metaal. Het hek. Ik zwaai met mijn hand tot ik het beetheb en trek het open, stap naar buiten. De zolen van mijn pantoffels klakken op beton. Ik ben op het trottoir. Ik voel de regen in mijn haar, in mijn huid priemen.

Vreemd: in al die maanden dat we deze belachelijke paraplutechniek uitprobeerden, is het nooit bij me of (naar ik aanneem) bij dokter Fielding opgekomen dat ik gewoon mijn ogen kan sluiten. Vermoedelijk is het niet zo handig om blind rond te dolen. Ik voel het verschil in barometerdruk en mijn zintuigen tintelen. Ik weet dat de lucht weids en hoog is, een omgekeerde oceaan... maar ik knijp mijn ogen nog stijver dicht en denk aan mijn huis: mijn werkkamer, mijn keuken, mijn bank. Mijn kat. Mijn computer. Mijn foto's.

Ik maak een draai naar links. In oostelijke richting.

Ik loop blindelings over het trottoir. Ik moet mezelf oriënteren. Ik moet kijken. Langzaam open ik een oog. Licht sijpelt door de haag van mijn oogharen.

Even houd ik mijn pas in, blijf bijna stilstaan. Door mijn tot spleetjes dichtgeknepen ogen gluur ik naar het kruisgewijze binnenwerk van de paraplu. Vier zwarte vlakken, vier witte lijnen. In mijn verbeelding zie ik die lijnen krachtig omhoogschieten, uitzetten als op een hartmonitor, op- en neergaan op het ritme van mijn bloed. *Focus.* Een, twee, drie, vier.

Ik houd de paraplu een heel klein beetje schuin omhoog, dan nog een heel klein beetje hoger. Daar is ze, fel als een schijnwerper, rood als een stoplicht: die scharlakenrode jas, die laarzen, de doorzichtige stormparaplu die boven haar hoofd heen en weer gaat. Tussen ons strekt zich een baan van regen en plaveisel.

Wat ga ik doen als ze zich omdraait?

Maar ze draait zich niet om. Ik laat mijn paraplu zakken en knijp mijn ogen andermaal dicht. Stap voorwaarts.

Een tweede stap. Een derde. Een vierde. Tegen de tijd dat ik over een barst in het trottoir struikel, mijn pantoffels doorweekt zijn, mijn lichaam rilt, het zweet me over mijn rug loopt, heb ik besloten een tweede blik te wagen. Nu open ik het andere oog, houd de paraplu zo ver omhoog dat zij weer, als een vlam, in mijn zicht flitst. Ik werp een blik naar links – St. Dymphna's en nu het vuursteenrode huis; de bloembakken in de vensterbanken puilen uit van chrysanten. Ik werp een blik naar rechts: de kraalogen van een pick-up staren de straat in, asgrauwe koplichten in het duister. Ik verstijf. De auto glijdt voorbij. Ik knijp mijn ogen dicht.

Als ik ze weer open, is hij voorbij. En als ik verder het trottoir afkijk, is ook zij weg.

Weg. Het trottoir is leeg. In de verte kan ik door de nevel een verkeersopstopping op het kruispunt zien.

De nevel wordt dikker en ik besef dat mijn zicht in rap tempo vertroebelt.

Mijn knieën knikken en beginnen het te begeven. Ik begin ineen te zakken en intussen zie ik, met in mijn schedel tollende ogen, mezelf van bovenaf, in mijn doorweekte ochtendjas, mijn haar op mijn rug geplakt, een paraplu nutteloos voor me uit gericht. Een verlaten figuur op een verlaten trottoir.

Ik zijg steeds verder neer en het beton komt aldoor dichterbij.

Maar...

...ze kan niet wég zijn. Ze was nog niet aan het einde van de straat. Ik sluit mijn ogen, haal me haar rug voor de geest, het haar dat in haar nek hangt. Dan denk ik aan Jane, toen ze aan mijn aanrecht stond, een lange vlecht neerhangend over haar rug.

En terwijl Jane zich naar mij toe draait, klappen mijn knieën tegen elkaar. Ik voel dat mijn ochtendjas over het trottoir sleept, maar ik lig nog niet languit op de grond.

Ik sta roerloos, mijn benen zijn vergrendeld.

Ze moet verdwenen zijn in... In gedachten overzie ik de straat. Wat komt er na het rode huis? De antiekwinkel – nu leeg, bedenk ik – bevindt zich aan de overkant van de straat – en naast het huis is...

Natuurlijk, de koffiebar. Ze is natuurlijk in de koffiebar.

Ik gooi mijn hoofd achterover, steek mijn kin naar de lucht alsof ik mezelf omhoog kan gooien. Mijn ellebogen bewegen als zuigers. Ik zet me wijdbeens af tegen het trottoir. Het handvat van de paraplu trilt in mijn vuist. Ik zwaai een arm uit om in evenwicht te blijven. En terwijl de regennevel me omsluit en het verkeer in de verte zoeft, weet ik mezelf weer omhoog – omhoog, omhoog, omhoog – te werken totdat ik weer rechtop sta.

Mijn zenuwen staan op springen. Mijn hart staat op exploderen. Maar ik voel dat de Ativan mijn uitgedroogde bloedvaten irrigeert.

Een. Twee. Drie. Vier.

Ik schuif een voet naar voren. Een ogenblik later volgt de andere. Ik schuifel. Ik kan niet geloven dat ik het doe. Dat ik dit doe.

Nu hoor ik het verkeer loeien, dichterbij, harder. Blijf lopen. Ik gluur naar de paraplu; die beslaat mijn uitzicht, omgeeft me. Erbuiten is niets.

Totdat hij naar rechts zwiept.

'O... neemt u me niet kwalijk.'

Ik krimp ineen. Iets – iemand – is tegen me op gelopen en heeft de paraplu opzijgeduwd; het vliegt langs, iets blauwigs van een spijkerbroek, een jas, ik draai me om om te kijken en zie mezelf in een ruit: mijn haar in slierten, mijn natte huid, een geruite paraplu steekt uit mijn hand als een enorme bloem.

En achter mijn weerspiegeling, aan de andere kant van het raam, zie ik de vrouw.

Ik ben bij de koffiebar.

Ik staar. Mijn blik wordt afgeleid. De overkapping buigt door. Ik sluit mijn ogen, open ze weer.

De ingang is binnen handbereik. Ik strek mijn arm uit, mijn vingers trillen. Voordat ze de deurknop kunnen vastpakken, zwaait de deur open en een jongeman komt naar buiten. Ik herken hem. Het is de Takeda-jongen.

Het is meer dan een jaar geleden dat ik hem van dichtbij heb gezien – in levenden lijve, bedoel ik, niet door een lens. Hij is gegroeid, donkere, korte stoppels bedekken zijn kin en wangen, maar hij straalt nog steeds diezelfde niet nader te benoemen Aardig Kind-heid uit, die ik bij jonge mensen heb leren ontdekken, een geheim halo om hun hoofd. Livvy heeft er een. Ethan heeft er een.

De jongen – jongeman, denk ik (en waarom weet ik zijn naam niet meer?) – houdt de deur met een elleboog open en gebaart me naar binnen. Ik merk zijn handen op, de delicaat gevormde handen van een cellist. Ik moet er haveloos uitzien en toch laat hij me voorgaan. Zijn ouders hebben hem goed opgevoed, zou GrannyLizzie zeggen. Zou hij me herkennen? Vermoedelijk herken ik mezelf nauwelijks.

Terwijl ik langs hem heen de koffiebar binnenloop, ontdooit mijn herinnering. Vroeger kwam ik hier enkele malen per week, op de ochtenden dat ik te veel haast had om thuis koffie te maken. Hun melange was behoorlijk bitter – vermoedelijk zal dat nog steeds zo zijn – maar de sfeer van de zaak beviel me: de gebarsten spiegel waarop met Magic Marker de dagspecialiteiten stonden gekrabbeld, de bar met vlekken in de vorm van olympische ringen, de gouwe ouwe uit de luidsprekers. 'Pretentieloze mise-en-scène,' merkte Ed de eerste keer dat ik hem hiernaartoe meenam op.

'Je kunt die twee woorden niet naast elkaar gebruiken,' zei ik tegen hem.

'Pretentieloos alleen, dan.'

En onveranderd. In de ziekenhuiskamer voelde ik me overweldigd, maar dit is anders – dit is terra cognita. Mijn oogharen trillen. Ik sla mijn blik omhoog boven het snaterende publiek en bestudeer de prijslijst die boven de kassa is bevestigd. Een kop kost nu $2.95. Dat is een stijging van vijftig cent sinds ik hier kwam. De inflatie weet er weg mee.

De paraplu zakt omlaag, schuurt langs mijn enkels.

Er is zoveel dat ik al zo lang niet heb gezien. Zoveel dat ik niet heb gevoeld, niet heb gehoord, niet heb *geroken* – de warmte die menselijke lichamen uitstralen, popmuziek van tientallen jaren terug, de penetrante geur van gemalen bonen. Het tafereel ontvouwt zich in slow motion, in goud licht. Even sluit ik mijn ogen, haal diep adem, denk terug.

Ik denk terug aan hoe ik me door de wereld bewoog zoals je je door lucht beweegt. Ik denk terug aan hoe ik de koffiebar binnenstapte, in een strak om me heen getrokken winterjas of een bij de knieën opwaaiende zomerjurk; ik denk terug aan hoe ik mensen passeerde, naar hen glimlachte, met hen praatte.

Als ik mijn ogen open, vervaagt het gulden licht. Ik ben in een duister vertrek, naast door regen gewassen ramen. Mijn hart begint sneller te kloppen.

Bij het buffet met gebak een flits van rode vlammen. Dat is zij, bezig een viennoiserie uit te zoeken. Ze tilt haar kin omhoog en ziet zichzelf in de spiegel. Haalt een hand door haar haar.

Ik schuif langzaam haar kant uit – ik voel ogen op mij – niet die van haar, maar van andere klanten – die me opnemen, deze vrouw in een ochtendjas die voor zich uit een uitgeklapte paraplu heen en weer beweegt. Sjokkend naar de bar baan ik me een tunnel door de menigte, door het rumoer. Dan hervat het gesnater zich, als water dat zich boven me sluit terwijl ik onderga.

Ze staat op enkele tientallen centimeters van me vandaan. Nog een stap en dan kan ik mijn hand uitsteken en haar aanraken. Haar haar met mijn vingers grijpen. Trekken.

Op dat ogenblik draait ze een heel klein beetje, stopt haar hand in haar zak en haalt met enige moeite haar XL iPhone tevoorschijn. In de spiegel zie ik haar vingers over het scherm dansen, zie haar gezicht oplichten. Ik veronderstel dat ze Alistair een bericht stuurt.

'Mevrouw?' vraagt de barista.

De vrouw tikt op haar telefoon.

'Mevrouw?'

En nu – wat doe ik nu toch? – schraap ik mijn keel. 'U bent aan de beurt,' mompel ik.

Ze houdt op met schrijven, knikt mijn kant uit. 'O,' zegt ze, dan draait ze zich naar de man achter de bar. 'Latte light, medium.'

Ze heeft me niet eens aangekeken. Ik kijk naar mezelf, in de spiegel, en zie mij achter haar staan als een spook, een engel der wrake. Ik kom haar halen.

'Latte light, medium. Wilt u ook iets eten?'

Ik kijk naar de spiegel, kijk naar haar mond – klein, fijnbesneden, zo heel anders dan die van Jane. In me ontvonkt een sprankje woede, laait op, woedt aan de basis van mijn brein. 'Nee,' zegt ze even later. Dan, met een glimlach als een stralende sikkel: 'Nee, dat kan ik beter niet doen.'

Achter ons schraapt een koor van stoelen over de grond. Ik kijk achterom; een groepje van vier loopt richting de deur. Ik kijk weer voor me.

De stem van de barista klinkt boven de herrie uit: 'Naam?'

Dan treffen onze blikken, die van mij en die van de vrouw, elkaar in de spiegel. Haar schouders gaan omhoog, haar glimlach vervliegt.

Even staat de tijd stil, het ademloze moment waarop je van de weg vliegt, het ravijn in.

En zonder zich om te draaien, zonder haar blik af te wenden, antwoordt ze op dezelfde heldere toon: 'Jane.'

Jane.

De naam spat tegen mijn lippen voordat ik hem kan inslikken. De vrouw draait zich bliksemsnel om en doorboort me met haar blik.

'Wat een verrassing om u hier te zien.' Haar toon even koel als haar ogen. Haaienogen, denk ik, koud, hard. Ik wil opmerken dat ik mijn aanwezigheid hier zelf ook een verrassing vind, maar de woorden slippen op mijn tong.

'Ik dacht dat u... gehandicapt was,' vervolgt ze. Vernietigend.

Ik schud mijn hoofd. Ze zegt verder niets.

Ik schraap nogmaals mijn keel. *Waar is zij en wie bent u?* wil ik vragen. *Wie bent u en waar is zij?* Om me heen klinken stemmen die zich vermengen met de woorden in mijn hoofd.

'Wat?'

'Wie bent u?' Ziezo.

'Jane.' Het is niet haar stem, maar die van de barista, die over de toonbank zweeft en Jane op haar schouder klopt. 'Latte light voor Jane.'

Ze blijft me aankijken, me *in de gaten houden*, alsof ik haar een klap zou geven. *Ik ben een gerespecteerde psycholoog*, zou ik tegen haar kunnen zeggen, zou ik moeten zeggen. *En u bent een leugenaarster en een bedriegster.*

'Jane?' probeert de barista voor de derde maal. 'Uw latte?'

Ze draait zich om en pakt de in zijn papieren hoesje gehulde beker. 'U weet heel goed wie ik ben,' zegt ze tegen me.

Ik schud nogmaals mijn hoofd. 'Ik ken Jane; ik heb met haar gesproken. Ik heb haar in haar huis gezien.' Mijn stem trilt maar is helder.

'Dat is mijn huis en u hebt met niemand gesproken.'

'Jawel.'

'Néé, niet waar,' zegt de vrouw.

'Ik...'

'Ik heb horen zeggen dat u drinkt. Ik heb horen zeggen dat u pillen slikt.' Nu beweegt ze en loopt ze in een cirkel om me heen zoals een leeuwin doet. Ik draai langzaam met haar mee, probeer haar bij te houden; ik voel me een kind. Om ons heen zijn de gesprekken gestaakt, stilgevallen; er heerst een broze stilte. Vanuit een ooghoek, in een hoek van de koffiebar, zie ik dat de Takeda-jongen nog steeds bij de deur staat.

'U begluurt mijn huis. U vólgt me.'

Ik schud mijn hoofd, beweeg het van links naar rechts, sloom, stom.

'Dit moet ophouden. Zo kunnen wij niet leven. Misschien u wél, maar wij niet.'

'Zeg alleen maar waar ze is,' fluister ik.

We zijn terug bij af.

'Ik weet echt niet over wie of wat u het hebt. En ik bel de politie.' Ze dringt zich langs me heen, stoot mijn schouder aan met de hare. Ik kijk in de spiegel hoe ze wegloopt, zich tussen de tafels door manoeuvreert als waren het bakens.

De bel schettert als ze de deur opent en nogmaals als ze hem achter zich dichtslaat.

Ik sta daar. Het vertrek is stil. Mijn blik zakt omlaag naar mijn paraplu. Mijn ogen sluiten zich. *Het is alsof de buitenwereld probeert binnen te komen*. Ik voel me uitgehold, leeggezogen. En opnieuw ben ik niets te weten gekomen.

Behalve dit: ze ging niet tegen me in – althans, ze ging niet alléén maar tegen me in.

Volgens mij deed ze meer een dringend verzoek.

TWEEËNZESTIG

'Dokter Fox?'

Vlak achter me een gedempte stem. Op mijn elleboog een vriendelijke hand. Ik draai me om, open een oog tot een spleetje.

Het is de Takeda-jongen.

Zijn naam wil me nog steeds niet te binnen schieten. Ik sluit mijn oog.

'Kan ik u ergens mee helpen?'

Kan hij me ergens mee helpen? Ik bevind me, met dichtgeknepen ogen en trillend op mijn benen in mijn ochtendjas, midden in een koffiebar op enkele honderden meters van mijn huis. Ja, hij kan me ergens mee helpen. Ik laat mijn hoofd zakken.

Hij grijpt mij steviger beet. 'Komt u maar mee deze kant uit,' zegt hij.

Hij loodst me door het café waarbij de paraplu als een blindenstok tegen stoelen en knieën tikt. Om ons heen gemompelde koffiepraatjes.

Als vervolgens de bel gaat en de frisse lucht me tegemoet slaat, zakt zijn hand omlaag naar mijn lendenen en duwt hij me langzaam de deur uit.

Buiten is de lucht rustig – geen motregen. Ik voel dat hij de paraplu van me wil afpakken, maar die trek ik weg.

Zijn hand keert terug naar mijn elleboog. 'Ik zal u naar huis brengen,' zegt hij.

Tijdens het lopen houdt hij een hand stevig, als de manchet van een bloeddrukmeter, om mijn arm geklemd. In mijn verbeelding kan hij de ruis in mijn aderen voelen. Het is vreemd om op deze manier vergezeld te worden; ik voel me oud. Ik wil mijn ogen openen en zijn gezicht zien. Ik doe het niet.

We vorderen met horten en stoten; de Takeda-jongen voegt zich naar mijn tred; onder onze voeten vertrappen we de bladeren. Ik hoor de zoevende zucht van een auto die ons links passeert. Ergens boven me schudt een boom regendruppels op mijn schouders. Loopt de vrouw voor ons op het trottoir? In gedachten zie ik haar achteromkijken naar hoe ik haar volg.

Dan:

'Ik heb van mijn ouders gehoord wat er gebeurd is,' zegt hij. 'Ik vind het heel erg voor u.'

Ik knik, met mijn ogen nog steeds dicht. We lopen door.

'Het is zeker al een hele tijd geleden dat u voor het laatst uw huis hebt verlaten?'

De laatste tijd verrassend vaak, denk ik, maar ik knik weer.

'Nou, we zijn er bijna. Ik kan uw huis al zien.'

Mijn hart loopt vol.

Er slaat iets tegen mijn knie – zijn paraplu die, besef ik, over zijn arm hangt. 'Sorry,' zegt hij. Ik neem niet de moeite om antwoord te geven.

De laatste keer dat ik hem heb gesproken – wanneer was dat? Ik denk met Halloween, meer dan een jaar geleden. Dat klopt: hij deed de deur open toen Ed en ik in weekendkleren en Olivia verkleed als brandweerwagen aanbelden. Hij gaf haar een compliment over haar outfit en stopte snoep in haar rugtas. Wenste ons een fijne snoep-of-je-leven. Zo'n aardige jongen.

En nu, twaalf maanden later, begeleidt hij me over straat, terwijl ik voortschuifel in mijn ochtendjas met mijn ogen verzegeld tegen de wereld.

Zo'n aardige jongen.

Wat me op het idee brengt:

'Ken jij de Russells?' Mijn stem klinkt gedeukt maar niet gebroken.

Hij aarzelt. Misschien is hij verrast dat ik iets heb gezegd. 'De Russells?'

Dat zal wel het antwoord op mijn vraag zijn, maar ik doe nog een poging. 'Aan de overkant van de straat.'

'O,' zegt hij. 'De nieuwe... nee. Mijn moeder zegt steeds dat ze kennis gaat maken, maar ik geloof niet dat dat al gebeurd is.'

Weer mis.

'We zijn er,' zegt hij en hij draait me zachtjes naar rechts.

Ik houd de paraplu omhoog en als ik mijn ogen voorzichtig open, blijk ik voor het hek te staan; het huis torent boven mij uit. Ik huiver.

Hij praat opnieuw: 'Uw deur staat open.'

Het klinkt verwijtend en natuurlijk heeft hij gelijk: ik kijk rechtstreeks in de woonkamer, waar het licht brandt; die glimt als een gouden tand in het gezicht van het huis. De paraplu bibbert in mijn hand. Ik sluit opnieuw mijn ogen.

'Hebt u hem open laten staan?'

Ik knik.

'Goed.' Zijn hand beweegt zich omhoog naar mijn schouder en zachtjes duwt hij me vooruit.

'Wat doet u hier?'

Het is niet zijn stem. Zijn greep verkrampt. Mijn ogen springen open voordat ik ze kan tegenhouden.

Naast ons, kleintjes in een veel te groot sweatshirt en bleek in het nevelige licht, staat Ethan. Een geniepig puistje ontsiert een wenkbrauw. Zijn vingers frunniken aan zijn zakken.

Ik hoor mezelf zijn naam mompelen.

De Takeda-jongen draait zich naar me toe: 'Kennen jullie elkaar?'

'Wat doet u hier?' herhaalt Ethan en hij doet een stap naar voren. 'Wat doet u buiten?'

Daar kan je 'moeder' je alles over vertellen, denk ik.

'Is ze oké?' vraagt hij.

'Ik geloof van wel,' antwoordt de Takeda-jongen. Ineens, zomaar, herinner ik me dat hij Nick heet.

Langzaam beweeg ik mijn blik van de een naar de ander. Ze moeten ongeveer even oud zijn, maar mijn begeleider is al een jongeman, geheel volgroeid, voltooid en gepolijst. Naast hem ziet Ethan – slungelig, met zijn smalle schouders en gelittekende voorhoofd – eruit als een kind. Hij ís een kind, zeg ik tegen mezelf.

'Zal ik... zal ik haar naar binnen brengen?' vraagt hij, mij aankijkend.

Ook Nick kijkt me aan. Ik knik. 'Oké,' stemt hij in.

Ethan zet nog een stap in onze richting en legt een hand op mijn rug. Een moment lang flankeren beiden me, als vleugels aan mijn schouderbladen. 'Alleen als u het wilt,' voegt Ethan eraan toe.

Ik kijk hem in de ogen. Die vloeibare blauwe ogen. 'Ja,' fluister ik.

Nick laat me los, doet een stap achteruit. Ik bedank hem geluidloos.

'Graag gedaan,' zegt hij. Tegen Ethan: 'Volgens mij verkeert ze in een shock. Misschien moet je haar wat water laten drinken.' Hij loopt terug naar de straat. 'Wilt u dat ik later nog even kom kijken?'

Ik schud mijn hoofd. Ethan haalt zijn schouders op. ‘Misschien. Even afwachten hoe het verder gaat.’

‘Goed,’ zegt Nick; hij heft een hand op en maakt een klein wuivend gebaar. ‘Dag, dokter Fox.’

Terwijl hij wegloopt, valt er een guts regen op ons die onze hoofden natmaakt en uiteenspat tegen mijn paraplu. ‘Laten we naar binnen gaan,’ zegt Ethan.

DRIEËNZESTIG

In de haard brandt het vuur nog steeds hoog, alsof ik het nog maar net heb aangestoken. Ik heb het al die tijd laten branden. Wat onverantwoordelijk.

Maar het voelt lekker warm in huis, zelfs met de novemberwind die door de deuropening naar binnen waait. Eenmaal binnen in de woonkamer trekt Ethan de paraplu uit mijn hand, klapt hem in en zet hem weg in de hoek, terwijl ik naar de haard loop, waar de vlammen me uitnodigend toewuiven. Ik laat me op mijn knieën zakken.

Even hoor ik het vuur ploffen. Ik hoor mezelf ademhalen.

Ik voel zijn ogen op mijn rug.

De staande klok maakt zich gereed en slaat driemaal.

Dan loopt Ethan naar de keuken, vult een glas bij de gootsteen, komt daarmee naar mij toe.

Nu is mijn ademhaling diep en regelmatig. Hij zet het glas naast me op de grond.

'Waarom heb je gelogen?' zeg ik.

Er is een stilte. Ik staar in de vlammen in afwachting van zijn antwoord.

In plaats van een antwoord hoor ik hoe hij van de ene voet op de andere gaat staan. Ik draai me, nog steeds geknield, naar hem om. Hij torent boven me uit, broodmager, zijn gezicht rood in het licht van het vuur.

'Waarover?' vraagt hij, terwijl hij naar zijn voeten kijkt.

Ik schud al mijn hoofd. 'Dat weet je best.'

Weer een stilte. Hij sluit zijn ogen. Zijn wimpers vormen een waaier over zijn gezicht. Ineens ziet hij er heel jong uit, nog jonger dan eerst.

'Wie is die vrouw?' dring ik aan.

'Mijn moeder,' zegt hij zachtjes.

'Ik heb je moeder gesproken.'

'Nee, u... u bent in de war.' Nu schudt hij zijn hoofd. 'U weet niet waar u het over hebt. Dat...' Hij zwijgt. 'Dat zegt mijn vader,' maakt hij zijn zin af.

Mijn vader. Ik spreid mijn handen op de grond en druk mij zelf omhoog tot ik rechtop sta. 'Dat is wat iedereen me zegt. Zelfs mijn vrienden.' Ik slik. 'Zelfs mijn man. Maar ik weet wat ik heb gezien.'

'Mijn vader zegt dat u getikt bent.'

Ik zeg niets.

Hij doet een stap achteruit. 'Ik moet weg. Ik mag hier eigenlijk niet komen.'

Ik doe een stap vooruit. 'Waar is je moeder?'

Hij zegt niets, kijkt me alleen met wijd open ogen aan. Ga rustig te werk, was altijd Wesleys advies aan ons; ik ben alleen dat punt al voorbij.

'Is je moeder dood?'

Niets. Ik zie de reflectie van het vuur in zijn ogen. Zijn pupillen zijn kleine vonkjes.

Dan vormt zijn mond woorden die ik niet kan verstaan.

'Wat?' Ik leun naar voren, hoor hem een paar woorden fluisteren.

'Ik ben bang.'

En voordat ik kan reageren, rent hij naar de deur, rukt hem open. Die deur trilt na terwijl de voordeur kreunend dichtslaat.

Ik blijf achter bij de haard, in mijn rug de hitte, voor mij de kille hal.

VIERENZESTIG

Nadat ik de deur heb dichtgedrukt, pak ik het glas water van de vloer en giet de inhoud in de gootsteen. De fles merlot tikt luid tegen de rand van het glas als ik de wijn inschenk. En nog een keer. Mijn handen trillen.

Ik neem een grote slok, overpeins. Ik voel me uitgeput, extatisch. Ik heb me buiten gewaagd – heb buiten gelópen – en heb het overleefd. Wat zal dokter Fielding daarvan zeggen? Wat moet ik hem eigenlijk vertellen? Misschien niets. Ik overleg bij mezelf.

Ik weet nu ook meer. De vrouw is in paniek. Ethan is bang. Jane is... tja. Van Jane weet ik niets. Maar ik weet meer dan voorheen. Ik heb het gevoel een pion veroverd te hebben. Ik ben de Denkmachine.

Ik neem een nog grotere slok. Ik ben de Drinkmachine.

Ik drink tot mijn zenuwen gekalmeerd zijn – een uur, afgaande op de staande klok. Ik kijk hoe de kleine wijzer over de wijzerplaat kruipt, zie in gedachten hoe mijn aderen zich vullen met krachtige, volle wijn die mij kalmeert en kracht geeft. Dan loop ik peinzend de trap op. Ik zie de kat op de overloop, hij ziet mij en sluipt de werkkamer in. Ik volg hem.

Op mijn bureau licht mijn telefoon op. Ik herken het nummer niet. Ik zet het glas neer op het bureau. Na de derde bel swipe ik het scherm.

'Dokter Fox.' De stem klinkt heel donker. 'U spreekt met inspecteur Little. We hebben elkaar vrijdag ontmoet, als u zich dat nog herinnert.'

Ik zwijg, ga dan aan mijn bureau zitten. Schuif het glas buiten handbereik. 'Ja, dat weet ik nog.'

'Mooi, mooi.' Hij klinkt tevreden. In mijn verbeelding zie ik hoe hij zich uitrekkend achterover in zijn stoel leunt, met een arm achter zijn hoofd gevouwen. 'Hoe maakt de dokter het?'

'Prima, dank u wel.'

'Ik was benieuwd of u wat zou laten horen.'

Ik zeg niets.

'Ik kreeg uw nummer van Morningside en wilde dat even checken. Alles goed met u?'

Dat heb ik hem zojuist bevestigd. 'Prima, dank u wel.'

'Mooi, mooi. En met man en kind ook?'

'Prima. Dank u wel.'

'Mooi, mooi.' Waar wil hij heen?

Dan schakelt zijn stem over in een andere versnelling. 'Ik bel om het volgende: we zijn zojuist door uw buurvrouw gebeld.'

Natuurlijk. De trut. Maar ja, ze had me gewaarschuwd. Een betrouwbare trut. Ik strek mijn arm uit, pak het glas wijn.

'Ze zegt dat u haar naar een koffiebar in uw straat bent gevolgd.' Hij wacht of ik reageer. Dat doe ik niet. 'Goed, ik neem aan dat u niet de dag van vandaag had gekozen om een koffie verkeerd te gaan drinken. Ik neem aan dat u haar niet bij toeval tegenkwam.'

Ondanks mijzelf moet ik bijna grinniken.

'Ik weet dat u een zware tijd achter de rug hebt. Het was een slechte week.' Ik blijk te knikken. Wat is hij sympathiek. Zou een goede psycholoog zijn. 'Maar dit soort gedrag helpt niemand, u ook niet.'

Hij heeft nog niet haar naam gezegd. Gaat hij dat doen? 'Sommige mensen zijn werkelijk geschrokken van wat u vrijdag hebt gezegd. Mevrouw Russell lijkt, maar dat blijft tussen u en mij,' – nu komt het – "op van de zenuwen".'

Ik wil wedden dat ze op van de zenuwen is, denk ik. Ze geeft zich uit voor een dode vrouw.

'En volgens mij was haar zoon ook niet erg blij met de situatie.'

Ik open mijn mond. 'Ik heb hem...'

'Dus ik...' Hij zwijgt. 'Wat wilde u zeggen?'

Ik pers mijn lippen op elkaar. 'Niets.'

'Weet u dat zeker?'

'Ja.'

Hij gromt. 'Ik wilde u vragen het een tijdje kalm aan te doen. Het is goed te horen dat u naar buiten gaat.' Maakt hij een grapje?

'Hoe gaat het met de kat? Is hij nog steeds zo schuw?'

Ik antwoord niet. Dat lijkt hij niet op te merken.

'En met uw huurder?'

Ik verbijt me. Beneden barricadeert die ladder de deur van het souterrain; daar zag ik de oorbel van een dode vrouw op het nachtkastje van David.

'Inspecteur.' Ik grijp de telefoon steviger vast. Ik moet het nogmaals horen. 'U gelooft me echt niet?'

Een lange stilte, dan een diepe, grommende zucht. 'Het spijt me, dokter Fox. Denkelijk gelooft u echt wat u zegt gezien te hebben. Alleen ik... ik niet.'

Ik had niets anders verwacht. Prima. Helemaal prima.

'U weet dat als u ooit de behoefte hebt om met iemand te praten, wij hier goede deskundigen hebben die u kunnen helpen. Of gewoon luisteren.'

'Dank u wel, inspecteur,' zeg ik stijfjes.

Weer stilte. 'Doe... doe het rustig aan, ja? Ik zal mevrouw Russell vertellen dat ik met u gesproken heb.'

Ik krimp ineen. En verbreek de verbinding voordat hij het kan doen.

VIJFENZESTIG

Ik neem een slokje wijn, grijp mijn telefoon en loop met grote passen naar de gang. Ik wil niet meer aan Little denken. Ik wil niet meer aan de Russells denken.

Agora. Ik ga kijken of ik berichten heb. Ik loop de trap af, zet het glas op het aanrecht. Terwijl ik naar de woonkamer loop, tik ik mijn wachtwoord in op het scherm van mijn telefoon.

Wachtwoord incorrect.

Hm? Onhandige vingers. Ik tik nogmaals op het scherm.

Wachtwoord incorrect.

'Hè?' zeg ik. De woonkamer is nu schemerig donker; ik steek mijn hand uit naar de lamp en knip hem aan. Nog een keer, zorgvuldig, mijn ogen op mijn vingers gericht: 0-2-1-4.

Wachtwoord incorrect.

De telefoon knippert. Toegang geweigerd. Ik snap er niets van.

Wanneer heb ik voor het laatst mijn wachtwoord ingetikt? Dat hoefde zojuist niet om Littles telefoontje aan te nemen; daarvóór heb ik met Boston geskypet. Mijn brein is mistig.

Geërgerd steven ik weer de trap op naar de werkkamer, naar mijn desktop. Heb ik ook geen toegang meer tot mijn e-mail? Ik tik mijn wachtwoord in en ga naar de Gmail-homepage. In het adresvak is mijn gebruikersnaam ingevuld. Ik typ langzaam mijn wachtwoord.

Ja, ik ben binnen. De procedure toegangsherstel voor mijn telefoon is vrij simpel; binnen zestig seconden kondigt een pin een vervangende code aan in mijn inbox. Die tik ik in op het scherm van mijn telefoon en zet hem terug op 0214.

Maar toch, verdomme? Was de code misschien verlopen – gebeurt dat? Heb ik hem veránderd? Of zijn het gewoon klunzige vingers? Ik bijt op een nagel. Mijn geheugen is niet meer wat het was. Evenals mijn motoriek. Ik kijk naar het wijnglas.

In mijn inbox wacht een aantal berichten op me, een verzoek van een Nigeriaanse prins, de rest bestaat uit mededelingen van mijn Agora-groep. Ik ben een uur bezig met beantwoorden. Mitzi uit Manchester heeft onlangs een andere medicatie tegen angst gekregen. Kala88 is verloofd. En het blijkt dat GrannyLizzie vanmiddag, geëscorteerd door haar zonen, erin is geslaagd een paar stappen buiten te zetten. Ik ook, denk ik.

Het is zes uur geweest; en plotseling word ik als door een lawine overvallen, bedolven door vermoeidheid. Ik zijg ineen als een kussen dat ingedeukt wordt en laat mijn voorhoofd op het bureau rusten. Ik moet slapen. Vanavond zal ik een dubbele dosis temazepam nemen. En morgen kan ik aan Ethan werken.

Een van mijn vroegrijpe patiënten begon elke sessie met de woorden: 'Het is heel vreemd, maar...' waarna er een beschrijving volgde van volslagen normale ervaringen. Maar zo voel ik me nu. Het is heel vreemd. Het is heel vreemd, maar wat zojuist nog urgent leek – wat sinds donderdag urgent leek – is afgezwakt, geslonken als een door de kou aangeslagen vlam. Jane. Ethan. Die vrouw. Zelfs Alistair.

Ik loop op mijn laatste benen. *Wijnbenen*, hoor ik Ed grappen. Haha.

Morgen zal ik ook met hen praten. Ed. Livvy.

MAANDAG,
8 november

ZESENZESTIG

'Ed.'

En dan even later – of misschien een uur:

'Livvy.'

Mijn stem was een wolkje adem. Ik kon het zien, een kleine geest die voor mijn gezicht zweefde, spookachtig wit in de bevroren lucht.

Ergens vlakbij een piep, keer op keer, onophoudelijk – een enkele toon, als de roep van een radeloze vogel.

Toen hield het op.

Voor mijn ogen golfde een ondiepe rode zee. Mijn hoofd bonkte. Mijn ribben deden pijn. Mijn rug voelde gebroken. Mijn keel voelde verschroeid.

De airbag lag verkreukeld tegen de zijkant van mijn gezicht. Het dashboard gloeide karmozijnrood. De voorruit hing in mijn richting, gebarsten en los.

Hm? Achter mijn ogen bleef een proces zich steeds opnieuw opstarten, een hapering in het systeem, een storing in de machine.

Ik ademde, verslikte me. Hoorde mezelf kreunen van de pijn. Draaide mijn hoofd, voelde de bovenkant van mijn schedel tegen het plafond draaien. Dat was toch niet gewoon? En ik proefde speeksel opkomen in mijn mondholte. Hoe was...

De storing was voorbij.

We lagen ondersteboven.

Ik verslikte me weer. Mijn handen vlogen omlaag, begroeven zich in de stof rondom mijn hoofd, alsof zij de auto overeind konden zetten, me rechtop konden duwen. Ik hoorde mezelf jammeren, stamelen.

Draaide mijn hoofd wat meer. En zag Ed, met zijn gezicht van me af, roerloos. Uit zijn oor sijpelde bloed.

Ik zei zijn naam, probeerde dat althans, één gefluisterde lettergreep in de kou, een wolkje rook. Mijn luchtpijp deed pijn. De gordel zat strak om mijn keel.

Ik likte aan mijn lippen. Mijn tong dook in een gat in het tandvlees aan de bovenkant. Ik was een tand kwijt.

De gordel sneed als een strakgespannen draad in mijn middel. Met mijn rechterhand drukte ik op de gesp, drukte harder en ik snakte naar adem toen hij klikte. De riem gleed van mijn lichaam en ik zakte naar het dak.

Dat gepiep. De maak-gordel-vast-waarschuwing, hakkelend. Dan stilte.

Adem als een fontein uit mijn mond, rood in het dashboardlicht, terwijl ik mijn handen op het plafond uitspreidde. Ze schrap zette. Mijn hoofd draaide.

Olivia zat vastgebonden op de achterbank, hing daar, met een bungelende paardenstaart. Ik boog mijn nek, bracht mijn schouder tegen het dak, reikte naar haar wang. Mijn vingers trilden.

Haar huid was ijskoud.

Mijn arm klapte dicht; mijn benen vielen naar één kant, kwamen hard neer op het spinnenwebbenglas van het schuifdak. Dat knerpte onder me. Het kostte me de grootste moeite om rechtop te gaan zitten, en ik kroop schuivend op mijn knieën naar haar toe terwijl mijn hart in mijn keel bonkte. Ik pakte haar bij haar schouders en schudde.

Gilde.

Ik schudde haar heen en weer. Ze schudde met me mee, met zwierend haar.

'Livvy,' riep ik; mijn keel stond in brand en ik proefde bloed in mijn mond, op mijn lippen.

'Livvy,' riep ik en de tranen stroomden over mijn wangen.

'Livvy,' fluisterde ik, en haar ogen gingen open.

Even stond mijn hart stil.

Ze keek naar me, in me, vormde een enkel woord:

'Mammie.'

Ik prikte mijn vinger in de gesp van haar gordel. De gordel schoot schurend los en ik beschermde haar hoofd toen ze omlaag zakte, ving haar lichaam op in mijn armen, terwijl haar benen erbij bungelden en tegen elkaar stootten als de buisjes van een windgong. Een arm hing slap in zijn mouw.

Ik legde haar languit over het schuifdak. 'Ssst,' zei ik. Ook al had ze geen kik gegeven, ook al waren haar ogen weer dicht. Ze zag eruit als een prinses.

'Hé.' Ik schudde haar bij haar schouders. Ze keek me nogmaals aan. 'Hé,' herhaalde ik. Ik probeerde te glimlachen. Mijn gezicht voelde verlamd.

Ik schoof naar het portier, greep de hendel en rukte. Rukte nogmaals. Hoorde het slot klikken. Ik duwde tegen het raampje, mijn vingers drukten tegen de ruit. Het portier vloog geluidloos open, het donker in.

Ik rekte me uit en drukte mijn handen op de grond buiten, voelde de sneeuw onder mijn handpalmen branden. Ik zette mijn ellebogen erin, zocht steun voor mijn knieën en trok. Sleepte mijn lijf uit de auto en smakte neer op de harde sneeuwlaag. Die kraakte onder me. Ik bleef slepen. Mijn heupen, mijn dijen. Knieën. Schenen. Voeten. De zoom van mijn broek bleef haken aan een jashaak. Met een ruk trok ik me los en ik gleed bevrijd uit de auto.

En liet me op mijn rug rollen. Pijn ging als een elektrische schok door mijn ruggengraat. Ik zoog lucht in. Huiverde. Mijn hoofd wiebelde heen en weer alsof het niet langer door mijn hals werd gedragen.

Geen tijd. Geen tijd. Ik riep mezelf tot de orde, legde mijn benen naast elkaar en zette ze aan het werk: ik knielde naast de auto. Ik keek om me heen.

Keek omhoog. Wat ik zag deed me duizelen, suizelen.

De lucht was een oneindig gewelf van sterren. De maan stond planeetgroot, solairhelder en eronder vertoonde zich de afgrond als een spel van donker en licht, scherp als een houtsnede. Het sneeuwen was bijna opgehouden en bestond nu alleen nog uit een nevel van door de lucht dwalende vlokjes. Wat ik zag leek een nieuwe wereld.

En het geluid...

Stilte. Uiterste, finale stilte. Geen zuchtje wind, geen tak die kraakte. Een stomme film, een stilstaand filmbeeld. Ik draaide me om op mijn knieën, hoorde de sneeuw eronder knarsen.

Terug naar de aarde. De auto lag op zijn kop, met zijn neus tegen de grond geramd, de achterkant wipte ietwat omhoog. Ik zag zijn onbeschutte chassis, net de buik van een insect. Ik huiverde. Er schoten steken door mijn ruggengraat.

Ik dook in de deuropening en haakte mijn vingers in het dons van Olivia's jas. En trok. Trok haar over het schuifdak, trok haar over de hoofdsteun, trok haar uit de auto. Sloeg mijn armen om haar heen, haar kleine lijfje lag slap als een vaatdoek in mijn armen. Ik zei haar naam. Zei hem nogmaals. Ze opende haar ogen.

'Hallo,' zei ik.

Haar oogleden fladderden dicht.

Ik legde haar naast de auto, en trok haar toen achteruit voor het geval die zou kapseizen. Haar hoofd zakte naar opzij; ik hield het – voorzichtig, voorzichtig – vast en draaide haar gezicht weer naar de hemel.

Ik wachtte even; mijn longen werkten als blaasbalgen. Ik keek naar mijn baby, een engel in de sneeuw. Betastte haar gewonde arm. Ze reageerde niet. Ik betastte hem opnieuw, steviger nu en zag dat een grimas haar gezicht vervormde.

Nu Ed.

Ik kroop nogmaals in de auto voordat ik besefte dat ik hem met geen mogelijkheid via de achterbank naar buiten kon trekken. Op mijn knieën schuivend kroop ik achteruit, uit de auto en reikte naar de hendel van het voorportier. Drukte. Drukte nogmaals. Het slot pakte, klikte. Het portier sloeg open.

Daar lag hij, zijn huid warmrood in het wazige licht van een van de dashboardlampjes. Terwijl ik zijn gordel losmaakte, verbaasde ik me over dat lichtje, hoe de batterij de klap had overleefd. Ed zakte naar me toe, zijn lichaam ontrolde zich als een losgetrokken knoop. Ik pakte hem onder zijn oksels.

En zijn lichaam over het dak slepend sleurde ik hem naar buiten, waarbij ik mijn hoofd stootte tegen de versnellingspook. Eenmaal uit de auto zag ik dat zijn gezicht onder het bloed zat.

Ik ging staan en trok hem met kleine rukjes achteruit tot we ons naast Olivia bevonden. Zij bewoog zich. Hij niet. Ik greep zijn hand, trok zijn mouw weg van zijn pols en drukte mijn vingers in zijn huid. Zijn polsslag haperde.

We waren uit de auto, allemaal, onder een zwerm van sterren, op de bodem van het universum. Ik hoorde het gestage puffen van een locomotief – mijn eigen ademhaling. Ik hijgde. Zweet liep onder mijn oksels vandaan, plakte in mijn nek.

Ik boog een arm achter mijn rug en voelde voorzichtig, waarbij ik mijn vingers langs mijn ruggengraat als over een ladder omhoog liet gaan. Ik voelde een vlammende pijn bij de wervels tussen mijn schouderbladen.

Ik ademde in, ademde uit. Zag uit de mond van Olivia, uit de mond van Ed zwakke pufjes adem komen.

Ik keerde me om.

Mijn ogen overzagen wat leek op een honderdtal meters steile rotswand en struikgewas, die zich fluorescerend wit aftekenden in het maanlicht. Ergens boven lag de weg verborgen, maar er was geen weg omhoog, geen weg waarheen ook. We waren op een klein plateau gestort, een kleine richel die opzij uit de berg stak. Boven en onder vergetelheid. Sterren, sneeuw, schepping. Stilte.

Mijn telefoon.

Ik sloeg op mijn zakken – voorkant, achterkant, jas – en bedacht toen dat Ed hem had willen grijpen, uit mijn handen had gegrist; hoe de telefoon op de grond was gerold, daar rinkelend tussen mijn voeten danste, met die naam schreeuwend op het scherm.

Ik dook voor de derde maal in de auto, veegde over het dak met mijn handen en vond hem ten slotte tegen de voorruit gedrukt; het scherm was intact. Zijn ongerepte aanblik was een schok; mijn man bloedde, mijn dochter was gewond, mijn lichaam was gehavend, onze SUV was total loss – maar de telefoon had het onbeschadigd overleefd. Een relikwie van een ander tijdperk, een andere aarde; hij gaf 22.27 aan. Het was al bijna een halfuur geleden dat we van de weg waren geraakt.

Ineengedoken in de auto trok ik mijn duim over het scherm – 911 – en bracht de telefoon naar mijn oor, voelde hem tegen mijn wang trillen.

Niets. Hm?

Ik hing op, ging de auto uit en checkte het scherm. Geen ontvangst. Ik knielde in de sneeuw. Belde opnieuw.

Niets.

Ik belde nog twee keer.

Niets. Niets.

Ik ging staan, drukte op de luidsprekerknop, hield mijn arm omhoog. Niets.

Ik maakte, struikelend in de sneeuw, een rondje om de auto. Belde opnieuw. En opnieuw. Vier maal. Acht maal. Dertien maal. Ik hield het niet langer bij.

Niets.

Niets.

Niets.

Ik schreeuwde het uit. Een schreeuw die uit me opwelde, mijn keel schuurde, de nacht als een ijslaag deed barsten, wegstierf in een serie echo's. Ik schreeuwde tot mijn tong in brand stond, tot mijn stem het begaf.

Ik draaide rondjes tot het me duizelde. Smeet de telefoon op de grond, waar hij in de sneeuw wegzakte. Pakte hem, zijn scherm nu beslagen, op en smeet hem weer weg, nu verder. Ik voelde de paniek in me opkomen. Ik rekte me uit, greep in de sneeuw. Mijn hand sloot zich eromheen. Schudde de sneeuw eraf, tikte opnieuw het nummer.

Niets.

Ik ging terug naar Olivia en Ed. Die lagen daar, zij aan zij, roerloos, oplichtend in het maanlicht.

In een wanhopige behoefte aan open lucht baande een snik zich een weg naar mijn mond, wrong zich langs mijn lippen. Mijn knieën knikten, klapten dubbel als stiletto's. Ik zeeg ineen op de grond en kroop tussen mijn man en mijn dochter. Ik huilde.

Toen ik wakker werd, waren mijn vingers koud en blauw om de telefoon geklemd. 00.58. De batterij was leeggelopen, nog maar elf procent over. Het maakte niet uit, bedacht ik. Ik kon 911 niet bellen. Kon niemand bellen.

Probeerde het desondanks. Niets.

Ik draaide mijn hoofd naar links, naar rechts: Ed aan mijn ene en Livvy aan mijn andere kant, hun ademhaling oppervlakkig, maar gestaag; op Eds gezicht spikkels opgedroogd bloed, Olivia's wangen gepleisterd met slierten haar. Ik legde mijn handen om haar voorhoofd. Koud. Konden we beter in de auto schuilen? Maar als die... ik wist het niet; als die ging glijden? Als die *explodeerde*?

Ik ging rechtop zitten. Ging staan. Keek naar het gevaarte. Bekeek de lucht – die vollemaan, die overvloed aan sterren. Ik draaide me langzaam om naar de berg.

Ik liep erop af met de telefoon als een dirigeerstok zwaaiend voor me uit. Ik haalde mijn duim over het scherm, tikte de zaklamp aan. Schel licht. Een sterretje in mijn hand.

In het schijnsel was de rotswand glad en egaal. Geen enkel plekje om mijn vingers in te haken, niets om vast te grijpen, geen sprietje of takje, geen richel – alleen maar aarde en puin, een onverbiddelijke muur. Ik liep over ons kleine plateau, nam elke centimeter in me op. Ik richtte het licht omhoog tot de nacht het verstikte.

Niets. Alles was niets geworden.
Batterij: 10 procent. 1.11.

Als meisje was ik dol op sterrenbeelden, bestudeerde ze, bracht 's avonds in de achtertuin op rollen pakpapier hele hemels in kaart, met om me heen zoemende aasvliegen en onder mijn ellebogen zacht gras. Nu praalden, glinsterend tegen de nachthemel, de winterhelden boven mijn hoofd: Orion, verlicht en gegordeld; Canis Major, die na hem komt; de Plejaden als edelstenen om de schouders van Taurus gehangen. Gemini. Perseus. Cetus.

Met mijn gewonde stem mompelde ik hun namen als een bezwering voor Livvy en Ed, wier hoofden op mijn borst met mijn adem op en neer gingen. Mijn vingers streelden hun haar, zijn lippen, haar wang.

Al die sterren, koude damp. En wij daaronder, sidderend. We sliepen.

4.34. Ik beefde zo dat ik wakker werd. Checkte hen beiden – eerst Olivia, toen Ed. Ik hield wat sneeuw bij zijn gezicht. Hij reageerde niet. Ik wreef het over zijn huid, veegde het bloed weg; hij vertrok zijn gezicht. 'Ed,' zei ik, zijn schouder aanstotend. Geen antwoord. Ik controleerde nogmaals zijn pols. Sneller. Zwakker.

Mijn maag klaagde. We hadden helemaal niets gegeten, bedacht ik. Ze moesten uitgehongerd zijn.

Ik dook in de auto, waar het dashboardlampje nog maar flauw gloeide, bijna uit was. Daar was hij, geplet tegen de achterruit: de canvas tas met de PB&J's en pakjes sap. Toen ik de riem beetpakte, doofde het licht geheel.

Buiten haalde ik een sandwich uit het plastic folie, dat ik opzijlegde. Het werd opgepakt door een windvlaag en ik keek toe hoe het omhoog- en wegvloog, licht en luchtig als een elfje, een dwaallichtje. Ik brak een hoekje van de boterham en hield dat Olivia voor. 'Hé,' fluisterde ik, terwijl mijn vingers zachtjes op haar wangen tikten; haar oogleden gingen omhoog. 'Alsjeblieft,' zei ik, en ik stopte het brood in haar mond. Haar lippen gingen vaneen; even bewoog het brood daar op en neer als een verdrinkende zwemmer, voordat het weggleed op haar tong. Ik trok het rietje los van het pakje sap en stak het in het karton. Het sap bruiste erdoorheen en druppelde op de sneeuw. Ik duwde een arm onder Olivia's hoofd, bracht haar gezicht naar het rietje en kneep in het pakje. Het sap liep uit haar mond. Ze proestte.

Toen Ed.

Ik knielde naast hem, maar hij wilde zijn mond niet opendoen, wilde zelfs zijn ogen niet openen. Ik tikte met het stukje brood tegen zijn lippen, streelde zijn wang alsof dat zijn kaak zou ontsluiten, maar hij bewoog nog steeds niet. Ik voelde de paniek in me opkomen. Ik hield mijn wang voor zijn gezicht. Een stroom adem, zwak maar gestaag, verwarmde mijn gezicht. Ik herademde.

Als hij niet kon eten, kon hij natuurlijk nog altijd drinken. Ik bevochtigde zijn droge lippen met wat sneeuw en liet toen het rietje in zijn mond glijden. Klemde mijn vingers om het pakje. Het sap liep aan weerszijden van zijn kin naar buiten en stremde in zijn stoppels. 'Toe nou,' pleitte ik, maar het vocht bleef langs zijn kin druipen.

Ik haalde het rietje weg en legde weer een bolletje sneeuw op zijn lippen, toen op zijn tong. Liet het in zijn keel smelten.

Ik ging weer op de sneeuw zitten en zoog aan het rietje. Het sap was te zoet, maar ik dronk het pakje toch leeg.

Vanuit de auto pakte ik een canvas tas vol donzen jacks en skibroeken. Ik trok ze eruit en legde ze over Livvy en Ed.

Ik keek omhoog naar de hemel. Die was onmogelijk weids.

Het licht drukte met zijn volle gewicht op mijn oogleden. Ik opende mijn ogen.

En kneep ze half dicht. Boven ons strekte de hemel zich uit, ononderbroken, oneindig, een diepe zee van wolken. Sneeuw zweefde omlaag als paardenbloempluis en desintegreerde op mijn huid. Ik keek op de telefoon: 7.28. 5 procent batterij.

Olivia had zich in haar slaap een heel klein beetje bewogen, zichzelf op haar linkerarm gerold, terwijl de rechter slap langs haar zij lag. Haar wang lag tegen de grond gedrukt. Ik rolde haar terug op haar rug en veegde de sneeuw van haar huid. Raakte voorzichtig met een duim haar oor aan.

Ed had zich niet bewogen. Ik boog voorover naar zijn gezicht. Hij ademde nog steeds.

Ik had de telefoon in mijn broekzak gestopt. Nu viste ik hem er weer uit, zei een schietgebedje op de goede afloop en belde weer 911. Een ademloze seconde lang dacht ik hem te horen overgaan, kon het bijna horen, voelde de trilling in mijn oor.

Niets. Ik staarde naar het scherm.

Staarde naar de auto, hulpeloos als een schildpad op zijn rug, een gewond dier. Hij zag er abnormaal uit, zelfs gegeneerd.

Ik staarde in de vallei onder ons, met haar spichtige bomen; in de verte ontrolde de rivier zich als een zilverkleurig lint.

Ik stond op en draaide me om.

De berg verhief zich hoog boven me. Bij daglicht kon ik zien dat ik onze val verkeerd beoordeeld had – we bevonden ons op minstens tweehonderd meter van de weg boven ons en de stenen façade zag er nog ontoegankelijker, nog onmogelijker uit dan ze er de afgelopen nacht had uitgezien. Omhoog, omhoog, omhoog klom mijn blik tot hij bij de top kwam.

Mijn hand greep naar mijn keel. Zo diep waren we gevallen. En hadden het overleefd.

Ik hield mijn hoofd nog meer achterover om de lucht op te nemen. En kneep mijn ogen half dicht. Op de een of ander manier leek alles te groots, te massief. Ik voelde me als een miniatuur in een poppenhuis. Ik kon mezelf van buitenaf zien, van ver weg, een minuscuul stipje. Ik draaide me om, duizelig.

Mijn blik werd wazig. Ik voelde een steek in mijn benen.

Ik schudde mijn hoofd en wreef in mijn ogen. De wereld zonk weg, trok zich terug naar zijn grenzen.

Een paar uur doezelde ik naast Ed en Olivia. Toen ik wakker werd – 11.10 – kwam de sneeuw in vlagen over ons heen en boven onze hoofden gierde de wind als zweepslagen. Vlakbij klonk het lage gerommel van donder. Ik veegde de vlokken van mijn gezicht en schoot overeind.

Mijn blik was nog steeds troebel als rimpelend water en ditmaal knikten mijn knieën als gemagnetiseerd naar elkaar. Ik begon in elkaar te zakken. ‘Nee,’ zei ik. Mijn stem was rauw en gebarsten. Ik legde een hand op de sneeuw om mezelf overeind te houden.

Wat was er met me aan de hand?

Geen tijd. Geen tijd. Ik zette me af tegen de grond, stond op. Zag Ed en Olivia aan mijn voeten, half bedolven.

En ik begon ze de auto in te slepen.

Hoe kroop de tijd voorbij? In het daaropvolgende jaar leken de maanden sneller voorbij te gaan dan die uren met Ed en Livvy op het omgekeerde dak, terwijl de sneeuw voor de ramen als stijgend water steeds hoger reikte en de voorruit onder het witte gewicht kraakte en heen en weer bewoog.

Ik zong voor haar, popsongs, kinderliedjes, deuntjes die ik bedacht terwijl het lawaai buiten toenam en het licht binnen schemeriger werd. Ik bestudeerde de kronkelende lijnen van haar oor, liep ze na met mijn vinger, neuriede in haar oor. Ik sloeg mijn arm om de zijne, vervlocht mijn benen met die van hem, verstrengelde mijn vingers met zijn vingers. Ik verslond een boterham, dronk een pakje sap achter elkaar leeg. Ik schroefde een fles wijn open, voordat ik bedacht dat me dat zou dehydrateren. Maar ik had het zo nodig. Had het zo nodig.

Het voelde of we ondergronds waren; we hadden ergens een geheime en donkere plek uitgegraven, een voor de wereld verborgen plek. Ik wist niet wanneer we weer bovengronds zouden komen. Hoe we bovengronds zouden komen. Als.

Op een gegeven moment was mijn telefoon dood. Ik viel om 15.40 in slaap, 2 procent batterij en toen ik wakker werd, was het scherm zwart.

De wereld was stil, op het huilen van de wind na en Livvy, die naar adem hapte en Ed, wiens keel zwakjes kermde. En ik, met mijn lichaam waarin ergens snikken opwelden.

Stilte. Absolute stilte.

Ik kwam in de donkere schoot van de auto bij; mijn ogen waren waterig. Maar toen zag ik licht de auto binnen lekken, zag de zwakke gloed achter de voorruit en hoorde de stilte zoals ik het lawaai had gehoord. Ze bewoonde de auto als was ze een levend wezen.

Ik rekte me uit en reikte naar de hendel van het portier. Die klikte geruststellend, maar in het portier was geen beweging te krijgen.

Nee.

Ik kroop op mijn knieën en liet me op mijn zere rug rollen, zette mijn voeten tegen het portier en duwde. Dat schoof een beetje op tegen de sneeuw en blokkeerde toen. Ik schopte tegen de ruit, bewerkte die met mijn hielen. Het portier ging haperend open. Een kleine lawine gleed de auto in.

Ik schoof op mijn buik naar buiten terwijl ik mijn ogen dichtkneep tegen het licht. Toen ik ze weer opende, zag ik dageraad over de bergen in de verte opkomen. Ik ging op mijn knieën zitten en bekeek de nieuwe wereld om me heen: de vallei, wit doorweekt; die rivier ergens in de verte; de fluwelen sneeuw onder mijn voeten.

Ik deinde heen en weer op mijn knieën. En toen ik het gekraak hoorde, wist ik dat de voorruit het had begeven.

Ik plaatste eerst één voet en toen de andere in de sneeuw en strompelde naar de voorkant van de auto, zag de ingezakte ruit, terug naar het passagiersportier, weer naar binnen. Nogmaals sleepte ik ze uit het wrak. Eerst Livvy, toen Ed. Nogmaals legde ik hen zij aan zij op de grond.

En terwijl ik naast hen stond en mijn adem voor me stoom vormde, werd mijn blik weer wazig. De hemel leek zich naar me toe te buigen en op me te drukken; ik dook ineen, met dichtgeklemde oogleden en bonkend hart.

Ik loeide als een wild dier. Ik draaide me op mijn buik, sloeg mijn armen om Olivia en Ed, drukte ze tegen me aan terwijl ik in de sneeuw jammerde.

Zo vonden ze ons.

ZEVENENZESTIG

Als ik op maandagochtend wakker word, wil ik met Wesley praten.

Ik heb mezelf in de lakens ingerold en moet ze van mijn lichaam pellen als de schil van een appel. De zon stroomt door de ramen en licht het beddengoed op. Mijn huid glanst van de warmte. Ik voel me merkwaardig mooi.

Mijn telefoon ligt op het kussen naast me. Even, terwijl de toon in mijn oor rinkelt, vraag ik me af of hij een ander nummer heeft genomen, maar dan hoor ik zijn stem dreunen, onstuitbaar luid als altijd. 'Spreek een boodschap in,' beveelt hij.

Dat doe ik niet. In plaats daarvan probeer ik zijn praktijk.

'U spreekt met Anna Fox,' zeg ik tegen de vrouw die de telefoon opneemt. Ze klinkt jong.

'Dokter Fox. U spreekt met Phoebe.'

Ik had het mis. 'Sorry,' zeg ik. Phoebe – ik heb bijna een jaar met haar gewerkt. Zeker niet jong. 'Ik had u niet herkend. Uw stem.'

'Dat geeft niet. Ik ben geloof ik verkouden, dus klink ik waarschijnlijk anders.' Ze probeert beleefd te zijn. Echt Phoebe. 'Hoe maakt u het?'

'Goed, dank u wel. Kan ik Wesley spreken?' Uiteraard is Phoebe heel formeel en zal hem waarschijnlijk aanspreken met...

'Dokter Brill,' zegt ze, 'heeft de hele ochtend spreekuur, maar ik kan hem vragen u later even te bellen.'

Ik bedank haar en geef haar mijn nummer – 'Ja, dat heb ik' – en hang op.

Zou hij terugbellen?

ACHTENZESTIG

Ik ga naar beneden. Vandaag geen wijn, heb ik besloten, of althans niet vanochtend. Ik moet mijn hoofd helder houden voor Wesley. Dokter Brill.

Maar eerst: ik ga naar de keuken en tref de trapleer aan zoals ik hem heb achtergelaten, tegen de deur van het souterrain. In het bijna ontvlambaar heldere ochtendlicht ziet het er onnozel, absurd uit. Met één schouderstoot kan David hem wegduwen. Een moment lang besluipt twijfel mijn brein: er ligt een oorbel op zijn nachtkastje. Nou en? *Je weet niet of die van haar is*, zei Ed, en dat is waar. Drie pareltjes – ik geloof dat ik net zulke oorbellen heb.

Ik bekijk de ladder alsof hij op zijn spichtige poten naar me toe kan lopen. Mijn oog valt op de fles merlot die op het aanrecht staat te glimmen, naast de huissleutel aan de haak. Nee, geen drank. Bovendien moet het huis op dit moment bezaaid zijn met wijnglazen. (Waar heb ik iets dergelijks gezien? Ja: die thriller *Signs* – middelmatige film, schitterende Bernard Herrmanneske filmmuziek. Vroegrijpe dochter zet halfdronken overal bekers neer die ten slotte de indringers uit de ruimte afschrikken. 'Waarom zouden buitenaardse wezens naar de aarde komen als ze allergisch voor wáter zijn?' oreerde Ed. Het was onze derde afspraak.)

Ik laat me afleiden. Op naar mijn werkkamer.

Ik installeer me aan mijn bureau, leg mijn telefoon naast de muismat en sluit hem aan op de computer om op te laden. Kijk op de computerklok: even over elf. Later dan ik dacht. Ik raak echt verdoofd van die temazepam. Eigenlijk temazepams. Meervoud.

Ik kijk uit het raam. Aan de overkant komt, geheel volgens schema, mevrouw Miller uit haar voordeur en sluit die voorzichtig achter haar. Vanochtend draagt ze een donkere winterjas, zie ik, en uit haar mond wolkt witte adem. Ik tik de weerapp aan op mijn telefoon. Twaalf graden buiten. Ik sta op en slof naar de thermostaat op de overloop.

Hoe zou het met de echtgenoot van Rita gaan? Het is eeuwen geleden dat ik hem voor het laatst zag, dat ik naar hem uitkeek.

Terug aan mijn bureau kijk ik door het raam over het park heen naar huize Russell. De ramen zien er dreigend leeg uit. Ethan, denk ik. Ik moet me over hem ontfermen. Ik voelde hoe hij de vorige avond aarzelde. 'Ik ben bang,' zei hij; zijn ogen waren wijd open, bijna verwilderd. Een kind in nood. Het is mijn plicht hem te helpen. Wat Jane ook is overkomen, wat er ook met haar is gebeurd, ik moet haar zoon beschermen.

Wat is de volgende stap?

Na diep nadenken meld ik me aan bij het schaakforum en begin te spelen.

Een uur later, twaalf uur geweest, en ik heb niets kunnen bedenken.

Fles en wijnglas hebben elkaar zojuist begroet – opnieuw, het is twaalf uur geweest – en ik denk na. Het probleem dreunt achter in mijn hoofd als omgevingslawaai: hoe kan ik Ethan bereiken? Ik werp om de paar minuten een blik naar de overkant van het park, alsof het antwoord misschien op de muur van het huis zal worden geschreven. Ik kan hem niet op de vaste telefoon bellen; een eigen telefoon heeft hij niet; als ik hem op de een of andere manier een teken zou geven, ziet zijn vader – of die vrouw – me misschien eerst. Geen e-mailadres, zei hij, geen Facebook-account. *Hij kan net zo goed niet bestaan.*

Hij is bijna even geïsoleerd als ik.

Ik leun achterover in mijn stoel en neem een slok. Zet het glas neer. Kijk hoe het middaglicht over de vensterbank kruipt. De computer pingt. Ik verplaats een paard, laat hem rondstappen op het schaakbord. Wacht op de volgende zet.

De schermklok geeft 12.12 aan. Niets van Wesley – hij zal toch wel bellen? Of moet ik het nog eens proberen? Ik pak mijn telefoon en swipe hem tot leven.

Een ping van de computer – Gmail. Met mijn muis beweeg ik de cursor weg van het schaakbord. Klik de browser aan. Met mijn andere hand breng ik het glas naar mijn lippen. Dat fonkelt in de zon.

Ik tuur over de rand van het glas heen naar de inbox, die op één enkel bericht na leeg is, het vak onderwerp is leeg, de naam van de afzender dik gedrukt.

Jane Russell.

Mijn tanden knallen tegen het glas.

Ik staar naar het scherm. De lucht om me heen is plotseling dun.

Mijn hand trilt als ik het glas op het bureau zet, de wijn erin schud. Ik voel de bolling van de muis tegen mijn hand als ik hem pak. Ik houd mijn adem in.

De cursor verplaatst zich naar haar naam. Jane Russell.

Ik klik.

Het bericht opent zich, een wit veld. Geen tekst, alleen een bijlage-icoon, een paperclipje. Ik dubbelklik erop.

Het scherm wordt zwart.

Dan wordt er een beeld geladen, langzaam, baan na baan. Korrelige stroken donkergrijs.

Ik ben als genageld. Houd nog steeds mijn adem in.

Lijn na lijn wordt het scherm nu ingevuld als door een langzaam vallend gordijn. Het duurt even. En nogmaals even.

Dan...

...een wirwar van... takken? Nee: haar, donker en warrig, van dichtbij.

Een lijn lichte huid.

Een, verticaal, gesloten oog, afgezet met een franje van ooghaartjes.

Het is iemand op zijn zij. Ik kijk naar een slapend gezicht.

Ik kijk naar *míjn* slapende gezicht.

Plotseling ontvouwt de foto zich, ineens wordt de onderkant zichtbaar – en daar ben ik, mijn hoofd, in zijn geheel. Een sliert haar hangt over mijn voorhoofd. Mijn ogen zijn dichtgeklemd, mijn mond ietwat open. Mijn wang begraven in het kussen.

Ik spring overeind. De stoel valt om.

Jane heeft een foto gestuurd van mij terwijl ik slaap. Het idee downloadt zich, net zoals de foto, langzaam in mijn brein, hakkelend, regel voor regel.

Jane is 's nachts in mijn huis geweest.

Jane is in mijn slaapkamer geweest.

Jane heeft naar me gekeken terwijl ik sliep.

Daar sta ik, verbijsterd, in oorverdovende stilte. En dan zie ik in de rechteronderhoek de wazige cijfertjes. Een tijdsaanduiding – de datum van vandaag, 02.02.

Vannacht. Om twee uur. Hoe is het mogelijk? Ik kijk naar het e-mailadres dat tussen haakjes achter de naam van de afzender staat:

raadeensanna@gmail.com

NEGENENZESTIG

Dus niet Jane. Iemand die zich achter haar naam verschuilt. Iemand die de spot met me drijft.

Mijn gedachten richten zich pijlsnel rechtstreeks omlaag. David, achter die deur.

Ik knijp in mezelf door mijn ochtendjas heen. Denk na. Raak niet in paniek. Blijf kalm.

Heeft hij mijn deur geforceerd? Nee – ik trof de trapleer net zo aan als ik hem had achtergelaten.

Heeft – mijn handen trillen tegen mijn lichaam. Ik leun voorover, spreid ze op het bureau – heeft hij dan mijn sleutel laten bijmaken? Die avond dat ik met hem naar bed was geweest had ik geluiden op de gang gehoord. Had hij het huis doorzocht en de sleutel uit de keuken gestolen? Behalve dat ik die nog geen uur geleden aan het haakje zag hangen en ik de deur van het souterrain kort na zijn vertrek had gebarricadeerd – daar kon hij niet door terugkomen.

Tenzij... maar natuurlijk was er een manier om terug te komen: hij had op elk moment met een gekopieerde sleutel binnen kunnen komen. En de oorspronkelijke terug kunnen hangen.

Maar hij is gisteren vertrokken. Naar Connecticut.

Dat was althans wat hij me vertelde.

Ik kijk naar mezelf op het scherm, naar de halvemaan van mijn wimpers, naar de streep tanden die net achter mijn bovenlip te zien is: me van niets bewust; volledig ongewapend. Ik huiver. Ergens in mijn keel speelt zuur op.

raadeensanna. Wie, als het niet David is? En waarom het mij vertellen?

Niet alleen is iemand mijn huis binnengedrongen, mijn slaapkamer binnengegaan, heeft me slapend gefotografeerd – maar iemand wil ook dat ik dat weet.

Iemand die van Jane weet.

Ik grijp mijn glas met beide handen. Drink, drink een grote slok. Zet het neer en pak mijn telefoon.

Littles stem is kreukelig en zacht, als een kussensloop. Misschien lag hij te slapen. Doet er niet toe.

'Er is iemand in mijn huis geweest,' zeg ik tegen hem. Ik sta nu in de keuken, telefoon in de ene hand, glas in de andere, en staar naar de deur van het souterrain. Als ik die onmogelijke woorden hardop zeg, klinken ze vlak, niet overtuigend. Onwerkelijk.

'Dokter Fox,' zegt hij, joviaal. 'Bent u het?'

'Iemand is vannacht om twee uur mijn huis binnengekomen.'

'Blijf aan de lijn.' Ik hoor dat hij zijn telefoon voor zijn gezicht langs naar de andere kant brengt. 'Er was iemand in uw huis?'

'Om twee uur vannacht.'

'Waarom hebt u dat niet eerder gemeld?'

'Omdat ik toen sliep.'

Zijn stem warmt op. Hij denkt me te hebben. 'Hoe kunt u dan weten dat er iemand in uw huis was?'

'Omdat hij een foto heeft genomen en die naar me ge-e-maild heeft.'

Stilte. 'Een foto waarvan?'

'Een foto van mij. Terwijl ik sliep.'

Als hij weer praat, klinkt hij aandachtiger. 'Weet u het zeker?'

'Ja.'

'En... nu, ik wil u niet bang maken...'

'Ik ben al bang.'

'Weet u zeker dat er nu niemand in uw huis is?'

Ik zwijg. Daar had ik niet aan gedacht.

'Dokter Fox? Anna?'

'Ja.' Natuurlijk is er niemand. Dan had ik dat nu wel geweten.

'Kunt u... bent u in staat naar buiten te gaan?'

Ik moet bijna lachen. In plaats daarvan haal ik alleen maar adem. 'Nee.'

'Oké. Blijf... waar u bent. Ga niet... blijf gewoon waar u bent. Wilt u dat ik met u aan de lijn blijf?'

'Ik wil dat u hierheen komt.'

'We komen eraan.' We. Dus hij komt met Norelli. Goed – in dit geval wil ik haar hier hebben. Omdat dit echt is. Dit is onmiskenbaar.

Little is nog steeds aan het praten, zijn adem blaast in de telefoon. 'Wat ik nu graag wil dat u doet, Anna? Is dat u naar de voordeur gaat. Voor het geval u weg moet. We kunnen er echt heel snel zijn, over een paar minuten, maar voor het geval u weg moet...'

Ik kijk naar de deur van de hal en loop in die richting.

'We zitten nu in de auto. Zijn er zo.'

Ik knik, langzaam, zie de deur dichterbij komen.

'Onlangs nog films gekeken, dokter Fox?'

Ik krijg mezelf niet zover om de deur open te doen. Kan geen voet in die schemerzone zetten. Ik schud mijn hoofd. Mijn haar strijkt langs mijn gezicht.

'Een van uw oude thrillers?'

Ik schud opnieuw mijn hoofd, wil net nee zeggen als ik me realiseer dat ik nog steeds het wijnglas in mijn vingers houd. Insluiper of niet – en ik denk niet dat er een is – zo ga ik de deur niet opendoen. Ik moet het wegzetten.

Maar mijn hand schudt en nu morst de wijn over de voorkant van mijn ochtendjas en maakt een bloedrode vlek, precies boven mijn hart. Het ziet eruit als een wond.

Little is nog steeds in mijn oor aan het keuvelen – 'Anna? Gaat het?' – als ik, de telefoon tegen mijn oor gedrukt, naar de keuken terugga en het glas in de gootsteen zet.

'...alles oké?' vraagt Little.

'Prima,' zeg ik. Ik zet de kraan aan, trek mijn ochtendjas uit, houd hem onder het stromende water terwijl ik in mijn T-shirt en joggingbroek sta. Onder de straal loopt de vlek uit en verbleekt tot zachtroze. Ik knijp hem uit; mijn vingers worden wit van de kou.

'Kunt u naar de voordeur komen?'

'Ja.'

Kraan dicht. Ik haal de ochtendjas uit de gootsteen en wring hem uit.

'Goed. Blijf daar.'

Terwijl ik de ochtendjas uitsla, zie ik dat het keukenpapier op is – de houder is leeg. Ik grijp naar de lade met linnengoed en trek hem open. En daar, boven op een stapel gevouwen servetten, kijk ik weer tegen mezelf aan.

Geen close-up van mezelf diep in slaap, niet half bezopen in een kussen, maar rechtop, stralend, mijn haar achterovergekamd, mijn ogen helder en alert – een gelijkenis in inkt op papier.

Een knap staaltje, had ik gezegd.

Een echte Jane Russell, had zij gezegd.

En toen had ze het gesigneerd.

ZEVENTIG

Het papier trilt in mijn hand. Ik kijk naar de gekrabbelde handtekening in de hoek.

Ik was er bijna aan gaan twijfelen. Ik was bijna aan haar gaan twijfelen. Maar hier is het, een souvenir aan die verdwenen avond. Een memento. Memento mori. *Herinner je dat je moet sterven.*

Herinner je.

En ik herinner me: ik herinner me het schaken en de chocolade. Ik herinner me de sigaretten, de wijn, de rondleiding door het huis. En vooral herinner ik me, in kleuren en geuren, Jane, hoe ze praatte en pimpelde; haar zilveren vullingen, hoe ze voorover naar het raam leunde en haar huis in zich opnam – *Wat een huis*, had ze gemompeld.

Ze was hier.

'We zijn er bijna,' zegt Little.

'Ik heb...' Ik schraap mijn keel. 'Ik heb...'

Hij onderbreekt me. 'We draaien nu...'

Maar ik hoor niet waar ze zijn, want door het raam zie ik Ethan zijn voordeur uit komen. Hij moet al die tijd binnen zijn geweest. Een uur lang hebben mijn blikken als ketssteentjes over zijn huis gesprongen, van de keuken naar de zitkamer naar de slaapkamer. Hoe heb ik hem kunnen missen?

'Anna?' Littles stem klinkt klein, ingehouden. Ik kijk omlaag, zie de telefoon in mijn hand, naast mijn heup; zie de ochtendjas op een hoopje aan mijn voeten. Dan zet ik de telefoon met een klap op het aanrecht en de foto naast de gootsteen. Ik tik op de ruit, hard.

'Anna?' roept Little weer. Ik negeer hem.

Ik tik nog harder. Ethan loopt inmiddels op het trottoir, in de richting van mijn huis. Ja.

Ik weet wat me te doen staat.

Ik strek mijn vingers, beweeg ze, bal ze. Mijn vingers pakken het schuifraam. Ik knijp mijn ogen dicht. En schuif het raam omhoog.

IJskoude lucht overvalt mijn lichaam zo rauw dat het me duizelt; hij valt uit naar mijn kleren die nu met mij mee rillen. Mijn oren tuiten van het geluid van de wind. De kou bevangt me, overweldigt me.

Maar desalniettemin schreeuw ik zijn naam, een enkele schreeuw, twee lettergrepen, die van mijn tong als kogels de buitenwereld in geslingerd worden: *E-than*!

Ik hoor de stilte versplinterd worden. In mijn verbeelding zie ik zwermen vogels opvliegen, voorbijgangers die als aan de grond genageld blijven staan.

En dan, bij de volgende ademhaling, laatste ademhaling:

Weet ik het.

Weet ik dat jouw moeder de vrouw was die ik zei dat ze was; weet ik dat ze hier was; weet ik dat je liegt.

Ik schuif het raam dicht, leun met mijn voorhoofd tegen de ruit. Open mijn ogen.

Daar staat hij op het trottoir, doodstil, in een donsjas die te groot en een spijkerbroek die niet groot genoeg is; zijn haarlok wappert in de wind. Hij kijkt me aan, zijn adem wolkt voor zijn gezicht. Ik kijk terug, mijn borst gaat op en neer, mijn hart gaat honderdvijftig kilometer per uur.

Hij schudt zijn hoofd. Loopt door.

EENENZEVENTIG

Ik kijk hem na tot hij uit het zicht verdwijnt; mijn longen lopen leeg, mijn schouders zakken af, de kille lucht verspreidt zich door de keuken. Ik heb mijn best gedaan. Hij is tenminste niet naar huis gerend.

Maar toch. Maar toch. De inspecteurs kunnen hier elk moment zijn. Ik heb het portret – daar, ondersteboven op de grond, weggewaaid door de tocht. Ik buk om het op te rapen, mijn ochtendjas te pakken, die kleddernat aanvoelt.

De deurbel gaat. Little. Ik kom overeind, pak de telefoon, laat hem in de zak van mijn ochtendjas glijden, ren naar de deur, geef met mijn vuist een stomp op de deuropener, draai de sloten om. Kijk naar het matglas. Een silhouet verschijnt, wordt een gestalte.

Het velletje papier trilt in mijn hand. Ik kan niet wachten. Ik grijp de deurknop, draai hem van het slot, trek de deur open.

Het is Ethan.

Ik ben zo verbaasd dat ik hem niet eens begroet. Daar sta ik, het papier tussen mijn vingers geklemd, en mijn ochtendjas die op mijn voeten druipt.

Zijn wangen zijn rood van de kou. Zijn haar moet geknipt worden; het hangt over zijn voorhoofd, krult bij zijn oren. Zijn ogen staan wijd open.

We kijken elkaar aan.

'U kunt niet zomaar naar me schreeuwen,' zegt hij kalmpjes.

Dit had ik niet verwacht. Voordat ik het weet, zeg ik: 'Ik wist niet hoe ik je anders kon bereiken.'

Druppels water vallen op mijn voeten, op de grond. Ik prop de ochtendjas onder mijn arm.

Punch trippelt van de trap de kamer in en gaat rechtstreeks op Ethans schenen af.

'Wat is er?' vraagt hij, omlaagkijkend. Ik weet niet of hij het tegen mij of tegen de kat heeft.

'Ik weet dat je moeder hier was,' zeg ik tegen hem.

Hij zucht, schudt zijn hoofd. 'U... hallucineert.' Hij spreekt het woord plechtig uit, als iets wat voor hem nieuw is. Ik hoef niet te vragen waar hij het gehoord heeft. Of in verband met wie.

Op mijn beurt schud ik mijn hoofd. 'Nee,' zeg ik, en ik voel mijn lippen tot een glimlach plooien. 'Nee, ik heb dit gevonden.' Ik houd hem het portret voor.

Hij bekijkt het.

Het huis is stil, op het schuren van Punch' vacht langs Ethans spijkerbroek na.

Ik sla hem gade. Hij staart met open mond naar de tekening.

'Wat is dit?' vraagt hij.

'Dat ben ik.'

'Wie heeft dat getekend?'

Ik buig mijn hoofd en doe een stap naar voren. 'Je kunt de handtekening lezen.'

Hij pakt het papier. Zijn ogen vernauwen zich. 'Maar...'

De bel doet ons beiden opschrikken. Onze hoofden schieten in de richting van de deur. Punch vliegt naar de bank.

Onder Ethans toeziend oog strek ik mijn hand uit naar de intercom, druk erop. Voetstappen klossen de hal in en met Norelli in zijn kielzog komt Little de kamer binnen, een man als een vloedgolf.

Allereerst zien ze Ethan.

'Wat is hier aan de hand?' vraagt Norelli; haar ogen schieten van hem naar mij.

'U zei dat er iemand in uw huis was geweest,' zegt Little.

Ethan kijkt naar mij, werpt een blik op de deur. 'Jij blijft hier,' zeg ik.

'Je kunt gaan,' zegt Norelli.

'Hier blijven,' blaf ik, en hij verroert zich niet.

'Hebt u het huis gecheckt?' vraagt Little. Ik schud mijn hoofd.

Hij knikt naar Norelli, die door de keuken loopt en bij de souterraindeur blijft staan. Ze kijkt naar de trapleer, kijkt naar mij. 'Huurder,' zeg ik.

Zonder een woord te zeggen loopt ze door naar de trap.

Ik richt me weer tot Little. Zijn handen zijn diep in zijn zakken; hij kijkt me strak in de ogen. Ik haal diep adem.

'Er is zoveel... zoveel gebeurd,' zeg ik. 'Om te beginnen kreeg ik deze...' Mijn vingers duiken in de zak van mijn ochtendjas en halen mijn telefoon tevoorschijn. '...boodschap.' De ochtendjas valt met een kwak op de grond.

Ik klik op de e-mail, vergroot de foto. Little pakt de telefoon van me aan en houdt hem in zijn massieve hand.

Terwijl hij het scherm bestudeert, huiver ik – het is kil hierbinnen en ik ben nauwelijks gekleed. Ik weet dat mijn haar in de war is, het haar van iemand die net uit bed is. Ik voel me ongemakkelijk.

Dat geldt kennelijk ook voor Ethan, die van de ene voet op de andere staat te wiebelen. Naast Little ziet hij er onmogelijk frêle uit, bijna breekbaar. Ik heb zin hem in mijn armen te nemen.

De inspecteur veegt zijn duim over het telefoonscherm. 'Jane Russell.'

'Maar dat is ze niet,' zeg ik. 'Kijk maar naar het e-mailadres.'

Little tuurt. 'Raadeensanna@gmail.com,' leest hij zorgvuldig op.

Ik knik.

'Om twee over twee vannacht genomen.' Hij kijkt me aan. 'En dit werd om twaalf uur elf vanmiddag verstuurd.'

Ik knik weer.

'Hebt u ooit eerder een bericht van dit adres ontvangen?'

'Nee. Maar kunt u het... nagaan?'

Achter me spreekt Ethan. 'Wat is het?'

'Een foto,' begin ik, maar Little vervolgt: 'Hoe zou iemand uw huis binnen kunnen komen? Hebt u geen alarm?'

'Nee. Ik ben altijd thuis. Waarom zou ik behoefte...' Mijn stem sterft weg. Het antwoord ligt in Littles hand. 'Nee,' zeg ik nogmaals.

'Een foto waarvan?' vraagt Ethan.

Ditmaal kijkt Little hem aan met een blik die Ethan de ogen doet neerslaan. 'Genoeg gevraagd,' zegt hij, en Ethan krimpt ineen. 'Jij gaat daar zitten.' Ethan loopt naar de bank en neemt plaats naast Punch.

Little loopt de keuken in, naar de zijdeur. 'Dus iemand kon hier binnenkomen.' Hij klinkt streng. Hij knipt het slot open, opent de deur, sluit hem. Een vlaag koude lucht stroomt door het vertrek.

'Iemand ís hier binnengekomen,' wijs ik hem terecht.

'Ik bedoel zonder dat er een alarm afgaat.'

'Ja.'

'Is er iets uit het huis meegenomen?'

Daar had ik nog niet aan gedacht. 'Dat weet ik niet,' geef ik toe. 'Mijn computer en mijn mobiel zijn er nog, maar misschien, ik weet het niet… Ik heb niet gekeken. Ik was bang,' voeg ik eraan toe.

Zijn blik verzacht. 'Dat wil ik geloven.' Vriendelijker nu. 'Hebt u enig idee wie u gefotografeerd kan hebben?'

Ik denk even na. 'De enige persoon met een sleutel… de enige die een sleutel kan hebben is mijn huurder, David.'

'En waar is hij?'

'Dat weet ik niet. Hij zei dat hij de stad uit ging, maar…'

'Dus hij heeft een sleutel of hij heeft misschien een sleutel?'

Ik sla mijn armen over elkaar. 'Misschien. Zijn studio… de studio heeft een andere sleutel, maar misschien heeft hij mijn sleutel… gestolen.'

Little knikt. 'Hebt u problemen met David?'

'Nee, ik bedoel… nee.'

Little knikt weer. 'Verder nog iets?'

'Hij… hij heeft een mes geleend. Een stanleymes, bedoel ik. En teruggelegd zonder het mij te zeggen.'

'En niemand anders kon binnenkomen.'

'Niemand.'

'Ik dacht hardop.' Hij hapt een mondvol lucht in en roept zo hard dat ik opschrik. 'Hé, Val?'

'Nog boven,' roept Norelli.

'Daarboven iets te zien?'

Stilte. We wachten.

'Niets,' roept ze.

'Rotzooi?'

'Geen rotzooi.'

'Iemand in de kast?'

'Niemand in de kast.' Ik hoor voetstappen op de trap. 'Kom naar beneden.'

Little wendt zich tot mij. 'Dus er is iemand binnengekomen – hoe weten we niet – en die heeft een foto van u genomen, maar verder niks gepakt.'

'Ja.' Gelooft hij me niet? Ik wijs weer naar de foto in zijn hand, alsof dat een antwoord kan zijn op zijn vragen. Het kán een antwoord zijn op zijn vragen.

'Sorry,' zegt hij, en hij geeft hem aan me terug.

Norelli komt de keuken binnen; de jas wappert achter haar aan. 'Alles oké?' vraagt Little.

'Alles oké.'

Hij glimlacht naar me. 'De kust is veilig,' zegt hij. Ik reageer niet.

Norelli doet een stap in onze richting. 'Hoe zit dat met die braak en inklimming?'

Ik houd haar de telefoon voor. Ze pakt hem niet aan, maar bekijkt het scherm.

'Jane Russell?' vraagt ze.

Ik wijs naar het e-mailadres naast Janes naam. Norelli's gezicht vertrekt zich tot een boze grijns.

'Hebt u daar al eerder mail van gehad?'

'Nee. Ik zei net tegen... nee.'

'Het is een Gmail-adres,' brengt ze naar voren. Ik zie haar blikken wisselen met Little.

'Ja.' Ik sla mijn armen om me heen. 'Kunt u dat niet nagaan? Of achterhalen?'

'Tja,' zegt ze, achteruitstappend, 'dat zal moeilijk gaan.'

'Waarom?'

Ze wijst met haar hoofd naar haar partner. 'Het is Gmail,' zegt hij.

'Ja. En?'

'Gmail geeft geen IP-adres op.'

'Ik weet niet wat dat inhoudt.'

'Dat houdt in dat je een Gmail-account niet kunt achterhalen,' vervolgt hij.

Ik staar hem aan.

'Wat ons betreft,' legt Norelli uit, 'zou u dit aan uzelf gestuurd kunnen hebben.'

Ik draai me met een ruk om en kijk haar aan. Ze heeft haar armen voor haar borst gevouwen.

Ik lach ondanks mezelf. 'Wát?' zeg ik – want wat had ik anders kunnen zeggen?

'U zou die e-mail van uw telefoon hebben kunnen sturen zonder dat wij dat zouden kunnen bewijzen.'

'Maar waarom... waaróm?' stotter ik. Norelli kijkt omlaag naar de doorweekte ochtendjas. Ik buk om hem op te rapen, gewoon om iets te doen, om orde op zaken te stellen.

'Die foto komt op mij over als een middernachtelijke selfie.'

'Ik slaap,' breng ik ertegen in.

'U hebt uw ogen dicht.'

'Omdat ik sliep.'

'Of omdat u wilde doen of u sliep.'

Ik wend me tot Little.

'U moet het zo bekijken, dokter Fox,' zegt hij. 'We vinden hierbinnen geen enkel spoor van iemand. Het ziet ernaar uit dat er niets ontbreekt. Voordeur ziet er goed uit, die ziet er goed uit' – hij steekt een vinger uit naar de zijdeur – 'en u hebt zelf gezegd dat niemand anders een sleutel heeft.'

'Nee, ik heb gezegd dat mijn huurder die sleutel misschíen heeft laten bijmaken.' Had ik dat niet gezegd? Mijn brein tolt. Ik huiver weer; de lucht lijkt beneveld van kou.

Norelli wijst naar de trapleer. 'Wat kunt u me daarover vertellen?'

'Onenigheid met de huurder,' antwoordt Little voor ik iets kan zeggen.

'Heb je haar naar de... je weet wel, echtgenoot gevraagd?' Er is iets in haar toon dat ik niet kan thuisbrengen, een mineur akkoord. Ze trekt een wenkbrauw op.

Dan kijkt ze mij aan. 'Mevrouw Fox' – ditmaal corrigeer ik haar niet – 'ik heb u gewaarschuwd over het verdoen...'

'Ik verdoe uw tijd niet,' snauw ik. 'U verdoet uw tijd. Ú. Er was iemand in mijn huis en ik heb u het bewijs gegeven en nu staat u me te vertellen dat ik het verzonnen heb. Net als de laatste keer. Ik zag dat iemand werd neergestoken en u geloofde me niet. Wat moet ik doen om u...'

Het portret.

Ik draai me om, zie Ethan verstijfd op de bank met Punch op zijn schoot. 'Kom hier,' zeg ik. 'Laat die tekening zien.'

'Laten we hem erbuiten houden,' komt Norelli tussenbeide, maar Ethan komt al naar me toe lopen, een hand om de kat heen, het velletje papier in de andere. Hij overhandigt het me bijna eerbiedig, zoals je de hostie aangeeft.

'Ziet u dit?' vraag ik, het voor Norelli's gezicht houdend, zodat ze een stap achteruit doet. 'Kijk maar naar de handtekening,' voeg ik eraan toe.

Ze fronst haar voorhoofd.

En voor de derde keer die dag gaat de deurbel.

TWEEËNZEVENTIG

Na een blik op mij loopt Little naar de deur en kijkt op het intercomscherm. Hij drukt op de opener.

'Wie is het?' vraag ik, maar hij trekt de deur al open.

Kordate voetstappen en daar komt Alistair Russell binnen, een vest om hem heen geslagen, zijn gezicht rood van de kou. Hij lijkt ouder dan de laatste keer dat ik hem zag.

Zijn ogen schieten als die van een havik door de kamer en vestigen zich op Ethan.

'Jij gaat naar huis,' zegt hij tegen zijn zoon. Ethan verroert zich niet. 'Zet die kat neer en vertrek.'

'Ik wil dat u dit ziet,' zeg ik, met het portret zwaaiend, maar hij negeert me en richt zich tot Little.

'Ik ben blij dat ik u hier tref,' zegt hij, allesbehalve blij kijkend. 'Mijn vrouw hoorde die vrouw uit het raam naar mijn zoon schrééuwen, en toen zag ik uw auto stoppen.' Ik herinner me dat hij tijdens zijn eerste bezoek beleefd, zelfs onder de indruk was. Nu niet meer.

Little loopt naar hem toe. 'Meneer Russell...'

'Ze heeft naar mijn huis gebeld... wist u dat?' Little antwoordt niet. 'En naar mijn vroegere kantoor. Ze heeft naar mijn vroegere kantóór gebeld.'

Dus Alex heeft me aangegeven. 'Waarom bent u ontslagen?' vraag ik, maar hij gaat door met zijn beschuldigingen, woedend zijn woorden kracht bij zettend.

'Gisteren is ze mijn vrouw gevolgd... heeft ze dat verteld? Vast niet. Volgde haar tot in een koffiebar.'

'We zijn op de hoogte, meneer.'

'Probeerde haar te... confrontéren.' Ik kijk tersluiks naar Ethan. Kennelijk heeft hij zijn vader niet verteld dat hij me daarna gesproken heeft.

'We zijn nu voor de tweede keer allemaal hier.' Alistairs stem is hees geworden. 'Eerst beweert ze dat ze heeft gezien dat er in mijn huis een misdrijf is gepleegd. Nu lokt ze mijn zoon haar huis binnen. Dit moet ophouden. Wanneer houdt dit op?' Hij kijkt nu mij aan. 'Ze vormt een bedreiging.'

Ik prik met mijn vinger naar het portret. 'Ik weet dat uw vróuw...'

'U kent mijn vrouw niet,' schreeuwt hij.

Ik zwijg.

'U kent níemand! U zit hier in uw huis mensen te beglúren.'

Ik word rood tot in mijn hals. Mijn handen vallen langs mijn lichaam.

Hij is nog niet klaar. 'U hebt een paar... ontmóetingen verzonnen met een of andere vrouw die niet mijn vrouw is en die niet eens...' – Ik wacht op het volgende woord, zoals je je schrap zet voor een klap. – '...eens echt bestáát,' zegt hij. 'En nu valt u mijn zoon lastig. U valt ons allemáál lastig.'

De kamer is stil.

Ten slotte zegt Little: 'Goed.'

'Ze hallucineert,' zegt Alistair nog. Ziedaar. Ik kijk naar Ethan; die kijkt naar de grond.

'Goed, goed,' herhaalt Little. 'Ethan, ik denk dat het voor jou tijd is om naar huis te gaan. Meneer Russell, als u nog even kunt blijven...'

Maar nu is het mijn beurt.

'Blijven,' stem ik in. 'Misschien kunt u dan dit verklaren.' Ik houd mijn arm weer omhoog, boven mijn hoofd, op Alistairs ooghoogte.

Hij strekt zijn hand uit, pakt het papier. 'Wat is dit?'

'Dit is een tekening die uw vrouw heeft gemaakt.'

Hij kijkt niet-begrijpend.

'Toen ze hier was. Aan die tafel.'

'Wat is het?' vraagt Little, die naast Alistair gaat staan.

'Een tekening van Jane voor mij.'

'Dat bent u,' zegt Little.

Ik knik. 'Ze was hier. Dit is het bewijs.'

Alistair heeft zichzelf herpakt. 'Het bewijst helemaal niets,' snauwt hij. 'Nee... het bewijst dat u zo getikt bent dat u zelfs probeert om... bewijs te fabriceren.' Hij snuift. 'U bent hartstikke getikt.'

Kaboem, getikt, denk ik. *Rosemary's Baby.* Ik voel hoe mijn gezicht betrekt. 'Wat bedoelt u, bewijs fabriceren?'

'Dat u het zelf hebt getekend.'

Nu mengt Norelli zich tussen ons. 'Net zoals u zelf die foto hebt kunnen maken en hem naar uzelf mailen en wij niet in staat zijn dat te bewijzen.'

Ik deins achteruit alsof ik een douw heb gekregen. 'Ik...'

'Gaat het, dokter Fox?' Little loopt naar me toe.

De ochtendjas valt weer uit mijn handen en glijdt op de grond.

Ik sta te zwaaien op mijn benen. De kamer draait om me heen als een draaimolen. Alistair kijkt woedend; Norelli's ogen zijn pikzwart; Littles hand zweeft boven mijn schouder. Ethan leunt achterover, de kat nog altijd over zijn arm gedrapeerd. Ze wervelen langs me heen, stuk voor stuk; niemand om me aan vast te klampen, geen grond om op te staan. 'Ik heb die tekening niet gemaakt. Jáne heeft hem getekend. Hier ter plekke.' Ik wiebel met mijn vingers richting de keuken. 'En die foto heb ik niet gemaakt. Ik had hem niet eens kúnnen maken. Ik ben... er klopt iets niet en jullie hélpen me niet eens.' Ik kan het niet anders verwoorden. Ik probeer de kamer vast te houden. Hij glipt uit mijn handen. Ik strompel naar Ethan, strek mijn handen uit naar hem, grijp zijn schouder met mijn trillende hand.

'Blijf uit zijn buurt,' ontploft Alistair, maar ik kijk Ethan in zijn ogen en verhef mijn stem: 'Er klopt iets niet.'

'Wat klopt er niet?'

We draaien ons als één man om.

'De voordeur stond open,' zegt David.

DRIEËNZEVENTIG

Hij staat in de omlijsting van de deuropening, zijn handen in zijn zakken gestoken, een versleten tas over zijn schouder. 'Wat klopt er niet?' vraagt hij nogmaals, terwijl ik Ethan langzaam loslaat.

Norelli laat haar armen zakken. 'Wie bent u?'

Op zijn beurt slaat David zijn armen over elkaar. 'Ik woon beneden.'

'Dus,' zegt Little, 'u bent de beroemde David.'

'Daar weet ik niets vanaf.'

'Hebt u ook een achternaam, David?'

'Zoals de meeste mensen.'

'Winters,' zeg ik; ik dreg hem vanuit de diepte van mijn brein op.

David negeert me. 'En wie zijn jullie?'

'Politie,' antwoordt Norelli. 'Ik ben inspecteur Norelli, dit is inspecteur Little.'

David richt zijn kaak naar Alistair. 'Hem ken ik.'

Alistair knikt. 'Misschien kun jij uitleggen wat deze vrouw mankeert.'

'Wie zegt dat haar iets mankeert?'

Ik voel dankbaarheid opkomen. Ik voel dat mijn longen zich vullen. Iemand staat aan mijn kant.

Dan bedenk ik wie die iemand is.

'Waar was u vannacht, meneer Winters?' vraagt Little.

'Connecticut. Voor een klus.' Hij klemt zijn kaken op elkaar. 'Waarom vraagt u dat?'

'Iemand heeft een foto van dokter Fox genomen terwijl ze sliep. Rond twee uur vannacht. En die naar haar gemaild.'

Davids ogen flitsen. 'Dat is klote.' Hij kijkt me aan. 'Is er ingebroken?'

Little laat me niet antwoorden. 'Kan iemand bevestigen dat u vannacht in Connecticut was?'

David zwaait een voet voor de andere. 'De dame met wie ik was.'

'Wie is dat dan wel?'

'Weet haar achternaam niet.'

'Heeft ze een telefoonnummer?'

'Hebben de meeste mensen dat niet?'

'U zult dat nummer moeten geven,' zegt Little.

'Hij is de enige die die foto gemaakt kan hebben,' zeg ik nadrukkelijk.

Een witje. Davids voorhoofd fronst. 'Wat?'

Als ik hem aankijk, in die bodemloze ogen, weifel ik. 'Heb jij die foto genomen?'

Hij grijnslacht spottend. 'Denkt u dat ik naar boven ben gelopen en...'

'Niemand denkt dat,' zegt Norelli.

'Ik wel,' zeg ik tegen haar.

'Ik weet werkelijk niet waar jullie het over hebben.' David klinkt bijna verveeld. Hij overhandigt zijn telefoon aan Norelli. 'Alstublieft. Bel haar maar. Ze heet Elizabeth.' Norelli loopt naar de woonkamer.

Ik moet absoluut iets drinken voor ik nog iets kan zeggen. Ik loop bij Little vandaan richting de keuken; achter me hoor ik zijn stem.

'Dokter Fox beweert dat ze aan de overkant een vrouw neergestoken zag worden. In het huis van meneer Russell. Weet u daar iets vanaf?'

'Nee. Vroeg ze me daarom die keer of ik had horen schreeuwen?' Ik draai me niet om; ik ben al bezig wijn in een waterglas te schenken. 'Ik heb toen al gezegd dat ik niets had gehoord.'

'Natuurlijk heb je niets gehoord,' zegt Alistair.

Ik draai me vliegensvlug om om hen aan te kijken, het glas in mijn hand. 'Maar Ethan zei...'

'Ethan, nu ga je verdomme naar huis,' schreeuwt Alistair. 'Hoe vaak...'

'Rustig, meneer Russell. Dokter Fox, ik vind dat nu werkelijk geen goed idee,' zegt Little, met een vinger naar me zwaaiend. Ik zet het glas op het aanrecht, maar houd mijn hand eromheen geklemd. Ik laat me niet maar alles zeggen.

Hij richt zich weer tot David. 'Hebt u iets ongebruikelijks in het huis aan de overkant van het park gezien?'

'Zijn huis?' vraagt David, een blik op Alistair werpend, die nu in alle staten is.

'Dit is...' begint hij.

'Nee, ik heb niets gezien.' Davids tas glijdt van zijn schouder; hij recht zijn rug en hijst de tas weer omhoog. 'Heb niet gekeken.'

Little knikt. 'Eh eh. En hebt u mevrouw Russell gesproken?'

'Nee.'

'Hoe kent u meneer Russell?'

'Hij heeft wat klusjes voor...' probeert Alistair, maar Little steekt zijn hand op.

'Ik heb wat klusjes voor hem gedaan,' zegt David. 'Heb zijn vrouw niet gezien.'

'Maar haar oorbel lag wel in jouw slaapkamer.'

Alle ogen zijn op mij gericht.

'Ik zag een oorbel in jouw slaapkamer,' zeg ik, het glas stevig vastgrijpend. 'Op je nachtkastje. Drie parels. Dat is de oorbel van Jane Russell.'

David zucht. 'Nee, die is van Katherine.'

'Katherine?' zeg ik.

Hij knikt. 'Vrouw met wie ik wat had. Niet dat ik echt wat met haar had. Vrouw die een paar maal hier is blijven slapen.'

'Wanneer was dat?' vraagt Little.

'Vorige week. Wat doet dat ertoe?'

'Niets,' stelt Norelli hem gerust; ze gaat weer naast David staan en stopt zijn telefoon in zijn hand. 'Elizabeth Hughes zegt dat ze vannacht met hem in Darien was van middernacht tot tien uur.'

'Toen ben ik rechtstreeks hiernaartoe gekomen,' zegt David.

'En waarom was u in zijn slaapkamer?' vraagt Norelli me.

'Ze was aan het snuffelen,' antwoordt David.

Ik bloos en vuur terug: 'Jij had een stanleymes van mij meegenomen.'

Hij doet een stap voorwaarts. Ik zie dat Little verstrakt. 'Dat had u mij zelf gegeven.'

'Ja, maar jij hebt het wel teruggelegd zonder iets te zeggen.'

'Ja, het zat in mijn zak toen ik moest pissen en ik heb het teruggelegd waar u het mij had gegeven. Graag gedaan.'

'Toevallig heb je het teruggelegd vlak nadat Jane...'

'Nu is het genóeg,' sist Norelli.

Ik breng het glas naar mijn lippen; de wijn klotst tegen de zijkanten. Zij kijken toe terwijl ik hem naar binnen giet.

Het portret. De foto. De oorbel. Het stanleymes. Stuk voor stuk afgevoerd. Stuk voor stuk gebarsten zeepbellen. Er is niets over.

Er is bijna niets over.

Ik slik, haal diep adem.

'U moet weten dat hij in de gevangenis heeft gezeten.'

Terwijl de woorden uit mijn mond komen, kan ik mijn mond niet geloven, kan ik mijn oren niet geloven.

'Hij heeft in de gevangenis gezeten,' herhaal ik. Het is net alsof ik het niet zelf ben. Ik ga door. 'Voor geweldpleging.'

David staat zich te verbijten. Alistair werpt hem een boze blik toe; Norelli en Ethan staren mij aan. En Little – Little kijkt onbeschrijflijk treurig.

'Waarom ondervragen jullie hem niet uitgebreid?' vraag ik. 'Ik zie een vrouw vermoord worden' – ik zwaai met mijn telefoon – 'en jullie zeggen dat ik het me verbeeld. Jullie zeggen dat ik líeg.' Ik smak de telefoon op het keukenblok. 'Ik laat jullie een tekening zien die zij gemaakt en ondertekend heeft' – ik wijs naar Alistair, naar het portret in zijn hand – en jullie zeggen dat ik die zelf heb getekend. In dat huis is een vrouw die níet is wie ze beweert te zijn, maar jullie nemen niet eens de moeite om dat te verifiëren. Jullie hebben niet eens een póging gedaan.'

Ik doe een stap voorwaarts, een heel klein stapje maar, maar alle anderen deinzen achteruit, alsof ik een naderende storm, een roofdier ben. Prachtig. 'Iemand komt mijn huis binnen terwijl ik lig te slapen, neemt een foto van me en stuurt die aan mij – en jullie geven mij de schuld.' Ik hoor hoe mijn keel verstikt, hoe mijn stem hapert. De tranen rollen over mijn wangen. Ik ga door.

'Ik ben níet gek. Ik verzin dit allemaal níet.' Ik wijs met een trillende vinger naar Alistair en Ethan. 'Ik zie geen dingen die er niet zijn. Het begon ermee toen ik zíjn vrouw en zíjn moeder neergestoken zag worden. Dat moeten jullie onderzoeken. Dat zijn de vragen die jullie moeten stellen. En vertel me niet dat ik het niet heb gezien, want *ik weet wat ik zag*.'

Stilte. Ze staan stokstijf. Een tableau. Zelfs Punch beweegt zich niet meer, zijn staart is opgerold tot een vraagteken.

Met de rug van mijn hand veeg ik mijn gezicht af, haal hem onder mijn neus door. Ik strijk mijn haar uit mijn ogen. Breng het glas naar mijn mond en drink het leeg.

Little komt tot leven. Hij doet een stap naar mij toe, een lange, langzame stap, waarmee hij de halve keuken beslaat, zijn ogen op mij gericht. Ik zet het lege glas op het aanrecht. Over het keukenblok kijken we elkaar aan.

Hij legt zijn hand boven op het glas. Schuift het weg, als betrof het een wapen.

'Waar het om gaat, Anna,' zegt hij; hij praat zacht, hij praat langzaam. 'Ik heb gisteren met uw dokter gesproken, nadat wij elkaar telefonisch hadden gesproken.'

Mijn mond is kurkdroog.

'Dokter Fielding,' vervolgt hij. 'U noemde zijn naam in het ziekenhuis. Ik wilde gewoon wat napraten met iemand die u kent.'

Ik houd mijn adem in.

'Hij is iemand die erg veel om u geeft. Ik zei hem dat ik me nogal zorgen maakte over wat u me verteld had. Ons verteld had. En dat ik me zorgen maakte over u alleen in dit grote huis, omdat u me had gezegd dat uw gezin ver weg is en u niemand hebt om mee te praten. En...'

...en. En. En ik weet wat hij op het punt staat te zeggen; en ik ben zo dankbaar dat hij degene is die het zegt, want hij is vriendelijk, en zijn stem is warm, en anders zou ik het niet kunnen verdragen, zou ik het niet kunnen verdragen...

Maar in plaats daarvan onderbreekt Norelli hem. 'Het blijkt dat uw man en uw dochter dood zijn.'

VIERENZEVENTIG

Nooit had iemand het zo gezegd, die woorden in die volgorde.

Niet de dokter van de eerste hulp, die me had gezegd *Uw echtgenoot heeft het niet gehaald*, terwijl ze mijn gekneusde rug, mijn beschadigde luchtpijp verzorgden.

Noch de hoofdzuster, die veertig minuten later zei: *Het spijt me verschrikkelijk, mevrouw Fox* – ze maakte de zin niet eens af, hoefde hem niet af te maken.

Noch de vrienden – die van Ed, toevalligerwijs; ik ontdekte door schade en schande dat Livvy en ik weinig eigen vrienden hadden – die hun medeleven betuigden, de begrafenissen bijwoonden, spaarzaam napraatten terwijl de maanden zich voortsleepten: *Ze zijn er niet meer*, zeiden ze, of *Ze hebben ons verlaten*, of (degenen die er geen doekjes om winden) *Ze zijn overleden.*

Zelfs Bina niet. Zelfs dokter Fielding niet.

Maar Norelli heeft het gedaan, heeft de ban verbroken, heeft het onzegbare gezegd: *Uw man en uw dochter zijn dood.*

Inderdaad. Ja. Ze hebben het niet gehaald, ze zijn er niet meer, ze zijn overleden – ze zijn dood. Ik ontken het niet.

'Maar begrijp je het dan niet, Anna' – nu hoor ik dokter Fielding praten, bijna pleiten – 'wat dit ís. Ontkenning.'

Helemaal waar.

Toch:

Hoe moet ik het uitleggen? Aan wie dan ook – aan Little of Norelli, of aan Alistair of Ethan, of aan David, of zelfs aan Jane? Ik hóór hen; hun stemmen weerklinken in mij, buiten mij. Ik hoor hen wanneer het verdriet over hun afwezigheid, hun verscheiden – ik kan het zeggen: hun dood, me te veel wordt. Ik hoor hen wanneer ik met iemand moet praten. Ik hoor hen wanneer ik het het minst verwacht. 'Raad eens,' zeggen ze dan, en ik straal en mijn hart zingt.

En ik praat terug.

VIJFENZEVENTIG

De woorden hangen in de lucht, zweven daar als rook. Achter Littles schouders zie ik Alistair en Ethan, hun ogen wijd open. Ik zie David met openhangende mond. Om de een of andere reden slaat Norelli haar ogen neer.

'Dokter Fox?'

Little. Ik focus me op hem; hij staat tegenover me aan de andere kant van het keukenblok, zijn gezicht badend in het volle namiddaglicht.

'Anna,' zegt hij.

Ik beweeg me niet, kan me niet bewegen.

Hij haalt diep adem, houdt hem in. Blaast uit. 'Dokter Fielding heeft me het verhaal verteld.'

Ik knijp mijn ogen dicht. Ik zie alleen nog donkerte. Ik hoor alleen nog Littles stem.

'Hij zei dat jullie op de bodem van een ravijn gevonden werden door een agent van de staatspolitie.'

Ja. Ik herinner me zijn stem, die harde schreeuw, die van de rotswand afdaalde.

'En jullie hadden toen twee nachten buiten doorgebracht. In een sneeuwstorm. Hartje winter.'

Drieëndertig uur vanaf het moment dat we van de weg schoten tot het moment waarop de helikopter arriveerde, waarvan de rotoren als een draaikolk boven mijn hoofd wiekten.

'Hij zei dat Olivia nog leefde, toen ze jullie vonden.'

Mammie, had ze gefluisterd toen ze haar op de brancard legden, haar kleine lijfje in een deken gehuld.

'Maar uw echtgenoot was al heengegaan.'

Nee, hij was niet heengegaan. Hij was nog altijd daar, heel erg daar, veel te erg daar, met zijn lichaam dat afkoelde in de sneeuw. *Intern letsel*, zeiden ze tegen me. *Verergerd door onderkoeling. Er was niets wat u anders had kunnen doen.*

Er is zoveel wat ik anders had kunnen doen.

'Daar zijn uw problemen begonnen. Uw problemen met naar buiten gaan. Posttraumatische stress. Wat ik… ik bedoel, ik kan het niet bevatten.'

God, wat maakte ik me klein onder de ziekenhuislampen; wat raakte ik in paniek in de patrouillewagen. Wat werd ik bang, die eerste keren dat ik het huis verliet, één keer en twee keer en nog twee keer, totdat ik mezelf naar binnen sleepte.

En mijn deuren op dubbel slot deed.

En mijn ramen dichthield.

En ik zwoer dat ik mezelf schuil zou houden.

'U wilde een veilige plek. Dat begrijp ik. Ze troffen u half bevroren aan. U was door een hel gegaan.'

Mijn vingernagels drukken zich in mijn handpalmen.

'Dokter Fielding zei dat u… hen soms hoort.'

Ik knijp mijn ogen nog stijver dicht, om het nog donkerder te laten zijn. *Zij zijn geen… u weet wel, waanbeelden*, had ik tegen hem gezegd; *ik vind het gewoon af en toe fijn om te doen of ze er zijn. Als een copingmechanisme. Ik weet dat te veel contact niet gezond is.*

'En dat u soms met hen praat.'

Ik voel de zon in mijn nek. *Het is beter je niet te veel aan dat soort gesprekken over te geven*, had hij me gewaarschuwd. *We willen niet dat je te veel op hen gaat steunen.*

'Kijk, ik begreep het niet zo goed, want uit wat u zei klonk het alsof ze gewoon ergens anders waren.' Ik wijs hem er niet op dat dit formeel gesproken ook waar is. Ik heb geen vechtlust meer. Ik ben even hol als een fles.

'U zei dat u gescheiden was. Dat uw dochter bij uw man was.' Nog zo'n formaliteit. Ik ben zo moe.

'Dat hebt u ook tegen mij gezegd.' Ik open mijn ogen. Licht stroomt nu door de kamer en laat het duister wegvloeien. De vijf mensen staan voor me als vijf schaakstukken. Ik kijk naar Alistair.

'U zei dat ze ergens anders wonen,' zegt hij, zijn lip optrekkend. Zijn blik is vol afkeer. Dat heb ik natuurlijk nooit gezegd – ik heb nooit gezegd dat ze ergens wonen. Ik pas wel op. Maar het doet er niet toe. Niets doet ertoe.

Little strekt zijn hand uit over het keukenblok en drukt die op de mijne. 'Ik denk dat u een verschrikkelijke tijd hebt doorgemaakt. Ik denk dat u echt gelooft dat u die dame ontmoet hebt, net zoals u gelooft dat u praat met Olivia en Ed.' Er is een minieme pauze voor dat laatste woord, alsof hij niet zeker van Eds naam is, maar misschien wilde hij zichzelf gewoon wat tijd geven. Ik kijk in zijn ogen. Bodemloos.

'Maar wat u in dit geval denkt, is geen realiteit,' zegt hij; zijn stem is sneeuwzacht. 'En ik wil echt dat u het opgeeft.'

Ik betrap mezelf erop dat ik knik. Omdat hij gelijk heeft. Ik ben te ver gegaan. *Dit moet ophouden*, heeft Alistair gezegd.

'U moet weten dat er mensen zijn die zich om u bekommeren.' Littles hand knijpt mijn vingers samen. De knokkels kraken. 'Dokter Fielding en uw fysiotherapeut.' *En?* wil ik zeggen. *En?* 'En...' Mijn hart slaat over; wie bekommert zich nog meer om mij? '...zij willen u helpen.'

Ik laat mijn blik naar het keukenblok zakken, naar mijn hand, geborgen in de zijne. Bestudeer het doffe goud van zijn trouwring. Bestudeer de mijne.

Nog kalmer nu: 'De dokter zei... hij vertelde me dat de medicijnen die u neemt waanbeelden kunnen oproepen.'

En depressie. En slapeloosheid. En spontane ontbranding. Maar dit zijn geen waanbeelden. Het zijn...

'En misschien neemt u dat op de koop toe. Ik weet dat ik het op de koop toe zou nemen.'

Norelli komt tussenbeide. 'Jane Russell...'

Maar Little heft zijn andere hand op, zonder zijn ogen van me af te nemen en Norelli zwijgt.

'We zijn haar nagegaan,' zegt hij. 'De dame op twee-nul-zeven. Ze is wie ze zegt te zijn.' Ik vraag niet hoe ze dat weten. Het interesseert me niet meer. Ik ben zo moe. 'En de dame die u denkt ontmoet te hebben... ik denk... dat dat niet gebeurd is.'

Tot mijn verbazing voel ik dat ik knik. *Maar hoe...*

Behalve dat hij er al over begint: 'U zei dat ze u van de straat naar binnen heeft geholpen. Maar misschien was u dat zelf. Misschien... ik weet niet, hebt u dat gedroomd.'

Als ik droom wanneer ik wakker ben... Waar heb ik dat gehoord?

En ik zie het voor me, als in een levensechte film: ik sleep mijn lichaam van het trottoir, zeul me de treden op als waren ze een berg. Sleur mezelf de hal binnen, het huis binnen. Ik kan het me bijna *herinneren*.

'En u zei dat ze met u schaakspeelde en tekeningen maakte. Maar opnieuw...'

Ja, opnieuw. O god. Opnieuw zie ik het voor me: de flessen, de potjes met pillen; de pionnen, de koninginnen, de twee kleuren oprukkende legers – mijn handen uitgestrekt boven het schaakbord zwevend als helikopters. Mijn vingers vol inktvlekken, een pen ertussen geklemd. Ik had die handtekening geoefend, nietwaar, haar naam op de douchedeur gekrabbeld, te midden van stoom en nevel, de letters op het glas die uitliepen, voor mijn ogen verdwenen.

'Uw dokter zei dat hij van dit alles helemaal niet op de hoogte was.' Hij wacht even. 'Ik bedacht dat u er niet met hem over had gesproken omdat u niet wilde dat hij het u... uit uw hoofd zou praten.'

Mijn hoofd schudt, knikt.

'Ik weet niet wat die schreeuw was die u hebt gehoord...'

Ik wel. Ethan. Hij heeft nooit iets anders beweerd. En die middag zag ik hem met haar in de zitkamer – hij keek niet eens naar haar. Hij keek naar zijn schoot, niet naar de lege plek naast hem.

Ik kijk nu naar hem, zie dat hij Punch voorzichtig op de grond zet. Zijn ogen laten de mijne nooit los.

'Over dat gedoe met de foto ben ik niet zeker. Dokter Fielding zei dat u soms doorslaat en misschien is dit uw manier om om hulp te vragen.'

Was dat zo? Dat wás zo, nietwaar? Het was zo. Natuurlijk: raad eens – zo begroet ik Ed en Livvy. Begroette. raadeensanna.

'Maar wat betreft hetgeen u die avond zag...'

Ik weet wat ik die avond zag.

Ik zag een film. Ik zag een oude opgeknapte, tot technicolorleven gebrachte thriller. Ik zag *Rear Window*; ik zag *Body Double*; ik zag *Blow-Up*. Ik zag een showreel, archiefmateriaal van een honderdtal voyeuristische thrillers.

Ik zag een moord zonder moordenaar, zonder slachtoffer; ik zag een lege zitkamer, een lege bank. Ik zag wat ik wilde zien, wat ik nodig had om te zien. *Ben je hier niet eenzaam?* had Bogie aan Bacall gevraagd, aan mij gevraagd.

Ik ben eenzaam geboren, had ze geantwoord.

Ik niet. Ik ben eenzaam gemaakt.

Als ik gek genoeg ben om tegen Ed en Livvy te praten, kan ik zeker in gedachten een moord bekokstoven. En vooral met wat chemische hulp. En heb ik me niet al die tijd tegen de waarheid verzet? Heb ik niet de feiten verzwegen, verbloemd en verdraaid?

Jane – de echte Jane, de Jane van vlees en bloed: natuurlijk is ze wie ze zegt te zijn.

En natuurlijk is de oorbel in Davids slaapkamer van Katherine, of wie dan ook.

En natuurlijk is er vannacht niemand mijn huis binnengekomen.

Dit slaat over me heen als een golf. Die overspoelt en reinigt mijn geest en laat slechts vegen slib achter die als vingers naar de zee wijzen.

Ik heb me vergist.

Meer dan dat: ik had het helemaal mis.

Meer dan dat: ik was verantwoordelijk. Ben verantwoordelijk.

Als ik droom wanneer ik wakker ben, ben ik gek aan het worden. Dat was het. *Gaslight*.

Stilte. Ik kan zelfs Little niet horen ademhalen.

Dan:

'Dus dat is uw probleem.' Alistair schudt zijn hoofd, zijn mond geopend. 'Ik... jee. Godallemachtig.' Hij kijkt me indringend aan. 'Ik bedoel, *godallemachtig*.'

Ik slik.

Hij blijft nog even zo kijken, opent weer zijn mond, sluit hem. Schudt nogmaals zijn hoofd.

Ten slotte gebaart hij zijn zoon, loopt richting de deur. 'Wij gaan.'

Terwijl Ethan hem naar de hal volgt, kijkt hij op; zijn ogen glanzen. 'Het spijt me ontzettend,' zegt hij, met een klein stemmetje. Ik heb zin om te huilen.

Dan is hij weg. De deur slaat achter hen dicht.

Nu wij vieren.

David doet een stap naar voren, richt zich tot zijn tenen. 'Dus dat kind op de foto beneden – dat is dood?'

Ik antwoord niet.

'En die blauwdrukken die ik van u apart moest leggen waren voor een dode vent?'

Ik antwoord niet.

'En...' Hij wijst naar de trapleer die de souterraindeur blokkeert.

Ik zeg niets.

Hij knikt alsof ik iets heb gezegd. Dan hijst hij zijn tas hoger op zijn schouder, draait zich om en loopt de deur uit.

Norelli kijkt toe hoe hij vertrekt. 'Moeten we met hem gaan praten?'

'Hebt u last van hem?' vraagt Little.

Ik schud mijn hoofd.

'Oké,' zegt hij, mijn hand loslatend. 'Tja. Het behoort niet echt tot mijn... competentie om me te bemoeien met wat er nu te doen staat. Het is mijn taak dit af te sluiten en ervoor te zorgen dat iedereen veilig verder kan. Inclusief u. Ik weet dat dit heel zwaar voor u is geweest. Vandaag bedoel ik. Ik wil daarom dat u dokter Fielding belt. Dat is, vind ik, erg belangrijk.'

Sinds Norelli's mededeling heb ik geen woord gezegd. *Uw man en uw dochter zijn dood.* Ik heb geen idee hoe mijn stem zou klinken, moet klinken, in deze nieuwe wereld waarin die zin is uitgesproken, is gehoord.

Little is nog steeds aan het woord. 'Ik weet dat u een zware strijd levert en...' Hij zwijgt even. Als hij weer spreekt, klinkt zijn stem verstikt. 'Ik weet dat u een zware strijd levert.'

Ik knik. Hij ook.

'Ik lijk het elke keer te vragen als ik hier ben, maar kunnen we u zo achterlaten?'

Ik knik weer, langzaam.

'Anna?' Hij kijkt me in de ogen. 'Dokter Fox?'

We zijn weer terug bij dokter Fox. Ik open mijn mond. 'Ja.' Ik hoor mezelf zoals wanneer je een koptelefoon ophebt – op de een of andere manier van een afstand. Gedempt.

'Gezien...' begint Norelli, maar weer heft Little zijn hand op en weer zakt haar stem weg. Ik vraag me af wat ze wilde gaan zeggen.

'U hebt mijn telefoonnummer,' brengt hij me in herinnering. 'En zoals ik al zei, bel dokter Fielding. Alstublieft. Hij zal graag van u horen. Doe geen dingen waardoor we ons zorgen over u moeten maken. Geen van beiden.' Hij gebaart naar zijn partner. 'Dat geldt ook voor Val. Zij is een echte tobber.'

Norelli bekijkt me.

Little loopt nu achteruit, alsof hij met tegenzin weggaat. 'En zoals ik al eerder zei, we hebben een heleboel prima mensen met wie u kunt praten, als u dat wilt.' Norelli draait zich om, verdwijnt in de hal. Ik hoor haar laarzen op de tegels tikken. Ik hoor de voordeur opengaan.

Nu zijn het alleen Little en ik. Hij kijkt langs me heen, uit het raam.

'Weet u,' zegt hij na een tijdje, 'ik weet niet wat ik zou doen als een van mijn meisjes iets zou overkomen.' Zijn ogen zijn nu op de mijne gericht. 'Weet niet wat ik zou doen.'

Hij schraapt zijn keel, steekt een hand omhoog. 'Dag.' Hij gaat de hal in, trekt de deur achter zich dicht.

Even later hoor ik de voordeur dichtgaan.

Ik sta in mijn keuken, kijk hoe zich in het zonlicht galaxieën van stofjes vormen en uiteenvallen.

Mijn hand kruipt naar mijn glas. Ik pak het voorzichtig op, draai het rond in mijn hand. Breng het naar mijn gezicht. Adem in.

Dan smijt ik dat stomme ding tegen de muur en schreeuw zoals ik nooit eerder in mijn leven geschreeuwd heb.

ZESENZEVENTIG

Ik zit op de rand van het bed en staar recht voor me uit. Op de muur voor me tekenen schaduwen zich af.

Ik heb een kaars aangestoken, een kleine Diptyque in een glas, net uit de verpakking, een kerstcadeau van Livvy van twee jaar geleden. *Figuier.* Ze is dol op vijgen.

Was dol op.

Een zwak tochtje trekt door de kamer. De vlam flakkert, klampt zich aan de pit.

Er gaat een uur voorbij. Dan nog een.

De kaars brandt snel, de pit is half verdronken in een plasje was. Ik zit voorovergezakt. Mijn vingers zijn tussen mijn dijen geklemd.

De telefoon licht op, trilt. Julian Fielding. Hij zou morgen moeten komen. Dat zal niet doorgaan.

De nacht valt als een gordijn.

Daar zijn uw problemen begonnen, zei Little. *Uw problemen met naar buiten gaan.*

In het ziekenhuis werd me gezegd dat ik een shock had. Toen werd de shock angst. Angst muteerde en werd paniek. En tegen de tijd dat dokter Fielding ten tonele verscheen, was ik – tja, hij zei het heel simpel, zei het heel duidelijk: 'Een ernstig geval van agorafobie.'

Ik heb behoefte aan de vertrouwde grenzen van mijn huis – omdat ik twee nachten in die buitenaardse wildernis heb doorgebracht, onder die enorme luchten.

Ik heb behoefte aan een omgeving die ik kan controleren – omdat ik moest toekijken hoe mijn gezin langzaam doodging.

Het valt je zeker wel op dat ik je niet vraag hoe je zo geworden bent, zei ze tegen mij. Of liever, zei ik tegen mezelf.

Ik ben zo geworden door het leven.

‘Raad eens?’

Ik schud mijn hoofd. Ik wil nu niet met Ed praten.

‘Hoe voel je je, kampioen?’

Maar ik schud opnieuw mijn hoofd. Ik kan niet praten, zal niet praten.

‘Mam?’

Nee.

‘Mammie?’

Ik krimp ineen.

Nee.

Op een gegeven moment tuimel ik opzij, slaap. Als ik wakker word met een stijve nek is de kaarsvlam geslonken tot een klein blauw vlekje, dat danst in de koele lucht. De kamer is in duisternis gehuld.

Ik ga rechtop zitten, ga staan, krakend als een verroeste ladder. Slof naar de wc.

Bij terugkomst zie ik dat huize Russell verlicht is als een poppenhuis. Boven zit Ethan achter zijn computer; in de keuken maakt Alistair op een snijplank met een mes op- en neergaande bewegingen. Wortels, neonhelder onder het keukenlicht. Op het aanrecht staat een glas wijn. Mijn mond voelt droog aan.

En in de zitkamer zit op de gestreepte tweezitsbank die vrouw. Ik veronderstel dat ik haar Jane moet noemen.

Jane zit met een telefoon in een hand en met de andere maakt ze vegende en prikkende gebaren. Misschien scrolt ze door familiekiekjes. Of speelt ze solitaire of iets dergelijks – tegenwoordig schijnen spelletjes allemaal met fruit te maken te hebben.

Of ze is bezig haar vrienden op de hoogte te brengen. *Weet je nog van die getikte buurvrouw...?*

Mijn keel wordt dik. Ik loop naar de ramen en trek de gordijnen dicht.

En daar sta ik in het donker: koud, volslagen alleen, een en al angst en iets wat aanvoelt als verlangen.

DINSDAG,
9 november

ZEVENENZEVENTIG

Ik blijf de ochtend in bed liggen. Iets voor twaalf uur, wazig van de slaap, blijken mijn vingers een bericht aan dokter Fielding te tikken. Niet vandaag.

Vijf minuten later belt hij me, spreekt een boodschap in. Die luister ik niet af.

De middag tikt voorbij; om drie uur heb ik krampen in mijn maag. Ik verplaats me naar beneden en pak een beurse tomaat uit de koelkast.

Terwijl ik erin bijt, probeert Ed met me te praten. Dan Olivia. Ik negeer hen; vruchtvlees druipt langs mijn kin.

Ik geef de kat eten. Slik een temazepam. Dan een tweede. Vervolgens een derde. Rol mezelf op om te slapen. Ik wil alleen maar slapen.

WOENSDAG,
10 november

ACHTENZEVENTIG

Ik word wakker van de honger. In de keuken schud ik wat Grape-Nuts in een kom, giet er melk overheen, uiterste houdbaarheidsdatum vandaag. Ik vind Grape-Nuts niet eens lekker. Ed vindt ze wel lekker. Vond. Ze prikken in mijn keel, schuren de binnenkant van mijn wangen. Geen idee waarom ik ze blijf kopen.

Behalve natuurlijk dat ik het doe.

Ik wil terug naar bed, maar in plaats daarvan zet ik mijn voeten richting de woonkamer, loop langzaam op de televisiekast af en trek de la open. Ik heb *Vertigo* in gedachten. Persoonsverwisseling – of beter, persoonsinwisseling. Ik ken de dialoog uit mijn hoofd; vreemd genoeg zal die een kalmerende uitwerking hebben.

'Wat bezielt u?' blaft de politieagent tegen Jimmy Stewart, tegen mij. 'Pak mijn hand!' Dan verliest hij zijn houvast en valt van het dak.

Merkwaardig kalmerend.

Halverwege de film maak ik een tweede kom ontbijtgraan. Ed fluistert tegen me terwijl ik de koelkastdeur sluit, Olivia zegt iets onverstaanbaars. Ik loop terug naar de bank, zet het geluid van de televisie harder.

'Zijn vrouw?' vraagt de vrouw in de jadegroene jaguar. 'Arm kind. Ik kende haar niet. Zeg eens: is het waar dat ze echt geloofde...'

Ik laat me dieper wegzakken in de kussens. Slaap overmant me.

Enige tijd later, tijdens het metamorfosefragment ('Ik wil niet net zo gekleed gaan als die dode vrouw!'), trilt mijn telefoon, een kleine attaque, en doet het glas van de salontafel rinkelen. Ik neem aan dat het dokter Fielding is. Ik strek mijn hand ernaar uit.

'Is dat waarom ik hier ben?' gilt Kim Novak. 'Om jou het gevoel te geven dat degene die dood is niet dood is?'

Op het telefoonscherm staat Wesley Brill.

Een moment lang verroer ik me niet.

Dan zet ik het geluid van de film uit, druk mijn duim op de telefoon en swipe. Breng hem naar mijn oor.

Ik blijk geen woord uit te kunnen brengen. Maar dat hoeft niet. Na een korte stilte begroet hij me. 'Ik hoor je ademhalen, Fox.'

Het is bijna elf maanden geleden, maar zijn stem is nog altijd even bulderend.

'Phoebe zei dat je gebeld had,' vervolgt hij. 'Ik had je gisteren willen bellen, maar ik had het druk. Erg druk.'

Ik zeg niets. Een minuut lang hij evenmin.

'Je bént daar toch, Fox?'

'Ja.' Ik heb mijn stem al dagen niet gehoord. Hij klinkt vreemd, broos, alsof iemand anders via mij buik spreekt.

'Mooi. Dat vermoedde ik al.' Hij kauwt zijn woorden; ik weet dat er een sigaret tussen zijn tanden steekt. 'Mijn veronderstelling was juist.' Een witte ruis. Hij blaast rook door de microfoon.

'Ik wilde je spreken,' begin ik.

Hij zwijgt. Ik voel dat hij overschakelt; dat kan ik als het ware hóren – het heeft iets met zijn ademhaling te maken. Hij is in de psycholoogmodus.

'Ik wilde je zeggen...'

Een lange stilte. Hij schraapt zijn keel. Ik besef dat hij zenuwachtig is en dat is een soort schok. Wesley Briljant, gespannen.

'Ik heb een moeilijke tijd achter de rug.' Ziezo.

'Was er een speciale aanleiding?' vraagt hij.

De aanleiding was de dood van mijn man en mijn dochter, wil ik schreeuwen. 'De...'

'Uhu.' Is dat een afleidingsmanoeuvre of wacht hij op meer?

'Die avond...' Ik weet niet hoe ik de zin moet eindigen. Ik voel me een naald op een kompas, ronddraaiend op zoek naar een plaats om te blijven staan.

'Waar denk je aan, Fox?' Helemaal Brill, me op deze manier op te porren. Mijn methode is de patiënt zijn eigen tempo te laten bepalen; Wesley gaat sneller.

'Die avond...'

Die avond, vlak voordat onze auto van die rots dook, belde jij me. Ik verwijt je niets. Ik zeg niet dat jij er iets mee te maken hebt. Ik wil alleen dat je het weet.

Die avond was het al voorbij – vier maanden leugens: tegen Phoebe, die er misschien achter was gekomen, tegen Ed, die erachter kwám, op die decembermiddag dat ik hem een voor jou bestemd sms'je stuurde.

Die avond betreurde ik elk moment dat we samen hadden doorgebracht: de ochtenden in het hotel om de hoek, timide licht dat door de gordijnen gluurde; de avonden dat we urenlang op onze telefoons berichten uitwisselden. De dag waarop het allemaal begon, met dat glas wijn in jouw spreekkamer.

Die avond stond het huis sinds een week te koop, terwijl de makelaar tijd maakte voor bezichtigingen en ik een beroep op Ed deed en hij moeite had me aan te kijken. *Je was voor mij het meisje van mijn dromen.*

Die avond...

Maar hij onderbreekt me.

'Om eerlijk te zijn, Anna...' – en ik verstijf, want al is hij zelden iets anders dan eerlijk, bij mijn voornaam noemt hij mij bijna nooit – 'Ik heb geprobeerd dat achter me te laten.' Hij zwijgt even. 'Geprobeerd en met ruimschoots succes.'

O.

'Je wilde me naderhand niet zien. In het ziekenhuis. Ik wilde... ik heb aangeboden je thuis op te komen zoeken, weet je nog, maar jij wou... maar jij hebt nooit meer contact met mij opgenomen.' Hij struikelt over zijn woorden, komt moeizaam vooruit als een man die door sneeuw baggert. Als een vrouw die om haar verongelukte auto loopt.

'Ik wist... ik weet niet of je iemand ziet. Professioneel, bedoel ik. Ik kan je met alle liefde iemand aanbevelen.' Hij zwijgt. 'Of, als je al iemand hebt, dan... tja.' Weer stilte. Ditmaal langer.

Ten slotte: 'Ik weet niet goed wat je van mij wilt.'

Ik had me vergist. Hij hangt niet de psycholoog uit; hij is er niet op uit mij te helpen. Hij deed er twee dagen over om me terug te bellen. Hij wil van me af.

En wat wíl ik eigenlijk van hem? Redelijke vraag. Ik verwijt hem niets, echt niet. Ik haat hem niet. Ik mis hem niet.

Toen ik zijn praktijk belde – was dat maar twee dagen geleden? – moet ik iets gewild hebben. Maar toen sprak Norelli die magische woorden en de wereld veranderde. En nu doet het er niet toe.

Dat heb ik kennelijk hardop gezegd. 'Wat doet er niet toe?' vraagt hij.

Jij, denk ik. Ik zeg het niet.

In plaats daarvan hang ik op.

DONDERDAG,
11 november

NEGENENZEVENTIG

Om elf uur precies gaat de deurbel. Ik sleep mezelf uit bed, gluur uit het raam aan de voorkant. Voor de deur staat Bina, haar zwarte haren glanzen in de ochtendzon. Ik was vergeten dat ze vandaag langs zou komen. Ik was haar helemaal vergeten.

Ik doe een stap achteruit en overzie de huizen aan de overkant, observeer ze oost-west: de Gray Sisters, de Millers, de Takeda's, de verlaten twee-onder-een-kap. Mijn zuidelijk rijk.

Weer de bel.

Ik sluip de trap af, loop naar de deur van de hal, zie haar gezicht op het intercomscherm. Druk op de microfoon. 'Ik voel me niet lekker vandaag,' zeg ik.

Ik zie haar praten. 'Zal ik even binnenkomen?'

'Nee, ik red me wel.'

'Mág ik even binnenkomen?'

'Nee. Dank je wel. Ik heb echt behoefte om alleen te zijn.'

Ze bijt op haar lip. 'Is alles oké?'

'Ik heb gewoon behoefte om alleen te zijn,' zeg ik nog eens.

Ze knikt. 'Oké.'

Ik wacht tot ze weggaat.

'Ik heb van dokter Fielding gehoord wat er is gebeurd. Hij hoorde het van de politie.'

Ik zeg niets, sluit alleen mijn ogen. Een lange stilte.

'Oké... dan zie ik je volgende week,' zegt ze. 'Woensdag, als altijd.'

Niet zeker. 'Ja.'

'En bel je me als je iets nodig hebt?'

Zal ik niet doen. 'Ja.'

Ik open mijn ogen, zie haar weer knikken. Ze draait zich om en loopt de treden af.

Dat is gebeurd. Eerst dokter Fielding. Nu Bina. Verder nog iemand? *Oui*: morgen Yves. Ik zal hem schrijven om het af te zeggen. *Je ne peux pas...*

Ik zal het in het Engels doen.

Voordat ik weer de trap opga, vul ik Punch' eet- en waterbakje. Hij komt aangetrippeld, steekt zijn tong in zijn Fancy Feast, spitst dan zijn oren – de leidingen gorgelen.

David, beneden. Ik heb een tijdje niet aan hem gedacht.

Ik blijf bij de deur naar het souterrain staan, pak de trapleer en zet hem opzij. Ik klop op de deur en roep zijn naam.

Niets. Ik roep nogmaals.

Ditmaal hoor ik voetstappen. Ik draai het slot om en spreek luider.

'Ik heb de deur van het slot gehaald. Je kunt naar boven komen, als je wilt,' voeg ik eraan toe.

Voordat ik uitgesproken ben, gaat de deur open en staat hij voor me, twee treden lager, in een nauwsluitend T-shirt en een versleten spijkerbroek. We kijken elkaar aan.

Ik spreek eerst. 'Ik wilde...'

'Ik ga ervandoor,' zegt hij.

Ik knipper met mijn ogen.

'Het werd me te... ingewikkeld.'

Ik knik.

Hij zoekt in zijn achterzak en haalt er een stukje papier uit. Overhandigt dat aan mij.

Ik pak het aan zonder iets te zeggen en vouw het open.

Werkt niet. Sorry dat ik u van streek heb gemaakt. Sleutel ligt onder de deur.

Ik knik weer. Ik hoor de staande klok aan de andere kant van de kamer tikken.

'Oké,' zeg ik.

'Hier is de sleutel,' zegt hij, hem me voorhoudend. 'Ik zal de deur achter me dichttrekken.'

Ik pak de sleutel aan. Weer een stilte.

Hij kijkt me in mijn ogen. 'Die oorbel.'

'O, je hoeft niet...'

'Die was van een vrouw die Katherine heette. Zoals ik al had gezegd. Die vrouw van Russell ken ik niet.'

'Ik weet het,' zeg ik. 'Het spijt me.'

Nu knikt hij. En hij sluit de deur.

Ik doe hem niet op slot.

Terug in mijn slaapkamer stuur ik dokter Fielding een beknopte sms: alles goed met me. Zie u maandag. Hij belt onmiddellijk. De telefoon rinkelt, houdt op te rinkelen.

Bina, David, dokter Fielding. Ik houd grote schoonmaak.

Ik blijf in de deuropening van de ouderbadkamer staan, bekijk de douche zoals iemand een schilderij in een galerie kan taxeren; niet voor mij, beslis ik, of althans niet vandaag. Ik kies een ochtendjas uit (de gevlekte moet gewassen worden, zeg ik tegen mezelf, hoewel de wijnvlek inmiddels onuitwisbaar in de stof ingetrokken zal zijn) en loop de trap af naar de werkkamer.

Het is drie dagen geleden dat ik achter mijn computer heb gezeten. Ik pak de muis en sleep hem opzij. Het scherm licht op, vraagt om het wachtwoord. Ik tik het in.

Opnieuw mijn slapende gezicht.

Ik leun achterover in mijn stoel. Al die tijd heeft het achter het zwarte scherm op de loer gelegen, een dreigend geheim. Als een slang tikt mijn hand de muis aan: ik zwiep de cursor naar de hoek en sluit de foto.

Nu kijk ik naar de e-mail waarin hij verstopt zat: raadeensanna.

Raad eens. Ik kan me niet herinneren dat ik deze maakte, deze – hoe zei Norelli het ook alweer? 'Middernachtelijke selfie'? Echt waar, ik kan het me niet herinneren. Maar dat zijn mijn woorden, ónze woorden; en David heeft een alibi (een *alibi* – ik heb nooit iemand gekend met of zonder alibi); en niemand anders had de slaapkamer binnen kunnen komen. Niemand om mij te *Gaslight*'en.

...Maar de foto moet dan toch nog steeds op het rolletje in de camera zitten?

Ik denk diep na.

Ja. Tenzij ik eraan had gedacht om het te wissen, maar... tja. Maar.

Mijn Nikon staat op de rand van mijn bureau, het riempje bungelt opzij. Ik steek mijn hand ernaar uit en trek hem naar me toe. Zet hem aan en inspecteer het fotogeheugen.

De recentste foto: Alistair Russell, in een winterjas, de stoeptreden van zijn huis op lopend. Gedateerd zaterdag, 6 november. Daarna niets. Ik zet de camera uit en leg hem op het bureau.

Maar de Nikon is hoe dan ook te groot voor selfies. Ik haal mijn mobiel uit de zak van mijn ochtendjas, tik het wachtwoord, tik op het foto-icoontje.

En daar is-ie, dezelfde opname, verkleind tot iPhone-schermformaat. De open mond, de losse haren, het opbollende kussen – en het tijdstempel: 02.02.

Niemand anders heeft het wachtwoord.

Er is nog een test, maar het antwoord weet ik al.

Ik open de webbrowser, typ gmail.com in. Hij wordt onmiddellijk geladen, het gebruikersnaamveld ingevuld: raadeensanna.

Ik heb dit echt zelf gedaan. Raad eens. Anna.

En het kan ook niet anders dan dat ik het ben geweest. Niemand anders kent het wachtwoord van mijn computer. Zelfs als er iemand anders in huis was geweest – zelfs als David hier binnen had weten te komen –, ik ben de enige die het wachtwoord kent.

Ik leg mijn hoofd in mijn schoot.

Ik zweer dat ik me niets van dit alles kan herinneren.

TACHTIG

Ik laat de telefoon terugglijden in mijn zak, haal diep adem en log in op Agora.

Er wacht mij een lading berichten. Ik neem ze door. Over het algemeen habitués die zich melden: DiscoMickey, Pedro uit Bolivia, Bay Area Talia. Zelfs Sally4de – zwanger!!! schrijft ze. Uitgerekend in april!!!

Ik staar een ogenblik naar het scherm. Mijn hart bonkt.

Door naar de nieuwkomers. Vier in aantal, op zoek naar hulp. Mijn vingers zweven boven het toetsenbord, vallen vervolgens in mijn schoot. Wie ben ik om iemand te vertellen hoe hij zijn ziekte moet aanpakken?

Ik selecteer alle berichten. Druk op Wissen.

Ik wil me afmelden, maar dan verschijnt er een chatbox.

GrannyLizzie: Hoe maakt u het, dokter Anna?

Waarom niet? Ik heb van alle anderen afscheid genomen.

dedokterhoudtspreekuur: Hallo Lizzie! Zijn uw zonen nog steeds bij u?

GrannyLizzie: William is er nog!

dedokterhoudtspreekuur: Fantastisch. En hoe gaat het met uw vorderingen?

GrannyLizzie: Daar sta ik echt van te kijken. Ik kom regelmatig buiten. Hoe maakt u het?

dedokterhoudtspreekuur: Prima! Ik ben vandaag jarig!

Verdomme, denk ik – dat is waar ook. Was het totaal vergeten. Mijn verjaardag. Heb er de afgelopen week niet eenmaal aan gedacht.

GrannyLizzie: Hartelijk gefeliciteerd! Is het een speciale?
dedokterhoudtspreekuur: Absoluut niet. Tenzij u 39 speciaal vindt.
GrannyLizzie: Wat zou ik er niet voor overhebben...
GrannyLizzie: Hebt u nog iets van uw man en uw kind gehoord?

Ik knijp in de muis.

dedokterhoudtspreekuur: Ik wil eerlijk tegenover u zijn.
GrannyLizzie: ??
dedokterhoudtspreekuur: Mijn man en mijn kind zijn in december overleden.

De cursor knippert.

dedokterhoudtspreekuur: Bij een auto-ongeluk.
dedokterhoudtspreekuur: Ik had een affaire. Mijn man en ik hadden daar ruzie om en we verloren de macht over het stuur.
dedokterhoudtspreekuur: Ik verloor de macht over het stuur.
dedokterhoudtspreekuur: Ik loop bij een psychiater die me moet helpen met het schuldgevoel en de agorafobie.
dedokterhoudtspreekuur: Ik wil dat u de waarheid weet.

Moet hier een eind aan maken.

dedokterhoudtspreekuur: Ik moet nu ophouden. Blij te horen dat het zo goed met u gaat.
GrannyLizzie: Ach, kindje toch.

Ik zie dat ze nog een bericht typt, maar ik wacht niet af. Ik sluit de chatbox en meld me af.

Tot zover Agora.

EENENTACHTIG

Ik heb drie dagen niet gedronken.

Dat bedenk ik als ik een tandenborstel over mijn tanden haal. (Mijn lichaam kan wachten op een schoonmaakbeurt; mijn mond niet.) Drie dagen – wanneer heb ik het voor het laatst zo lang uitgehouden? Ik heb er zelfs nauwelijks aan gedacht.

Ik buig mijn hoofd, spuug.

Het medicijnkastje puilt uit van tubes en doosjes en potjes met pillen. Ik pak er vier.

Ik loop naar beneden; door het daklicht valt grijs avondlicht.

Op de bank gezeten kies ik een potje, houd het ondersteboven en trek het over de salontafel. Een spoor pillen volgt als broodkruimels.

Ik bestudeer ze. Tel ze. Veeg ze in mijn tot kom gevormde hand. Laat ze op de tafel vallen.

Breng er een naar mijn lippen.

Nee – nog niet.

De nacht valt snel.

Ik draai me naar de ramen en werp een lange blik naar de overkant van het park. Dat huis. Een theater voor mijn rusteloze geest. *Wat poëtisch*, denk ik.

De ramen stralen, verjaardagskaarsjesfeestelijk; de kamers zijn leeg.

Ik voel me alsof ik verlost ben van mijn wanen. Ik huiver.

Ik hijs mezelf uit mijn stoel en ga de trap op naar mijn kamer. Morgen zal ik een paar lievelingsfilms nog eens bekijken. *Midnight Lace*. *Foreign Correspondent* – in elk geval de scène met de windmolen. *23 Paces to Baker Street*. Misschien nog een keer *Vertigo*; tijdens de laatste keer viel ik in slaap.

En de dag erna...

In bed liggend, terwijl mijn hoofd slaperig wordt, luister ik naar de hartslag van het huis – de staande klok beneden die negen uur slaat; het gekraak van de vloeren.

'Wel gefeliciteerd met je verjaardag,' roepen Ed en Livvy in koor. Ik draai me om, doezel weg.

Het is ook Janes verjaardag, herinner ik me. De verjaardag die ik haar gaf. Elf elf.

En nog later, midden in de nacht, als ik even bij bewustzijn kom, hoor ik de kat rondlopen op de inktzwarte trap.

VRIJDAG,
12 november

TWEEËNTACHTIG

De zon stort zich door het daklicht, witwast de trap, vormt een plas op de gang voor de keuken. Als ik daarin stap, voel ik me als in een schijnwerper.

Voor de rest is het huis donker. Ik heb alle gordijnen gesloten, alle jaloezieën neergelaten. De donkerte is dik als rook. Ik kan hem bijna ruiken.

Op de televisie speelt de laatste scène van *Rope*. Twee knappe jongemannen, een vermoorde klasgenoot, een in een antieke kast midden in de zitkamer verstopt lijk en alweer Jimmy Stewart, alles ten tonele in wat één enkele opname lijkt (in feite acht aan elkaar geplakte segmenten van tien minuten, maar het resultaat is vrij naadloos, vooral voor 1948). 'Kat en muis, kat en muis,' ziedt Farley Granger, terwijl het net zich strakker om hem sluit, 'maar wie is de kat en wie is de muis?' Ik zeg de woorden hardop.

Mijn kat ligt uitgestrekt op de rugleuning van de bank, zijn staart zwiept als een bezworen slang. Ik heb hem vanochtend aangetroffen met een verstuikte linkerachterpoot waardoor hij heel erg hinkt. Ik heb zijn bakje gevuld met eten voor een paar dagen, dan hoeft hij niet...

De deurbel gaat.

Ik laat me terugvallen in de kussens. Mijn hoofd draait naar de deur.

Wie is dat verdomme?

Niet David. Niet Bina. Zeker niet dokter Fielding – hij heeft een paar boodschappen ingesproken, maar ik betwijfel of hij zich onaangekondigd aandient. Tenzij hij zich in een niet door mij beluisterd bericht heeft aangekondigd.

De bel gaat weer. Ik zet de film stop, zwaai mijn voeten op de vloer, sta op. Loop naar het schermpje van de intercom.

Het is Ethan. Zijn handen in zijn zakken; om zijn nek een sjaal geknoopt. Zijn haren vlammen op in het zonlicht.

Ik druk op de microfoonknop. 'Weten je ouders dat je hier bent?' vraag ik.

'Het is in orde,' zegt hij.

Ik zwijg.

'Het is echt heel koud,' voegt hij eraan toe.

Ik druk op de knop.

Even later komt hij de woonkamer binnen; ijskoude lucht in zijn kielzog. 'Dank u wel,' hijgt hij, kortademig. 'Het is buiten ijskoud.' Hij kijkt om zich heen. 'Het is hier wel erg donker.'

'Dat komt doordat het licht buiten zo hel is,' zeg ik, maar hij heeft gelijk. Ik doe de staande lamp aan.

'Mag ik de jaloezieën optrekken?'

'Goed. Eh, eigenlijk nee, dit is prima, toch?'

'Oké,' zegt hij.

Ik neem plaats op de chaise longue. 'Mag ik hier gaan zitten?' vraagt Ethan, op de bank wijzend. *Mag ik, mag ik*. Heel respectvol voor een tiener.

'Natuurlijk.' Hij gaat zitten. Punch laat zich van de rugleuning glijden en kruipt snel onder de bank.

Ethan kijkt de kamer rond. 'Doet die haard het?'

'Het is een gashaard, maar ja. Wil je dat ik hem aandoe?'

'Nee, vroeg het me alleen maar af.'

Stilte.

'Waar zijn al die pillen voor?'

Ik richt mijn blik op de met pillen bezaaide salontafel; op een klein leeg plekje staan vier potjes, één leeg, bij elkaar.

'Ik ben bezig ze te tellen,' leg ik uit. 'Aanvulling.'

'O, o ja.'

Weer stilte.

'Ik kwam langs...' begint hij, net als ik zijn naam zeg.

Ik stoom door. 'Het spijt me verschrikkelijk.'

Hij houdt zijn hoofd schuin.

'Het spijt me gewoon zo verschrikkelijk.' Nu staart hij omlaag, maar ik zet door. 'Voor alle problemen, en dat ik jou erbij betrokken heb. Ik was... zo... zeker. Ik was zo zeker dat er iets mis was.'

Hij knikt naar de grond.

'Ik heb... het is een heel zwaar jaar geweest.' Ik sluit mijn ogen; als ik ze weer open, zie ik zijn schrandere ogen me onderzoekend aankijken.

'Ik heb mijn man en mijn kind verloren.' Slik. Zeg het. 'Ze zijn gestorven. Ze zijn dood.' Haal adem. Haal adem. Een, twee, drie, vier.

'En toen ben ik gaan drinken. Meer dan normaal. En ik deed aan zelfmedicatie. Wat gevaarlijk en verkeerd is.' Hij houdt me oplettend in de gaten.

'Niet dat... niet dat ik echt geloofde dat ze met me praatten... je weet wel, van...'

'Van gene zijde,' zegt hij; zijn stem is zacht.

'Precies.' Ik ga verzitten, leun naar voren. 'Ik wist dat ze er niet meer waren. Dood waren. Maar ik vond het fijn hen te horen. En te voelen dat... het is heel moeilijk het uit te leggen.'

'U contact had, of zo?'

Ik knik. Hij is zo'n bijzondere tiener.

'En voor de rest... Ik... ik kan me er niet veel meer van herinneren. Ik denk dat ik contact zocht met andere mensen. Of contact nodig had.' Als ik mijn hoofd schud, strijken mijn haren langs mijn wangen. 'Ik weet niet wat het is.' Ik kijk hem recht in de ogen. 'Maar het spijt me vreselijk.' Ik schraap mijn keel, ga rechtop zitten. 'Ik snap dat je niet langskwam om een volwassene te zien huilen.'

'U hebt mij zien huilen,' brengt hij me in herinnering.

Ik glimlach. 'Daar heb je gelijk in.'

'Weet u nog dat ik een film van u heb geleend?' Hij trekt een cassette uit zijn jaszak en legt die op de salontafel. *Night Must Fall*. Ik was het vergeten.

'Heb je hem kunnen bekijken?' vraag ik.

'Ja.'

'Wat vond je ervan?'

'Griezelig. Die kerel.'

'Robert Montgomery.'

'Was dat Danny?'

'Ja.'

'Echt griezelig. Ik vond het gedeelte goed waarin hij het meisje... eh...'

'Rosalind Russell?'

'Was zij Olivia?'

'Ja.'

'Waar hij haar vraagt of ze hem aardig vindt en dat zij dan zegt, nee, en dat hij dan zegt: "Maar iedereen vindt me altijd aardig."' Hij giechelt. Ik grijns.

'Ik ben blij dat je hem goed vond.'

'Ja.'

'Zwart-wit is zo slecht nog niet.'

'Nee, ik vond hem mooi.'

'Je mag gerust nog meer films lenen.'

'Graag.'

'Maar ik wil niet dat je problemen met je ouders krijgt.' Nu kijkt hij weg en bestudeert de haard. 'Ik weet dat ze razend zijn,' ga ik door.

Hij snuift. 'Ze hebben hun eigen problemen.' Ogen weer mijn kant op. 'Het zijn echt moeilijke mensen. Echt supermoeilijk.'

'Ik denk dat veel jonge mensen dat van hun ouders vinden.'

'Nee, ze zijn echt moeilijk.'

Ik knik.

'Ik kan niet wachten tot ik ga studeren,' zegt hij. 'Nog twee jaar. Niet eens.'

'Weet je al waar je heen wilt?'

Hij schudt zijn hoofd. 'Niet echt. Ergens ver weg.' Hij haakt zijn arm achter zich en krabt op zijn rug. 'Ik heb hier toch geen vrienden.'

'Heb je een vriendinnetje?'

Hij schudt zijn hoofd.

'Vriendje?'

Hij kijkt me aan, verwonderd. Haalt zijn schouders op. 'Ik ben er nog niet uit,' verduidelijkt hij.

'Ik snap het.' Zouden zijn ouders op de hoogte zijn?

De staande klok dreunt eenmaal, tweemaal, driemaal, viermaal.

'De studio beneden,' zeg ik, 'is leeg.'

Ethan kijkt niet-begrijpend op. 'Waar is die man gebleven?'

'Hij is vertrokken.' Ik schraap opnieuw mijn keel. 'Dus... als je dat zou willen, kun jij hem gebruiken. De ruimte. Ik weet wat het is om je eigen plek nodig te hebben.'

Is dit een poging om Alistair en Jane een hak te zetten? Ik geloof het niet. Ik gelóóf het niet. Maar het is misschien fijn – het zóu fijn zijn, weet ik zeker – om iemand in huis te hebben. En dan nog wel een jong iemand, ook al is hij een eenzame tiener.

Ik ga door alsof ik iets aan de man moet brengen: 'Er is geen televisie, maar ik kan je het wifiwachtwoord geven. En er staat een bank.' Ik praat opgewonden, mezelf overtuigend. 'Je zou erheen kunnen gaan als het thuis moeilijk is.'

Hij spert zijn ogen open. 'Dat zou te gek zijn.'

Ik sta al voordat hij zich kan bedenken. Davids sleutel ligt in de keuken op het aanrecht, een zilveren vlek in het doffe licht. Ik pak hem en geef hem aan Ethan, die opgestaan is.

'Te gek,' herhaalt hij, terwijl hij hem in zijn zak stopt.

'Je kunt komen wanneer je wilt,' zeg ik.

Hij werpt een blik op de deur. 'Ik denk dat ik maar eens naar huis moet gaan.'

'Natuurlijk.'

'Bedankt voor...' Hij klopt op zijn zak. 'En voor de film.'

'Niets te danken.' Ik volg hem naar de hal.

Voordat hij de deur uit gaat, draait hij zich om, zwaait naar de bank – 'Meneertje is schuw vandaag,' zegt hij – en hij kijkt me aan. 'Ik heb een telefoon,' verkondigt hij trots.

'Gefeliciteerd.'

'Wilt u hem zien?'

'Zeker.'

Hij haalt een versleten iPhone tevoorschijn. 'Tweedehands, maar toch.'

'Te gek.'

'Welke generatie is die van u?

'Geen idee. De jouwe?'

'Zesde. Bijna de nieuwste.'

'Nou, fantastisch. Ik ben blij voor je.'

'Ik heb uw nummer opgeslagen. Wilt u het mijne?'

'Jouw nummer?'

'Ja.'

'Zeker.'

Hij tikt op zijn scherm en ik voel mijn telefoon diep in mijn ochtendjas trillen. 'Nu hebt u het mijne,' legt hij uit, en hij stopt zijn telefoon weg.

'Dank je wel.'

Hij steekt zijn hand uit naar de deurknop, laat dan zijn hand zakken en kijkt me, plotseling ernstig, aan.

'Ik vind het heel erg wat u allemaal hebt meegemaakt,' zegt hij, en zijn stem is zo zacht dat mijn keel zich dichtknijpt.

Ik knik.

Hij vertrekt. Ik sluit de deur achter hem.

Ik loop in gedachten verzonken terug naar de bank en kijk naar de als met sterren bespikkelde salontafel. Ik pak de afstandbediening. Ga verder met de film.

'Om je de waarheid te zeggen,' zegt Jimmy Stewart, 'vind ik het eigenlijk een beetje eng.'

ZATERDAG,
13 november

DRIEËNTACHTIG

Halfelf, en ik voel me anders.

Misschien kwam het door het slapen (twee temazepams, twaalf uur); misschien is het mijn maag – na Ethans vertrek, nadat de film was afgelopen, heb ik een boterham voor mezelf gemaakt. De bij benadering fatsoenlijkste maaltijd sinds een hele week.

Wat het ook is, waar het ook door komt, ik voel me anders.

Ik voel me beter.

Ik neem een douche. Ik sta onder de straal; het water doordrenkt mijn haren, stort zich op mijn schouders. Er gaan vijftien minuten voorbij. Twintig. Een halfuur. Als ik er gescrubd en geshampood onder vandaan kom, voelt mijn huid als nieuw. Ik hijs me in een spijkerbroek en een trui. (Een spijkerbroek! Wanneer droeg ik voor het laatst een spijkerbroek?)

Ik loop door de slaapkamer naar het raam en trek de gordijnen open; licht knalt door de kamer. Ik sluit mijn ogen, laat me verwarmen.

Ik voel me gevechtsklaar, bereid voor een confrontatie met de dag. Gereed voor een glas wijn. Een maar.

Ik loop op mijn gemak de trap af, ga elke kamer in, haal de jaloezieën op, trek de gordijnen open. Het huis wordt overspoeld door licht.

In de keuken schenk ik mezelf enkele vingers merlot in. ('Alleen scotch wordt in vingers gemeten,' kan ik Ed horen zeggen. Ik duw hem weg, schenk nog een vinger.)

Nu: *Vertigo*, tweede ronde. Ik installeer me op de bank, draai terug naar het begin, naar die dodelijke duik-en-springscène op het dak. Jimmy Stewart verschijnt in beeld, een ladder beklimmend. Ik heb recentelijk veel tijd met hem doorgebracht.

Een uur later, tijdens mijn derde glas:

'Hij had zich al voorbereid om zijn vrouw in een tehuis te laten opnemen,' dreunt de rechter, die het onderzoek voorzit, 'waar haar geestelijke gezondheid in handen zou zijn van gekwalificeerde specialisten.' Onrustig sta ik op om een nieuw glas in te schenken.

Vanmiddag, zo heb ik besloten, ga ik wat schaken, meld ik me aan op mijn klassiekefilmswebsite en ga ik misschien het huis schoonmaken – de kamers boven moeten nodig gestoft worden. Onder geen voorwaarde ga ik de buren begluren.

Zelfs de Russells niet.

Vooral de Russells niet.

Ik sta bij het keukenraam en kijk niet eens naar hun huis. Ik keer het mijn rug toe, loop terug naar de bank en ga liggen.

Er gaan enkele momenten voorbij.

'Het is jammer dat, haar suïcidale neigingen kennende...'

Ik werp een blik op de pillenuitstalling op het tafelblad. Dan ga ik rechtop zitten, plant mijn voeten op het kleed en veeg ze in één hand. Een klein bergje.

'De jury oordeelt dat Madeleine Elster zelfmoord heeft gepleegd terwijl ze niet bij zinnen was.'

Jullie vergissen je, denk ik. Zo is het niet gebeurd.

Ik laat de pillen, een voor een in hun potjes vallen. Schroef de deksels dicht.

Terwijl ik achteroverleun, vraag ik me af of Ethan zal komen. Misschien heeft hij zin om nog wat te praten.

'Verder dan hier kwam ik niet,' zegt Jimmy somber.

'Verder kwam ik niet,' herhaal ik.

Er is weer een uur verstreken; uit het westen valt licht schuin in de keuken. Inmiddels ben ik aardig beneveld. De kat hinkt de kamer binnen; hij kermt als ik zijn poot onderzoek.

Fronsend vraag ik me af of ik dit jaar ook maar één keer aan de dierenarts heb gedacht. 'Heel onverantwoordelijk van me,' laat ik Punch weten.

Hij knipoogt en nestelt zich tussen mijn benen.

Op het scherm dwingt Jimmy Kim Novak de klokkentoren te beklimmen. 'Ik kon haar niet volgen... God weet hoe hard ik het probeerde,' roept hij, Kim bij de schouders grijpend. 'Een mens krijgt niet vaak een tweede kans. *Ik wil niet langer achtervolgd worden.*'

'Ik wil niet langer achtervolgd worden,' zeg ik. Ik sluit mijn ogen, zeg het nogmaals. Streel de kat. Reik naar mijn glas.

'En zij was degene die stierf, niet jij. De echte vrouw,' roept Jimmy. Zijn handen liggen om haar keel. 'Jij was de kopie. Jij was de namaak.'

Er gaat iets in mijn hoofd af, als een waarschuwingssignaal. Een zachte toon, hoog en ver, gedempt, maar het leidt me af.

Het is echter van korte duur. Ik leun achterover en neem een slok wijn.

Een non, een gil, klokgelui en de film is afgelopen. 'Zo wil ik gaan,' deel ik de kat mede.

Ik sleep mezelf van de bank, zet Punch op de grond; hij klaagt. Breng mijn glas naar de gootsteen. Moet beginnen het huis aan kant te maken. Misschien wil Ethan nog eens langskomen – ik kan niet helemaal 'ver-Havisham'en'. (Nog zo'n keuze van Christine Grays boekenclub. Ik moet erachter zien te komen wat ze momenteel aan het lezen zijn. Dát kan vast en zeker geen kwaad.)

Boven in mijn werkkamer bezoek ik mijn schaakforum. Er verstrijken twee uren en buiten valt de avond. Ik win drie wedstrijden achter elkaar. Tijd om het te vieren. Ik haal een fles merlot uit de keuken – ik speel het best als ik lekker teut ben – en de trap op lopend schenk ik in waarbij ik wijn op de sisal mors. Dat zal ik later wel schoonmaken.

Twee uur verder, twee overwinningen verder. Ik ben niet meer te stoppen. Ik giet de laatste druppels uit de fles in mijn glas. Ik heb meer gedronken dan ik van plan was, maar morgen zal ik me beteren.

Bij de aftrap van mijn zesde wedstrijd denk ik na over de afgelopen twee weken, de koorts waardoor ik bevangen was. Die voelde als een hypnose, als Gene Tierney in *Whirlpool*; ze voelde als een gekte, als Ingrid Bergman in *Gaslight*. Ik deed dingen die ik me niet meer kan herinneren. Ik deed dingen níet die ik me wél kan herinneren. De klinisch psycholoog in me wrijft in haar handen: een periode van echte dissociatie? Dokter Fielding zal...

Verdomme.

Ik heb per ongeluk mijn dame geofferd – zag haar aan voor een loper. Ik vloek, het regent gvd's. Het is dagen geleden dat ik voor het laatst vloekte. Ik kauw op het woord, geniet ervan.

Maar toch. Die dame. Rook&Roll valt aan, natuurlijk, eist haar op.

WTF? Stuurt hij me als boodschap. Slechte zet LOL!!!

Zag het voor een ander stuk aan, leg ik uit, en breng het glas naar mijn lippen.

En dan verstijf ik.

VIERENTACHTIG

Stel dat...

Denk na.

Het vervaagt, als bloed in water.

Mijn hand verkrampt om het glas.

Stel dat...

Nee.

Ja.

Stel dat:

Jane – de vrouw die ik kende als Jane – helemaal niet Jane was?

...Nee.

...Ja.

Stel dat:

Dat ze gewoon heel iemand anders was?

Dat is wat Little tegen me zei. Nee – het is de hélft van wat Little tegen me zei. Hij zei dat de vrouw op nummer 207, de vrouw met het sluike kapsel en de slanke heupen absoluut, aantoonbaar Jane Russell is. Goed. Akkoord.

Maar stel dat de vrouw die ik heb ontmoet of dacht ontmoet te hebben, wel degelijk echt bestond, maar alleen iemand anders was die zich voor Jane uitgaf? Een schaakstuk dat ik aanzag voor een ander schaakstuk. Een loper die ik verwarde met een dame?

Stel dat zíj de kopie was – degene die doodging? Stel dat zíj de namaak was?

Mijn hand met het glas zweeft nog steeds voor mijn mond. Zet het glas nu op het bureau. Duwt het weg.

Maar waarom?

Denk na. Ga ervan uit dat ze echt bestond. Ja: negeer Little, negeer logica en ga ervan uit dat ik al die tijd gelijk had – of grotendeels gelijk. Ze bestond. Ze was hier. Ze was dáár, in hun huis. Waarom zouden de Russells haar bestaan ontkennen – waarom ontkénden ze dat? Ze hadden heel goed kunnen volhouden dat ze niet Jane was, maar ze gingen een stapje verder.

En hoe kon ze zoveel van hen weten? En waarom gaf ze zich voor een ander uit, gaf ze zich voor Jane uit?

'Wie zou ze dan zijn geweest?' vraagt Ed.

Nee. Stop.

Ik sta op, loop naar het raam. Kijk omhoog naar huize Russell – *dat huis*. Alistair en Jane staan in de keuken te praten; hij houdt een laptop in een hand, zij heeft haar armen over elkaar geslagen. Kijk maar mijn kant uit, denk ik. Ik voel me veilig in de donkerte van mijn werkkamer. Ik voel me onzichtbaar.

Een beweging in mijn ooghoek. Ik kijk omhoog, naar Ethans slaapkamer.

Hij staat aan het raam, een smal silhouet tegen het lamplicht achter hem. Beide handen zijn tegen de ruit gedrukt, alsof hij zijn best doet erdoorheen te kijken. Even later tilt hij één hand op. Zwaait naar me.

Mijn hart gaat sneller kloppen. Ik zwaai langzaam terug.

Volgende zet.

VIJFENTACHTIG

Bina neemt na de eerste bel op.

'Gaat het goed met je?'

'Ik ben...'

'Ik ben door je dokter gebeld. Hij maakt zich echt zorgen om je.'

'Weet ik.' Ik zit op de trap, gedompeld in zwak maanlicht. Bij mijn voet is een natte plek waar ik eerder op de avond wijn heb gemorst. Moet ik nog schoonmaken.

'Hij zegt dat hij geprobeerd heeft je te bellen.'

'Klopt. Het gaat goed met me. Zeg hem dat het goed met me gaat. Luister...'

'Heb je gedronken?'

'Nee.'

'Je klinkt... je slist.'

'Nee. Ik ben net wakker. Luister, ik heb zitten denken...'

'Ik dacht dat je net wakker was.'

Ik doe of ik dat niet hoor.

'Ik heb over een aantal dingen nagedacht.'

'Wat voor dingen?' vraagt ze vermoeid.

'De mensen aan de overkant van het park. Die vrouw.'

'O, Anna.' Ze zucht. 'Daar had ik donderdag met je over willen praten, maar je liet me niet eens binnen.'

'Weet ik. Het spijt me. Maar...'

'Die vrouw bestónd niet eens.'

'Nee. Ik kan alleen niet bewíjzen dat ze bestaat. Bestond.'

'Anna, dit is gekkenwerk. Het is voorbij.'

Ik zwijg.

'Er valt niets te bewijzen.' Met nadruk, bijna boos – zo heb ik haar nog nooit gehoord. 'Ik weet niet wat je je allemaal in je hoofd haalde of wat... je doormaakte, maar nu is het voorbíj. Je maakt een zooitje van je leven.'

Ik luister naar haar ademhaling.

'Hoe langer je hiermee doorgaat, des te langer gaat de genezing duren.'

Stilte.

'Je hebt gelijk.'

'Meen je dat echt?'

Ik zucht. 'Ja.'

'Zeg alsjeblieft dat je niet iets geks gaat uithalen.'

'Ga ik niet doen.'

'Ik wil dat je dat belooft.'

'Ik beloof het.'

'Ik wil dat je zegt dat het allemaal inbeelding was.'

'Het was allemaal inbeelding.'

Stilte.

'Bina, je hebt gelijk. Het spijt me. Het was... een naschok, of zoiets. Zoals neuronen na de dood prikkels blijven uitzenden.'

'Goed,' zegt ze en haar stem klinkt vriendelijker, 'daar weet ik niets vanaf.'

'Sorry. Wat ik wil zeggen is dat ik geen gekke dingen ga uithalen.'

'En dat belóóf je.'

'Dat beloof ik.'

'Dus als ik volgende week voor je oefeningen kom, zal ik niets... eh, verontrustends te horen krijgen.'

'Niets dan de verontrustende geluiden die ik gewoonlijk ten gehore breng.'

Ik luister naar haar glimlach. 'Dokter Fielding vertelde dat je weer naar buiten was gegaan. Naar de koffiebar.'

Een eeuwigheid geleden. 'Inderdaad.'

'Hoe was dat?'

'O, afschuwelijk.'

'Nog steeds.'

'Nog steeds.'

Weer stilte. 'Nog één keer...' zegt ze.

'Ik beloof het. Het was allemaal inbeelding.'
We nemen afscheid en hangen op.
Mijn hand wrijft mijn nek, zoals zo vaak als ik lieg.

ZESENTACHTIG

Ik moet nadenken alvorens te handelen. Ik kan me geen vergissingen veroorloven. Ik heb geen bondgenoten.

Of misschien één. Maar ik zal me niet tot hem wenden. Kan me niet tot hem wenden.

Denk na. Ik moet nadenken. En eerst moet ik slapen. Misschien komt het door de wijn – waarschijnlijk komt het door de wijn – maar ineens ben ik heel erg moe. Ik kijk op mijn telefoon. Bijna halfelf. De tijd vliegt.

Ik ga terug naar de woonkamer en doe het licht uit. De trap op naar de werkkamer, zet de computer uit (bericht van Rook&Roll: waar wasj???). Nog een trap op naar de slaapkamer. Punch hinkt achter me aan. Moet iets aan die poot doen. Misschien kan Ethan met hem naar de dierenarts gaan.

Ik werp een blik in de badkamer. Te uitgeput om mijn gezicht te wassen, mijn tanden te poetsen. Bovendien heb ik dat allebei vanochtend gedaan – ik zal het morgen inhalen. Ik trek mijn kleren uit, neem de kat in mijn armen en klim in bed.

Punch maakt een rondje lakens en nestelt zich in de uiterste hoek. Ik luister naar zijn ademhaling.

En weer, misschien komt het door de wijn – het komt bijna zeker door de wijn – kan ik niet slapen. Ik lig op mijn rug naar het plafond te staren, naar de richel van de kroonlijst langs de randen; ik rol op een zij en tuur de donkere gang in. Ik draai me op mijn buik en druk mijn gezicht in het kussen.

De temazepam. Nog steeds in het potje op de salontafel. Ik zou moeten opstaan en naar beneden gaan. In plaats daarvan rol ik me op mijn andere zij.

Nu kan ik naar de overkant van het park kijken. Huize Russell is naar bed gegaan. De keuken is donker; in de zitkamer zijn de gordijnen gesloten; Ethans kamer wordt slechts verlicht door de schimmige gloed van het computerscherm.

Ik staar ernaar tot het wazig voor mijn ogen wordt.

'Wat ga je doen, mama?'

Ik rol me om, begraaf mijn gezicht in het kussen, knijp mijn ogen dicht. Niet nu. Niet nu. Concentreer je op iets anders, wat dan ook.

Concentreer je op Jane.

Ik spoel terug. Ik speel het gesprek met Bina nogmaals af; ik stel me Ethan bij het raam voor, met zijn rug naar het licht, vingers gespreid tegen de ruit. Ik verander van film, zip door *Vertigo*, door Ethans bezoek. De eenzame uren van de week spoelen in omgekeerde volgorde langs; mijn keuken vol bezoekers – de inspecteurs, David, Alistair en Ethan. Nu versnelde, wazige beelden, de koffiebar, het ziekenhuis, de nacht dat ik haar zag sterven, de camera springt van de vloer naar mijn handen – terug, terug, terug naar het moment waarop ze zich van het aanrecht naar me omdraait en me aankijkt.

Stop. Ik draai me op mijn rug en open mijn ogen. Boven me spreidt zich het plafond, een projectiescherm.

En in beeld komt Jane – de vrouw die ik kende als Jane. Ze staat bij het keukenraam, die vlecht bungelend op haar rug.

In slow motion wordt de scène opnieuw afgedraaid.

Jane draait zich naar mij toe en ik zoom in op haar levendige gezicht, de felle ogen, het glanzende zilveren medaillon. Nu achteruit en breedbeeld; in één hand een glas water, in de andere een glas met cognac. 'Geen idee of cognac wel wérkt!' kwinkelt ze in stereo.

Ik bevries het beeld.

Wat zou Wesley zeggen? *Laten we ons onderzoek toespitsen*, Fox.

Vraag één: waarom stelt ze zich aan mij voor als Jane Russell?

...Vraag één, addendum. Dóet ze dat? Ben ik niet degene die het eerst praat en haar zo noemt?

Ik spoel weer terug, tot het moment dat ik voor het eerst haar stem hoor. Ze draait zich weer terug naar de gootsteen. Ik speel af: 'Ik was net op weg naar het huis verderop...'

Ja, dat was het – dat was het moment waarop ik besloot wie ze was. Het moment dat ik verkeerd heb geïnterpreteerd.

Dus, tweede vraag: hoe reageert ze? Ik spoel door, tuur naar het plafond, stel scherp in op haar mond als ik mezelf hoor praten: 'U bent de vrouw van de overkant van het park,' zeg ik. 'U bent Jane Russell.'

Ze bloost. Ze opent haar mond. Ze zegt...

En nu hoor ik iets anders, iets buiten het beeld.

Iets beneden.

Het geluid van brekend glas.

ZEVENENTACHTIG

Als ik 911 bel, hoe snel zijn ze dan hier? Als ik Little bel, neemt hij dan op?

Mijn hand tast opzij.

Geen telefoon.

Ik bevoel het kussen naast me, de dekens. Niets. De telefoon is niet hier.

Denk na. *Denk na*. Wanneer heb ik hem voor het laatst gebruikt? Op de trap, toen ik met Bina zat te praten. En daarna – en daarna ging ik naar de woonkamer om het licht uit te doen. Wat deed ik met de telefoon? Nam ik hem mee naar de werkkamer? Heb ik hem daar laten liggen?

Doet er niet toe, besef ik. Ik heb hem niet.

Opnieuw wordt de stilte door dat geluid onderbroken. Krakend glas.

Ik stap uit bed, één been na het andere been, druk mijn voeten in het tapijt. Duw mezelf omhoog. Vind mijn ochtendjas over een stoel gehangen, trek hem aan. Loop op mijn tenen naar de deur.

Op de gang valt grijs licht door het daklicht. Ik sluip door de deuropening, druk me plat tegen de muur. Omlaag langs de bocht in de trap, met ingehouden adem en bonkend hart.

Ik kom aan op de volgende overloop. Beneden is alles stil.

Langzaam – langzaam loop ik op mijn tenen naar de werkkamer, voel de sisal aan mijn voeten, dan tapijt. Vanuit de deuropening scan ik het bureau. Daar ligt de telefoon niet.

Ik draai me om. Ik ben één verdieping verwijderd. Ik ben ongewapend. Ik kan niet om hulp roepen.

Beneden het geluid van versplinterend glas.

Ik huiver, stoot mijn heup tegen de knop van de gangkast.

De gangkast.

Ik grijp de knop, draai hem om. Hoor de klik en trek de deur open.

Koolzwarte duisternis gaapt me tegemoet. Ik doe een stap naar voren.

Binnen zwaai ik mijn hand naar rechts, strijk met mijn vingers langs een plank. Het lichtkoord slaat tegen mijn voorhoofd. Kan ik het riskeren? Nee – te veel licht; het zou doorschijnen naar de trap.

Ik tast verder in het donker, beide handen nu als waaiers, alsof ik blindemannetje speel. Totdat een hand iets raakt: het koele metaal van de gereedschapskist. Ik zoek op de tast naar de sluitingen, open die en steek mijn hand erin.

Het stanleymes.

Ik loop achteruit de kast uit, het wapen in mijn gebalde hand en knip het open; het mes springt tevoorschijn, glimt in een straal maanlicht. Ik loop naar de trap, mijn elleboog tegen mijn lichaam gedrukt, het mes recht vooruit gericht. Met mijn andere hand grijp ik de trapleuning. Ik zet een voet vooruit.

En dan herinner ik me de telefoon in de bibliotheek. De vaste telefoon. Op enkele meters afstand. Ik draai me om.

Maar voordat ik een stap kan doen, hoor ik een ander geluid van beneden.

'Mevrouw Fox,' roept iemand. 'Kom gezellig bij me in de keuken.'

ACHTENTACHTIG

Ik ken de stem.

Het mes trilt in mijn hand terwijl ik mij naar beneden begeef, behoedzaam, de trapleuning glad aan mijn handpalm. Ik hoor mijn ademhaling. Ik hoor mijn voetstappen.

'Mooi zo. Wat sneller, alstublieft.'

Ik ben beneden, blijf aarzelend voor de deuropening staan. Ik haal zo diep adem dat ik kuch, me verslik. Ik probeer het te onderdrukken, ook al weet hij dat ik er ben.

'Kom verder.'

Ik loop verder.

De keuken baadt in het maanlicht, dat de werkbladen met zilver bekleedt, de lege flessen bij het raam vult. De kraan glanst; de gootsteen is een helder bassin. Zelfs het hout glimt.

Hij leunt tegen het keukenblok, een silhouet in wit licht, plat als een schaduw. Aan zijn voeten glinstert gruis: glasscherven en -splinters liggen verspreid over de vloer. Op het werkblad naast hem tekent zich in het volle maanlicht een skyline van flessen en glazen af.

'Sorry voor...' – hij zwaait zijn arm om zich heen – 'de rotzooi. Ik had geen zin om naar boven te gaan.'

Ik zeg niets, maar buig mijn vingers om het heft van het stanleymes.

'Mijn geduld is op, mevrouw Fox,' zucht Alistair; hij draait zijn hoofd opzij, zodat ik zijn profiel afgetekend tegen het licht zie, het hoge voorhoofd, de scherpe neus. 'Dókter Fox. Of hoe... u zichzelf ook laat noemen.' Zijn woorden druipen van de drank. Ik realiseer me dat hij erg dronken is.

‘Mijn geduld is op,’ herhaalt hij. ‘Ik heb een heleboel geslikt.’ Hij snuift, kiest een glas uit en rolt het tussen zijn handen. ‘Wij allemaal, maar vooral ik.’ Nu zie ik hem duidelijker; zijn jack is dichtgeritst tot aan de kraag en hij draagt donkere handschoenen. Mijn keel knijpt zich dicht.

Ik reageer nog steeds niet. In plaats daarvan beweeg ik me richting de lichtknop en strek mijn hand uit.

Glas explodeert op enkele centimeters van mijn uitgestrekte hand. Ik spring achteruit. ‘Blijf verdomme van het licht af,’ blaft hij.

Ik sta roerloos, mijn vingers om de deurlijst verkrampt.

‘Ze hadden ons voor u moeten waarschuwen.’ Hij schudt zijn hoofd, lacht.

Ik slik. Zijn lach vloeit weg, sterft.

‘U had mijn zoon de sleutel van uw studio gegeven.’ Hij houdt hem omhoog. ‘Die kom ik terugbrengen.’ De sleutel rinkelt als hij hem op het keukenblok laat vallen. ‘Ook als u niet zo ... gódallemachtig gestoord zou zijn, zou ik hem geen tijd laten doorbrengen met een volwassen vrouw.’

‘Ik bel de politie,’ fluister ik.

Hij snuift. ‘Ga uw gang. Hier is uw telefoon.’ Hij pakt hem op van het aanrecht en gooit hem op in zijn hand, eenmaal, tweemaal.

Ja – ik heb hem in de keuken laten liggen. En even denk ik dat hij hem op de grond zal gooien, tegen de muur zal smijten; maar in plaats daarvan legt hij hem terug naast de sleutel. ‘In de ogen van de politie bent u een lachertje,’ zegt hij, een stap naar me toe zettend. Ik houd het stanleymes omhoog.

‘O!’ Hij grinnikt. ‘Ó! Wat wilt u dáármee beginnen?’ Hij doet nog een stap naar voren.

Ditmaal doe ik hetzelfde.

‘Ga mijn huis uit,’ zeg ik tegen hem. Mijn arm trilt; mijn hand beeft. Het mes glanst in het licht, een klein zilveren schijfje.

Hij beweegt niet meer, houdt zijn adem in.

‘Wie was die vrouw?’ vraag ik.

En ineens grijpt zijn hand naar mijn keel en pakt me beet. Duwt me achteruit, zodat mijn hoofd met een harde klap tegen de muur slaat. Ik schreeuw het uit. Zijn vingers drukken zich in mijn huid.

‘U hallucineert.’ Zijn drankverhitte adem brandt in mijn gezicht, prikt in mijn ogen. ‘Blijf uit de buurt van mijn zoon. Blijf uit de buurt van mijn vrouw.’

Ik kokhals, stik. Met één hand klauw ik naar zijn vingers, krab met mijn nagels over zijn pols.

Met de andere richt ik het mes naar zijn zij.

Maar ik schiet mijn doel voorbij en het mes klettert op de grond. Hij gaat erop staan, knijpt mijn keel dicht. Ik kreun.

'Blijf verdómme uit de buurt van ons allemaal,' sist hij.

Er gaat een moment voorbij.

Nog een.

Mijn zicht vertroebelt. Tranen rollen over mijn wangen.

Ik verlies het bewustzijn...

Hij laat mijn keel los. Ik glijd op de grond, snakkend naar adem.

Nu staat hij dreigend boven me. Hij trekt zijn voet krachtig achteruit en schopt het stanleymes een hoek in.

'Vergeet dit niet,' zegt hij, hijgend, met een rauwe stem. Ik kan niet naar hem kijken.

Maar ik hoor hem nog een woord zeggen, klein, breekbaar zacht: 'Alstublieft.'

Stilte. Ik zie zijn gelaarsde voeten omdraaien, weglopen.

Terwijl hij langs het keukenblok loopt, veegt hij er met zijn arm overheen. Een glasgolf stort zich op de vloer, versplinterend, rinkelend. Ik probeer te schreeuwen. Mijn keel piept.

Hij loopt naar de deur, draait het slot om. Ik hoor de voordeur opengaan, dichtslaan.

Ik sla mijn armen om me heen, één hand tast mijn keel af, de andere klemt zich om mijn lichaam. Ik barst in huilen uit.

En als Punch door de deuropening komt hinken en voorzichtig mijn hand likt, huil ik alleen maar harder.

ZONDAG,
14 november

NEGENENTACHTIG

In de badkamerspiegel bekijk ik mijn keel. Vijf blauwe plekken, diep paarsblauw, rondom mijn hals een donkere afdruk.

Ik kijk omlaag naar Punch, die opgerold op de vloer zijn lamme pootje likt. Mooi stel zijn we.

Ik zal van gisteravond geen aangifte doen bij de politie. Zal het niet en kan het niet. Natuurlijk is er bewijs, echte vingerafdrukken op mijn huid, maar ze zullen allereerst willen weten waarom Alistair hier was en de waarheid is... tja. *Ik bood een tiener, wiens familie ik stalkte en lastigviel, onderdak aan in mijn souterrain. U snapt wel, als vervanging voor mijn dode kind en mijn dode echtgenoot.* Het zou geen goede indruk maken.

'Zou geen goede indruk maken,' zeg ik, om mijn stem te testen. Die klinkt zwak, verschrompeld.

Ik verlaat de badkamer en loop de trap af. Onder in de zak van mijn ochtendjas botst mijn telefoon tegen mijn dij.

Ik veeg het glas op, de gebroken glazen en lege flessen; verzamel de splinters en scherven van de vloer, gooi ze in een vuilniszak. Probeer er niet aan te denken hoe hij me vastgreep, mijn keel dichtklemde. Op me neerkeek. Het glinsterende puin onder zijn voeten vertrapte.

Onder mijn pantoffels schittert het witte berkenhout als een strand.

Aan de keukentafel speel ik met het stanleymes, luister hoe het lemmet in en uit knipt.

Ik kijk naar de overkant van het park. Huize Russell kijkt terug; de ramen zijn leeg. Ik vraag me af waar ze zijn. Ik vraag me af waar hij is.

Ik had beter moeten richten. Had meer kracht moeten zetten. Ik stel me voor hoe het mes door zijn jasje snijdt, zijn huid openrijt.

En dan had je met een gewonde man opgescheept gezeten.

Ik leg het stanleymes neer en breng een beker naar mijn mond. Er is geen thee in de kast – Ed gaf niet om thee en ik dronk liever iets anders – dus nip ik warm, met zout op smaak gebracht water. Het brandt in mijn keel. Ik krimp ineen.

Ik kijk weer naar de andere kant van het park. Dan sta ik op en laat de jaloezie voor het raam helemaal neer.

De afgelopen avond lijkt op een koortsdroom, een rookkringel. Het filmdoek op mijn plafond. De kreet van snerpend glas. De donkere kast. Het trappenhuis. En hij staat daar, roept me, wacht me op.

Ik bevoel mijn keel. *Vertel me niet dat het een droom was, dat hij hier nooit geweest is.* Waar – ja: opnieuw *Gaslight.*

Want het was geen droom. (*Dit is geen droom! Dit gebeurt echt!* – Mia Farrow, *Rosemary's Baby.*) Iemand is mijn huis binnengedrongen. Iemand heeft mijn spullen kapotgemaakt. Iemand heeft mij bedreigd. Iemand heeft mij geweld aangedaan. En ik kan niets beginnen.

Ik kan helemaal níets beginnen. Nu weet ik dat Alistair gewelddadig is; nu weet ik waartoe hij in staat is. Maar hij heeft gelijk: de politie zal niet luisteren. Volgens dokter Fielding hallucineer ik. Ik heb Bina gezegd, haar bezworen, dat ik erbovenop ben. Ethan is onbereikbaar. Wesley telt niet meer mee. Er is niemand.

'Raad eens?'

Zij, ditmaal, zwak maar duidelijk.

Nee. Ik schud mijn hoofd.

Wie was die vrouw? vroeg ik Alistair.

Als ze bestond.

Ik weet het niet. Ik zal het nooit weten.

NEGENTIG

De rest van de ochtend blijf ik in bed en vervolgens de middag, terwijl ik probeer niet te huilen, probeer niet te denken – aan de afgelopen avond, aan vandaag, aan morgen, aan Jane.

Achter de ramen stapelen wolken zich op, hun donkere buiken hangen laag. Ik klik op de weerapp op mijn telefoon. Later vanavond onweersbuien.

Er valt een mistroostige schemering. Ik trek de gordijnen dicht, klap mijn laptop open en zet hem naast me; hij warmt de lakens terwijl ik *Charade* stream.

'Wat moet ik doen om het u naar de zin te maken?' vraagt Cary Grant. 'Het volgende slachtoffer worden?'

Ik huiver.

Tegen de tijd dat de film is afgelopen, slaap ik half. De eindmuziek zwelt aan; ik steek een hand uit naar de laptop en klap hem dicht.

Enige tijd later word ik gewekt door mijn zoemende telefoon.

Noodalarm
Zware regenval voor deze streek tot 03.00 EDT. Vermijd overstromingsgebieden. Houd lokale berichten in de gaten. NWD.

Waakzaam die Nationale Weersverwachting Dienst. Ik ben echt van plan overstromingsgebieden te mijden. Ik laat een gaap gaan, sleep mezelf uit bed en schuifel naar de gordijnen.

Buiten is het donker. Nog geen regen, maar de lucht hangt lager, wolken zijn gezakt; de takken van de platanen bewegen. Ik kan de wind horen. Ik sla één arm om me heen.

Aan de overkant van het park gaat een licht aan in de keuken van de Russells: hij, op weg naar de koelkast. Hij opent de deur, haalt er een fles uit – bier denk ik. Gaat hij zich weer bedrinken?

Mijn vingers strekken zich naar mijn keel zonder hem aan te raken. De kneuzingen doen pijn.

Ik trek de gordijnen dicht en ga weer naar bed. Wis het bericht van mijn telefoon, kijk hoe laat het is: 21.29. Ik zou nog een film kunnen kijken. Ik zou nog een borrel kunnen nemen.

Mijn hand trommelt afwezig op het scherm. Een borrel, denk ik. Een maar – slikken doet pijn.

Een kleur flakkert bij mijn vingertoppen. Ik kijk naar mijn telefoon; ik heb de fotogalerij geopend. Mijn hart slaat over: daar is de foto waarop ik lig te slapen. De foto die ik zogenaamd heb genomen.

Ik krimp in elkaar. Even later wis ik hem.

Onmiddellijk verschijnt de voorafgaande foto.

Even herken ik die niet. Dan weet ik het weer: ik nam het kiekje vanuit het keukenraam. Een zonsondergang, sorbetoranje, verre gebouwen bijten erin als tanden. De straat in een gouden licht. Een enkele vogel bevroren in de lucht, vleugels wijd opengeslagen.

En weerspiegeld in het glas de vrouw die ik als Jane kende.

EENENNEGENTIG

Doorschijnend, vaag bij de randen – maar in de linkerbenedenhoek als een geestverschijning onmiskenbaar Jane. Ze kijkt in de camera, op ooghoogte, lippen vaneen. Een arm strekt zich buiten het kader, bezig een sigaret in een kom uit te drukken, herinner ik me. Boven haar hoofd hangt een dikke rookkringel. Het tijdstempel geeft 18.04 aan, de datum bijna twee weken geleden.

Jane. Ik zit met ingehouden adem over het scherm gebogen.

Jane.

De wereld is een prachtige plek, zei ze.

Vergeet dat niet en laat hem niet aan je voorbijgaan, zei ze.

Brave meid, zei ze.

Al die dingen zéi ze, want ze bestond écht.

Jane.

Ik laat me uit bed rollen, waarbij ik de lakens meetrek en de laptop op de grond glijdt. Ren naar het raam, trek de gordijnen open.

Nu branden de lichten in de zitkamer van de Russells – de kamer waar het allemaal begon. En daar zitten die twee, op die gestreepte tweezitsbank: Alistair en zijn vrouw. Hij onderuitgezakt met een bierflesje in zijn hand; zij heeft haar benen onder zich gevouwen en strijkt met haar hand door haar glanzende haar.

De léugenaars.

Ik kijk naar de telefoon in mijn hand.

Wat doe ik hiermee?

Ik weet wat Little zou zeggen, zal zeggen: de foto bewijst niets anders dan zijn eigen bestaan – en dat van een anonieme vrouw.

'Dokter Fielding zal ook niet naar je luisteren,' zegt Ed.

Hou je mond.

Maar hij heeft gelijk.

Denk na. Denk na.

'En Bina, mammie?'

Hou op.

Denk na.

Er is maar één zet mogelijk. Mijn ogen gaan van de zitkamer naar de donkere slaapkamer erboven.

Neem de pion.

'Hallo?'

De stem van een klein vogeltje, breekbaar en zwak. Ik tuur door het donker in zijn raam. Hij is nergens te zien.

'Je spreekt met Anna,' zeg ik.

'Weet ik.' Bijna gefluisterd.

'Waar ben je?'

'In mijn kamer.'

'Ik zie je niet.'

Even later verschijnt hij aan het raam als een geest, slank en bleek in een wit T-shirt. Ik leg een hand tegen de ruit.

'Zie je mij?' vraag ik.

'Ja.'

'Ik wil graag dat je hierheen komt.'

'Kan niet.' Hij schudt zijn hoofd. 'Ik mag niet.'

Ik laat mijn blik naar de zitkamer zakken. Alistair en Jane hebben zich niet bewogen.

'Dat weet ik, maar het is heel belangrijk. Héél erg belangrijk.'

'Mijn vader heeft de sleutel afgepakt.'

'Dat weet ik.'

Stilte. 'Als ik u kan zien...' zijn stem sterft weg.

'Wat?'

'Als ik u kan zien, kunnen zij u ook zien.'

Ik zet een voet achteruit, trek de gordijnen dicht op een kier na. Check de zitkamer. Nog hetzelfde.

'Kom alsjeblieft,' zeg ik. 'Je bent niet...'

'Wat?'

'Je bent... wanneer kun je het huis uit?'

Weer een stilte. Ik zie hoe hij op zijn telefoon kijkt, hem weer tegen zijn oor houdt. 'Mijn ouders kijken om tien uur naar *The Good Wife*. Misschien dat ik dan naar buiten kan glippen.'

Nu kijk ik op mijn telefoon. Twintig minuten. 'Prima. Mooi.'

'Is alles oké?'

'Ja.' Maak hem niet bang. *Je bent niet veilig*. 'Maar er is iets waarover ik met jou moet praten.'

'Morgen zou ik makkelijker kunnen komen.'

'Het kan niet wachten. Echt...'

Ik kijk omlaag. Jane staart naar haar schoot, een flesje bier omklemmend.

Alistair is weg.

'Hang op,' zeg ik met overslaande stem.

'Waarom?'

'Hang óp.'

Zijn mond valt open.

Ineens baadt zijn kamer in een zee van licht.

Achter hem staat Alistair, zijn hand op de lichtknop.

Ethan draait zich vliegensvlug om. Ik hoor de verbinding verbroken worden.

En ik bekijk in stilte de scène.

Alistair staat dreigend in de deuropening, zegt iets. Ethan doet een stap naar voren, houdt zijn hand omhoog, zwaait met de telefoon.

Even staan ze roerloos.

Dan stapt Alistair op zijn zoon af. Pakt de telefoon. Bekijkt hem.

Kijkt naar Ethan.

Loopt langs hem heen naar het raam, met een woedende blik. Ik loop verder achteruit.

Hij spreidt zijn armen, klapt de luiken voor de ramen dicht. Drukt ze tegen elkaar.

De kamer is verzegeld.

Schaakmat.

TWEEËNNEGENTIG

Ik draai mijn rug naar de gordijnen en staar in mijn slaapkamer.

Ik wil er niet aan denken wat zich aan de overkant afspeelt. Door mijn toedoen.

Ik loop schoorvoetend naar de trap. Bij elke stap denk ik aan Ethan, achter die ramen, alleen met zijn vader.

Omlaag, omlaag, omlaag.

Ik kom in de keuken. Terwijl ik een glas afspoel in de gootsteen, rommelt de donder en ik gluur door de jaloezieën. De wolken jagen nu sneller, de takken van de bomen zwiepen. De wind trekt aan. Het noodweer is in aankomst.

Ik zit aan de tafel met een merlot. Op het etiket staat *Silver Bay, New Zealand* onder een kleine tekening van een schip op woelige baren. Misschien kan ik naar New Zealand verhuizen en daar opnieuw beginnen. Silver Bay klinkt mooi. Ik zou graag weer willen zeilen.

Als ik ooit dit huis verlaat.

Ik loop naar het raam en licht een lamel op; regen tikt tegen de ruit. Ik kijk naar de overkant van het park. De blinden zijn nog steeds gesloten.

Ik ben net weer bij de tafel als de deurbel gaat.

Hij scheurt door de stilte als een alarm. Mijn hand schiet uit; wijn morst over de rand van het glas. Ik kijk naar de deur.

Hij is het. Alistair.

Een panische angst bevangt me. Mijn vingers graven in mijn zak, omklemmen de telefoon. En met mijn andere hand pak ik het stanleymes.

Ik loop langzaam de keuken door. Kom bij de intercom. Zet mezelf schrap, kijk op het scherm.

Ethan.

Mijn longen ontspannen zich.

Ethan wiegt heen en weer op zijn hielen met zijn armen om zich heen geslagen. Ik druk op de knop en draai de sloten om. Even later staat hij binnen; zijn haar glinstert van regendruppels.

'Wat kom je doen?'

Hij staart me aan. 'U zei dat ik moest komen.'

'Ik dacht dat je vader...'

Hij sluit de deur, loopt langs me heen de woonkamer in. 'Ik zei dat het een vriend van zwemmen was.'

'Hij controleerde toch je telefoon?' vraag ik, achter hem aan lopend.

'Ik heb uw nummer onder een andere naam opgeslagen.'

'Stel dat hij me had teruggebeld?'

Ethan haalt zijn schouders op. 'Heeft-ie niet gedaan. Wat is dat?' Hij kijkt naar het stanleymes.

'Niets.' Ik laat het in mijn zak glijden.

'Mag ik even naar de wc?'

Ik knik.

Terwijl hij in de rode ruimte is, tik ik op mijn telefoon, bereid mijn zet voor.

De wc wordt doorgespoeld, de kraan loopt en hij komt weer aangelopen. 'Waar is Punch?'

'Geen idee.'

'Hoe gaat het met zijn poot?'

'Goed.' Op dit moment vind ik die niet belangrijk. 'Ik wil je iets laten zien.' Ik druk de telefoon in zijn hand. 'Klik eens op fotogalerie.'

Hij kijkt me aan, een diepe frons in zijn voorhoofd. 'Klik dan,' zeg ik nog eens.

Terwijl hij dat doet, bestudeer ik zijn gezicht. De staande klok begint tien uur te slaan. Ik houd mijn adem in.

Even niets. Hij reageert niet. 'Onze straat. Bij zonsopgang,' zegt hij. 'O... wacht even, dat is het westen. Dus is het zonson...'

Hij zwijgt.

Nu komt het.

Er gaat een moment voorbij.

Hij kijkt me met wijd open ogen aan.

Zes slagen. Zeven.
Hij opent zijn mond.
Acht. Negen.
'Wat...' begint hij.
Tien.
'Ik denk dat het tijd is voor de waarheid,' zeg ik.

DRIEËNNEGENTIG

Als de laatste slag weergalmt, staat hij voor me; hij haalt ternauwernood adem, tot ik hem bij een schouder grijp en naar de bank duw. We gaan zitten; Ethan heeft nog steeds de telefoon in zijn hand.

Ik zeg niets, kijk alleen maar naar hem. Mijn hart gaat tekeer als een vlieg in een val. Ik vouw mijn handen in mijn schoot zodat ze niet trillen.

Hij fluistert iets.

'Wat?'

Schraapt zijn keel. 'Wanneer hebt u die gevonden?'

'Vanavond, vlak voordat ik jou belde.'

Een knik.

'Wie is zij?'

Hij kijkt nog steeds naar de telefoon. Even denk ik dat hij me niet heeft gehoord.

'Wie is...'

'Zij is mijn moeder.'

Ik zeg geërgerd: 'Maar de inspecteur heeft gezegd dat jouw moeder...'

'Mijn échte moeder. Biologische.'

Ik staar hem aan. 'Ben je geadopteerd?'

Hij zegt niets, knikt alleen maar nogmaals, met neergeslagen ogen.

'Dus...' Ik leun voorover, strijk mijn vingers door mijn haren. 'Dus...'

'Ze... ik weet niet waar ik moet beginnen.'

Ik sluit mijn ogen, negeer mijn eigen verwarring. Hij heeft een loods nodig. Die kan ik zijn.

Ik buig me naar hem toe, strijk mijn ochtendjas glad over mijn dijen, kijk hem aan. 'Wanneer ben je geadopteerd?' vraag ik.

Hij zucht, leunt achterover; onder zijn gewicht ontsnapt lucht uit de kussens. 'Toen ik vijf was.'

'Waarom toen pas?'

'Omdat ze een... ze was aan de drugs.' Aarzelend, als een veulen dat zijn eerste stappen zet. Hoe vaak heeft hij dit al gezegd? 'Ze was aan de drugs en nog erg jong.'

Dat verklaart waarom Jane er zo jong uitzag.

'Dus kwam ik bij mijn vader en moeder in huis.' Ik bestudeer zijn gezicht, het puntje van zijn tong bevochtigt zijn lippen, zijn slapen glimmen van de regen.

'Waar ben je opgegroeid?' vraag ik.

'Vóór Boston?'

'Ja.'

'In San Francisco. Daar hebben mijn ouders me geadopteerd.'

Ik onderdruk de neiging om hem aan te raken. In plaats daarvan pak ik de telefoon uit zijn hand en leg die op de tafel.

'Ze heeft me een keer teruggevonden,' gaat hij door. 'Toen ik twaalf was. Ze vond ons in Boston. Ze belde bij ons aan en vroeg aan mijn vader of ze me mocht spreken. Hij zei nee.'

'Dus je hebt haar niet gesproken?'

'Nee.' Hij zwijgt, haalt diep adem; zijn ogen schitteren. 'Mijn ouders waren woedend. Ze zeiden tegen me dat als ze ooit weer met me in contact probeerde te komen... dat ik hen dan moest waarschuwen.'

Ik knik, leun achterover. Hij praat nu vrijuit.

'En toen verhuisden we hiernaartoe.'

'Maar je vader werd ontslagen.'

'Ja.' Bedachtzaam.

'Waarom?'

Hij friemelt met zijn handen. 'Iets met de vrouw van zijn baas. Ik weet het niet. Ze maakten er heel veel ruzie over.'

Het is allemaal erg geheimzinnig. Er had een licht leedvermaak in Alex' stem geklonken. Nu snap ik het. Een kleine affaire. Niets speciaals. Ik vraag me af of het de moeite waard was.

'Meteen nadat we hierheen waren verhuisd, ging mijn moeder terug naar Boston om een paar dingen te regelen. En om niet bij mijn vader te zijn, denk ik. En toen ging hij erheen en lieten ze me alleen, voor een nachtje. Dat was al eens eerder gebeurd. En toen kwam zij.'

'Je biologische moeder?'

'Ja.'
'Hoe heet ze?'
Hij haalt zijn neus op. Veegt hem af. 'Katie.'
'En ze belde bij jou aan?'
'Ja.' Haalt nogmaals zijn neus op.
'Wanneer? Precies?'
'Dat weet ik niet meer.' Schudt zijn hoofd. 'Of wacht even... het was Halloween.'
De avond dat ik haar ontmoette.
'Ze vertelde me dat ze... "clean" was,' zegt hij; hij kijkt er zuinig bij, alsof hij een natte handdoek vasthoudt. 'Ze gebruikte geen drugs meer.'
Ik knik.
'Ze zei dat ze online had gelezen dat mijn vader was overgeplaatst en dat ze ontdekt had dat we naar New York verhuisden. Dus volgde ze ons hierheen. En ze moest nog beslissen wat ze zou doen toen mijn ouders naar Boston gingen.' Hij zwijgt en krabt met een hand zijn andere.
'En wat gebeurde er toen?'
'En toen...' Zijn ogen zijn nu gesloten. 'Toen belde ze aan.'
'En je sprak met haar?'
'Ja. Ik liet haar binnen.'
'Dat was op Halloween?'
'Ja. Overdag.'
'Ik heb haar die middag ontmoet,' zeg ik.
Hij knikt met zijn hoofd omlaag. 'Ze ging naar haar hotel om een fotoalbum te halen. Ze wilde me een paar oude foto's laten zien. Babyfoto's en zo. En op de terugweg kwam ze u tegen.'
Ik denk aan haar armen om mijn middel, haar haren die langs mijn wang strijken. 'Maar ze stelde zich aan mij voor als jouw moeder. Jouw... als Jane Russell.'
Hij knikt weer.
'Dat wist je.'
'Ja.'
'Maar waarom? Maar waarom stelde ze zich aan mij voor als iemand die ze niet was?'
Eindelijk kijkt hij me aan. 'Dat deed ze niet. Ze zei dat u haar bij mijn moeders naam noemde, en ze kon zo snel geen excuus bedenken. U moet niet vergeten dat ze hier eigenlijk niet mocht zijn.' Hij gebaart om zich heen. 'Ze mocht niet *hier* zijn.' Hij zwijgt, krabt weer aan zijn hand. 'En ik

denk dat ze het leuk vond om te doen alsof ze… u weet wel, mijn moeder was.'

Een donderslag alsof de hemel in tweeën splijt. We schrikken beiden op.

Even later dring ik aan: 'En wat gebeurde er daarna. Nadat ze me geholpen had?'

Hij richt zijn blik op zijn vingers. 'Ze kwam terug naar ons huis en we praatten nog wat. Over hoe ik als baby was geweest. Hoe het haar was vergaan nadat ze me had afgestaan. Ze liet me foto's zien.'

'En toen?'

'Toen is ze vertrokken.'

'Ging ze terug naar haar hotel?'

Weer nee met zijn hoofd, langzamer.

'Waar ging ze naartoe?'

'Nou, dat wist ik toen nog niet.'

Mijn maag krampt. 'Waar ging ze naartoe?'

Hij kijkt me nu weer aan. 'Hiernaartoe.'

De klokt tikt.

'Hoe bedoel je?'

'Ze kwam die vent tegen die beneden woont. Of woonde.'

Ik kan mijn oren niet geloven. 'David?'

Nu een knik.

Ik denk aan de ochtend na Halloween, toen ik water door de leidingen hoorde stromen terwijl David en ik de dooie rat bekeken. Ik denk aan de oorbel op zijn nachtkastje. *Die was van een vrouw die Katherine heette.* Katie.

'Ze was hier in het souterrain,' zeg ik.

'Dat hoorde ik pas later,' zegt hij nadrukkelijk.

'Hoelang is ze hier gebleven?'

'Tot…' Zijn stem verschrompelt in zijn keel.

'Tot wat…?'

Nu verstrengelt hij zijn vingers. 'De dag na Halloween kwam ze terug en hebben we wat gepraat en ik zei dat ik mijn ouders zou zeggen dat ik haar, eh, officieel wilde ontmoeten. Want ik ben bijna zeventien en als ik achttien ben kan ik doen wat ik wil. Dus de volgende dag belde ik mijn vader en moeder om hun dat te zeggen.

Mijn vader ontplofte,' gaat hij verder. 'Mijn moeder was, eh, kwaad, maar mijn vader was rázend. Hij kwam meteen terug en wilde weten waar ze was, en toen ik hem dat niet wilde zeggen, toen...' Er rolt een traan over zijn wang.

Ik leg een hand op zijn schouder. 'Heeft hij je geslagen?' vraag ik.

Hij knikt geluidloos. We zwijgen.

Ethan zuigt zijn longen vol, en dan nogmaals. 'Ik wist dat ze bij u was,' zegt hij bibberig. 'Ik zag jullie daar zitten' – hij kijkt naar de keuken – 'vanuit mijn kamer. Uiteindelijk heb ik het hem gezegd. Het spijt me. Het spijt me echt.' Nu huilt hij.

'O...' zeg ik; mijn hand zweeft boven zijn rug.

'Ik wilde alleen maar dat-ie me met rust liet.'

'Ik begrijp het.'

'Ik bedoel...' Hij haalt een vinger onder zijn neus door. 'Ik zag dat ze weg was gegaan. Dus ik wist dat hij haar niet zou aantreffen. Dat was die keer dat hij hier kwam.'

'Ja.'

'Ik heb naar jullie zitten kijken. Ik hoopte zo dat hij niet woedend op u zou worden.'

'Nee, dat werd hij niet.' *Ik wilde alleen maar weten of u vanavond bezoek hebt gehad*, had hij uitgelegd. En later: *Ik zocht mijn zoon, niet mijn vrouw.* Leugens.

'En vlak nadat hij thuis was gekomen, stond... stond ze weer voor de deur. Ze wist niet dat hij al terug was. Hij zou pas de volgende dag terugkomen. Ze belde aan en hij liet me de deur opendoen en haar binnenkomen. Ik was vreselijk bang.'

Ik zeg niets, luister alleen maar.

'We probeerden met hem te praten. Allebei.'

'In jullie zitkamer,' fluister ik.

Hij knijpt zijn ogen half dicht. 'Hebt u dat gezien?'

'Ja.' Ik herinner me dat ze, Ethan en Jane – Katie – daar op de tweezitsbank zaten, Alistair op een stoel tegenover hen. *Wie weet wat zich afspeelt in een gezin?*

'Het ging niet erg goed.' Zijn adem is nu hortend. Hij praat hikkend. 'Pa zei dat hij, als ze ooit terugkwam, de politie zou bellen en haar laten arresteren wegens stalking.'

Ik zie nog steeds dat beeld in het raam voor me: kind, vader, 'moeder'. *Wie weet wat zich afspeelt...*

En dan herinner ik me iets anders.

'De volgende dag...' begin ik.

Hij knikt, kijkt naar de grond. Zijn vingers friemelen in zijn schoot. 'Ze kwam terug. En pa zei dat hij haar zou vermoorden. Hij greep haar bij haar keel.'

Stilte. De woorden echoën bijna. *Hij zou haar vermoorden. Hij greep haar bij haar keel.* En ik denk terug aan Alistair die me tegen de muur drukt, zijn hand om mijn keel.

'En toen gilde ze.' Ik klink kalm.

'Ja.'

'Dat was het moment waarop ik naar jullie huis belde.'

Hij knikt weer.

'Waarom zei je niet wat er aan de hand was?'

'Omdat hij erbij was. En ik was bang,' zegt hij. Zijn stem schiet omhoog, zijn wangen zijn nat. 'Ik wílde wel. Ik ben hiernaartoe gekomen toen ze vertrokken was.'

'Dat weet ik. Dat weet ik.'

'Ik heb het geprobeerd.'

'Ik weet het.'

'En de volgende dag kwam mijn moeder terug uit Boston.' Hij haalt zijn neus op. 'En Katie ook. 's Avonds. Ik denk dat ze dacht dat het makkelijker zou zijn om met mijn moeder te praten.' Hij legt zijn gezicht in zijn handen en veegt.

'Wat gebeurde er toen?'

Even zegt hij niets, bekijkt me alleen maar vanuit een ooghoek, bijna wantrouwend.

'Hebt u echt niets gezien?'

'Nee. Ik zag alleen jouw... ik zag haar alleen tegen iemand schreeuwen, en toen zag ik haar met...' Mijn hand gebaart naar mijn keel. '... met iets in...' Ik houd me in. 'Verder zag ik niemand.'

Als hij weer praat, is zijn stem lager, vaster. 'Ze gingen naar boven om te praten. Mijn vader en moeder en zij. Ik was in mijn kamer, maar ik kon alles horen. Mijn vader wilde de politie bellen. Zij... mijn... zij bleef maar zeggen dat ik haar zoon was en dat we elkaar moesten kunnen ontmoeten, en dat mijn ouders ons niet konden tegenhouden. En ma schreeuwde tegen haar en zei dat ze ervoor zou zorgen dat ze me nooit meer te zien kreeg. En toen werd het helemaal stil. En even later ging ik naar beneden en zij lag...'

Zijn gezicht is verkrampt en hij stottert; van diep uit zijn borst wellen snikken op die zich bovengekomen ontladen. Hij kijkt naar links, gaat verzitten.

'Ze lag op de grond. Zij had haar neergestoken.' Nu is Ethan degene die naar zijn borst wijst. 'Met een briefopener.'

Ik knik, stop. 'Wacht eens... wie heeft haar neergestoken?'

Hij huivert. 'Mijn moeder.'

Ik staar hem aan.

'Ze zei dat ze niet wilde dat iemand anders' – een hik – 'me weg zou halen.' Hij zakt voorover, zijn handen schermen zijn voorhoofd af. Zijn schouders schokken op en neer terwijl hij huilt.

Mijn moeder. Ik had het mis. Ik had het helemaal mis.

'Ze zei dat ze zo lang op een kind had gewacht, en...'

Ik sluit mijn ogen.

'...en ze zei dat ze niet toe zou laten dat ze me nogmaals verdriet zou doen.'

Ik hoor hem zachtjes huilen.

Er gaat een minuut voorbij, en nog een. Ik denk aan Jane, de echte Jane; ik denk aan dat moederinstinct van de leeuwin, dezelfde aandrift die in het ravijn van mij bezit nam. *Ze had zo lang op een kind gewacht. Ze wilde niet dat iemand anders me weg zou halen.*

Als ik mijn ogen open, zijn zijn tranen opgehouden. Ethan hijgt nu, alsof hij zojuist een sprintje heeft getrokken. 'Ze deed het voor mij,' zegt hij. 'Om mij te beschermen.'

Er gaat weer een minuut voorbij.

Hij schraapt zijn keel. 'Ze hebben haar... ze hebben haar naar ons buitenhuis gebracht en haar daar begraven.' Hij legt zijn handen in zijn schoot.

'En daar ligt ze nu?' zeg ik.

Diepe, zware ademhaling. 'Ja.'

'En wat gebeurde er de dag erop toen de politie vragen kwam stellen?'

'Dat was heel eng,' zegt hij. 'Ik stond in de keuken, maar ik hoorde hen in de woonkamer praten. Ze zeiden dat iemand de avond ervoor burengerucht had gemeld. Mijn ouders ontkenden het gewoon. En toen ze erachter kwamen dat u het was, beseften ze dat het uw woord tegen dat van hen was. Van ons. Niemand anders had haar gezien.'

'Maar David wel. Hij had...' – in gedachten neem ik data door – 'vier nachten met haar doorgebracht.'

'Dat kwamen we pas later te weten. Toen we haar telefoon nakeken om te zien met wie ze had gesproken. En mijn vader zei dat hoe dan ook niemand zou luisteren naar een kerel die in een kelder woont. Dus was

het zij tegen u. En pa zei dat u...' Hij zwijgt abrupt.
'Dat ik wat?'
Hij slikt. 'Dat u labiel bent en te veel drinkt.'
Ik reageer niet. Ik hoor de regen, een fusillade tegen de ramen.
'Toen wisten we het nog niet van uw man en uw dochter.'
Ik sluit mijn ogen en begin te tellen. Een. Twee.
Bij drie praat Ethan weer, zijn stem benepen. 'Ik heb het gevoel dat ik al deze geheimen niet langer voor me kan houden.'
Ik open mijn ogen. In de schemering van de woonkamer, bij het zwakke licht van de lamp ziet hij eruit als een engel.
'We moeten dit aan de politie melden.'
Ethan buigt voorover, omklemt zijn knieën. Dan gaat hij rechtop zitten, kijkt me even aan, kijkt weg.
'Ethan.'
'Ik weet het.' Nauwelijks hoorbaar.
Achter mij een kreet. Ik draai me om. Punch zit achter ons, zijn kop naar opzij. Hij miauwt nogmaals.
'Daar is-ie.' Ethan reikt over de rugleuning van de bank, maar de kat loopt weg. 'Hij houdt zeker niet meer van me,' zegt Ethan zachtjes.
'Luister,' zeg ik. Ik schraap mijn keel. 'Dit is heel, heel ernstig. Ik ga inspecteur Little bellen om te vragen of hij hier komt zodat jij hem kunt vertellen wat je mij hebt verteld.'
'Mag ik het hun vertellen? Eerst?'
Ik kijk bedenkelijk. 'Aan wie vertellen? Je...'
'Mijn moeder. En mijn vader.'
'Nee,' zeg ik, mijn hoofd schuddend. 'We...'
'O, alstublieft. Alstublíeft.' Zijn stem klinkt als een dijk die het begeeft.
'Ethan, we...'
'Alstublíeft. Alstublíeft.' Nu schreeuwt hij bijna. Ik kijk hem aan: dikke tranen rollen uit zijn ogen; zijn huid is vlekkerig. Half uitzinnig van paniek. Moet ik hem laten begaan?
Maar hij praat alweer, een stortvloed van woorden: 'Ze deed het voor míj.' Zijn ogen staan vol tranen. 'Ze deed het voor míj. Ik kan... ik kan haar dat niet aandoen. Na wat ze voor mij heeft gedaan.'
Ik krijg nauwelijks adem. 'Ik...'
'En is het niet beter als zij zichzelf aangeven?' vraagt hij.
Daar denk ik over na. Beter voor hen, beter voor hem. Maar...
'Sinds het gebeurd is zijn ze totaal hysterisch. Ze zijn echt gek aan het

worden.' Zijn bovenlip glanst – zweet en snot. Hij veegt hem af. 'Mijn vader heeft al tegen mijn moeder gezegd dat ze naar de politie moeten gaan. Ze zullen naar mij luisteren.'

'Ik denk niet...'

'Jawel.' Hij knikt heftig en haalt zwaar adem. 'Als ik zeg dat ik met u heb gesproken en dat u naar de politie gaat als zij het niet doen.'

'Denk je echt...' Dat je je moeder kunt vertrouwen? Dat Alistair je niet aanvliegt? Dat ze zich niet op mij zullen wreken?

'Kunt u zolang wachten en mij met hen laten praten? Ik kan niet... als ik ze nu door de politie laat arresteren...' Zijn blik dwaalt af naar zijn handen. 'Ik kan het gewoon niet. Ik weet niet hoe ik... verder met mijn léven moet gaan.' Zijn stem is weer dik. 'Zonder hun eerst een kans te geven. Om er zelf iets aan te doen.' Hij kan nauwelijks praten. 'Ze is mijn móeder.'

Hij bedoelt Jane.

Niets in mijn ervaring heeft me hierop voorbereid. Ik denk aan Wesley, aan wat hij zou adviseren. *Denk zelf na, Fox.*

Kan ik hem naar dat huis terug laten gaan? Naar die mensen?

Maar moet ik hem dan tot levenslange spijt verdoemen? Ik weet hoe dat voelt; ik ken de onophoudelijke pijn, het constante knagen. Ik wil niet dat hij die voelt.

'Goed,' zeg ik.

Hij knijpt zijn ogen half dicht. 'Ja?'

'Ja. Ga het hun maar zeggen.'

Nu staat zijn mond open, als kan hij het niet geloven. Even later herpakt hij zich. 'Dank u wel.'

'Wees alsjeblieft érg voorzichtig.'

'Ja.' Hij komt overeind.

'Wat ga je zeggen?'

Hij gaat weer zitten, slaakt een natte zucht. 'Ik denk... ik ga zeggen dat u het weet. Dat u bewijs hebt.' Hij knikt. 'Ik zal de waarheid zeggen. Dat ik verteld heb wat er gebeurd is en dat u zegt dat we naar de politie moeten gaan.' Zijn stem trilt. 'Voordat u gaat.' Hij wrijft in zijn ogen. 'Wat denkt u dat hun te wachten staat?'

Ik zwijg, denk na over wat ik moet antwoorden. 'Dat is... ik denk... dat de politie zal begrijpen dat je ouders zich gestalkt voelden, dat zij... dat Katie jullie inderdaad stalkte. En waarschijnlijk hield ze zich niet aan wat bij de adoptie was afgesproken.' Hij knikt langzaam. 'En,' voeg ik eraan toe, 'ze zullen in aanmerking nemen dat het tijdens een ruzie gebeurde.'

Hij bijt op zijn lip.

'Het zal niet gemakkelijk zijn.'

Hij slaat zijn ogen neer. 'Nee,' zucht hij. Dan kijkt hij me zo indringend aan dat ik me ongemakkelijk voel. 'Dank u wel.'

'Nou, ik...'

'Echt.' Hij slikt. 'Dank u wel.'

Ik knik. 'Je hebt toch je telefoon?'

Hij tikt op zijn zak. 'Ja.'

'Bel me als... laat me even weten of alles in orde is.'

'Oké.' Hij gaat weer staan; ik sta met hem op. Hij draait zich naar de deur.

'Ethan...'

Hij draait zich om.

'Ik moet het weten: je vader.'

Hij kijkt afwachtend.

'Is hij... is hij op een avond naar mijn huis gekomen?'

Hij fronst. 'Ja. Gisteravond. Ik dacht...'

'Nee, ik bedoel vorige week.'

Ethan zegt niets.

'Want ik had me zogenaamd ingebeeld dat er iets bij jou thuis gebeurde en nu weet ik dat het geen inbeelding was. En ik had zogenaamd een tekening gemaakt die ik niet had gemaakt. En ik wil weten... ik moet weten wie die foto van mij heeft genomen. Omdat...' – Ik hoor mijn stem trillen – 'ik echt hoop dat ik dat niet was.'

Een zucht.

'Dat weet ik niet,' zegt Ethan. 'Hoe kon hij dan binnenkomen?'

Daarop heb ik geen antwoord.

We lopen samen naar de deur. Als hij zijn hand naar de deurknop uitsteekt, pak ik hem in mijn armen, druk hem stevig tegen me aan.

'Doe alsjeblieft voorzichtig,' fluister ik.

We staan daar even terwijl de regen tegen de ramen klettert en de wind buiten fluit.

Hij stapt bij me vandaan, met een treurige glimlach. Dan vertrekt hij.

VIERENNEGENTIG

Ik trek de jaloezielamellen uiteen, zie hem de treden naar de voordeur op gaan, de sleutel in het slot steken. Hij opent de deur; als die zich sluit, is hij verdwenen.

Heb ik er goed aan gedaan om hem te laten gaan? Hadden we niet eerst Little moeten waarschuwen? Hadden we Alistair en Jane naar mijn huis moeten laten komen?

Te laat.

Ik kijk naar de overkant van het park, naar de lege ramen, de onbezette kamers. Ergens diep in dat huis is hij met zijn ouders aan het praten, gaat hij hun wereld met een klauwhamer te lijf. Ik heb het gevoel dat ik elke dag had toen Olivia leefde: *doe alsjeblieft voorzichtig*.

Als er één ding is dat ik heb geleerd in de tijd dat ik met kinderen werkte, als ik die jaren tot een enkele ontdekking zou kunnen terugvoeren, is het deze: ze zijn buitengewoon veerkrachtig. Ze kunnen tegen verwaarlozing; ze overleven misbruik; ze zijn volhardend, bloeien zelfs op waar volwassenen in elkaar zouden klappen als paraplu's. Mijn hart klopt voor Ethan. Hij zal die veerkracht nodig hebben. Hij moet volharden.

En wat een verhaal – wat een verschrikkelijk verhaal. Huiverend keer ik terug naar de woonkamer, doe de lamp uit. Die arme vrouw. Dat arme kind.

En *Jane*. Niet Alistair, maar *Jane*.

Er rolt een traan over mijn wang. Ik raak hem aan met een vinger en hij blijft eraan plakken. Ik bekijk hem nieuwsgierig. Dan veeg ik mijn hand af aan mijn ochtendjas.

Mijn oogleden zijn loodzwaar. Ik loop de trap op naar mijn slaapkamer, om piekerend de tijd te beiden.

Ik sta bij het raam en houd het huis aan de overkant in de gaten. Geen tekenen van leven.

Ik bijt net zo lang op de nagel van mijn duim tot hij bloedt.

Ik ijsbeer door de kamer, maak rondjes om het tapijt.

Ik kijk op mijn telefoon. Een halfuur is voorbijgekropen.

Ik moet afleiding. Ik moet mijn zenuwen kalmeren. Iets wat vertrouwd is. Iets wat kalmeert.

Shadow of Doubt. Toneelstuk van Thornton Wilder en Hitch' eigen favoriet van eigen films: een naïeve jonge vrouw komt erachter dat haar held niet degene is die hij pretendeert te zijn. Thornton Wilder, toneelschrijver. 'We modderen maar voort en er gebeurt niets,' klaagt ze. 'Ons leven is een vreselijke sleur. We eten en slapen en dat is het ongeveer. We praten niet eens echt met elkaar.' Totdat haar oom Charlie op bezoek komt.

Eerlijk gezegd duurt haar argeloosheid naar mijn smaak wat te lang.

Ik bekijk hem op mijn laptop, zuigend op mijn bloedende duim. Na een paar minuten komt de kat binnenlopen en springt bij me op bed. Ik druk op zijn poot; hij blaast.

Naarmate de plot spannender wordt, voltrekt zich ook binnen in mij iets, een onbehagen dat ik niet kan benoemen. Ik vraag me af wat zich aan de overkant van het park afspeelt.

Mijn telefoon zoemt en trilt over het kussen naast me. Ik pak hem.

Gaan naar politie

23.33. Ik ben weggedoezeld.

Ik stap uit bed en trek de gordijnen opzij. Regen bestookt mijn ramen, hevig als artillerievuur, en verandert ze in watervallen.

Door de vette regen heen is het huis aan de overkant van het park donker.

'Er is zoveel dat je niet weet, zoveel.'

Achter me is de film nog steeds aan de gang.

'Je leeft in een droom,' spot oom Charlie. 'Je bent een slaapwandelaar, blind. Wat weet jij van de wereld af? Weet je dat je zwijnen aantreft, als je de huizen van hun voorgevels ontdoet? Gebruik je verstand. Doe er iets mee.'

Ik loop, in het schijnsel van naar binnen vallend weerlicht, behoedzaam naar de badkamer. Iets om weer in slaap te kunnen komen – melatonine, bedenk ik. Dat zal ik vannacht nodig hebben.

Ik slik een pil. Op het scherm valt het lichaam, de trein krijst, en de aftiteling rolt voorbij.

'Raad eens.'

Ditmaal kan ik hem niet wegsturen, omdat ik slaap, hoewel ik me dat bewust ben. Een lucide droom.

Toch probeer ik het. 'Laat me met rust, Ed.'

'Toe, praat met me.'

'Nee.'

Ik zie hem niet, zie niets. Wacht – een zweem van hem, niet meer dan een schaduw.

'Ik vind echt dat we moeten praten.'

'Nee. Ga weg.'

Donker. Stilte.

'Er klopt iets niet.'

'Nee.' Maar hij heeft gelijk – er klopt iets niet. Dat onrustige gevoel binnen in me.

'Tjee, die Alistair ontpopte zich als volslagen doorgedraaid, nietwaar?'

'Ik wil het daar nu niet over hebben.'

'O, ik vergat het bijna. Livvy wil je wat vragen.'

'Ik wil het niet horen.'

'Eén vraag.' Flitsende tanden, een welvende glimlach. 'Eén simpel vraagje.'

'Nee.'

'Toe maar, pompoentje. Stel je vraag maar aan mammie.'

'Ik zei...'

Maar haar mond is al tegen mijn oor en blaast hete woordjes in mijn hoofd; haar stem fluistert diep vanuit haar keel zoals wanneer ze een geheim deelt.

'Hoe gaat het met Punch' poot?' vraagt ze.

Ik ben wakker, met een onmiddellijke helderheid alsof er water over me heen is gegooid. Mijn ogen gaan wagenwijd open. Een lichtflits loopt over het plafond.

Ik laat me uit bed rollen en loop sloffend naar de gordijnen, trek ze open. Om me heen wordt de kamer schemerig grijs; door het raam, door de regen heen zie ik hoe huize Russell een goddeloze hemel stut. Erboven een zigzaggende bliksemschicht. Een zware donderslag.

Ik ga terug naar bed. Punch kermt zachtjes als ik me installeer.

Hoe gaat het met Punch' poot?

Dat was het - de knoop in mijn maag.

Toen Ethan eergisteren langskwam, toen hij de kat languit op de rugleuning van de bank aantrof, liet Punch zich op de grond zakken en kroop onder de bank. Ik knijp mijn ogen half dicht en speel de scène vanuit elke hoek na. Nee: Ethan had niet gezien - kon niet gezien hebben dat Punch hinkte.

Of wel? Ik tast naar Punch, sluit mijn vingers om zijn staart; hij schuurt zich tegen me aan. Ik kijk hoe laat het is op mijn telefoon: 01.10.

Het digitale licht glinstert in mijn ogen. Ik knijp ze dicht, dan tuur ik naar het plafond.

'Hoe wist hij dat van jouw poot?' vraag ik de kat in het donker.

'Omdat ik 's nachts bij u op bezoek kom,' zegt Ethan.

MAANDAG,
15 november

VIJFENNEGENTIG

Mijn lichaam veert geschrokken op. Mijn hoofd draait naar de deur.

Weerlicht zet de kamer in brand, doet hem wit oplichten. Hij staat in de deuropening, tegen de deurpost geleund, zijn hoofd glanst van het regenwater, los om zijn hals een sjaal.

De woorden stuiteren uit mijn mond: 'Ik dacht... dat je naar huis was gegaan.'

'Was ik ook.' Hij praat zacht maar duidelijk. 'Heb welterusten gezegd en gewacht tot ze naar bed gingen.' Zijn mond krult zich tot een lichte, kleine glimlach. 'Toen ben ik weer teruggekomen. Ik ben hier heel vaak geweest,' voegt hij eraan toe.

'Hè?' Ik begrijp niet wat hier gebeurt.

'Ik moet zeggen,' zegt hij, 'dat ik een heleboel psychologen heb ontmoet en u bent de eerste die géén persoonlijkheidsstoornis bij me heeft vastgesteld.' Hij trekt zijn wenkbrauwen omhoog. 'Kennelijk bent u niet zo'n heel erg goede psycholoog.'

Mijn mond klapt dicht en valt open, als een deur die niet goed sluit.

'Maar ik vind u wel interessant,' zegt hij. 'Daarom kwam ik steeds weer terug, al wist ik dat ik dat niet zou moeten doen. Ik vind oudere vrouwen interessant.' Hij fronst zijn voorhoofd. 'Sorry, beledig ik u nu?'

Ik ben sprakeloos.

'Hoop van niet.' Een zucht. 'Mijn vaders baas had een vrouw die ik interessant vond. Jennifer. Ik vond haar aardig. En zij mij ook wel. Alleen...' Hij verplaatst het gewicht van zijn slungelachtige lichaam zo dat het tegen de andere kant van de deurpost leunt. 'Er was... een misverstand. Vlak voor we verhuisden. Ik ging naar hun huis. 's Nachts. En dat vond ze niet leuk. Tenminste, dat zei ze.' Nu kijkt hij boos. 'Ze wist waaraan ze begonnen was.'

Dan zie ik het in zijn vuist. Een zilveren, glinsterende flits.

Het is een mes. Het is een briefopener.

Zijn ogen gaan van mijn gezicht naar zijn hand en weer terug. Mijn keel is op slot.

'Dit heb ik bij Katie gebruikt,' legt hij opgewekt uit. 'Omdat ze me niet met rust wilde laten. Ik had het haar zo vaak, zó ontzettend váák gezegd en zij...' Hij schudt zijn hoofd. 'Wilde maar niet ophouden.' Hij haalt zijn neus op. 'Zoiets als u.'

'Maar,' mijn stem kraakt, 'vanavond... Je...' Mijn stem droogt op, dooft uit.

'Wat?'

Ik maak mijn lippen nat. 'Je vertelde me...'

'Ik vertelde u genoeg om... sorry, u tegen te houden. Sorry dat ik het zo zeg, want u bent echt aardig. Maar ik moest u tegenhouden. Om dingen te regelen.' Hij friemelt met zijn handen. 'U wilde de polítie bellen. Ik had wat tijd nodig om... u weet wel, voorbereidingen te treffen.'

Beweging in een ooghoek: de kat rekt zich languit op het bed. Hij kijkt naar Ethan, miauwt.

'Die ellendige kat,' zegt hij. 'Als kind vond ik dat een leuke film. *That Darn Cat!*' Hij glimlacht naar Punch. 'Ik denk trouwens dat ik zijn poot heb gebroken. Sorry.' De briefopener schittert als hij ermee naar het bed zwaait. 'Hij bleef 's nachts maar achter me aan lopen en toen verloor ik min of meer mijn geduld. Plus dat ik allergisch ben, zoals ik u had gezegd. Ik wilde niet niezen en u wakker maken. Het spijt me dat u nú wakker bent.'

'Je kwam hier 's nachts?'

Hij doet een stap in mijn richting, het mes glanst in het grijze licht. 'Ik kom hier bijna elke nacht.'

Ik hoor mijn adem stokken. 'Hoe dan?'

Hij glimlacht weer. 'Ik had uw sleutel gepakt. Die dag dat u uw telefoonnummer opschreef. Bij mijn eerste bezoek zag ik hem aan het haakje en toen besefte ik dat u het niet eens zou merken als hij er niet hing. U gebruikt hem immers niet. Ik liet er een bijmaken en hing hem terug.' Weer een glimlach. 'Eitje.'

Nu grinnikt hij, houdt zijn vrije hand voor zijn mond. 'Sorry. Maar het is zo... ik dacht wérkelijk dat u het allemaal had begrepen toen u me vanavond belde. Ik... ik had geen idee wat me te wachten stond. Ik had deze zelfs meegenomen.' Hij zwaait weer met de briefopener. 'Voor het geval dat. En ondertussen bedacht ik razendsnel een verhaal. En dat slikte u helemaal. "Mijn papa heeft een kwaaie bui." "Ik ben zo bang." "Ik mag geen eigen telefoon hebben." U slikte het voor zoete koek. Ik zei het al, u bent niet de beste psycholoog.

Zeg,' roept hij uit. 'Ik heb een idee. U moet me analyseren. U wilt toch alles van mijn jeugd weten? Ze willen allemaal alles van mijn jeugd weten.'

Ik knik sprakeloos.

'Dat gaat u prachtig vinden. Dat is, eh, de droom van elke therapeut. *Katie*' – hij spreekt de naam nagenoeg minachtend uit – 'was een junkie. Een heroïnehoer. Een stomme stoephoer. Ze heeft me niet eens verteld wie mijn vader was. En, godsamme, ze had nooit een kind mogen krijgen.'

Hij kijkt naar de briefopener. 'Ze begon te gebruiken toen ik een jaar was. Dat weet ik van mijn ouders. Het meeste kan ik me niet herinneren; ik bedoel, ik was vijf toen ze me bij haar weghaalden. Maar ik weet nog wel dat ik heel vaak honger had. Ik kan me ook nog spul en naalden herinneren. En dat haar vriendjes me verrot sloegen als ze daar zin in hadden.'

Stilte.

'Ik wil wedden dat mijn echte vader dat niet gedaan zou hebben.'

Ik zeg niets.

'Ik weet nog dat een vriendin van haar een overdosis nam. Die zag ik vlak voor mijn neus doodgaan. Dat is mijn eerste herinnering. Ik was vier.'

Weer stilte. Hij zucht zachtjes.

'Ik werd onhandelbaar. Ze probeerde wel er iets aan te doen, maar ze was te erg verslaafd. En toen kwam ik bij jeugdzorg terecht en daarna bij mijn vader en moeder.' Hij haalt zijn schouders op. 'Die... tja. Die gaven me heel veel.' Weer een zucht. 'Ik weet dat ik hun last bezorg. Daarom hebben ze me van school genomen. En mijn vader is ontslagen omdat ik Jennifer wilde leren kennen. Hij was razend, maar ach...' Zijn blik betrekt. 'Pech gehad.'

De kamer wordt opnieuw weerlichthelder. De donder rommelt.

'Maar om op Katie terug te komen.' Nu kijkt hij uit het raam naar de overkant van het park. 'Ik zei al dat ze ons in Boston had opgespoord, maar mijn moeder wilde niet dat ze met mij praatte. En toen vond ze ons in New York terug en stond ze ineens voor de deur toen ik alleen thuis was. Ze liet me dat medaillon met die foto zien. En ik praatte met haar, omdat ik meer wilde weten. En vooral omdat ik wilde weten wie mijn vader is.'

Nu zwenkt hij zijn ogen naar mij. 'Weet u hoe het voelt om je af te vragen of je vader even verknipt is als je moeder? Te hópen dat het niet zo is. Maar zij zei alleen maar dat het er niet toe deed. Ze had geen foto van hem. Ze had wél een fotoalbum. Dat was allemaal wel waar.

Nou ja...' Hij kijkt timide. 'Niet álles. De dag dat u hoorde schreeuwen? Toen had ik haar keel vast. Niet eens erg hard, maar op dat moment had ik het helemaal met haar gehad. Ik wilde alleen maar dat ze wegging. Ze werd hysterisch. Wilde maar niet ophouden. Tot dan wist mijn vader niet eens dat ze er was. Hij zei iets in de trant van "Maak dat je wegkomt voordat hij je iets aandoet". En toen belde u en ik moest doen of ik heel bang was en toen belde u wéér en mijn váder deed of alles cóól was...' Hij schudt zijn hoofd. 'En toen kwam die trut tóch de volgende dag weer terug.

Toen had ik het echt helemaal met haar gehad. Wat konden mij die foto's schelen. Wat maakte het mij uit dat ze had leren zeilen of gebarentaal leerde of wat dan ook. En zoals ik al zei, wilde ze niets over mijn vader vertellen. Waarschijnlijk kón ze dat niet. Waarschijnlijk wist ze zijn naam niet eens.' Hij snuift.

'Dus ja. Daar was ze weer. Ik zat in mijn kamer en ik hoorde haar ruziemaken met mijn vader. Ik had er zo genoeg van. Ik wilde dat ze oprotte, haar huilverhaal liet me koud, ik haatte haar om wat ze me had aangedaan, ik haatte haar omdat ze niet wou zeggen wie mijn vader is, ik wilde dat ze uit mijn leven verdween. Dus pakte ik deze van mijn bureau' – hij zwaait met de briefopener – 'ging naar beneden, de kamer in en...' Hij richt de briefopener omlaag. 'Het ging echt heel snel. Ze schreeuwde niet eens.'

Ik denk aan wat hij me nog maar een paar uur geleden heeft verteld: hoe Jane Katie neerstak. En ik herinner me hoe zijn ogen naar links schoten.

Nu staan zijn ogen helder. 'Het gaf me in zekere zin een kick. Puur geluk dat u het niet zag gebeuren. Of niet alles zag.' Hij kijkt me indringend aan. 'Maar u zag genoeg.'

Hij doet een langzame stap naar het bed. En nog een.

'Mijn moeder weet er niets van. Nergens van. Ze was er niet eens – ze kwam de volgende ochtend terug. Ik heb van mijn vader moeten zweren dat ik het niet zou zeggen. Om haar te beschermen. Ik vind het wel rot voor hem. Het is nogal een groot geheim voor iemand met wie je getrouwd bent.' Hij doet een derde stap. 'Zij denkt alleen maar dat u niet goed bij u verstand bent.'

Nog een stap en nu staat hij naast me, het mes ter hoogte van mijn keel. 'Nou?' zegt hij.

Ik kan alleen maar doodsbang jammeren.

Dan gaat hij op de rand van het bed zitten, de onderkant van zijn rug tegen mijn knieën. 'Analyseer me.' Hij houdt zijn hoofd schuin. 'Maak me beter.'

Ik krimp ineen. Nee, dat kan ik niet.

Dat kunt u wel, mammie.

Nee, nee, het is voorbij.

Toe, Anna.

Hij heeft een wapen.

Jij hebt je verstand.

Oké. Oké.

Een, twee, drie, vier.

'Ik weet wat ik ben,' zegt Ethan kalm, bijna sussend. 'Helpt dat?'

Een psychopaat. Oppervlakkige charme, labiele persoonlijkheid, vlak affect. De briefopener in zijn hand.

'Als kind... martelde je dieren,' zeg ik; ik probeer mijn stem te bedwingen.

'Ja, maar dat is gemakkelijk. Ik heb uw kat een rat gegeven die ik flink had toegetakeld. Dit is een smerige stad.' Hij bestudeert het mes. Kijkt weer naar mij. 'Iets anders? Kom op. U kunt beter.'

Ik haal diep adem en gok weer. 'Je manipuleert graag andere mensen.'

'Nou, já, ik bedoel... já.' Hij krabt zijn nek. 'Dat is leuk. En makkelijk. U bent écht makkelijk.' Hij geeft me een knipoog.

Ik voel iets tegen mijn arm. Ik kijk snel naar opzij. Mijn telefoon is van het kussen gegleden en ligt nu tegen mijn elleboog.

'Met Jennifer wilde ik te veel.' Hij kijkt peinzend. 'Ze werd... het was te snel. Ik had het langzamer moeten aanpakken.' Hij legt het mes plat op een dij, haalt het heen en weer, alsof hij het slijpt. Het snerpt langs de stof. 'Ik wilde u dus niet het gevoel geven dat ik een bedreiging vormde. Daarom zei ik dat ik mijn vrienden miste. En deed ik of ik misschien homo ben. En jankte ik al die keren. Allemaal opdat u medelijden met me zou hebben en me...' Hij wordt onverstaanbaar. 'En omdat ik, ik zei het al, niet genoeg van u kan krijgen.'

Ik sluit mijn ogen. In gedachten zie ik de telefoon alsof hij licht geeft.

'Zeg... zag u het als ik me voor het raam uitkleedde? Dat heb ik een paar keer gedaan. Eén keer hebt u me gezien, dat weet ik.'

Ik slik. Langzaam druk ik mijn elleboog achteruit in het kussen en de telefoon glijdt langs mijn onderarm.

'En wat nog meer? Een papatrauma misschien?' Weer zo'n grijns. 'Ik weet dat ik hem een aantal keren ter sprake heb gebracht. Mijn echte vader, niet Alistair. Alistair is gewoon een zielig mannetje.'

Ik voel het scherm, koel en glad, tegen mijn pols. 'Je hebt geen...'

'Wat?'

'Je hebt geen respect voor andermans privéleven.'

'Blijkbaar. Daarom zit ik hier.'

Ik knik. Strijk met mijn duim over het scherm.

'Ik zei het al: ik vind u interessant. Dat ouwe mens verderop heeft me over u verteld. Natuurlijk niet álles. Ik ben daarna nog een heleboel te weten gekomen. Maar daarom kwam ik u die kaars brengen. Mijn moeder wist daar niets vanaf. Dat had ze nooit goedgevonden.' Hij zwijgt, neemt me op. 'Ik wil wedden dat u vroeger knap was.'

Hij beweegt de briefopener in de richting van mijn gezicht. Houdt het mes naast een haarlok op mijn wang, trekt het weg. Ik krimp kreunend ineen.

'Die vrouw beweerde dat u altijd binnenshuis blijft. En dat vond ik interessant. Dat gekke mens dat nooit buiten komt. Dat geschifte wijf.'

Ik klem mijn hand om de telefoon. Ik zal het wachtwoordscherm swipen en dan mijn vingers die vier cijfers laten aantikken. Die heb ik zo vaak ingetikt. Dat kan ik blindelings. Dat kan ik met Ethan naast me.

'Ik wist dat ik u moest leren kennen.'

Nu. Ik voel de knop op de telefoon en druk. Kuch om het geluid te maskeren.

'Mijn ouders...' begint hij, zich naar het raam draaiend. Hij zwijgt.

Mijn hoofd draait mee. En ik zie wat hij ziet: de telefoon die opgloeit in de ruit.

Zijn mond zakt open. Mijn mond zakt open.

Ik kijk vliegensvlug naar hem. Hij staart me met grote ogen aan.

Dan grinnikt hij. 'Grapje.' Hij wijst met de briefopener naar de telefoon. 'Ik heb het wachtwoord al veranderd. Vlak voor u wakker werd. Zo dom ben ik niet. Om een werkende telefoon naast u te laten liggen.'

Ik krijg geen adem.

'En uit de telefoon in de bibliotheek heb ik de batterijen gehaald. Voor het geval u zich al afvroeg.'

Mijn hart staat stil.

Hij gebaart naar de deur. 'Hoe dan ook. Al een paar weken kom ik 's nachts hier; dan loop ik wat rond en kijk naar u. Ik vind het hier fijn. Het is rustig en donker.' Hij klinkt alsof hij nadenkt. 'En ik vind uw manier van leven wel interessant. Ik heb het gevoel dat ik een onderzoek op u uitvoer. Als voor een documentaire. Ik heb zelfs' – glimlach – 'met uw telefoon een foto van u gemaakt.' Grijns. 'Ging dat te ver? Ik geloof dat dat te ver ging. O... maar wilt u niet weten hoe ik uw telefoon ontgrendelde?'

Ik zeg niets.

'Vraag.' Dreigend.

'Hoe heb je mijn telefoon ontgrendeld?' fluister ik.

Brede glimlach, als een kind dat weet dat hij iets slims gaat zeggen. 'Dat hebt u me zelf verteld.'

Ik schud mijn hoofd. 'Nee.'

Hij rolt met zijn ogen. 'Nou ja... niet aan míj.' Hij buigt zich naar mij toe. 'Maar aan dat ouwe wijf in Montana.'

'Lizzie?'

Hij knikt.

'Heb je ons bespioneerd?'

Hij slaakt een diepe zucht. 'God, u bent echt zo stom. Trouwens, ik geef geen zwemles aan gehandicapte kinderen. Ik ga nog liever dood. Nee, Anna: ik bén Lizzie.'

Mijn mond valt open.

'Nou ja, ik was het,' zegt hij. 'Ze is de laatste tijd heel veel buiten geweest. Ik denk dat ze helemaal genezen is. Dankzij haar zonen... hoe heten die ook alweer?'

Voordat ik het weet, zeg ik: 'Beau en William.'

Hij grinnikt weer. 'Godsamme, dat u dat nog weet.' Hij lacht nu voluit. '*Beau*. Dat verzon ik ter plekke, ik zweer het.'

Ik kijk hem stomverbaasd aan.

'De eerste dag dat ik langskwam. Op uw laptop stond die gekkenwebsite aan. Zodra ik thuiskwam, maakte ik een account. Heb een heel stel losers leren kennen. DiscoMickey of hoe-ie heten mag.' Hij schudt zijn hoofd. 'Wat een sukkels. Maar hij bracht me met u in contact. Ik wilde u niet zomaar aanschrijven. Wilde niet dat u... u snapt wel, zich zou afvragen.

Hoe dan ook. U vertelde Lízzie hoe ze haar wachtwoorden moest coderen. Letters vervangen door cijfers. Shit van NASA-niveau.'

Ik probeer te slikken. Tevergeefs.

'Of een geboortedatum gebruiken... dat zei u. En míj vertelde u dat uw dochter op Valentijnsdag was geboren. Een-vier-nul-twee. Zo kreeg ik toegang tot uw telefoon en maakte ik een foto van u terwijl u lag te snurken. Daarna veranderde ik de code, gewoon voor de lol.' Hij wiegelt een vinger naar mij.

'En daarna ging ik naar beneden en opende uw computer.' Hij leunt voorover naar mij en praat langzaam. 'Natúúrlijk was uw wachtwoord Olivia's naam. Voor uw computer en voor uw e-mail. En natúúrlijk had u de letters vervangen. Precies zoals u dat aan Lizzie had uitgelegd.' Hij schudt zijn hoofd. 'Hoe ongelooflijk stom bent u eigenlijk?'

Ik zeg niets.

Hij kijkt boos. 'Ik vroeg u iets,' zegt hij. 'Hoe ongelooflijk stom...'

'Erg,' zeg ik.

'Erg wat?'

'Erg stom.'

'Wie was dat?'

'Ik was dat.'

'Erg ongelóóflijk stom.'

'Ja.'

Hij knikt. Regen slaat tegen de ramen.

'Dus maakte ik de Gmail-account. Op uw eigen computer. U vertelde Lizzie dat de gesprekken met uw man en dochter altijd begonnen met "raad eens" en dat was te mooi om niet te gebruiken. Raad eens, Anna?' Hij grinnikt. 'Toen stuurde ik de foto naar uw e-mail. Ik had uw gezicht wel willen zien.' Grinnikt weer.

De lucht in de kamer is verstikkend. Ik krijg haast geen adem.

'En ik móest natuurlijk de account op naam van mijn moeder zetten. Dáár kreeg u vast een enorme kick van.' Hij grijnst. 'Maar u vertelde Lizzie nog andere dingen.' Hij buigt weer voorover, de briefopener op mijn borst gericht. 'U had een affaire, vuile sloerie. En u hebt uw man en dochter gedood.'

Ik kan niets zeggen. Ik ben sprakeloos.

'En daarna werd u helemaal hysterisch over Katie. Dat was krankzinnig. Ú was krankzinnig. Ik bedoel, érgens snap ik het wel. Ik deed het waar mijn vader bij stond en híj werd ook hysterisch. Hoewel hij het volgens mij eerlijk gezegd een opluchting vond dat ze opgeruimd was. Ik in elk geval wel. Zoals ik al zei, ik had het helemaal met haar gehad.'

Hij gaat verzitten, dichter naar mij toe. 'Schuif eens op.' Ik buig mijn benen en duw ze tegen zijn dij. 'Ik had de ramen moeten controleren, maar het ging allemaal zo snel. En trouwens, het was zo ontzettend gemakkelijk om het te ontkennen. Gemakkelijker dan liegen. Gemakkelijker dan de waarheid.' Hij schudt zijn hoofd. 'Ik vind het wel, eh... rót voor hem. Hij wilde me alleen maar beschermen.'

'Hij probeerde jou tegen mij te beschermen,' zeg ik. 'Ook al wist hij...'

'Nee,' zegt hij; zijn stem is vlak. 'Hij probeerde ú tegen míj te beschermen.'

Ik zou hem geen tijd laten doorbrengen met een volwassen vrouw, had Alistair gezegd. Het ging niet om Ethan, maar het ging om mij.

'Maar wat kun je eraan doen, nietwaar? Een van de psychologen vertelde mijn ouders dat ik *gewoon slecht* ben.' Hij haalt weer zijn schouders op. 'Lekker dan. Godverdomme.'

De woede, het vloeken – hij is bezig te escaleren. Het bloed stijgt me naar het hoofd. Concentreer. Denk terug. Denk na.

'Ik vind het ergens ook rot voor die politieagenten. Die ene vent deed zo zijn best om het voor u op te nemen. Een echt heilig boontje.' Weer een grinnik. 'Die andere leek me een kreng.'

Ik hoor nauwelijks wat hij zegt. 'Vertel eens wat over je moeder,' fluister ik.

Hij kijkt me aan. 'Wat?'

'Je moeder,' zeg ik, knikkend. 'Vertel eens wat over haar.'

Stilte. Buiten een donderslag.

'Zoals... wat?' vraagt hij, op zijn hoede.

Ik schraap mijn keel. 'Je zei dat je door haar vriendjes werd mishandeld.'

Nu kijkt hij woedend. 'Ik zei dat ze me verrot sloegen.'

'Ja. En ik neem aan dat dat vaak gebeurde.'

'Ja,' zegt hij, nog steeds met die woedende blik. 'Waarom?'

'Je zei dat je kennelijk "gewoon slecht" bent.'

'Ik zei dat die andere psycholoog dat had gezegd.'

'Ik geloof het niet. Ik geloof niet dat je gewoon slecht bent.'

Zijn hoofd schiet omhoog. 'O nee?'

'Nee.' Ik probeer mijn ademhaling te bedwingen. 'Ik geloof niet dat mensen zo geboren worden.' Ik ga rechterop tegen de kussens zitten, strijk de lakens glad over mijn dijen. 'Jíj werd niet zo geboren.'

'Nee?' Hij houdt het mes losjes in zijn hand.

'Als kind heb je dingen meegemaakt. Er gebeurden... dingen die je zag. Dingen waar je geen controle over had.' Mijn stem wordt krachtiger. 'Dingen die je overleefd hebt.'

Zijn gezicht betrekt.

'Ze is geen goede moeder voor je geweest. Daar heb je gelijk in.' Hij slikt. Ik slik. 'En tegen de tijd dat je door je ouders werd geadopteerd was je, denk ik, heel erg beschadigd. Ik denk...' Kan ik het riskeren? 'Ik denk dat ze heel veel om je geven, ook al hebben ze niet alles even goed gedaan,' voeg ik eraan toe.

Hij kijkt me onderzoekend aan. Een minieme rimpel vervormt zijn gezicht.

'Ze zijn bang van me,' zegt hij.

Ik knik. 'Je zei het zelf al,' breng ik hem in herinnering. 'Je zei dat Alistair probeerde mij te beschermen door jou... door ons uit elkaar te houden.'

Hij verroert zich niet.

'Maar ik denk dat hij zich ook zorgen maakte om jóu. Ik denk dat hij jou ook wilde beschermen.' Ik strek mijn arm uit. 'Ik denk dat ze je gered hebben toen ze je weghaalden.'

Hij kijkt me onderzoekend aan.

'Ze houden van je,' zeg ik. 'Je verdient liefde. En als we met hen praten weet ik... ben ik ervan overtuigd dat ze er alles aan zullen doen om je te blijven beschermen. Allebei. Ik weet dat ze... een band met je willen opbouwen.'

Mijn hand nadert zijn schouder, zweeft daar.

'Het was niet jouw schuld wat je als kind meemaakte,' fluister ik. 'En...'

'Genoeg geluld.' Hij trekt zich weg voor ik hem kan aanraken. Ik trek mijn arm weer terug.

Ik ben hem kwijt. Ik voel het bloed weglopen uit mijn hersens. Mijn mond is kurkdroog.

Hij buigt zich naar me toe, kijkt me aan; zijn ogen staan helder en ernstig. 'Waar ruik ik naar?'

Ik schud mijn hoofd.

'Kom op. Ruik eens. Waar ruik ik naar?'

Ik adem in. Ik denk aan die eerste keer dat ik de geur van de kaars opsnoof. Lavendel.

'Regen,' antwoord ik.

'En?'

Ik krijg het bijna niet uit mijn mond. 'Eau de toilette.'

'Romance. Van Ralph Lauren,' voegt hij eraan toe. 'Ik wilde iets speciaals voor u.'

Opnieuw schud ik mijn hoofd.

'Tja, ik ben er nog steeds niet uit,' gaat hij peinzend verder, 'of het een val van de trap zal zijn of een overdosis. U was de laatste tijd zo verdrietig en zo. En zo veel pillen op de salontafel. Maar u bent ook een volslagen wrak, dus is een misstap ook goed mogelijk.'

Ik kan mijn oren niet geloven. Ik kijk naar de kat. Die ligt weer op zijn zij en slaapt.

'Ik zal u missen. Verder zal niemand u missen. Dagenlang zal niemand het merken en daarna zal het niemand een zorg zijn.'

Onder de lakens trek ik mijn benen op.

'Misschien uw psych, maar die heeft het vast wel met u gehad. Tegen Lizzie zei u dat hij zich uw agorafobie en uw schuldgevoel aantrekt. Godallemachtig. Nog zo'n heilig boontje.'

Ik knijp mijn ogen dicht.

'Kijk me aan als ik tegen je praat, trut.'

Ik schop uit alle macht.

ZESENNEGENTIG

Ik tref hem in zijn maag. Hij klapt dubbel; ik span mijn benen weer aan en schop hem opnieuw, in zijn gezicht. Mijn hiel knalt tegen zijn neus. Hij valt op de grond.

Ik gooi de lakens terug en spring uit bed, ren door de deuropening naar de zwarte gang erachter.

Boven me boort de regen zich in het daklicht. Ik struikel op de loper en val op mijn knieën. Grijp de trapleuning met een zwaaiende hand.

Plotseling licht de trap wit op als het boven mijn hoofd bliksemt. En op dat moment kijk ik door de spijlen van de trapleuning en zie elke trede van het trappenhuis verlicht, omlaag, omlaag, omlaag, helemaal naar beneden.

Omlaag, omlaag, omlaag.

Mijn ogen knipperen. De trap is weer in duisternis gehuld. Niets te zien, niets te horen, behalve de dreun van de regen.

Ik hijs mezelf overeind en vlieg de trap af. Buiten rommelt de donder. En dan:

'*Kutwijf.*' Ik hoor hem op de overloop strompelen; zijn stem klinkt onvast. '*Kutwijf.*' De trapleuning kraakt als hij ertegenaan loopt.

Ik moet naar de keuken. Naar het stanleymes dat nog open en bloot op de keukentafel ligt. Naar de glimmende glasscherven in de afvalbak. Naar de intercom.

Naar de deuren.

Maar kun je naar buiten? vraagt Ed, niet meer dan een fluistering.

Ik moet. Laat me met rust.

Hij zal je in de keuken inhalen. Je komt niet op tijd buiten. En als dat wel...

Ik ben op de volgende verdieping en draai rondjes als een kompasnaald om mezelf te oriënteren. Vier deuren om me heen. De werkkamer. De bibliotheek, de kast. Het toilet.

Kies een deur.

Wacht...

Kies een deur.

Het toilet. Hemelse Verrukking. Ik grijp de deurknop, trek de deur open, stap binnen. Ik wacht in de deuropening; mijn adem is kort en oppervlakkig...

...en daar komt hij de trap af rennen. Ik houd mijn adem in.

Hij is op de overloop. Blijft staan, één meter van me vandaan. Ik voel de lucht bewegen.

Even hoor ik niets dan het dreunen van de regen. Zweet kruipt over mijn rug.

'Anna.' Hees. Koud. Ik krimp ineen.

Ik grijp de deurpost met één hand, hard genoeg om hem los te wrikken en tuur in het donker van de overloop.

Hij is nauwelijks te zien, een schaduw te midden van schaduwen, maar ik zie zijn schouders, het wit van zijn bewegende handen. Hij staat met zijn rug naar me toe. Ik kan niet zien in welke hand hij de briefopener heeft.

Langzaam draait hij zich om zijn as; ik zie hem van opzij, met zijn gezicht naar de deur van de bibliotheek. Hij staart roerloos voor zich uit.

Dan draait hij weer. Maar ditmaal sneller en voordat ik me in de wc kan terugtrekken kijkt hij me aan.

Ik kan me niet bewegen. Onmogelijk.

'Anna,' zegt hij kalm.

Mijn lippen gaan vaneen. Mijn hart hamert.

We staren elkaar aan. Ik sta op het punt te gillen.

Hij draait weg.

Hij heeft me niet gezien. Hij is niet in staat in het donker te onderscheiden. Maar ik ben eraan gewend, aan dimlicht, aan niet-licht. Ik kan zien wat hij...

Nu staat hij boven aan de trap. Het mes glinstert in één hand; zijn andere hand duikt in zijn zak.

'Anna,' roept hij. Hij trekt zijn hand uit zijn zak, houdt hem voor zich omhoog.

En uit zijn handpalm flitst licht. Het is zijn telefoon. Het is de zaklamp.

Vanuit de deuropening zie ik hoe de trap plotseling volop zichtbaar wordt en de muren wit oplichten. Vlakbij rommelt de donder.

Nogmaals draait hij zich om zijn as, waarbij de lichtstraal over de gang zwiept als de lichtbundel van een vuurtoren. Eerst de kastdeur. Hij loopt erop af en gooit hem open. Richt de telefoon naar binnen.

Dan de werkkamer. Hij loopt naar binnen en scant het vertrek met zijn telefoon. Ik zie zijn rug en zet me schrap voor een vlucht naar beneden. Omlaag, omlaag, omlaag.

Maar dan pakt hij je.

Er is geen andere mogelijkheid.

Wel waar.

Waar dan?

Omhoog, omhoog, omhoog.

Ik schud mijn hoofd als hij uit de werkkamer komt. Hierna komt de bibliotheek en daarna, het toilet. Ik moet weg voordat...

Mijn heup stoot tegen de deurknop. Die draait met een zachte piep.

Ethan keert zich met een ruk om, het licht flitst langs de deur van de bibliotheek en schijnt rechtstreeks in mijn ogen.

Ik ben verblind. De tijd staat stil.

'Daar ben je,' fluistert hij.

Dan haal ik uit.

Door de deuropening stort ik me op hem en boor mijn schouders in zijn maag. Hij snakt naar adem terwijl ik stoot. Ik zie niets, maar ik duw hem opzij, naar de trap...

...en ineens is hij weg. Ik hoor hoe hij van de trap smakt, naar beneden stort terwijl het licht over het plafond zigzagt.

Omhoog, omhoog, omhoog, fluistert Olivia.

Ik draai me om, mijn zicht nog steeds wazig. Met een voet stoot ik tegen de onderste trede van de trap, struikel, vind met moeite de volgende trede. Duw mezelf omhoog. Ren.

Op de overloop draai ik rond, laat mijn ogen aan het donker wennen. Voor me mijn slaapkamer; ernaast de logeerkamer.

Omhoog, omhoog, omhoog.

Maar boven is alleen de andere logeerkamer. En jouw kamer.

Omhoog.

Het dak?

Omhoog.

Maar hóe? Hóe doe ik dat?

Kampioen, zegt Ed, *je hebt geen keus*.

Twee verdiepingen onder me stormt Ethan de trap op. Ik draai me om en krabbel omhoog, de sisal brandt aan mijn voetzolen, de trapleuning piept onder mijn handpalmen.

Ik beland met een klap op de volgende overloop, schiet naar de hoek onder het luik. Voel met mijn handen boven mijn hoofd en vind de ketting. Klem mijn vingers eromheen en trek.

ZEVENENNEGENTIG

Water sproeit in mijn gezicht als het luik zich opent. De ladder klapt met een metalen kreet uit. Beneden aan de trap gilt Ethan, maar de wind zweept zijn woorden weg.

Ik knijp mijn ogen dicht tegen de regen en klim omhoog. Een, twee, drie, vier, de sporten zijn koud en glibberig, de ladder kreunt onder mijn gewicht. Op de zevende sport voel ik dat mijn hoofd boven het dak uitkomt en het geluid...

Het geluid smakt me bijna terug. De storm brult als een dier. De wind klauwt zich in de lucht en scheurt die aan flarden. Regen, scherp als tanden, bijt zich in mijn huid. Water ranselt mijn gezicht, striemt mijn haar achterover...

Zijn hand grijpt mijn enkel.

Hysterisch ruk ik me los en hijs mezelf omhoog en naar buiten, laat me op één kant rollen, tussen het luik en het daklicht. Ik steun met een hand op de glazen koepel en kom met moeite overeind, open mijn ogen.

Om me heen kantelt de wereld. In het stormgeweld hoor ik mezelf kreunen.

Zelfs in het donker kan ik zien dat het dak een wildernis is. Planten zijn uit hun potten en perken gegroeid; de muren zijn geaderd met ranken. Klimop verstikt het ventilatierooster. Voor me staat de enorme pergola, ruim drieënhalve meter, uit het lood hangend onder het gewicht van de bladeren.

En over dit alles geen regen die valt, maar een regen die beukt, in vlagen, golven van regen. Hij laat zich met zijn volle gewicht op het dak vallen, schuimt op het metselwerk. Mijn ochtendjas plakt al aan mijn huid.

Ik draai langzaam om mijn as, mijn knieën knikken. Aan drie zijden een afgrond van vier verdiepingen; naar het oosten rijst de muur van St. Dymphna's op als een berg.

Boven me de lucht. Rondom me ruimte. Mijn vingers krommen zich. Mijn benen trillen. Mijn ademhaling gaat met horten en stoten. Het rumoer raast.

Ik zie het donkere gat verderop – het luik. En daaruit komt, met een arm gebogen tegen de regen, Ethan tevoorschijn.

Nu staat hij op het dak, zwart als een schaduw, in één hand de briefopener als een zilveren piek.

Ik wankel, struikel achteruit. Mijn voet wordt afgeremd door de koepel van het daklicht; ik voel dat dat enigszins meegeeft – *Gammel*, had David me gewaarschuwd. *Eén tak erop en weg is het raam.*

De schaduw nadert me. Ik slaak een gil, maar de wind scheurt hem uit mijn mond en laat hem wegdwarrelen als een dood blad.

Even buigt Ethan verbaasd achterover. Dan lacht hij.

'Niemand die u hoort,' roept hij boven het geloei uit. 'We zijn in een...' Terwijl hij dat zegt, beukt de regen nog harder.

Ik kan niet verder achteruit zonder op het daklicht te gaan staan. Ik doe een stapje opzij, twee centimeter maar, en mijn voet raakt nat metaal. Ik kijk omlaag. De gieter die David die dag op het dak omgegooid had.

Ethan komt dichterbij, doornat van de regen, heldere ogen in een donker gezicht, hijgend.

Ik buk, grijp de gieter, slinger hem zijn kant uit – maar ik ben licht in mijn hoofd, duizelig, en de gieter ontglipt me en vliegt weg.

Hij duikt.

En ik ren.

Het donker in, de ruimte in, bang van de lucht boven me, maar in doodsangst voor de jongen achter me. Mijn geheugen brengt het dak in kaart: links een rij buxussen, gelijk daarachter de bloembedden. Rechts lege bloempotten met ertussen zakken aarde die erbij staan als dronkenmannen. Meteen voor me de houten pergola.

De donder gaat tekeer. Weerlicht verbleekt de wolken, overspoelt het dak met wit licht. De regen valt in slingerende, slierende sluiers. Ik dring erdoorheen. De lucht kan elk moment omlaag storten en me vergruizen, maar mijn hart pompt nog steeds en bloed verhit mijn aderen terwijl ik op de pergola afvlieg.

De ingang van de pergola wordt versluierd door een watergordijn. Ik stoot erdoorheen, eronder is het donker als onder een brug, klam als een regenwoud. Hier, onder de overkapping van twijgen en zeildoek, is het stiller, alsof het geluid buitengesloten is. Ik hoor mezelf hijgen. Aan een kant staat het smalle bankje. *Via tegenslagen naar de sterren.*

Hij ligt helemaal aan het einde van de pergola, waar ik hoopte dat hij zou liggen. Ik duik erop af, grijp hem met beide handen, draai me om.

Achter de waterval doemt een silhouet op. Zo zag ik hem voor het eerst, herinner ik me, zijn silhouet dat zich tegen het matglas van mijn deur aftekende.

En dan stapt hij erdoorheen.

'Dit is perfect.' Hij veegt water van zijn gezicht, komt op me af. Zijn jas is doorweekt; zijn sjaal hangt slap om zijn nek. De briefopener steekt uit zijn hand. 'Ik was van plan je nek te breken, maar dit is beter.' Hij trekt één wenkbrauw op. 'Je was zo doorgedraaid dat je van het dak bent gesprongen.'

Ik schud mijn hoofd.

Nu glimlacht hij. 'O, nee? Wat is dat?'

En dan ziet hij wat het is.

De snoeischaar zwaait in mijn handen – hij is zwaar en ik sta te trillen – maar ik hef hem omhoog tot zijn borsthoogte terwijl ik een stap vooruit doe.

Nu glimlacht hij niet meer. 'Leg hem neer,' zegt hij.

Ik schud mijn hoofd, doe nog een stap vooruit. Hij aarzelt.

'Leg néér,' herhaalt hij.

Ik doe nog een stap, klap de schaar dicht.

Zijn ogen dwalen naar het mes in zijn hand.

En hij loopt achteruit de regenmuur in.

Ik wacht even; mijn adem zwoegt in mijn borst. Ethan is opgelost.

Langzaam, heel langzaam sluip ik naar de boogvormige ingang. Daar blijf ik staan, mijn gezicht beneveld door het stuivende water, en ik steek de punt van de schaar door de watermassa heen, als een wichelroede.

Nu.

Ik houd de schaar voor me uit en duik door het water heen. Als hij daar op me wacht, zal hij...

Ik verstijf; mijn haren zijn drijfnat; mijn kleren doorweekt. Hij is er niet.

Ik overzie het dak.

Hij is niet bij de buxussen te zien.
Naast het ventilatierooster.
In de bloembedden.
Boven mijn hoofd bliksemt het en het dak laait wit op. Het is verlaten. Ik zie... slechts een woestenij van verwilderde planten en ijskoude regen.
Maar als hij er niet meer is, dan...
Hij stort zich van achteren op me, zo snel en zo hard dat de schreeuw uit me wordt geslagen. Ik laat de schaar los en samen, Ethan en ik, vallen we, mijn knieën knikken door, mijn voorhoofd slaat zo hard tegen het natte dak dat ik het hoor kraken. Bloed vloeit uit mijn mond.
We rollen over het asfalt, eenmaal, tweemaal, tot onze lichamen tegen de rand van het daklicht stoten. Ik voel het trillen.
'Kutwijf,' mompelt hij; zijn adem is heet in mijn oor en nu heeft hij zichzelf opgericht en drukt hij zijn voet op mijn nek. Ik kokhals.
'Ik laat mijn leven niet door jou verkloten.' Zijn stem is hees. 'Je loopt van dit dak af en als je dat niet doet, gooi ik je ervan af. Dus.'
Ik zie het regenwater op het asfalt aan mijn voeten kolken.
'Welke kant kies je? Park of straat?'
Ik sluit mijn ogen.
'Je moeder...' fluister ik.
'Wat?'
'Je moeder.'
De druk op mijn nek wordt lichter, een heel klein beetje. 'Mijn moeder?'
Ik knik.
'Wat mijn moeder?'
'Ze heeft me verteld...'
Nu drukt hij harder, stikt me bijna. 'Wat heeft ze verteld?'
Mijn ogen puilen uit. Mijn mond zakt open. Ik kokhals.
Opnieuw verlicht hij de druk op mijn nek. 'Wát heeft ze verteld?'
Ik haal diep adem. 'Ze heeft me verteld,' zeg ik, 'wie jouw vader is.'
Hij beweegt niet. De regen spoelt over mijn gezicht. De smaak van bloed prikt op mijn tong.
'Je liegt.'
Ik kuch, beweeg mijn hoofd heen en weer tegen de grond. 'Nee.'
'Je wist niet eens wie ze was,' zegt hij. 'Je zag haar voor iemand anders aan. Je wist niet dat ik geadopteerd was.' Hij duwt zijn voet weer tegen mijn nek. 'Dus hoe kon...'

'Ze vertelde het. Ik...' Ik slik, mijn keel zwelt op. 'Ik begreep het toen niet, maar ze vertelde...'

Nogmaals zwijgt hij. Lucht sist door mijn keel; regen geselt het asfalt.

'Wie?'

Ik zwijg.

'Wíe?' Hij schopt me in mijn maag. Ik hap lucht binnen, klap dubbel, maar hij heeft me al bij mijn T-shirt vastgegrepen en trekt me op mijn knieën. Ik sla voorover. Hij grijpt me bij mijn keel en knijpt.

'Wat zei ze?' schreeuwt hij.

Mijn vingers graaien naar mijn keel. Hij begint me op te trekken en ik kom omhoog met trillende knieën, tot we oog in oog staan.

Hij ziet er zo jong uit, zijn huid glad gewassen in de regen; zijn volle lippen, zijn haar plat over zijn voorhoofd. *Een heel aardige jongen*. Achter hem zie ik het park liggen, het grote silhouet van zijn huis. En aan mijn hielen voel ik de bolling van het daklicht.

'Zeg op!'

Ik probeer te praten, maar kan het niet.

'Zég op.'

Ik kokhals.

Hij verslapt zijn greep op mijn keel. Ik kijk omlaag. In zijn vuist nog steeds de briefopener geklemd.

'Hij was architect,' hijg ik.

Hij bekijkt me. De regen valt om ons heen, tussen ons in.

'Hij was dol op pure chocolade,' zeg ik. 'Hij noemde haar "kampioen".' Zijn hand heeft mijn keel losgelaten.

'Hij hield van films. Allebei hielden ze van films. Ze hielden...'

Hij fronst. 'Wanneer heeft ze je dat allemaal verteld?'

'De avond dat ze langskwam. Ze zei dat ze van hem hield.'

'Wat is er met hem gebeurd? Waar is hij?'

Ik sluit mijn ogen. 'Hij stierf.'

'Wanneer?'

Ik schud mijn hoofd. 'Een tijd geleden. Het doet er niet toe. Hij stierf en zij stortte in.'

Zijn hand grijpt opnieuw mijn keel en mijn ogen springen open. 'Já, het doet er wel toe. Wanneer...'

'Wat ertoe doet is dat hij van je hield.' Mijn stem is schor.

Hij verstijft. Laat zijn hand zakken.

'Hij hield van je,' herhaal ik. 'Beiden hielden van je.'

Ethan kijkt me dreigend aan, de briefopener in zijn hand geklemd. Ik haal diep adem.

En ik omhels hem.

Hij bevriest, maar dan verslapt zijn lichaam. We staan in de regen, mijn armen om hem heen, zijn handen langs zijn lichaam.

Ik wankel, zak in elkaar en terwijl ik om hem heen draai houdt hij me vast. Wanneer ik weer rechtop sta, hebben we van plaats gewisseld; mijn handen liggen op zijn borst en ik kan zijn hart voelen kloppen.

'Allebei,' mompel ik.

En dan leun ik met mijn volle gewicht tegen hem en duw hem op het daklicht.

ACHTENNEGENTIG

Hij valt op zijn rug. Het daklicht trilt.

Hij zegt niets, kijkt me alleen maar niet-begrijpend aan, alsof ik hem een moeilijke vraag heb gesteld.

De briefopener is naar een kant gevlogen. Hij spreidt zijn handen tegen het glas en begint zich omhoog te drukken. Mijn hart staat stil. De tijd staat stil.

En dan valt het daklicht onder hem weg, geluidloos in het noodweer.

In een oogwenk is hij uit het zicht verdwenen. Als hij schreeuwt, hoor ik het niet.

Ik strompel naar de rand van wat het daklicht placht te zijn, tuur eroverheen in het trapgat. In de leegte stuiven flarden regen op als vonken; op de overloop eronder glinstert een zee van gebroken glas. Dieper kan ik niet kijken – het is te donker.

Ik sta daar in de stromende regen, verstomd. Water spat tegen mijn voeten.

Dan doe ik een stap opzij en loop voorzichtig om het daklicht heen. Loop naar het luik dat nog steeds wijd openstaat.

Ik ga omlaag. Omlaag, omlaag, omlaag. Mijn vingers glibberen om de sporten.

Ik ben beneden, de loper is doorweekt. Ik loop naar het trapgat, loop onder het gat in het dak door en krijg een lading regen over me heen.

Ik kom bij Olivia's kamer. Blijf staan. Kijk naar binnen.

Mijn baby. Mijn engel. Het spijt me zo erg.

Even later draai ik me om en loop de trap af; hier is de sisal droog en ruw. Op de overloop wacht ik weer even, loop onder de waterval door en blijf druipend in de deuropening van mijn slaapkamer staan. Ik laat mijn oog gaan over het bed, de gordijnen, de zwarte schim van huize Russell aan de andere kant van het park.

Nogmaals een lading water, nogmaals de treden aflopen en nu ben ik bij de bibliotheek – Eds bibliotheek; mijn bibliotheek – en ik kijk hoe de regen over de ramen gutst. De klok op zijn schoorsteenmantel slaat de tijd. Twee uur in de ochtend.

Ik wend mijn ogen af en verlaat de kamer.

Vanaf de overloop kan ik zijn gehavende, verminkte lichaam al op de grond zien liggen, een gevallen engel. Ik loop de trap af.

Rondom zijn hoofd een donkere kroon van vlammend bloed. Een hand ligt gevouwen op zijn hart. Zijn ogen kijken me aan.

Ik kijk terug.

En dan stap ik langs hem heen.

En ga de keuken in.

En sluit de vaste telefoon aan zodat ik inspecteur Little kan bellen.

ZES WEKEN LATER

NEGENENNEGENTIG

Een uur geleden vielen de laatste vlokken en nu staat de middagzon aan een verblindend blauwe hemel – een zon 'niet om het lijf te verwarmen, maar uitsluitend ten pleziere van het oog'. Nabokov, *Het ware leven van Sebastian Knight*. Ik heb mijn eigen leessyllabus samengesteld. Voor mij niet langer een langeafstandboekenclub.

Het ís een plezier voor het oog. Net als de straat eronder, die bekleed is met een wit, dat fel schittert in het zonlicht. Vanochtend is er vijfendertig centimeter op deze stad gevallen. Ik heb uren vanuit mijn slaapkamerraam gekeken, zag dikke sneeuw vallen, de trottoirs beijzelen, de stoepen bekleden, zich ophopen in bloembakken. Iets na tienen stormden de Grays hun huis uit als een vrolijke kudde; ze gilden tussen de sneeuwvlagen door, stampten door de opgehoopte sneeuw de straat uit, uit het zicht. En aan de overkant verscheen Rita Miller, gehuld in een ochtendjas, een mok in haar hand, op de stoep voor haar huis om het weer te bewonderen. Achter haar kwam haar man, sloeg zijn armen om haar heen en legde zijn kin op haar schouder. Ze kuste hem op zijn wang.

Inmiddels weet ik trouwens hoe ze echt heet – via Little, nadat hij de buren had ondervraagd. Ze heet Sue. Jammer.

Het park is een sneeuwveld, zo schoon dat het glinstert. Erachter met de ramen geblindeerd, ineengedoken onder die stralende hemel staat wat de sensatiebladen de bijnaam $4M TIENERMOORDENAARSHUIS hebben gegeven. Ik weet dat de prijs lager is, maar vermoedelijk klinkt $3.45M minder sexy.

Het staat nu leeg. Al weken. Die ochtend kwam Little voor de tweede keer bij me langs, nadat de politie was gekomen, nadat het ambulancepersoneel het lichaam had verwijderd. Zijn lichaam. Alistair Russell, zei de inspecteur, werd gearresteerd, beschuldigd van medeplichtigheid aan moord; hij bekende onmiddellijk, zodra hij op de hoogte was gebracht van zijn zoon. Het gebeurde precies zoals Ethan het beschreven had, gaf hij toe. Kennelijk stortte Alistair in; Jane was de taaie. Ik vraag me af wat ze wist. Ik vraag me af óf ze wat wist.

'Ik ben u een excuus schuldig,' mompelde Little, hoofdschuddend. 'En Val... nou, die helemáál.'

Dat ontkende ik niet.

Ook de volgende dag wipte hij even aan. Inmiddels stonden de journalisten zich voor mijn deur te verdringen, belden om het hardst aan. Ik negeerde hen. Als ik iets had geleerd in het afgelopen jaar was het om de buitenwereld te negeren.

'Hoe maakt u het, Anna Fox?' vroeg Little. 'En dit moet de beroemde psychiater zijn.'

Dokter Fielding was vanuit de bibliotheek achter me aan gelopen. Nu stond hij naast me en keek met open mond naar de inspecteur, naar 's mans enorme omvang. 'Ik ben blij dat ze u heeft, meneer,' zei Little, zijn hand zwengelend.

'Is wederzijds,' antwoordde dokter Fielding.

En ook ik ben blij. In de afgelopen zes weken heb ik mijn evenwicht gevonden, ben ik helderder gaan denken. Om te beginnen is het daklicht gerepareerd. Een professionele schoonmaker is langsgekomen en heeft het huis een grondige poetsbeurt gegeven. En ik houd me aan de juiste medicatie en drink minder. Drink eigenlijk helemaal niet, deels dankzij een getatoeëerde verrichtster van wonderen, Pam genaamd. 'Ik heb met alle mogelijke mensen te maken gehad, in alle mogelijke omstandigheden,' zei ze me tijdens haar eerste bezoek.

'Misschien is dit een nieuwe,' zei ik.

Ik heb geprobeerd David mijn excuses aan te bieden – hem minstens een tiental keren gebeld, maar hij nam nooit op. Ik vraag me af waar hij is, ik vraag me af of het goed met hem gaat. Ik vond zijn oordopjes opgerold onder het bed in de studio. Ik heb ze mee naar boven genomen en ze in een lade opgeborgen. Voor het geval hij terugbelt.

En een paar weken geleden heb ik me weer bij Agora gemeld. Zij zijn mijn volk, een soort familie. *Ik zal genezing en welzijn bevorderen.*

Ik geef niet toe aan Ed en Livvy. Niet altijd en niet helemaal. Er zijn nachten waarin ik hen hoor en terugmompel. Maar gesprekken zijn verleden tijd.

HONDERD

'Toe maar.'

Bina's hand is droog. De mijne niet.

'Toe maar, toe maar.'

Ze heeft de deur naar de tuin opengegooid. Een huiverende wind waait naar binnen.

'Je hebt het op het dak in de regen gedaan.'

Maar dat was anders. Ik vocht voor mijn leven.

'Dit is jouw tuin. En de zon schijnt.'

Waar.

'En je draagt je sneeuwlaarzen.'

Ook waar. Ik vond ze in het berghok. Ik had ze niet meer gedragen sinds die nacht in Vermont.

'Dus waar wacht je op?'

Niets – niet meer. Ik wachtte dat mijn man en mijn kind terug zouden komen; dat doen ze niet. Ik wachtte dat mijn depressie voorbij zou gaan; dat zou ze niet, niet zonder mijn inzet.

Ik wachtte om me bij de wereld te voegen. Nu is de tijd gekomen.

Nu, nu de zon mijn huis overgiet. Nu ik helder kan denken, helder kan zien. Nu, nu Bina met me meeloopt naar de deur, naar boven aan de stoep.

Ze heeft gelijk: ik heb het gedaan op het dak in de regen. Ik vocht voor mijn leven. Dus kennelijk wil ik niet doodgaan.

En als ik niet wil doodgaan, moet ik beginnen te leven.

Waar wacht je op?

Een, twee, drie, vier.

Ze laat mijn hand los en loopt de tuin in, trekt voetsporen in de sneeuw. Ze draait zich om, wenkt me.

'Tóe maar.'

Ik sluit mijn ogen.

En open ze.

En ik stap in het licht.

DANKWOORD

Jennifer Joel, mijn vriendin, agent en onschatbare gids;
Felicity Blunt, voor het verrichten van wonderen;
Jake Smith-Bosanquet en Alice Dill, die me alle ruimte gaven;
de teams bij ICM en Curtis Brown.

Jennifer Brehl en Julia Wisdom, mijn scherpzinnige, groothartige kampioenen;
de teams bij Morrow en Harper;
mijn internationale uitgevers, met dank.

Josie Freedman, Greg Mooradian, Elizabeth Gabler en Drew Reed.

Mijn familie en vrienden;
Hope Brooks, de scherpzinnige eerste lezer en onvermoeibare cheerleader;
Robert Douglas-Fairhurst, sinds lang bron van inspiratie;
Liate Stehlik, die zei dat ik het kon;
George S. Georgiev, die zei dat ik het moest.